Sun Valley High - Wicked

Daniela Romero

Übersetzt von
Djamila Vilcsko

Coffee and Characters

Über das Buch

Roman Valdez ist der Teufel.
Er verspottet mich.
Er hasst mich.
Er will mich verletzen.

Soll er es nur versuchen.

Er denkt, er sei unverwundbar. Der selbsternannte Teufel von
Sun Valley High.
Aber ich habe bereits alles verloren und jeden, an dem mir
etwas liegt.
Er sollte vor mir Angst haben. Nicht ich vor ihm.
Denn ich habe nichts mehr zu verlieren, und jemanden, der
schon gebrochen ist, kann er nicht brechen.

Zumindest habe ich das geglaubt.

Doch als der Teufel anfängt, die Scherben zusammenzusetzen,
wird mir klar, dass er mich zwar nicht zerbrechen kann, aber er

könnte mich komplett zerschmettern – mein Herz und meine
Seele.

Vielleicht lasse ich das sogar zu.

TRIGGERWARNUNG!

Bevor du mit dem Lesen anfängst...

Sun Valley High: Wicked wird für erwachsene Leser ab 17 Jahren empfohlen.

Trigger-Warnung - Vergewaltigung. Wenn du getriggert wirst, ist *Sun Valley High: Wicked* nichts für dich. Wenn du dieses Buch trotzdem lesen möchtest, indem du triggernde Szenen weglässt, dann lass bitte Kapitel 25 und Kapitel 35 aus bzw. überfliege diese nur.

EINS

ALLIE

„**A**lejandra, du wirst noch zu spät zur Schule kommen", ruft mir Janessa zu und verwendet dabei meinen vollen Namen. Ich seufze und beschließe, sie zu ignorieren. Ihr wird es egal sein. Sie hat ihre Aufgabe erledigt und mich an die Uhrzeit erinnert, wie mein Vater es ihr sicherlich aufgetragen hat. *Mein Vater.* Gerald Ulrich als irgendjemand anderen und nicht als einen völlig Fremden anzusehen, ist... *seltsam.*

Ich nage an der Unterlippe und starre mich in dem großen Ganzkörperspiegel an. Innerlich wappne ich mich für den ersten Tag an einer neuen Schule, in einer neuen Stadt, mit einer neuen Familie. Denn mein Leben war anscheinend noch nicht schwer genug gewesen.

Tränen brennen mir in den Augen, aber ich zwinkere sie entschlossen fort. *Komm schon, Allie. Reiß dich zusammen.* Ich werde nicht zulassen, dass ich weine. Nicht heute. Nicht morgen. Nie wieder.

Wenn ich damit anfange, dann kann ich vielleicht nicht aufhören.

Ich atme zittrig ein und lasse mein Aussehen auf mich wirken. Ich sehe ganz okay aus, schätze ich. Nur, dass das Mädchen, das mir aus dem Spiegel entgegenblickt, kein bisschen wie die Alejandra Ramirez aussieht, die ich in den letzten siebzehn Jahren gewesen bin. Sie sieht vornehmer aus. Reicher. Ehrlich gesagt, sieht die im Spiegel wie eine eingebildete Zicke aus.

Ich sehe absolut nicht wie ich selbst aus. Ich trage weiße Skinny-Jeans, die so eng sind, dass sie wie auf meinen Körper gemalt wirken. Und dazu ein hellrosa Top mit Blumenmuster. Es hat durchsichtige Flatterärmel und zeigt einen schmalen Streifen meines gebräunten Bauches. Es ist unglaublich feminin. Wenn mich mein bester Freund, Julio, jetzt sehen könnte, würde er vor Lachen wahrscheinlich zusammenbrechen. Das ist echt nicht mein Look.

Nicht, dass das hier irgendjemanden interessieren würde.

Zu Hause wäre ich einfach nur mit zerrissenen Jeans, einem alten Band-T-Shirt, einem viel zu großen Hoodie und schwarzen K-Swiss-Sneakern zur Schule gegangen. Mit weißen Sneakern, falls ich mal schick aussehen wollte. Völlig ok, wenn ich die Haare zu einem schlampigen Knoten zusammengebunden und meine goldenen Kreolen getragen hätte. Und dazu noch etwas Eyeliner für Katzenaugen, aber das wär's mit der Schminke schon. Verdammt, an den meisten Tagen habe ich nicht einmal Eyeliner verwendet. Ich war meistens ein bisschen burschikos. Bin ich immer noch.

Doch wenn ich mich jetzt so ansehe, dann würde man das nie erraten.

Letzte Woche, als ich meinen biologischen Vater kennengelernt habe, hat er in seinem edlen, grauen Anzug nur einen Blick auf mich geworfen und seine Oberlippe sofort angewidert verzogen. Ein Mädchen, das nicht nach Mädchen aussieht, ist nicht annehmbar. Ich müsse glaubwürdig wirken, hat mir Janessa, seine persönliche Assistentin, bis jetzt nun schon dreimal zu verschiedenen Gelegenheiten an drei Tagen hintereinander erklärt. Ich bin Gerald Ulrichs Tochter, nicht irgendeine *Chola* vom heruntergekommenen Ende der Stadt. Gerald ist ein bekanntes Mitglied dieser Gemeinde und Geschäftsmann. Gerald hat ein protziges Auto und viel Geld. Und wahrscheinlich hat er ausschließlich schwarze Kreditkarten in seiner Brieftasche.

Seine Tochter muss bestimmten *Erwartungen* entsprechen.

Und hier bitte einmal die Augen verdrehen und eine riesige Portion Sarkasmus einfügen.

Bis vor einer Woche war ich seine entfremdete und vergessene Tochter.

Jetzt nicht mehr.

Nicht, seit Mom gestorben ist.

Ich reibe mir die Brust, wo der Schmerz sitzt. *Warum hast du all das vor mir verborgen, Mom? Dafür muss es einen Grund gegeben haben.*

Man sollte denken, der Typ hätte etwas Nachsicht mit mir, nach allem, was ich durchgemacht habe. Dass er..., dass er sich vielleicht bemühen würde, mich kennenzulernen.

Ich blase genervt die Luft aus und versuche, den aufflackernden Schmerz in meiner Brust zu unterdrücken. Mom kann meine Fragen nicht beantworten. Sie ist tot, und ich bin hier.

Die Gefühle schnüren mir die Kehle zu.

Verdammt. Ich weigere mich, mich wieder von der Trauer überschwemmen zu lassen. Es sollte mir egal sein, dass ich dem Typen nicht gut genug bin. Immerhin bin ich hier. Das bedeutet doch etwas, oder? Ich meine, genau genommen hat er darum gekämpft, mich hier bei sich zu haben.

Er hätte mich in Richland lassen können. Den Rest des Abschlussjahres wäre ich in einer Pflegefamilie untergebracht gewesen. Obwohl, wenn ich ganz ehrlich bin, ich mir nicht sicher bin, ob das besser wäre. Aber wenigstens könnte ich dann in meiner Heimatstadt sein. Ich hätte Julio und Gabe und Felix – meine Freunde – Menschen, die sich tatsächlich für mich interessieren.

Aber Minderjährige haben bei solchen Dingen kein Mitspracherecht.

Wenn Mom hier wäre, würde sie mir sagen, ich soll stark sein. Tapfer sein. Sie sollte hier sein. Aber sie ist es nicht, also muss ich allein tapfer sein.

Alles klar. Ich schaffe das.

Mir bleibt gar nichts anderes übrig.

Janessa hat mir das Outfit für den ersten Schultag und auch den Rest meiner neuen Garderobe besorgt, weil mein Zeug in dem Brand vernichtet wurde. Genau genommen ist es auch nicht der erste Schultag. Ich wechsele gegen Ende des ersten Trimesters zur Sun Valley High, doch für mich ist es *mein* erster Tag an dieser Schule.

Juhu!

Ich hasse das Outfit. Die Kleidung. Die Schminke und das Parfüm. Aber als ich gegenüber Janessa angedeutet habe, dass das eigentlich nicht mein Stil ist, hat sie so finster drein geschaut, als ob ich sie beleidigt hätte. Und dann hat sie mich daran erinnert, dass ich die Vergangenheit loslassen müsse.

Sie wollte mich mit ihren Worten nicht verletzen. Zumindest glaube ich das. Janessa kommt mir nicht wie ein grausamer Mensch vor. Aber sie denkt, dass mein Leben davor unter meiner Würde war. Des Namens Ulrich unwürdig. Und sie ist nur die Assistentin meines biologischen Vaters.

Nachdem sie mir erzählt hatte, was für ein Glück ich doch

hätte, wieder mit meinem Vater vereint zu werden, beschloss ich, dass es leichter wäre, einfach zu allem Ja und Amen zu sagen und keinen Ärger zu machen. Es ist das Abschlussjahr. Bald bin ich achtzehn und nach dem Abschluss kann ich in mein altes Leben zurückkehren. Ich kann dieses Haus verlassen. Diese Stadt. Diese Leute.

Und dann werde ich trauern.

Ich löse meine langen dunkelbraunen Haare und benutze das Glätteisen, das mir Janessa gegeben hat, um sie in glatte, glänzende Strähnen zu verwandeln. Anschließend trage ich Make-Up auf.

Ich muss einen guten ersten Eindruck machen.

Mit ein wenig Concealer verstecke ich die Augenringe, die ich vom Schlafmangel habe. Etwas Rouge und Bronzer, um meine Blässe zu verbergen, Mascara und transparentes Lipgloss, damit ich ein bisschen frischer wirke. Janessa wäre sehr angetan.

Das bin ich nicht. Ich hasse es. Andererseits möchte ich im Moment auch nicht ich selbst sein. Ich will nicht das Mädchen sein, dessen Mom gestorben ist. Das Mädchen, deren Freund am selben Abend mit ihr Schluss gemacht hat. Oder das Mädchen, das ihre einzige Freundin an genau diesen Freund verloren hat. An den Mistkerl, der mich betrogen hat. Mit ihr. Und jetzt fange ich an einer neuen Schule an und lebe bei einem Vater, den ich kaum kenne. Das setzt meinem wunderbaren Leben noch ein Sahnehäubchen auf.

Meine Schultern sinken nach unten. Ich schnappe mir den neuen hellrosa Rucksack – echt nicht meine Farbe – und rutsche mit den Füßen in ein Paar Lauren Sneaker von Chloé. Sie haben fast fünfhundert Dollar gekostet.

Wie affig ist das denn? Wer gibt schon fünfhundert Dollar für Schuhe aus? Das ist so viel wie die Miete. Na ja, vielleicht nicht so viel. Doch es reicht, um Strom, Gas und Wasser zu bezahlen.

Mir entweicht ein Seufzer. Ich weiß, ich sollte dankbar sein. Sie sind schön. Aber ich fühle mich nicht wohl mit dem ganzen Geld und dem teuren Zeug. Ich hatte früher so etwas nicht. Mom war alleinerziehend. Sie hat zwei Jobs gemacht, damit wir über die Runden kamen. Und ich habe meine Klamotten bei Ross oder Target gekauft. Das Gesicht, das Janessa gezogen hat, als ich vorgeschlagen habe, wir könnten dort einkaufen, um meine Sachen zu ersetzen!

Ich verlasse mein Zimmer, flitze die Treppe herunter und schnappe mir in der Küche eine Tasse Kaffee. Janessa steht an der marmornen Kücheninsel und lächelt breit. Von Gerald ist nichts zu sehen. Sie reicht mir einen Kaffeebecher zum Mitnehmen. „Hier, Süße. Ich habe dir Kaffee gemacht. Wir müssen los, damit du an deinem ersten Tag nicht zu spät kommst."

Ich nicke und schaue mich noch kurz im Raum um, bevor ich ihr folge und einen Schluck von dem widerlich süßen Kaffee nehme. *Igitt.* Ich trinke meinen Kaffee schwarz, nicht mit dem aromatisierten Kram, den sie in den Becher gekippt haben muss. Ich hätte gut Lust, das Zeug wegzuschütten und mir einen neuen Kaffee einzugießen. Aber ich tu's nicht. Das wäre *unhöflich.*

Janessa bemerkt meinen suchenden Blick und beantwortet die unausgesprochene Frage. „Dein Vater ist schon im Büro. Sein Terminplan ist ziemlich voll, und deine Ankunft war nicht", sie hält inne, „geplant."

Ich presse meine Lippen zu einer schmalen Linie zusammen. Nein, das war sie sicher nicht. Ich wette, er war total begeistert, als er vom Jugendamt *diesen* Anruf erhielt. Ich war die erste Woche, nachdem Mom gestorben war, bei Julios Familie geblieben, während er die Vaterschaft prüfen ließ. Mein guter, alter Dad musste auf Nummer sicher gehen. Ich hatte gehofft, dass ich das gesamte Abschlussjahr bei meinem besten Freund bleiben könnte. Julios Eltern wären mit der Idee einverstanden gewesen. Aber sobald Gerald Ulrich durch das Testergebnis als mein Vater bestätigt wurde, kam diese Option nicht mehr infrage.

Er wollte mich haben. Immerhin etwas, rufe ich mir ins Gedächtnis. Ich bin erwünscht. Auch, wenn er sich immer noch nicht so benimmt.

Draußen steige ich in Janessas weißen Porsche Taycan 4S ein. Er liegt lächerlich tief und kostet mehr als mein altes Haus. Ich habe sie gegoogelt. Die Kosten ihres Autos. Ich weiß nicht, wie viel ihr Gerald dafür zahlt, seine persönliche Assistentin zu sein, aber es muss eine Menge sein, wenn sie sich so ein Auto leisten kann. Von den wenigen Malen ausgehend, bei denen ich sie zusammen mit Gerald gesehen habe, wäre ich allerdings nicht überrascht, wenn sie mehr als nur seine Assistentin wäre. Ist wohl eher eine Büroromanze. Voll das Klischee.

Er ist zweiundfünfzig, und sie hat gerade erst ihren Uniabschluss gemacht. Sie könnte locker meine große Schwester sein. Aber wer bin ich schon, um das zu verurteilen?

Vor einer Woche ahnte ich nicht einmal, dass ich einen Vater habe. Ich meine, mir war klar, dass jemand zu meiner Geburt und all dem beigetragen haben muss, doch ich wusste nicht, dass er irgendwo da draußen war und er von mir wusste. Um ehrlich zu sein, habe ich irgendwie immer angenommen, er sei gestorben. Und das war für mich in Ordnung.

Mom hat nie über ihn geredet, und ich war nicht eines dieser Kinder, die das Gefühl hatten, ohne ihren Vater entgehe ihnen etwas. Sie war immer genug gewesen.

Tränen brennen in meinen Augen, und ich schiebe die alten Erinnerungen zur Seite.

Es dauert zwanzig Minuten, um zur Sun Valley High-school zu gelangen. Janessa schwafelt über irgendwelchen

Blödsinn, und ich höre ihr den Großteil der Fahrt gar nicht zu. Als sie auf den Schulparkplatz fährt, sticht ihr Porsche unangenehm hervor, und alle Augen richten sich auf uns, während sie parkt. Ich schlucke schwer und will mich zügig abschnallen. Sie zieht die Handbremse, als ob sie plane, mit mir hereinzukommen. „Ich komme schon klar", versichere ich ihr. „Ich bin ein großes Mädchen." Ich schnappe meine Tasche, lasse absichtlich den Kaffee zurück und öffne schnell die Tür-

„Aber es ist dein erster Tag. Ich kann mit dir reingehen. Ich bin sicher, dass es Papierkram gibt und –"

„Es ist okay. Ich mache das schon." Die Blicke der an mir vorbeigehenden Schüler entgehen mir nicht. Manche sind neugierig, aber die meisten sehen genervt aus. Ich will nicht, dass dieses genervt sein in Verachtung umschlägt. Und ich möchte nicht, dass ich als Snob abgestempelt werde.

Ich musste Gerald darum betteln, mich zur Sun Valley High gehen zu lassen. Er hatte mich zur Suncrest Academy schicken wollen. Die beste Privatschule in der Region und die Highschool, die landesweit den drittbesten Ruf hat. Die Vorstellung, dass ich eine öffentliche Schule mit all den *Assis* der Stadt besuche, behagt ihm nicht. Seine Worte, nicht meine. Aber seitdem ich diese Debatte gewonnen habe, habe ich ihm bei nichts anderem widersprochen. Nicht bei der Kleidung. Nicht bei den Wohnbedingungen. Nicht bei den Regeln – ich erkenne eine verlorene Schlacht, aber er hatte nachgegeben und mir diese eine Sache zugestanden. Und Janessa wird mir das gleich ruinieren.

„Bist du sicher? Dein Vater wäre nicht froh, wenn –"

„Ich komme klar. Versprochen." Ich schlage die Tür hinter mir zu und gebe ihr keine Gelegenheit für weitere Kommentare. Ich eile über den Parkplatz zum Haupteingang der Schule. Ein großes rotes Teufelsmaskottchen starrt auf mich herunter.

Willkommen in der Sun Valley High, Heimat der roten Teufel.

Ich gehe durch die offenen Türen. Eine ungute Vorahnung überkommt mich, aber ich unterdrücke das Gefühl.

Ich schaffe das.

Mom war stark. Ich kann auch stark sein.

Ich muss einfach nur einen Tag nach dem anderen angehen.

ZWEI

ALLIE

Die Schule ist Ende letzter Woche über meine Ankunft informiert worden, weshalb schon alles vorbereitet ist. Ich bekomme den Stundenplan vom Beratungslehrer, Mr Kemp, und dazu noch ein paar Formulare, die ich nach Hause mitnehmen und von Gerald unterschreiben lassen soll. Mir werden ein Spind und eine Zahlenkombination zugeteilt. Aber wenn es an der Sun Valley High auch nur ansatzweise wie in meiner alten Schule zugeht, dann wird der Spind den Großteil des Jahres sowieso leer stehen. Ich schleppe stattdessen meine Bücher im Rucksack zwischen den Klassenzimmern hin und her. Das spart Zeit.

Da das Schuljahr an der Sun Valley High in drei Abschnitte unterteilt ist, habe ich nur vier Unterrichtsfächer: Englisch, Analysis, Spanisch 4 und Schweißen. Analysis wird schwer werden. Mathe war nie meine Stärke. Aber beim Rest sollte ich schnell aufholen können.

„Ihre, ähm, Janessa hat mich über Ihre… Situation informiert", sagt Mr Kemp mit einem mitfühlenden Stirnrunzeln im Gesicht. „Wenn Sie mit irgendjemandem reden möchten, steht Ihnen mein Büro jederzeit offen."

Wie immer die fleißige Assistentin. Janessa hat sich um alles gekümmert, einschließlich des Ausplapperns meiner Angelegenheiten. *Wunderbar.*

„Danke." Ich nicke, auch wenn ich nicht vorhabe, sein Angebot anzunehmen. Aber Mr Kemp wirkt ziemlich sympathisch. Er ist jünger als die meisten Lehrer, die ich hier bis jetzt gesehen habe. Ende zwanzig, Anfang dreißig vielleicht. Er hat rötlich braune Haare und dunkelblaue Augen. Er ist recht attraktiv und hat ein nettes Lächeln. Den vielen Schülern nach zu urteilen, die ihm Begrüßungen zurufen, als sie an seiner Bürotür vorbeilaufen, scheint er einer der *coolen* Lehrer zu sein. Viele „Hey, Mr K.", klingen in den Raum. Aber ich brauche keine Schulter zum Ausweinen, und mir ist es lieber, wenn ich keine Beziehungen zu Beratungslehrern aufbaue. Sie neigen dazu, alles merkwürdig zu machen. Ich habe das in meinem ersten Highschool-Jahr herausgefunden und verspüre nicht den Wunsch, das zu wiederholen.

Außerdem ist er ein Fremder. Ich habe mich nicht einmal meinem neu gefundenen Vater anvertraut. Warum um alles in der Welt sollte ich mich dann *ihm* anvertrauen?

Das Vorklingeln zeigt an, dass die erste Stunde gleich beginnt. Ich stehe auf, um zu gehen und stecke dabei meinen Stundenplan in die Hosentasche. Bevor ich das Büro verlassen kann, schlendert ein Junge mit wiegendem Gang herein. Ich bin mir sicher, das spöttische Grinsen ist ihm permanent ins Gesicht geklebt. Er nickt Mr Kemp grüßend zu und lässt sich dann auf den Stuhl fallen, von dem ich gerade aufgestanden bin. Mich würdigt er keines Blickes.

Unhöflich. Wie auch immer. Ich bin neu hier. Wenn es in der Sun Valley High wie in praktisch jeder anderen Highschool in Amerika zugeht, dann werden mich die Schüler hier nicht mit offenen Armen empfangen. Aber das geht in Ordnung. Ich muss hier keine Freunde finden. Ich habe Julio, Gabe und Felix, zu denen ich zurückkann. Ich habe nicht vor, hier noch lange zu bleiben, wenn ich erst mal den Abschluss habe.

„Mr Valdez. Was verschafft mir das Vergnügen?", sagt Mr Kemp streng, aber mir entgeht nicht, dass sich seine Mundwinkel leicht nach oben ziehen. Ich weiß sofort, dass dieser Kerl, Valdez, jemand ist, der viel Zeit in diesem Büro verbringt. Er strahlt eine selbstgefällige Feindseligkeit aus, aber Mr Kemp scheint sich davon nicht beirren zu lassen. Er wirkt... amüsiert.

Als der Junge endlich in meine Richtung schaut, mustert er mich von oben bis unten und verzieht angewidert seine Oberlippe. Er murmelt unterdrückt „*Chiflada*" und rollt dabei seine hübschen braunen Augen.

„Hey!", blaffe ich. Er kennt mich nicht, und es ist mir egal, wie süß er ist. Ich bin kein verwöhntes Balg.

Er grinst höhnisch und dreht sich mit einem gelangweilten Gesichtsausdruck wieder zu Mr Kemp um, ohne auch nur auf meinen Ausruf zu reagieren.

„Roman." Eine Warnung liegt darin, aber dem Jungen scheint das egal zu sein.

Mr Kemp wartet.

Meine Wangen werden heiß, und ich vibriere regelrecht vor Wut.

„Was denn? Schauen Sie sie doch an." Roman zuckt mit den Schultern. „Ich sage einfach nur ehrlich, was ich sehe."

Ich beiße mir auf die Unterlippe, um ihn nicht wieder anzuschnauzen. Dann mache ich kehrt, um zu gehen. Das habe ich nicht nötig.

„Miss Ulrich", ruft Mr Kemp.

Ich erstarre. „So heiße ich nicht." Mein Tonfall ist schärfer, als ich beabsichtigt hatte, aber die Worte stimmen. Ich heiße nicht Ulrich. Gerald will, dass ich seinen Nachnamen annehme. Er ist irgendein großes Tier in der Stadt und glaubt, dass mir sein Name Türen öffnen wird. Doch ich will ihn nicht.

Ich habe die letzten siebzehn Jahre Alejandra Ramirez – Spitzname Allie – geheißen. Ich werde das weder in diesem Leben noch in meinem nächsten ändern.

Roman zieht eine Augenbraue hoch. Plötzlich zeigt er Interesse an unserem Wortwechsel.

„Entschuldigung. *Alejandra.*"

„Allie", korrigiere ich ihn nochmals.

Er verzieht das Gesicht und nickt mit dem Kopf zu dem Typen. „Allie, das ist Roman, er ist genau wie Sie im Abschlussjahr. Und er hat zufällig auch in der ersten Stunde Englisch." Und warum sollte mich das interessieren? „Er wird Ihnen zeigen, wo Sie Ihre erste Stunde haben und Ihnen beim Eingewöhnen helfen. Sehen Sie ihn für diese Woche als Ihren Fremdenführer an."

Mein Kiefer klappt nach unten, und mir entgeht nicht der Blick, den er Roman zuwirft. Das ist keine freiwillige Aufgabe. Ich glotze Mr Kemp mit offenem Mund an, bevor ich die Sprache wiederfinde. „Nein, danke. Ich komme schon zurecht", versuche ich und wedele abwehrend mit der Hand.

Er stößt ein Seufzen aus, lehnt sich in seinem Stuhl nach hinten und ignoriert mich völlig. Seine Augen sind auf Roman gerichtet, der immer noch diesen gelangweilten Gesichtsausdruck zur Schau trägt. „Sie sind hier, weil Sie Ihre Klappe wieder zu weit aufgerissen haben?"

Roman zuckt mit den Schultern. „Schon möglich."

Ich verdrehe die Augen. Er ist absolut einer von diesen Kerlen. Wahrscheinlich ist er auch einer der Spitzensportler der Schule. Er wirkt wie ein sportlicher Typ. Breite Schultern, muskulös. Unter seinem Shirtkragen blitzt außerdem der Ansatz eines Tattoos hervor. Er ist einer von den wilden, rebellischen Typen und stellt sicher, dass das jeder weiß. Sogar seine Lehrer.

Ich habe keine Zeit für solche Kerle.

Mr Kemp lächelt. „Nun gut. Statt des üblichen Nachsitzens haben Sie jetzt das Vergnügen, Allie herumzuführen und ihr dabei zu helfen, dass sie sich willkommen fühlt. Sie ist neu an der Sun Valley High und kennt niemanden. Seien Sie ausnahmsweise mal ein vorbildlicher Schüler und unterstützen Sie das Mädchen."

„Ist schon gut", sagt Roman. „Ich sitze lieber nach."

Gott sei Dank.

Mr Kemp verschränkt die Arme vor der Brust und hebt eine Augenbraue. „Sind Sie sich da sicher? Sie sind in diesem Trimester zum dritten Mal in meinem Büro, was bedeutet, dass Sie eine volle Woche nachsitzen müssen und nicht nur wie sonst einen Tag. Sie werden eine ganze Woche lang das Training verpassen..." Er spricht nicht weiter und wirft Roman einen wissenden Blick zu.

Roman flucht. „Das ist doch scheiße." Er springt von seinem Stuhl. „Das können Sie nicht machen, Mr K."

„Mir sind die Hände gebunden", sagt dieser und hebt ebendiese beschwichtigend. „Sie sind derjenige, der seine Klappe nicht halten kann. Nun, normalerweise biete ich keine Alternativen an, aber ich will Coach Samsons Zorn genauso wenig auf mich ziehen wie Sie. Also wofür entscheiden Sie sich, Mr Valdez? Das Mädchen oder Nachsitzen?"

Roman wirft mir einen vernichtenden Blick zu.

„Moment mal, habe ich hier denn gar kein Wörtchen mitzureden?" Ich brauche diese Art Aufmerksamkeit nicht, die ich damit auf mich ziehen werde. Ich habe vor, in der Menge unterzutauchen und hier an der Sun Valley ein Niemand zu sein. Ich habe nicht das Gefühl, dass jemand, der mit diesem Roman zu tun hat, unbemerkt bleibt. Er ist sportlich, gutaussehend und arroganter als jeder andere Typ, der mir je über den Weg gelaufen ist. Und das kann nur eines bedeuten: Er ist beliebt. Ich hänge nicht mit den beliebten Schülern herum.

„Nein", sagen beide Männer gleichzeitig.

Grrrr!

Das ist so unfair. Warum werde ich für das Verhalten dieses Kerls bestraft?

Nach mehreren angespannten Sekunden murmelt Roman: „Meinetwegen." Er stürmt an mir vorbei, und als ich ihm nicht unverzüglich folge, wirft er mir von der Tür aus einen wütenden Blick zu. „Kommst du, oder was? Ich habe nicht den ganzen Tag Zeit, Vanille."

Ich beiße mir auf die Zunge, aber ich folge ihm.

Großartig. Sieht nach einem ganz tollen Anfang aus.

Kemp hat mir einen Gefallen getan, als er mir das Nachsitzen erspart hat. Heißt nicht, dass ich es mögen muss. Dieses Mädchen wird eine Nervensäge sein – das weiß ich schon. Sie hat Feuer in sich. Sie wird sich weigern zu duckmäusern. Und aus irgendeinem Grund schleicht sich bei der Vorstellung, mit ihr zu streiten, eine gespannte Erwartung bei mir ein und ein grausames Lächeln auf mein Gesicht.

Fast habe ich Mitleid mit dem Mädchen. *Fast*. Es ist ihr erster Tag hier, und ich habe nicht die Absicht, es ihr leicht zu machen. Wie alle anderen Schüler hier an der Sun Valley High wird sie lernen müssen, wo sie hingehört. Nämlich ganz nach unten.

Ich regiere diese Schule. Ich und die anderen Teufel – Dominique Price und Emilio Chavez. Deshalb weiß ich auch, dass Kemp – egal, was er gesagt hat – sich nicht dafür interessiert, ob ich nett zu dem Mädchen bin. Was mir entgegenkommt, denn, wenn sie genug hat und sich bei ihm ausheult, dann wird er ein paar tröstende Worte für sie haben, aber mehr wird nicht passieren. Das Einzige, wofür er sich interessiert –

das Einzige, wofür sich alle Lehrer dieser Schule interessieren – ist, ob meine Freunde und ich das nächste Spiel gewinnen. Und was sie tun müssen, um uns bei Laune zu halten, damit wir das darauffolgende nicht vermasseln, nur um uns an ihnen zu rächen.

Ich denke, dass ich über solch kleinlichen Scheiß erhaben bin. Auf mich wartet ein Vollstipendium für den Besuch der Suncrest Uni, und meine Leistung auf dem Spielfeld entscheidet darüber, ob ich es behalte. Football ist das Einzige, das zählt. Ich würde niemals meine Zukunft gefährden. Aber es ist nicht unter meiner Würde, den Lehrern von Sun Valley damit zu drohen. Sie brauchen mich auf dem Platz, und ich muss für sie gewinnen. Auf diese Weise heimst die Schule weiterhin Gelder ein für den ganzen Scheiß, den sie veranstalten wollen.

In meinem ersten Highschool-Jahr, als ich gerade erst ein Freshman war, habe ich es ins Varsity-Team geschafft, in das nur die besten Sportler aufgenommen werden, und seitdem haben wir nie verloren. Manche Leute finden, dass Football keine große Sache ist, aber dieser Sport öffnet Türen, und zwar nicht nur den Spielern. Deshalb haben die Teufel Privilegien und darum drücken die Lehrer oft ein Auge zu, wenn wir die Klappe aufreißen oder einen Streit vom Zaun brechen.

Doch Mrs Jennings ist eine Lehrerin, die sich absolut nicht um Football schert. Ich weiß nicht, warum sie nicht schon gefeuert wurde. Sie ist die Einzige, die immer versucht, mich für meinen Mist zur Rechenschaft zu ziehen. Ich glaube nicht, dass sie noch lange bleiben wird, wenn ich oder Coach Samson da ein Wörtchen mitzureden haben.

Allies Schritte sind fast lautlos, als sie mir im Flur hinterhergeht, um zu unserer ersten Stunde, Englisch, zu gelangen. Sie sieht so verdammt unschuldig aus, wie sie das Lehrbuch gegen ihre Brust presst und sich mit ihren Rehaugen im Gang umschaut. Und ich will einfach nur ihr perfektes Bild beschmutzen.

Unter ihrem noblen Äußeren versteckt sich ein Hitzkopf, der nur darauf wartet, sich zu zeigen – und das ist meine Aufgabe.

Sie ist hübsch, wenn man den adretten Mist übersieht, den sie trägt. Lange, dunkle Haare. Braune Augen. Ihre weißen Jeans schmiegen sich an ihren Arsch und betonen ihre Hüften. Ich wünschte, sie würde vor mir laufen statt hinter mir. Dann könnte ich sehen, wie dieser Arsch bei jedem Schritt auf und ab wippt.

Sie ist eindeutig eine Latina, aber eher der hellere Typ. Kemp hat sie mit Ms Ulrich angesprochen, und in dieser Gegend gibt es nur einen Ulrich, einen alten weißen Kerl. Jede Wette, dass sie nach ihrer Mom kommt.

Ich kann schon spüren, wie das Interesse in mir auf vertraute Weise aufflammt. Ich will mit ihr spielen. Will sie zu meinem schönen, neuen Spielzeug machen. Normalerweise mache ich mir nichts aus den Mädels hier. Die meisten sehen mich nur als Statusbereicherung an. Als eine Möglichkeit, die soziale Leiter hochzuklettern. Oder sie haben Dollarzeichen in den Augen, weil ich auf dem Spielfeld so gut bin und sie glauben, wenn sie mich frühzeitig einfangen, dann werden sie ein tolles Leben führen, sobald ich erst einmal Profispieler bin.

Allie wirkt nicht so wie diese Mädchen. Nein. Diese Mädchen würden so ziemlich alles tun, um meine Aufmerksamkeit zu bekommen. Wenn ich von Allie verlange, sich hinzuknien und in der Abstellkammer des Hausmeisters an meinem Schwanz zu lutschen, wird sie bestimmt rot und rennt davon. Oder vielleicht sehe ich dann mehr von dem Feuer, das in ihr steckt und sie sagt mir ihre Meinung? Nein. Allie ist nicht leicht flachzulegen. Ich frage mich, ob ich es ändern kann...

Wenn ich an all die Dinge denke, die ich mit ihr tun will,

geht mein Puls schneller, verwandelt sich von einem langsamen, stetigen Pochen in ein schnelles, heftiges Trommeln. Mir ist es egal, mit wem sie verwandt ist. Mein Paps wäre angepisst, wenn er wüsste, dass ich vorhabe, mit diesem Mädchen herumzumachen. Gerald Ulrich hat in dieser Stadt viel zu sagen. Für meinen Paps könnte es schwierig werden, sollte herauskommen, dass ich die Tochter dieses Mannes befleckt habe.

Was für ein Glück, dass mich das nicht interessiert.

Wir kommen am Klassenzimmer des ersten Kurses an. Es hat schon geklingelt, und die Tür ist geschlossen. Ich stoße sie theatralisch auf und lasse sie gegen die Wand knallen, damit sich alle Augen auf uns richten. „Nach dir, Vanille." Ich winke sie mit einer überschwänglichen Geste hinein.

Sie schaut finster, bevor sie erstarrt, weil ihr klar wird, dass uns die ganze Klasse anschaut.

Ich grinse spöttisch. „Willst du etwa alle warten lassen?"

Ihre Wangen nehmen eine rosa Farbe an, als sie einen Schritt nach vorn macht. Ich mache ihr keinen Platz, sodass sie gezwungen ist, mich im Vorübergehen zu streifen. Die Klasse ist still, alle Augen sind auf uns gerichtet.

Sie will sich auf den ersten freien Platz fallen lassen. Er ist in der letzten Reihe und der Tür am nächsten, doch das Mädchen, das daneben sitzt, schüttelt ihren Kopf. „Da solltest du dich nicht hinsetzen", sagt sie im lauten Flüsterton.

„Warum?"

Ich schnaube, und das Mädchen wirft mir einen Blick zu. „Das ist sein Platz."

Allie dreht sich um und schaut mich wieder finster an.

Ich ziehe ein gelangweiltes Gesicht und frage mich, ob sie um den Platz kämpfen wird oder ob sie klug genug ist, sich einen anderen Platz zu suchen. Ich bin fast enttäuscht, als sie ärgerlich schnauft und nach vorn läuft. Sie muss das ganze Klassenzimmer durchqueren, um den letzten freien Platz auf der anderen Seite, in der dritten Reihe von vorn, zu erreichen. Als sie sich hinsetzt, ist es immer noch totenstill im Zimmer. Ihre Wangen sind leuchtend rot. Wie eine Rose. Ich kann es kaum erwarten, ihre Dornen zu sehen.

„Okay, Leute", beginnt unsere Lehrerin. Sie bittet Allie, sich vorzustellen und lässt sie dazu aufstehen. Fragt sie, von wo sie hergezogen ist, ob sie Geschwister hat. Der ganze langweilige Kram.

Ich erfahre, dass sie aus Richland stammt. Keine Geschwister. Keine Haustiere. Sie lebt bei ihrem Vater. *Interessant.* Es ist mir neu, dass Gerald Ulrich eine Tochter hat. Ich frage mich, wo er sie all die Jahre versteckt hat.

Als Mrs Beck endlich mit dem Verhör fertig ist, lässt sie Allie für den Rest der Stunde in Ruhe. Für mich ist es von Vorteil, dass ich sie beobachten kann, ohne dass sie das Gleiche mit mir tun kann. Sie schreibt mit und passt tatsächlich auf. Sie ist eindeutig eine Musterschülerin, wodurch es noch mehr Spaß machen wird, sie zu beflecken. Genau das habe ich gebraucht. Das Abschlussjahr fing an, langweilig zu werden, aber nun wird's interessant. Ich kann es kaum erwarten.

Ich verliere mich in meinen Fantasien. Mein Blick klebt an ihrem Hinterkopf, während ich mir all die Arten vorstelle, wie ich ihr wehtun will. Sie ficken. Sie beflecken. Es ist ein Sport und zufällig bin ich extrem gut darin. Wenn sie ihre Sache gut macht, könnte ich vielleicht ein paar der Schmerzen, die ich ihr bereite, lindern. Mal sehen.

Nach dem Klingeln warte ich vor der Tür auf sie. Sie hält einen Zettel in der Hand und schaut darauf, weshalb sie mich erst bemerkt, als sie in mich hineinläuft und der Zettel zwischen unseren Körpern zerknittert. Körperkontakt. *Jetzt wird's interessant.*

„Pass doch auf, Vanille." Ich reiße ihr den Zettel aus der Hand und schaue mir schnell ihren Stundenplan an. Ich hätte sie nach ihrem nächsten Kurs fragen können, das wäre nur halb so lustig gewesen.

„Hey!" Sie versucht, sich den Zettel zu greifen, aber ich halte meine Hand hoch über ihren Kopf und schaue nach oben, damit ich ihn lesen kann. Sie kann ihn sich gegen meinen Willen unmöglich zurückholen. Es sei denn, sie beschließt, an mir wie an einem Baum hochzuklettern. Damit hätte ich kein Problem.

Sie ist ein Meter siebenundfünfzig groß. Vielleicht ein Meter sechzig. Winzig im Vergleich zu meinen ein Meter fünfundachtzig, mit denen ich sie weit überrage. Ihre Hände ballen sich an den Seiten zu kleinen Fäusten. Ihre Lippen werden zu einer schmalen Linie. Mein Schwanz zuckt beim Anblick ihrer Wut, aber bis auf diesen anfänglichen Ausbruch bleibt sie still.

Hm, ... Ich frage mich, was sie wirklich wütend machen würde, damit sie aus dieser kleinen Form aus guten Manieren und unterdrücktem Zorn ausbrechen würde.

Englisch, Analysis, Spanisch 4... Hm. Ich mustere sie. Spanisch 4 ist für Muttersprachler. War meine Annahme über sie also richtig. „Mexikanerin oder Puerto-Ricanerin?", frage ich, als ich sie nochmal von oben nach unten beäuge. Ich wette auf Mexikanerin, aber ein-, zweimal im Leben habe ich daneben getippt.

„Mexikanerin."

Wieder richtig.

Ich stecke ihren Stundenplan hinten in meine Hosentasche und gehe los.

„Hey, das brauche ich." Sie beeilt sich, um mit mir Schritt halten zu können. Ihre kürzeren Beine müssen die doppelte Arbeit leisten. Die Schüler mustern sie mit unverhohlener Neugierde, und ich beschließe, die Sache noch interessanter zu machen.

Ohne anzuhalten, lege ich einen Arm um ihre Schulter und

ziehe sie nah an mich, als ich sie durch den Gang führe. Sie versteift sich. „Entspann dich. Ich bringe dich zu deinem Klassenzimmer. Ich helfe der Neuen nur aus."

Sie presst die Lippen aufeinander, aber sie nickt, und ich beschließe, kein kompletter Arsch zu sein und laufe etwas langsamer. Nicht wirklich ihr zuliebe, sondern damit unser kleiner Spaziergang ein bisschen länger dauert und uns so viele Schüler wie möglich zusammen sehen.

Die Kerle auf dem Flur beäugen sie mit einer Mischung aus Faszination und Verwirrung. Die Mädchen allerdings schauen sie mit unverhohlener Verachtung an. Perfekt.

Ich entdecke einen meiner besten Freunde, Emilio, weiter vorn im Gang, wo er vor einem Klassenzimmer auf unsere nächste Stunde wartet. Fragend zieht er eine Augenbraue hoch. Mein Mundwinkel hebt sich, und ich werfe ihm einen wissenden Blick zu. Er bemüht sich gar nicht erst, seinen Ärger zu verbergen. Emilio hat nichts für Spielchen übrig, aber er wird sich nicht einmischen. Es ist nicht sein Stil, mir in den Rücken zu fallen.

Ich halte an, als wir den Klassenraum für Allies nächsten Kurs erreichen. Und wieder öffne ich theatralisch die Tür, nur dass ich sie diesmal hineinschiebe. „Hey, Silvia?", rufe ich.

Silvia Parish reißt den Kopf zu mir herum. Ihre hellbraunen Augen sind geweitet vor Überraschung und der Ansatz eines Lächelns zeigt sich auf ihren Lippen – bis sie Allie entdeckt.

„Kümmere dich um mein Mädchen." Ich zwinkere in Allies Richtung und schließe die Tür.

Die Sache liegt nun nicht mehr in meinen Händen. Silvia wird mit ihr ihre helle Freude haben. Sie versucht, mich zu kriegen, seit ich nur denken kann. Sie wird Allie das Leben zur Hölle machen, wenn sie glaubt, dass sie ihre Chance auf den Hauptpreis schmälert. Und ich habe gerade eine knallrote Zielscheibe auf Allies Stirn geheftet.

Eine kleine Menschentraube hat sich hinter mir gebildet, aber als ich mich umdrehe, stieben die Schüler in alle Richtungen davon, obwohl sie eigentlich in das Klassenzimmer wollen, aus dem ich gerade komme. Ich werde nie genug davon bekommen, hier der herrschende Teufel zu sein.

Emilio wartet vorm Raum des Wirtschaftskurses auf mich und sieht nicht erfreut aus. „Ist das die Neue, über die alle reden?"

Ich zucke mit den Schultern. „Schon möglich."

Seine Augen verdunkeln sich.

„Warum? Versuchst du, sie dir zu reservieren oder irgendeinen Scheiß?", hake ich nach.

Er schüttelt den Kopf. „Musst du immer so ein Arsch sein?", fragt er mich.

Noch ein Schulterzucken. „Tu nicht so, als ob dich das interessiert", werfe ich ihm an den Kopf.

Er boxt mir in die Schulter. „Du weißt, dass wir eine Abmachung hatten, oder? Football. Darauf müssen wir drei uns konzentrieren. Nicht auf Mädels. Keine Psychospielchen mehr. Wir haben einen Pakt, *cabrón*."

„Ich habe nichts als das Spielen im Kopf. Hör auf, dich über so eine Kleinigkeit aufzuregen. Kemp hat mich gebeten, ihr diese Woche zu helfen, damit ich nicht nachsitzen muss. Ich tu nur, was mir aufgetragen wurde."

Emilio sieht nicht überzeugt aus, lässt die Sache aber mit einem Kopfschütteln fallen. „Du tust nie, was dir gesagt wird. Es sei denn, es springt etwas für dich heraus. Wenn du mit deinen Spielchen das versaust, was wir auf dem Spielfeld am Laufen haben, dann trete ich dir in deinen verdammten Arsch. Und du weißt, dass Dom mir dabei helfen wird."

Ja, ja. Wie auch immer.

VIER

ALLIE

Die Blicke, die ich ernte, sind nicht freundlich. Ich bin mir ziemlich sicher, das Mädchen, Silvia, würde mich am liebsten umbringen. Mir ist nicht entgangen, wie sie Roman angesehen hat, als er ihren Namen gerufen hat. Sie hat sich in seiner Aufmerksamkeit gesonnt. Bis sie mich gesehen hat. Sie will ihn. Das kann ich ihr nicht übelnehmen. Bevor ich mit meinem Ex, Ryker, zusammenkam, hätte ich ihn vielleicht auch gewollt. Der wilde Typ, den jedes Mädchen zähmen möchte. Aber ich habe meine Lektion gelernt.

Ich bin nicht masochistisch veranlagt, also muss sie sich meinetwegen keine Sorgen machen.

Er hat sie gebeten, sich um mich zu kümmern – um *sein Mädchen*. Hat er irgendeine Vorstellung davon, wie verdammt sehr er mich mit diesen zwei kleinen Worten in Schwierigkeiten gebracht hat? Man kann problemlos erkennen, dass Silvia eine – wenn nicht sogar die größte – Zickenkönigin hier an der Sun Valley High ist. Sie ist total herausgeputzt und hat einen so verächtlichen Gesichtsausdruck, dass sich einem die Zehennägel aufrollen. Bis zum Ende des heutigen Schultages werden mich alle Mädchen dieser Schule hassen, weil sie ihrem Beispiel folgen.

Glücklicherweise muss ich nicht neben ihr sitzen und Analysis verläuft ohne Zwischenfälle, von dem Flüstern und spöttischen Grinsen in meine Richtung mal abgesehen. Aber was kann ich dagegen schon tun?

Gar nichts. So sieht es aus.

Sun Valley High ist genauso, wie ich es erwartet hatte. Die typische öffentliche Schule. Aber ich hatte nicht bedacht, für welchen Wirbel ich als die Neue sorgen würde. Und es hilft nicht, dass ich mitten im ersten Trimester an diese Schule gekommen bin. Wenn ich, wie jeder andere auch, am ersten Schultag begonnen hätte, dann wäre es mir vielleicht gelungen, unbemerkt zu bleiben. Eventuell. Wahrscheinlich. Es sei denn, ich wäre auch am ersten Tag Roman über den Weg gelaufen.

Ich zupfe am Saum meines Shirts herum, während ich eine Welle der Befangenheit unterdrücke. Niemand hier trägt Klamotten wie meine. Janessa hat mich glauben lassen, dass das so sein würde, und hat mir ständig erzählt, was beliebte Schüler hier mögen. Aber sie lag völlig daneben.

Die meisten Kinder tragen zerrissene Jeans, Hoodies und lässige T-Shirts. Es gibt eine kleine Gruppe, die wie aus dem Ei gepellt aussieht – wie Silvia – und ich habe das Gefühl, dabei handelt es sich um die Elite von Sun Valley. Die schicken Sportler und die verwöhnten reichen Kinder. Nur ihre Version von „schick" bedeutet Rock Revival-Jeans und Oberteile von Free People.

Meiner Meinung nach immer noch übertrieben, aber schon allein meine Schuhe haben mehr als die meisten ihrer Outfits gekostet, und das bleibt nicht unbemerkt. Mir werden viele Kommentare zugeflüstert, die Variationen von „eingebildete Ziege" darstellen, und bis zur Mittagszeit habe ich einen neuen Spitznamen: „Daddys kleine Prinzessin".

Den hasse ich sogar noch mehr als Romans „Vanille".

Er wartet vorm Klassenzimmer auf mich, um mich zum Mittagessen mitzunehmen, was mich überrascht. Ich mache mir nichts vor und glaube nicht, dass wir Freunde werden. Kerle wie er sind mit Mädchen nicht befreundet. Ich kenne diese Sorte. Ich bin einfach nur seine Strafe, und es ist klar ersichtlich, dass er damit nicht glücklich ist, selbst wenn er mit mir seine Spielchen treibt. Ryker hat auch immer solchen Scheiß abgezogen.

Ich folge Roman zur Cafeteria, und wir schnappen uns jeder das Mittagessen, bevor wir zu einem Tisch in der hinteren rechten Ecke gehen. Zwei andere Jungen sitzen schon dort. Einer ist ein großer schwarzer Kerl, der anthrazitfarbene Jogginghosen, ein schlichtes, weißes T-Shirt und ein Paar Beast Mode-Sneaker trägt.

Hm, ein Fan von Marshawn Lynch. Damit kann ich leben.

Na ja, mit Marshawn Lynch, als er für die Raiders gespielt hat. Ich war nie ein Fan der Seahawks.

Der Typ hat volle Lippen und dunkelbraune, weit auseinanderstehende Augen. Seine Haare sind eng an seinen Kopf geflochten, und an seiner linken Augenbraue hat er zwei Cuts. Ich bin mir ziemlich sicher, er hat dort Haare wegrasiert, anstatt dass es sich um die Überreste einer Narbe handelt. Die Cuts lassen ihn härter wirken und betonen sein sowieso schon gutes Aussehen.

Ich schaue mir den Kerl neben ihm an. Er ist kleiner als der andere, aber immer noch über einen Meter achtzig groß. Er ist Hispanoamerikaner genau wie Roman und ich, nur seine Augen zeigen außen leicht nach oben, und seine Wangenknochen sind etwas schärfer. Bestimmt kein Mexikaner. Vielleicht Honduras. Er ist von den Dreien, der schmalste, aber seine Arme sind trotzdem sehr muskulös. Vielleicht ist er einfach noch nicht ausgewachsen.

Er trägt ein weißes Tanktop, niedrig sitzende Jeans, die die oberen fünf Zentimeter seiner schwarzen Boxershorts zeigen, und eine dicke Silberkette um den Hals.

Er ist unglaublich gutaussehend. Alle drei sind das. Und ein Blick durch die Cafeteria sagt mir, dass diese drei die absoluten Sahneschnitten sind. Alle Mädchen starren sie voller Verlangen und Begierde an.

Geht's vielleicht noch ein bisschen offensichtlicher?

Der andere Hispano wirft mir einen kurzen Blick zu, als ich hinter Roman her dackele. Sein Blick wirkt fragend, aber Roman scheint nicht gewillt zu sein, darauf einzugehen.

„Por qué está ella aquí?", fragt er, als wir endlich den Tisch erreichen. *Warum ist sie hier?*

Roman schnaubt und antwortet nicht. Wunderbar.

Ich überlege, ob ich gehen soll. Ich kann mich in die Bibliothek setzen und dort essen. Obwohl Roman mich hierhergeschleppt hat, scheinen die zwei Kerle nicht geneigt, mich willkommen zu heißen. Ich beschließe, mich trotzdem vorzustellen.

„Me llamo Alejandra. Allie." Ich entschied, das auf Spanisch zu sagen. Ich will keine Zicke sein, aber ich will auch nicht, dass er glaubt, er könne über mich auf Spanisch reden, ohne dass ich mitbekomme, was er sagt.

Er grinst und lacht überrascht auf. „Oh, ich liebe es, wenn Mädchen mit mir Spanisch sprechen." Ich verdrehe bei seinem Flirtversuch die Augen. Er wackelt mit den Augenbrauen hoch und runter und fragt: „Was führt dich her, Vanille?"

Er jetzt auch noch? Ich versuche, nicht finster zu schauen. „Ich heiße Allie. Nicht Vanille", sage ich und bemühe mich, nicht so einen scharfen Ton anzuschlagen. Keiner dieser Kerle hat mir etwas getan, und ich will mich nicht noch unbeliebter machen. Aber ich mag den Spitznamen wirklich nicht.

„Was immer du sagst, Vanille." *Grrrr, ich könnte ihn*

würgen. „Ich bin Emilio." Er zeigt auf sich. „Der schweigsame Wichser hier ist Dom." Er deutet auf den Jungen neben sich. Dom nickt, scheint aber an der Vorstellungsrunde nicht allzu großes Interesse zu haben. „Gibt es einen Grund, warum du an unseren Tisch kommst? Nichts für ungut, aber dieser Tage haben wir normalerweise nicht mehr mit dem schönen Geschlecht zu tun."

Oh. *Oh.* „Ich bin nur... Ich meine... Ich habe kein Problem damit." Ich hebe beschwichtigend meine Hände. „Echt. Wenn ihr auf Kerle steht oder auf euch gegenseitig –"

„Wir sind nicht schwul", sagt Dom mit unbewegtem Gesicht.

Meine Wangen röten sich. Sind sie nicht? „Ähm ..."

Ich habe keine Ahnung, was ich sagen soll.

Dom seufzt und rückt herum, um mich anzusehen. „Was Emilio sagen wollte ...", er hält inne und gibt ihm einen Klaps auf den Hinterkopf.

„Hey!"

Dom blickt Emilio finster an und fährt fort: „...ist, dass das unser Abschlussjahr ist. Wir haben keine Zeit für Bräute. Wir konzentrieren uns auf Football. Nur auf Football. Wenn du also versuchst, etwas mit Ro ..."

„Tu ich nicht. Oh, mein Gott. Echt nicht." Meine Wangen brennen mittlerweile vor Hitze, aber ich will nicht, dass hier irgendjemand falsche Vorstellungen bekommt. „Ich bin seine Strafe. Das ist buchstäblich der einzige Grund, warum ich jetzt hier bin. Er muss mich diese Woche herumführen, damit er um das Nachsitzen herumkommt."

Emilio pfeift. „Echt jetzt?" Er mustert mich von oben bis unten, als ob ich ein Stück Fleisch bin, und dreht sich dann breit grinsend zu Roman um. „Wie hast du's geschafft, mit so einer scharfen Braut bestraft zu werden?" Er sagt es, als ob es ein Witz wäre, aber in seiner Frage schwingt ein gewisses Interesse mit.

„Es ist keine große Sache. Mrs Jennings war einfach nur wieder Mrs Jennings."

Beide Kerle stöhnen auf. Ich achte nicht auf das, was als Nächstes gesagt wird, und checke stattdessen mein Handy.

Ich ziehe mein Smartphone heraus. Während der ersten und zweiten Stunde hat es immer wieder vibriert, aber ich wollte keinen Blick darauf riskieren – nicht, dass es möglicherweise konfisziert worden wäre. Keine Ahnung, wie streng die Lehrer hier sind.

Ich scrolle durch meine Textnachrichten. Ich habe drei von meinem Ex, Ryker.

Ryker: Baby, ich weiß, wir haben Schluss gemacht, aber ich vermisse dich.

Ryker: Wir sollten uns bald mal treffen.

Ryker: Ich vermisse deine Küsse. Deinen Geschmack...

Widerlich. Die letzte Nachricht enthält ein Foto. Ein Dick Pic. Wunderbar. Was für ein Arschloch. Er hat mit mir Schluss gemacht. An dem Tag, an dem Mom gestorben ist. Wer tut denn so etwas? Und er hat mich betrogen. Mit meiner einzigen Freundin. Und in keiner dieser Mitteilungen hat er sich dafür entschuldigt. Nicht, dass ich ihm verzeihen würde, selbst wenn er es täte. Stattdessen tut er so, als ob wir uns zum Gelegenheitssex verabreden und ich um ein blödes Bild von seinem bleistiftdünnen Schwanz gebeten hätte.

Ich lösche seine Nachrichten und mache mir gar nicht erst die Mühe zu antworten. Dann gehe ich weiter zu den zwei anderen Mitteilungen, die auf mich warten.

Adriana: Ich weiß, ich habe Scheiße gebaut. Es tut mir leid. Können wir reden? Bitte.

Löschen.

Julio: Falls dir Adriana schreibt, ignoriere sie. Sie und Ryker ficken immer noch.

Ich seufze. Wenigstens redet er Klartext.

Ich: Danke für die Warnung.

Er antwortet fast sofort.

Julio: Ich bin immer für dich da. Ich vermisse dich, *Chica*.

Ich: Ich dich auch, J.

Julio ist seit der Grundschule mein bester Freund. Seitdem Mimi Johnson im Park meine Eiswaffel geklaut und mich blöd genannt hat. Er hat ihr gesagt, sie sei potthässlich und sie würde von dem gestohlenen Eis fett werden. Seitdem halten wir zusammen wie Pech und Schwefel.

J kennt mich besser als jeder andere, und ich weiß, dass er immer für mich da ist. Nur, dass er nun zwei Stunden entfernt lebt. Ich hasse es, dass so eine große Entfernung zwischen uns liegt, aber ich muss es nur durch dieses eine Jahr schaffen.

Immer noch lächelnd schiebe ich das Handy zurück in meine Hosentasche. Als ich aufschaue, starrt mich Roman an. Er sagt nichts, also tue ich das auch nicht. Die anderen Kerle scheinen mich abschätzend zu mustern, und dann fragt Emilio: „Ein heißer Freund?"

Ich pruste. „Nein. Nur ein paar Leute aus meiner alten Schule", antworte ich ihm. Ich habe keinen Grund, ihn anzulügen.

Er zieht eine Braue hoch, als ob er sagen wolle: *„Ich höre."*

Als ich nichts weitersage, fragt er: „Werden dir oft Dick Pics geschickt?"

Oh mein Gott! Das hat er gesehen?

„Was? Nein." Ich schlage die Hände vors Gesicht, und alle

drei lachen in sich hinein. „Es ist nicht so, wie es aussieht. Gott. Nein." Ich schüttele den Kopf, und sie lachen noch mehr.

„Verdammt, Vanille. Ich habe damit kein Problem. Du kannst alle Dick Pics haben, die du willst. Weißt du was, ich kann jetzt gleich zum Klo gehen und eines für dich machen. Gib mir deine Nummer, und wir kriegen die Sache hin."

Mir ist das so unglaublich peinlich. „Es ist nicht..." Ich schüttele den Kopf für ein eindeutiges Nein und atmete dann entnervt aus. „Mein Ex will mich zurück. Irgendwie." Ich runzele die Stirn. „Ich bin mir ziemlich sicher, er will nur ab und zu Sex, aber das wird nicht passieren. Also: Nein, ich bekomme nicht oft ein Dick Pic. Er ist einfach nur ein Idiot und hat nicht kapiert, dass es vorbei ist. Und nein, ich möchte auch keine Bilder von deinem Schwanz. Danke der Nachfrage."

„Heilige Scheiße, Vanille. Dein Leben ist ja wie das Prequel einer Seifenoper. Was hast du denn sonst noch zu bieten?"

Ich schnaube. „Nichts. Mein Leben ist nicht spannend." Ein bisschen tragisch vielleicht, aber davon muss niemand etwas erfahren.

Den Rest der Mittagspause reden die Kerle über Football. Sie sind alle drei in der guten Schulmannschaft, was mich nicht weiter überrascht. Am Freitag findet ein Spiel statt, aber sie scheinen sich nicht darum zu sorgen. Das Spiel, das in zwei Wochen ansteht, bekommt die meiste Aufmerksamkeit von ihnen. Es ist das Spiel, in dem Sun Valley High gegen den Rivalen, die Saints der Suncrest Academy, spielt. Ihren Mienen nach zu urteilen, ist das eine große Sache.

Ich versuche, ihrem Gespräch zu folgen. Julio und ich haben immer zusammen Football angesehen. Ryker spielt für meine alte Schule, aber ich bin nie zu seinen Spielen gegangen. Ich habe nur die landesweiten Spiele der NFL, der National Football League, mit Julio angeschaut. Und manchmal kurze

Ausschnitte der Highschool-Spiele, wenn das Spiel so bedeutend war, dass in den Nachrichten darüber berichtet wurde.

Adriana war allerdings immer dort gewesen. Sie war im Cheerleader-Team. Vielleicht hat er mich deshalb nie gefragt, ob ich zum Spiel kommen wollte?

Durch das Gespräch der Kerle finde ich heraus, dass Dom der Quarterback der Schule ist. Roman ist der Wide Receiver. Und Emilio ist ein Cornerback. Alle drei scheinen nur für den Football zu leben. Emilio legt Wert darauf, mich in ihr Gespräch einzubeziehen, was mich ein bisschen überrascht, da er anfangs von meinem Auftauchen nicht begeistert schien.

Er bombardiert mich mit Fragen, aber ich habe nicht viel beizusteuern. Ich verstehe das Spiel. Ich weiß, wie Spielzüge ablaufen, und komme zum Glück mit. Bis Dom vom Thema abschweift und von einem Überraschungsangriff erzählt, den die Saints letzte Woche in einem Spiel gegen eine andere Schule eingesetzt haben und der für sie gut funktioniert hat. Die Jungs sind voll in ihrem Element und wissen genau, worüber sie sprechen. Ich fange an, mich ein bisschen weniger verlassen zu fühlen.

Die Kerle unterscheiden sich nicht so viel von meinen Kumpels, die ich zu Hause hatte. Roman ähnelt Julio sehr. Der Anführer der Gruppe, aber er ist eindeutig einschüchternder und geht mehr Richtung Aufreißer. Emilio ist genauso unbeschwert wie Felix. Er macht ständig Witze und hat immer ein Lächeln auf den Lippen. Und Dom ist der starke, schweigsame Typ wie Gabe.

Ich bekomme langsam das Gefühl, dass heute doch nicht komplett ätzend ist, aber ich mache mir keine Illusionen darüber, ob die Jungs noch mit mir sprechen werden, wenn Romans kleine Strafe erst einmal vorbei ist. Emilio hat bereits klargestellt, dass sie sich nicht mit den Mädchen dieser Schule befassen. Sie können keine Ablenkung gebrauchen. Außerdem ist eindeutig klar, dass wir unterschiedlichen sozialen Kreisen angehören. Sie sind die Typen, die von den weiblichen Wesen hier umschwärmt werden, und alle anderen Kerle wollen so sein wie sie. Man sieht das daran, wie jeder sie beobachtet. Und ich bin nur das Mädchen, das ihr Abschlussjahr überstehen möchte.

Es klingelt, Roman bringt sein Tablett weg und geht wahrscheinlich zum Spanischunterricht. Er macht sich nicht die Mühe, auf mich zu warten. Ich überlege, ob ich nach ihm rufen soll, entscheide mich aber sofort dagegen. Er schien während der Mittagspause immer unruhiger zu werden. Ich habe ihm nichts getan, weiß also nicht, warum er so einen Stock im Arsch hat.

Niemand spricht mich an, als ich den Schulflur entlanglaufe und versuche, meinen Spanischkurs zu finden. Roman hat immer noch meinen Stundenplan, und ich weiß nicht, wo ich hinmuss. Ich frage ein paar Schüler, aber die grinsen mich nur höhnisch an oder verdrehen die Augen. Keine Worte. Keine Hilfe.

Ja, ich bin die Neue.

Ja, ich habe in der Mittagspause bei den süßen Jungs gesessen. Den Spitzensportlern der Schule.

Und nein, ich hatte nicht vor, in der blöden Sozialhierarchie der Highschool für Wirbel zu sorgen.

Mir ist nicht entgangen, dass die Kerle nicht beim Rest der Footballspieler sitzen, die man leicht an ihren Collegejacken mit den aufgenähten Buchstaben und ihrem ungehobelten Verhalten erkennen kann. Aber wenn man wie Dom der Quarterback ist, gehört man praktisch zur Schularistokratie. Falls die Kerle also immer unter sich bleiben, dann ist es beim Rest der Schule nicht gut angekommen, dass ich bei ihnen gesessen habe.

Was mir eindeutig klar wird, als ich zur nächsten Unterrichtsstunde komme, nachdem ich mir im Sekretariat noch einmal meinen Stundenplan habe ausdrucken lassen.

Der Lehrer lässt mich nicht aufstehen und die ganze Vorstellungsroutine durchmachen, wofür ich dankbar bin. Ich hasse es, die Neue zu sein, und ich hasse es, wenn man mich in Verlegenheit bringt. Ich bin hier sowieso fehl am Platz, und durch die zusätzliche Aufmerksamkeit und die prüfenden Blicke fühle ich mich nicht wohl in meiner Haut. Das Mädchen, das hinter mir sitzt, tritt während der Unterrichtsstunde mindestens viermal mit voller Absicht gegen meinen Stuhl. Nach der Stunde nennt sie mich eine Schlampe und wirft im Vorbeigehen mein Heft zu Boden.

Wunderbar.

Roman sieht das alles und grinst nur spöttisch. Dieser Kerl ist wirklich ein harter Brocken. In der einen Minute ist er irgendwie nett und hilft mir, und in der nächsten ist er unverhohlen feindselig und ermutigt die anderen, sich mir gegenüber auch so zu benehmen. Langsam frage ich mich, ob er mich in der letzten Stunde nur „sein Mädchen" genannt hat, um es mir schwer zu machen. Er wusste, welche Reaktion er damit auslösen würde.

Als das Mädchen an ihm vorbeigeht, legt er sehr offensichtlich seinen Arm um sie und geht mit ihr aus dem Zimmer.

So blöd.

Aber ich kümmere mich nicht darum und gehe zu meinem letzten Kurs des Tages: Schweißen.

Nach einem Abstecher zur Toilette komme ich kurz nach dem Stundenklingeln im Kurs an. Ein Meer entgeisterter Gesichter blickt mir entgegen, als ich in der offenen Tür stehe. Etwa zwanzig Schüler sind in der Klasse, und es sind nur Jungs. Nicht überraschend. Der Unterricht hat schon begonnen, und ich will nicht stören. Der Lehrer bemerkt, wie verwirrt alle hinter ihm jemanden anstarren, da dreht er sich um und entdeckt mich.

„Haben Sie sich verlaufen?", fragt er mich stirnrunzelnd.

Ich schüttele den Kopf. „Nein. Ich habe Schweißen in der vierten Stunde", sage ich zu ihm und reiche ihm meinen Stundenplan. „Ich bin neu an der Schule", füge ich verlegen hinzu.

Sein Stirnrunzeln verstärkt sich, seine fast weißen Brauen ziehen sich zusammen und erinnern mich an zwei haarige Raupen.

„Hat man Sie hier hineingesteckt, weil woanders kein Platz mehr war?", fragt er, immer noch verwirrt.

„Nein. Ich habe Schweißen als mein Wahlpflichtfach angegeben."

Das wirft ihn aus der Bahn.

„Sind Sie eine von denen, die ganz verrückt nach Jungs sind?" Sein Ton klingt verärgert.

Ich schnaube. An meiner alten Schule habe viele Mädchen im Sportunterricht Gewichtheben als Wahlfach genommen, weil alle Spitzensportler in dem Unterricht waren. Es war eine gute Möglichkeit, um mit den coolen Leuten in Kontakt zu kommen, aber ich habe nicht zu diesen Schülerinnen gehört. Ich mochte den Kurs tatsächlich.

„Nein, Sir. Schweißen macht mir Spaß."

Er zieht eine Augenbraue nach oben. „Haben Sie schon mal geschweißt?"

Ich nicke. „Meine alte Schule hat es angeboten, ich bin jetzt im dritten Jahr. Ich bin ganz gut im MIG-Schweißen und Lichtbogenschweißen. Beim WIG-Schweißen", ich mache eine abwägende Bewegung mit der Hand, „bin ich halbwegs okay."

Seine Augen werden groß, aber er nickt und gibt mir meinen Stundenplan zurück. „In Ordnung. Suchen Sie sich einen Platz. Wir machen heute sowieso eine kleine Wiederholung."

Ich gehe zum einzigen freien Stuhl. Ein Junge lehnt sich über seinen Tisch zu mir. „Hey, du bist neu hier, oder?"

Ich nicke und wappne mich wofür auch immer, er gleich sagen wird.

„Ich heiße Aaron. Und du?"

„Allie", antworte ich, überrascht davon, dass er sich vorstellt.

„Cool. Schön dich kennenzulernen, Allie." Er schenkt mir ein freundliches Lächeln. Er ist süß. *Wirklich süß.* Er hat verwuschelte, blonde Haare, die ihm ins Gesicht hängen, und strahlend grüne Augen. Mit seiner schwarzen Volcom-Hose und dem O'Neill-Shirt wirkt er wie ein Skater, aber das ist cool und passt zu ihm. Meine Annahme bestätigt sich, als ich das Skateboard sehe, das neben seinem Tisch auf dem Boden steht.

Ich lächele ihn auch an, bevor ich meine Aufmerksamkeit auf unseren Lehrer richte.

Das Meiste, wovon er spricht, weiß ich schon. Er geht mit uns die Sicherheitsmaßnahmen durch. Ich denke mal, dass sich am Vortag jemand verletzt hat.

Immer den Gesichtsschutz aufsetzen. Immer geschlossene Schuhe tragen. Beim Schweißen ein langärmeliges, nicht-entflammbares Shirt zusätzlich zur Schweißerjacke anziehen. Handschuhe tragen.

Er zeigt uns, wo die Augenwaschstation ist, und geht dann die Ausrüstung durch. Die meisten Schüler hören ihm nicht zu, aber ich passe auf für den Fall, dass sich irgendetwas von dem unterscheidet, was ich zuvor gelernt habe.

„Im ersten Trimester befassen wir uns mit MIG-Schweißen", erzählt mir Aaron, als wir uns wieder hinsetzen. Das überrascht mich nicht, da das die einfachste Form des Schweißens ist. Es ist wie die Heißklebepistole der Schweißerwelt.

Der Lehrer, Mr Moyer, erklärt, wie ein Schweißer arbeitet

und gerade, als er erklären will, wie man sich auf das Schweißen vorbereitet, läutet die Klingel das Unterrichtsende ein.

„Morgen machen wir dann hier weiter", sagt er zur Klasse. „Schauen Sie sich das Kursprogramm an, und lassen Sie Ihre Eltern die Einverständniserklärung unterschreiben", erinnert er mich, als ich meine Sachen zusammenpacke, um zu gehen.

Ich ziehe nickend mein Handy aus der Hosentasche und bemerke, dass ich eine Nachricht bekommen habe.

Sie ist von Janessa.

Janessa: Das Meeting deines Vaters dauert länger als geplant. Bestelle dir ein Uber.

Ich runzele die Stirn, beschließe dann aber, dass es wahrscheinlich gut ist, dass sein Meeting länger dauert. Ich habe mich nicht gerade darauf gefreut, mit Gerald nach Hause zu fahren. Im App Store auf dem Smartphone suche ich nach der Uber-App und lade sie herunter. Ich habe vorher noch nie ein Uber bestellt, aber das ist keine Hexerei.

Aaron kommt langsam von der Seite her an mich heran und linst über meine Schulter auf mein Telefon.

„Irgendwas nicht in Ordnung?"

„Nein. Ger... Mein Dad verspätet sich, also rufe ich mir ein Uber."

„Ich kann dich fahren."

„Du kennst mich doch nicht einmal." Ich werfe ihm einen ungläubigen Blick zu.

Er zuckt mit den Schultern und schenkt mir ein spitzbübisches Lächeln. „Ich weiß. Ich würde dich gern besser kennenlernen."

Hitze steigt mir ins Gesicht, aber bevor ich antworten kann, steht Roman plötzlich neben mir. „Hau ab, Henderson." Er schubst Aaron rückwärts in die Spinde.

Mein Kiefer klappt hinunter, und ich greife nach seinem Arm. „Was zum Kuckuck, Roman?"

Er zieht eine Braue hoch, und seine Mundwinkel verziehen sich zu einem teuflischen Grinsen. „Zum Kuckuck? Echt jetzt?"

Ich blicke ihn wütend an. Als Aaron sich vom Spind wegdrückt, sein Gesicht rot und wutverzerrt, springe ich zwischen die beiden. Mit dem Rücken zu Aaron stehend, schaue ich Roman finster an. „Die Schule ist aus. Du brauchst nicht mehr meinen Babysitter zu spielen." Außerdem hat er seine Aufgabe sowieso nicht gut gemacht.

Dom und Emilio kommen und stellen sich neben ihn. Beide schauen den Jungen hinter mir drohend an.

„Was ist denn euer Problem?", frage ich, weil ich nicht verstehe, wo all die Feindseligkeit herkommt.

„Du kennst ihn?", fragt Emilio, während er mit dem Kinn auf Aaron deutet.

Ich zucke mit den Schultern. „Irgendwie schon. Ja. Wir haben zusammen Schweißen." Ich kann die Wut spüren, die der vor mir stehende Roman ausstrahlt. Seine Augen sind schmal, seine Hände sind an seinen Seiten zu weißen Fäusten geballt, aber er sagt nichts. Er starrt nur Aaron hinter mir an, als ob er ihn mit einem Blick töten könnte.

„Er ist kein guter Umgang, Vanille. Steig mit dem Kerl bloß nie in ein Auto", sagt Emilio.

„Könntest du aufhören, mich so zu nennen? Ich habe einen Namen." Und was geht es ihn an, ob ich mit Aaron mitfahre? Ist er etwa ein verantwortungsloser Fahrer, oder was?

Mehrere Sekunden lang sagt niemand etwas. Einen Moment später fühle ich Aarons Hand an meiner Hüfte, und ich drehe mich um, um ihn anzusehen. „Wir sehen uns", presst er zwischen zusammengebissenen Zähnen hervor. Ich lächele ihn angespannt an und nicke.

Was kann ich sonst schon machen? *So viel also zur Mitfahr-gelegenheit.*

Die drei Kerle vor mir beobachten mit unterschiedlich stark

ausgeprägter Feindseligkeit, wie sich Aaron entfernt. Als ich mich umdrehe, um in die gleiche Richtung zu gehen, schnellt Romans Hand vor und greift nach meinem Handgelenk.

„Henderson macht nichts als Ärger."

Ich ziehe mich von ihm zurück. „Und das soll ich dir einfach so abkaufen?"

Er nickt.

„Hör zu. Ich weiß nicht, was dein Problem ist, aber Aaron ist der Einzige, der nett zu mir gewesen ist. Ich werde mich nicht von ihm fernhalten, nur weil du das sagst."

„Hey! Wir waren auch nett", ruft Emilio.

Ich zucke mit den Schultern. „Ihr zwei, ja", sage ich auf ihn und Dom zeigend. „Aber er", ich zeige mit einem Finger in Romans Richtung „und der Rest dieser Schule haben sich wie totale Arschlöcher benommen."

In Romans Kiefer beginnt ein Muskel zu zucken, doch das ist mir egal. Ich mag wie ein schüchternes Mauerblümchen aussehen, aber das bin ich nicht.

Ich stürme zum Ausgang und ignoriere ihn, als er hinter mir herruft.

Die Woche vergeht wie im Flug. Nach dem ersten Tag hat Roman aufgehört, den Fremdenführer zu spielen, und mir war das nur recht. Klar, ich habe den Hauch von Kameradschaft vermisst, den wir beim Mittagessen hatten, aber ich suche keinen Ersatz für meine alten Freunde. Außerdem ist er sowieso ein finsterer Mistkerl.

Ich ignoriere ihn, immer wenn ich ihn in der ersten Stunde oder auf dem Gang sehe. Der Rest der Schule – bis auf Aaron – ignoriert mich glücklicherweise, jetzt wo sie begriffen haben, dass ich mit Roman und seinen Freunden nicht ständig abhänge.

Mich an das Leben in Sun Valley zu gewöhnen, ist eine neue Erfahrung und fühlt sich ein bisschen wie die Vorhölle an. Ich bekomme Geralds Assistentin häufiger zu sehen als ihn. Sie ist jeden Morgen um 7:30 Uhr da und bereit, mich zur Schule zu bringen. Für den Heimweg habe ich mir die ganze Woche ein Uber gerufen.

Es wäre leicht, den Bus zu nehmen, doch der Ausdruck auf Janessas Gesicht, als ich ihr das vorgeschlagen habe, hat mir klargemacht, dass das ein Ding der Unmöglichkeit ist. Der Bus ist unter meiner Würde. Scheint für alle anderen Leute dieser Stadt okay zu sein, aber irgendwie ist ein Uber nobler, die gehobene Alternative.

Grrrr.

Ich komme aus meinem letzten Kurs – mein Blick ist auf das Handy gerichtet, weil ich die Adresse der Schule für die Uber-Bestellung eingebe – als Aaron im Gang nach mir ruft.

„Hey!"

Ich verlangsame meine Schritte und warte, dass er mich einholt.

„Hey", sage ich lächelnd.

Er zieht an den Trägern des Rucksacks, auf dem hinten sein Skatebord aufgeschnallt ist, und ein jungenhaftes Grinsen liegt auf seinem Gesicht. „Hast du dieses Wochenende irgendwas vor?"

Ich zucke mit den Schultern. „Eigentlich nicht. Ich bin immer noch die Neue. Also werde ich wahrscheinlich zu Hause herumhängen und meine Hausaufgaben erledigen."

Er nickt und saugt seine Oberlippe ein. „Dieses Wochenende steigt eine Party. Das ist sowas wie eine Tradition vor dem Spiel. Ein Haufen von uns zeltet draußen im Wald, bevor wir unser großes Spiel gegen die Saints haben."

„Du interessierst dich für Football?", frage ich ihn und schaue ihn abschätzend an.

„Nee. Aber ich bin für Camping und Partys zu haben, von daher..." Er zuckt mit den Schultern.

„Oh. Cool", antworte ich, bin mir jedoch nicht wirklich sicher, worauf er hinauswill.

Er legt den Kopf schief, seine Augen blicken fragend, aber mir ist nicht klar, welche Antwort er erwartet. Er fährt sich mit einer Hand durch die Haare und schüttelt den Kopf. „Also, äh, willst du vielleicht mitkommen? Mit mir, meine ich? Ich kann dich abholen, wenn du damit einverstanden bist..." Er verstummt und schaut weg, eine leichte Röte überzieht seine Wangen.

Oh. *Oh!* „Du lädst mich ein?", piepse ich heraus. Sobald die Worte über meine Lippen sind, würde ich mir am liebsten eine reinhauen.

Seine Mundwinkel zucken, als er zu grinsen beginnt. „Ja, ich denke, das würde dir gefallen. Wenn du kommst, meine ich. Ich glaube, du hättest eine Menge Spaß."

Ich beiße mir auf die Unterlippe. Wie gern würde ich hingehen. Im Moment könnte ich in meinem Leben wirklich etwas Spaß vertragen. Und Aaron ist der Einzige, der mit mir redet, also muss ich davon ausgehen, dass er mein einziger Freund sein wird, solange ich hier festsitze. Ich will ihn nicht enttäuschen, indem ich ablehne. Aber würde Gerald mich gehen lassen? Wie würde ich ihn überhaupt danach fragen? Ich habe ihn die ganze Woche nicht gesehen. Nicht einmal. Er war immer auf Arbeit und seine Meetings scheinen sich jeden Abend hinzuziehen.

„Ähm..." Ich lasse meinen Blick durch den Gang wandern und entdecke Roman, Emilio und Dom. Alle drei stehen am Ausgang und tragen dieselben finsteren Mienen zur Schau, während sie unser Gespräch beobachten. Ich weiß immer noch nicht, welches Problem sie mit Aaron haben, aber diesmal halten sie sich zum Glück fern.

Als Aaron meinem Blick folgt, sieht er die Jungs und sein Grinsen wird plötzlich zu einer Grimasse. „Stehst du auf diese Kerle?"

Seine Frage wirft mich ein bisschen aus der Bahn. „Was? Nein!", sage ich schnell.

Er schaut mich einen Moment lang an, als ob er sich nicht sicher ist, ob er mir glauben soll oder nicht. „Wirklich? Alle Mädchen der Sun Valley High mögen die Teufel."

„Dieses hier ganz bestimmt nicht."

Er stößt einen erleichterten Seufzer aus. „Das ist gut. Sie sind Arschlöcher. Ich möchte nicht, dass man dir wehtut."

Ich sage nichts dagegen, weil, na ja, sind sie ja wirklich. Und dass er sich um mich Sorgen macht, ist irgendwie lieb.

Ich hole das Handy heraus und schreibe Janessa eine Nachricht.

Ich: Denkst du, dass mein Dad mich dieses Wochenende mit Freunden weggehen lässt?

Janessa: Datum, Zeit, Ort?

Ich drehe mich zu Aaron um. „Die Assistentin meines Vaters will wissen, wie lange wir wegfahren und wohin."

Er zieht eine Augenbraue hoch. „Die Assistentin?"

„Ja, ich weiß, es ist komisch, aber ich bekomme die Antwort schneller, wenn ich sie frage, statt zu versuchen, ihn aufzuspüren."

Er nickt, als ob er das versteht. „Shadle Creek. Heute bis Sonntagmorgen."

Ich schicke ihr die Informationen zu und schaue zu, wie die drei kleinen Punkte tanzen. Dann sind sie weg, kommen wieder. *Grrr.* Mach schon. Antworte endlich.

Janessa: Das ist in Ordnung. Dein Vater lässt dir ausrichten, dass du, wenn du irgendetwas brauchst, die Kreditkarte verwenden sollst, die er dir gegeben hat. Er wird versuchen, ein Abendessen mit dir einzuplanen, sobald du zurück bist.

Ich: Super.

Ich verdrehe die Augen. Die Vorstellung, dass ich ein Abendessen mit meinem Dad planen muss, liebe ich. Nicht. Ich schiebe das Handy zurück in die Hosentasche und drehe mich um, um in Aarons erwartungsvolles Gesicht zu schauen. „Ich bin dabei."

Seine Augen leuchten auf. „Echt?"

Ich nicke.

„Wahnsinn!"

* * *

Aaron fährt mich nach Hause und folgt mir nach drinnen. Er sitzt auf meiner Bettkante und schaut zu, wie ich hastig eine Tasche mit dem Allernötigsten packe. Unterwäsche. Zahnbürste. Haarbürste. Zahnpasta. Ich bin nicht sicher, was ich alles brauchen werde, aber es dauert nicht lange, bis mir klar wird, dass die Kleidung, die mir Janessa besorgt hat, nicht geeignet ist. Alles ist weiß oder pastellfarben und eindeutig nicht Camping-kompatibel.

Ich wühle mich durch die Kommodenschubladen und durchsuche den Kleiderschrank nach etwas Annehmbarem. Aaron wirkt in dem Zimmer fehl am Platz, als er sich auf der rosa geblümten Tagesdecke zurücklehnt, die mein Bett bedeckt.

Er trägt seine übliche schwarze Volcom-Hose, auch wenn er sie heute mit einem langärmligen Thermo-Shirt von Hurley und karierten Vans kombiniert hat. Seine Schultern sind gut definiert, das kann man sogar durch den Stoff seines Shirts hindurchsehen. Sein Shirt ist nach oben gerutscht und gibt den Blick auf ein paar Zentimeter glatte, gebräunte Haut frei, auf der sich eine helle Spur blonder Haare entlangzieht.

Ich zwinge mich, von der Spur wegzuschauen. Ich weiß, dass sie zu einem Adonisgürtel führt, der mich nichts angeht. Wie kriegen Kerle so etwas? Ich habe ihn essen sehen. Er benimmt sich in der Cafeteria wie ein menschlicher Müllschlucker, aber wenn ich ihn jetzt ansehe, würde man das nie glauben.

„Ich kann es nicht fassen, dass du hier wohnst", sagt er mit einem Anflug von Ehrfurcht in der Stimme.

„Na ja, erst seit einer Woche."

Fragend legt er den Kopf schief, und ich seufze. Ich will es nicht erklären, werde aber nicht drum herumkommen. „Meine Mom ist gestorben." Ich verdränge meine Gefühle und zwinge mich, die Worte über die Lippen zu bringen. „Dad ist mein einziger noch lebender Verwandter, also wurde ich hierhergeschickt. Ich bin erst vorletzte Woche eingezogen, daher ist nichts hiervon", ich zeige auf alles um mich herum, „von mir oder ähnelt auch nur ansatzweise dem Leben, das ich vorher geführt habe."

„Echt?" Er schüttelt den Kopf und zieht ein trauriges Gesicht. „Verdammt. Das tut mir so leid."

Ich zucke mit den Schultern. „Es ist okay. Du wusstest das ja nicht."

Stille breitet sich zwischen uns aus, und nachdem ich das letzte Schubfach meiner Kommode durchwühlt habe, gebe ich mich geschlagen. „Ich glaube nicht, dass es hinhauen wird. Ich habe wirklich nichts anzuziehen, das für Camping geeignet ist", sage ich resigniert. Mir war nicht bewusst, wie gern ich mitfahren wollte. Bis klar wurde, dass ich es anscheinend nicht kann.

Aaron schaut mich einen Moment lang an, bevor er zu mir kommt, meine Hände greift und mich vom Boden hochzieht, wo ich sitze. „Es ist in Ordnung. Du kannst dir von mir ein paar Jogginghosen borgen, wenn du willst. Meine Tasche liegt schon fertig gepackt im Kofferraum. Oder wir könnten bei einem Laden vorbeifahren?"

„Ich glaube nicht, dass mir irgendwas von dir passt", sage ich, während ich seinen Körperbau betrachte. Aaron ist groß und schlank, wahrscheinlich mehr als ein Meter achtzig. Er ist wie Chester Benning von Linkin Park gebaut, strahlt aber einen heißen Skater-Typ-Vibe wie ein junger Ryan Sekler aus.

„Gibt es, na ja, ich weiß nicht... Gibt es einen Target hier in der Nähe oder auf dem Weg?", frage ich.

Er lacht in sich hinein. „Ich hätte nicht gedacht, dass du bei Target shoppst, aber ja, es gibt einen."

Ich lasse erleichtert die Schultern sinken und lehne mich gegen die Wand. „Ich stamme aus keiner reichen Familie. All das hier, das hat die Assistentin meines Dads für mich gekauft, als ich eingezogen bin. Ich bin sehr wohl die Sorte Mädchen, die bei Target shoppt."

Ein albernes, schiefes Lächeln zeigt sich in seinem Gesicht. „Ich glaube, nach dieser Enthüllung mag ich dich sogar noch mehr. Komm schon. Wir besorgen dir ein paar neue Klamotten und amüsieren uns."

Ich bin eigentlich keine große Shopperin, aber ich räume Target komplett, als wir in die Damenabteilung kommen. Ich bin nicht wählerisch, also greife ich mir die Basics. Sachen, die ich problemlos miteinander kombinieren kann. Ein paar einfache weiße Shirts und ein paar mit Bandlogos. Einige schwarze, zerrissene Skinny-Jeans und Shorts, auch wenn der Herbst vorbei und der Winter im Anmarsch ist. Ein Bikini, nur für alle Fälle. Und Leggings und dann noch ein Hoodie.

Aaron ist kein Spielverderber, hilft mir, die Kleiderstapel zu tragen, während ich zwischen den Reihen herumwandere, und beschwert sich kein einziges Mal. Als ich das Gefühl habe, dass es reicht, steuern wir auf die Kasse zu.

Ich habe ein schlechtes Gewissen, als die Kassiererin mein ganzes Zeug scannt und mir die Summe sagt: Vierhundertdreizehn Dollar. Ich schlucke schwer, als ich Geralds Kreditkarte zücke. Schuldgefühle durchströmen mich und bringen mir in Erinnerung, dass ich einen Job finden muss, damit ich nicht auf das Geld von Gerald angewiesen bin. Bald bin ich achtzehn und will darauf vorbereitet sein.

Aber nur wenige Minuten, nachdem mir die Kassiererin

den Kassenbon gereicht hat, erinnere ich mich daran, dass Gerald sich die ganze Woche nicht bemüht hat, Zeit mit mir zu bringen, obwohl meine Mom gerade gestorben ist. Was für ein Vater tut denn so etwas?

Das hilft mir, die Schuldgefühle wegzuwischen, die ich immer noch wegen meines Großeinkaufs habe. Ich werde mir aber trotzdem einen Job suchen müssen.

„Wow, Allie. Du siehst toll aus", sagt Aaron, als ich aus dem Waschraum komme.

Sobald ich bezahlt hatte, habe ich so schnell wie möglich von meinen neu erstandenen Sachen die zerrissene schwarze Jeans und ein weißes T-Shirt mit V-Ausschnitt angezogen. Ich habe mir sogar ein paar goldfarbene Kreolen gegönnt. Wie konnte ich nur so blöd sein und glauben, ich könne jemand anderes als ich selbst sein? Ich hasse all die teuren weißen und rosa Klamotten, die mir Janessa gekauft hat. Und ich hasse es wirklich, wie mich die Leute verurteilen, wenn ich sie trage.

„Danke." Ich streiche mir eine Haarsträhne hinters Ohr und lächele.

Ich fühle mich wohl. Ich bin wieder ich selbst.

Ich habe mich diese Woche vermisst.

Meine Hände sind voll und Aaron hilft mir, meine Beute zu seinem Auto zu tragen, wo wir alles hinten in seinen Subaru WRX hineinwerfen. Beim Shoppen hat er mir von der Hütte erzählt, in der wir übernachten werden. Ich war erleichtert zu hören, dass ich mir weder ein Zelt noch einen Schlafsack besorgen müsse. Camping mit Aaron klingt eher wie ein Urlaub im Hotel, weshalb ich auch nur Kleidung und Hygieneartikel brauche.

Man merkt, dass Aarons Familie Geld hat. Nicht so viel wie Gerald. Das ist noch mal ein völlig anderer Maßstab. Aber Aarons Familie ist wohlhabender, als dass sie einfach nur gut auskommen. Daher frage ich mich, was er wohl von meinem früheren Zuhause gedacht hätte. Ob er immer noch mit mir befreundet sein wollte, wenn er mein altes Ich getroffen hätte? Das Ich, bevor meine Mom gestorben war, das in einer Wohnung mit einem Schlafzimmer und einem Badezimmer im falschen Viertel der Stadt lebte, wo man zur Sicherheit Gitter an den Fenstern hatte.

Dann schiebe ich diesen Gedanken beiseite, weil mir klar wird, dass ich ihn im Stillen genauso verurteile, wie die Schüler von Sun Valley mich verurteilen. So bin ich nicht.

Die Fahrt nach Shadle Creek dauert eine gute Stunde. Aaron und ich hören *The Red Jumpsuit Apparatus*, *All American Rejects* und *Panic! At the Disco*. Und zum ersten Mal seit mehr als einer Woche spüre ich, wie ich mich entspanne. Durch den Fahrtwind lösen sich ein paar meiner Haarsträhnen, und ich kann gar nicht anders, als breit zu lächeln, während Aaron das Fahrzeug die sich dahin windenden Straßen hinunter steuert und die Sonne in unsere geöffneten Fenster scheint.

Hier gibt es keinen Druck. Keine hasserfüllten Blicke. Aaron ist überraschend lustig und trotz seiner grausigen Singstimme hat er kein Problem damit, den Text von *I Write Sins Not Tragedies* mit mir mitzuschmettern.

Ehe man sich versieht, wird der Asphalt zu Schotter, und wir fahren in eine Lichtung ein, die von Hütten eingerahmt ist. Dutzende Teenager , einige erkenne ich aus der Schule, andere nicht, laufen umher, quatschen und trinken Bier. Manche stellen Zelte auf, und eine weitere Gruppe versucht, in der Mitte des Platzes ein Lagerfeuer in Gang zu bringen.

Kaum dass wir aus dem Auto ausgestiegen sind, schließe ich die Augen und atme die Waldluft tief ein.

Meine Schultern entspannen sich, mein Atem wird langsamer. Ich atme aus, und es fühlt sich an, als ob die Spannung der gesamten Woche von mir abfiele.

Ich erwische Aaron dabei, wie er mich über das Dach seines Autos hinweg angrinst.

„Froh, dass du mitgekommen bist?"

Ich nicke, schnappe mein Zeug und folge ihm, während er zur ersten Hütte von rechts vorausgeht. „Ja. Dieser Ort ist echt cool", sage ich, als er die Tür aufschließt und wir eintreten. Genau hinter der Tür lässt er seine Tasche auf den Boden fallen, und ich betrachte das Innere der rustikalen, aber sauberen Finnhütte. Sie ist schlicht, und ich kann sie zweifelsfrei als Teenagertreff identifizieren, als ich die nicht zueinander passenden Sofas und die roten Partybecher sehe, die schon auf dem Esstisch aufgestellt sind. Heute Abend steht definitiv eine Runde Bier-Pong an. Nicht, dass ich mich darüber beschweren würde...

In jeder Ecke ist ein Surroundsound-System eingerichtet, und auf dem Entertainment-Center aus Kirschholz steht ein altmodischer Ghettoblaster mit Mini-Subwoofern. Ich entdecke die CD-Mappe, die daneben liegt, und kann es kaum erwarten, sie durchzusehen. MP3-Player und Streaming werden völlig überbewertet. CD-Sammlungen sind das einzig Wahre.

„Danke. Diese Hütte und die gleich neben uns gehören meiner Familie, aber ich überlasse die andere ein paar meiner Kumpels. Wir werden wahrscheinlich heute Nacht einige Gäste hier auf dem Sofa haben. Normalerweise sind unsere Hütten offen für jeden, der hier übernachten will. Aber hinten gibt es ein Schlafzimmer, also werden wir etwas Privatsphäre haben."

Oh.

Wir?

Scheiße.

Ich beiße mir auf die Unterlippe, als Aaron mich in der ganzen Hütte herumführt. Es ist ein offener Grundriss. Rechts von uns gibt es eine Küche. Der Kühlschrank ist schon voller

Bier und nicht viel mehr. Als ich Aaron nach Nahrung frage, lacht er und sagt, dass draußen gegrillt wird und das meiste Essen in Kühlboxen aufbewahrt wird. Ich zucke mit den Schultern und beschließe, mir darum keinen Kopf zu machen. Ich esse ja sowieso nicht viel.

Als Nächstes zeigt er mir den Wohnzimmerbereich zu unserer Linken, und dann führt er mich einen breiten Flur entlang in den hinteren Bereich der Hütte.

„Das hier ist das große Badezimmer. Die Leute werden die ganze Nacht ein und ausgehen, um es zu benutzen, aber hier", sagt er und öffnet eine weitere Tür, die zu dem separaten Schlafzimmer führt, „gibt es ein angrenzendes Bad, das nur für uns ist. Niemand kommt in den Schlafraum, es sei denn, man kennt den Hüttenbesitzer und hat seine Erlaubnis. Du musst dir also keine Sorgen machen, dass hier irgendjemand hineinplatzt."

Ich nicke und beäuge das einzige Bett in der Mitte des Zimmers, ein französisches Doppelbett mit geschwungenem Holzrahmen. Aber es gibt nur ein Bett, und ich kenne Aaron nicht sehr gut,

Da er meine Besorgnis spürt, legt mir Aaron eine Hand auf die Schulter. „Alles ok?" Seine Brauen ziehen sich nach unten und eine kleine Falte entsteht auf seiner Stirn.

Ich nicke. „Ja. Ich habe mich nur gefragt... ähm ... wo soll ich schlafen?"

Er räuspert sich und tritt von einem Fuß auf den anderen, bevor er sagt: „Ich war irgendwie davon ausgegangen, dass du hier pennst, bei mir. Ich meine, wenn das in Ordnung ist."

Ich schaue kurz zu ihm und dann zum Bett, während ich an dem türkisfarbenen Flechtarmband herumzupfe, das mein Handgelenk ziert.

„Ich erwarte nicht, dass irgendetwas zwischen uns passiert", fügt er schnell hinzu. „Wahrscheinlich habe ich das nicht richtig durchdacht, aber ich dachte, du könntest eine Seite nehmen und ich die andere. Ist das okay?"

Ich beiße mir auf die Lippe. Das ergibt Sinn. Ich bin abgeklärt genug, um mit einem süßen Jungen im gleichen Bett zu schlafen. Das kriege ich hin. Nicht wahr? Keine große Sache.

Ich schiebe meine Besorgnis beiseite und sage: „Ja. Okay."

Er grinst.

„Na, dann los. Lass uns rausgehen und ein Bier trinken. Ich weiß nicht, wie's dir geht, aber nach der Fahrt könnte ich eines vertragen."

In Dominiques Escalade fahre ich auf den Shadle Creek-Lagerplatz ein. Mir wäre mein eigener, uralter El Camino lieber gewesen, aber Doms Kiste ist geräumiger. Und da sind wir also. Emilio sitzt auf dem Beifahrersitz, während sich Dominique quer über den ganzen Rücksitz ausgestreckt hat und lauter, als ein Rasenmäher schnarcht. Normalerweise lässt er mich nicht fahren. Er ist nämlich ein Kontrollfreak. Aber er ist völlig fertig. Das sind wir alle.

Wir haben das Spiel heute Abend haushoch mit 24:3 gewonnen. Wir haben sie in Grund und Boden gestampft. Wegen des Spiels kommen wir später am Campingplatz an, als mir lieb ist. Wenigstens ist die Fahrt hierher ohne Zwischenfälle verlaufen.

„Wach auf, *cabrón*. Wir sind da."

Dominique stöhnt, setzt sich aber auf und reibt sich verschlafen die Augen. Wir starren alle drei die Hütten an, die vor uns im Kreis angeordnet sind. Jeder von uns hat einen anderen Gesichtsausdruck. Emilio ist komplett überdreht und hat die Tür auf seiner Seite schon schwungvoll geöffnet. Seine Haare sind noch nass vom Duschen nach dem Spiel. Als er aus dem Auto herausspringt, schleudert er mir Wassertröpfchen ins Gesicht.

Arschloch.

Dom ist wie immer gelassen, aber als er hinten seinen Kram herausholt, wirft er mir einen Blick von der Seite zu. Knapp eine Sekunde später weiß ich, warum. Mein Blut kocht und die Wut brodelt in meiner Brust.

Allie ist hier und gerade mit Aaron Henderson aus der ersten Hütte getreten. *Verdammter Henderson.* Allein der Anblick dieses Arschlochs lässt mich rotsehen. Ich habe ihr doch gesagt, sie soll sich von ihm fernhalten.

Ich knirsche mit den Zähnen und umgreife das Lenkrad fester.

„Alter, komm schon", ruft Emilio, knallt seine Tür zu und schnappt sich von hinten seine Tasche. Dom fängt meinen Blick im Rückspiegel auf.

„Willst du das Mädchen das ganze Wochenende über mit Blicken ficken?", fragt er.

„Verpiss dich." Ich zeige ihm den Mittelfinger.

Er schnaubt, klettert vom Rücksitz und schnappt seine Tasche, bevor er Emilio zu unserer Hütte folgt. Ich nehme sie nur noch am Rand meines Sichtfelds wahr, aber ich lasse Allie nicht aus den Augen. Gut sieht sie aus. Wirklich gut. Sie trägt andere Klamotten als in der Schule. Die weißen Jeans und das Flattertop hat sie gegen eine zerrissene schwarze Jeans und ein einfaches T-Shirt eingetauscht. Das T-Shirt ist vorn tief ausgeschnitten und zeigt den Ansatz ihres Dekolletés. Ich sehe im Geiste schon ihre nackten Brüste vor mir.

Ich reibe mir mit der Hand übers Gesicht. Ich sollte aufhören, sie abzuchecken. Emilio ist mir die ganze Woche damit auf die Nerven gegangen, dass wir uns aufs Spielfeld konzentrieren müssen. Und ja, wir haben heute Abend zwar gesiegt, aber ich habe nicht meine volle Leistung gebracht, und sie ist der Grund dafür.

Ich habe mich die ganze Woche von ihr ferngehalten. Wie ein verdammter Feigling bin ich ihr im Schulflur aus dem Weg gegangen. Das war riskant, vor allem, weil sie sich bei Kemp darüber hätte beschweren können. Aber sie war still, so wie ich das erwartet hatte. Was sie sogar noch faszinierender macht. Sie hat mich nicht verpetzt, wodurch sie mir das Nachsitzen erspart hat. Anders als andere Mädchen hat sie nicht um Aufmerksamkeit gebettelt, weil ich ihr die kalte Schulter gezeigt habe.

Nein. Stattdessen hat sie sich unauffällig verhalten und so getan, als ob ich überhaupt nicht existiere. Keine zufälligen Blicke in meine Richtung. Kein sehnsüchtiges Schmachten.

Ich weiß nicht, warum, aber ich kann sie einfach nicht aus meinem Kopf bekommen, und das kotzt mich verdammt an. Ich habe gedacht, wenn ich sie meide, würde ich mich weniger zu ihr hingezogen fühlen. Jetzt, wo ich sie sehe, kapiere ich, dass das nichts gebracht hat. Wenn es etwas verändert hat, will ich sie jetzt noch mehr. Ich möchte, dass sie sich nach mir genauso verzehrt wie ich mich nach ihr.

Langsam wird das zur Besessenheit.

Was tue ich mir hier an? Ich hole eine Zigarette hervor und zünde sie an. Ich nehme einen tiefen Zug, halte den Rauch ein, bis mir die Augen brennen und atme dann aus. Verdammt. Ich schmeiße die Kippe aus dem Fenster und schiebe die Fluppen ins Handschuhfach, bevor Dom sie sieht. Wenn er oder Emilio mitbekommen, dass ich immer noch eine Packung bei mir habe, bin ich am Arsch.

Man kann kein großartiger Wide Receiver und gleichzeitig Raucher sein. Das schließt sich aus. Aber ich will verdammt sein, wenn ich jetzt nicht am liebsten die gesamte Schachtel auf einmal inhalieren würde.

Die Hütte, in der wir übernachten, gehört Dominiques

Eltern. Es ist die schönste von allen. Mit zwei Etagen, vier Schlafzimmern und vier Badezimmern ist sie eher ein Ferienhaus als eine Hütte. Dom hat reiche Eltern. Genug, um sogar Gerald Ulrich Konkurrenz zu machen. Wir sind hier mindestens einmal im Monat. Es ist schön, mal allem zu entfliehen. Oder das wäre es, wenn dieses Wochenende nicht alle dieselbe Idee hätten.

Ich werfe noch mal einen wütenden Blick zu Henderson und Allie, bevor ich eine verspiegelte Pilotenbrille aufsetze und meinen Kumpeln folge. Ist mir egal, dass es schon dunkel wird. Niemand wird mich wegen der Sonnenbrille anmachen.

Die Lichtung wimmelt nur so von Leuten, die vom Schein des Lagerfeuers erhellt werden. Die meisten hängen bei ihren Autos ab oder haben sich in Grüppchen am Feuer versammelt. Keiner spricht mit mir, und als wir auf unsere Hütte zugehen, machen alle um mich und meine Jungs einen großen Bogen.

Einige Kerle, die ich aus dem Football-Team kenne, sind blöd genug, in meine Richtung zu nicken, als ob sie sagen wollen: „*Wie geht's.*"

Ich erwidere die Geste nicht. Ich mag zwar mit ein paar dieser Arschlöcher auf dem Spielfeld reden, wenn ich unbedingt muss, doch ich werde sie bestimmt nicht außerhalb des Feldes ertragen. Ich bin keiner von ihnen. Werde ich nie sein. Will ich auch nie sein. Sie nehmen das Spiel nicht ernst. Für sie ist das alles nur Spaß, aber für mich, Dom und Emilio ist Football unser ganzes Leben. Wir leben nur für Football.

Wir drei haben vor, Profis zu werden, und wir haben uns Stipendien an Universitäten gesichert, die im Hochschulsport top sind. Das ist einer der wichtigsten Gründe, warum wir mit dem Team nicht herumhängen. Wir können es uns nicht leisten, uns in ihren Mist hineinziehen zu lassen.

Football muss immer an erster Stelle stehen.

Ein paar Juniormädels, die nur mit Bikinis bekleidet sind,

kommen auf mich zu. Emilio, der etwas vor mir läuft, verlangsamt seine Schritte, während Dom die Veranda der Hütte schon erreicht hat und nach drinnen verschwindet. Mit Bierbechern in der Hand und breit grinsenden Gesichtern schwingen die Mädchen ihre Hüften, werfen mir flirtende Blicke zu und kichern albern.

Ich unterdrücke ein Stöhnen. In der Schule würden mich diese Tussis nur anstarren, mich allerdings in Ruhe lassen, es sei denn, ich käme auf sie zu. Aber ich kann sehen, dass sie schon getrunken haben.

Eine von ihnen ist besonders mutig: „Hey, Rom! Feierst du mit uns heute Abend?", ruft sie mir zu.

Ich bemerke, dass Allie ihren Kopf herumreißt, als sie meinen Namen hört. *Richtig, meine Hübsche. Ich bin hier.* Ich mache mir nicht die Mühe, mein Grinsen zu verstecken. „Vielleicht", rufe ich dem Mädchen zu, weil ich Allies Reaktion sehen will. Sie schaut finster und dreht sich weg, während die Bikini-Tussi kichert. Blöde kichert. Ich schwöre, diese Weiber werden von Tag zu Tag dümmer, ich beäuge trotzdem ihren Vorbau. Sie mag doof sein, aber ihr Busen ist gut.

Vielleicht hilft ein kleiner Fick dabei, mir Allie aus dem Kopf zu schlagen?

„Komm doch später zu mir", sagt sie, und ich nicke ihr unverbindlich zu.

Ich muss vögeln, aber die Vorstellung, sie zu ficken, weckt nicht mein Interesse. Allie hingegen... *Fuck.*

In der Hütte schaltet Dom das Licht ein, und wir werfen unser Zeug in die entsprechenden Räume. Die Bleibe ist für Leute außerhalb unserer Gruppe tabu. Manchmal nehmen wir ein paar Weiber für die Nacht mit, aber sie gehört nicht zu den Hütten, die Partygängern offenstehen.

„Ich habe gesehen, dass dein Mädchen hier ist", kommentiert Emilio mit einem scheiß breiten Grinsen, als ich zurück auf die Veranda gehe. Ich nehme das Bier, das er mir hinhält, und verfolge Allie mit den Augen, während sie mit Henderson zu einer Gruppe seiner Skaterfreunde hinübergeht.

Meine Hand umgreift fest das Bier, und ich beiße die Zähne zusammen. Der Wichser lächelt sie an, als er sich hinunter lehnt und ihr etwas ins Ohr flüstert.

„Ich habe kein Mädchen", sage ich.

Das bringt mir ein Grunzen von Dom ein. „Warum ziehst du sie dann gerade mit deinen Augen aus?", fragt er.

Ich strecke ihm den Mittelfinger meiner rechten Hand entgegen. „Du kannst meine Augen überhaupt nicht sehen, Arschloch. Ich schaue nicht einmal in ihre Richtung."

„Lügner", fügt Emilio hinzu. „Vögele sie doch einfach, damit du's hinter dir hast."

Ich verdrehe die Augen, auch wenn er's nicht sehen kann. „Ich habe kein Interesse daran, sie zu ficken. Ich ..."

„Stimmt. Du willst ein Arschloch sein und mit ihr deine Spielchen treiben, nicht wahr? Brauchst du ein neues Lieblingsprojekt, auf das du dich konzentrieren kannst?"

„Was zum Teufel hast du denn für ein Problem, Mann?" Ich schiebe meine Pilotenbrille hoch und funkele ihn wütend an.

Emilio lacht, aber in seinem Ton schwingt Schärfe mit. „Gar keins. Mach nur, was du für richtig hältst. Fick sie. Fick sie nicht. Ist mir egal. Nur entscheide dich endlich mal, damit wir das verdammte Wochenende genießen können. Ich bin für deine Spielchen zu müde, also, was immer du auch vorhast, lass mich in Ruhe damit."

„Für mich gilt dasselbe", fügt Dom hinzu. Er lehnt sich auf einem der hölzernen Verandastühle zurück, Beine breit ausgestreckt und ein Bier in der Hand, und tut so, als ob er nicht die kleinste Sorge hätte. „Wir waren uns einig, dass wir uns auf die Zukunft konzentrieren wollen. Du hast keine Zeit dafür,

Mädchen nachzustellen. Vögele sie. Vögele sie nicht." Er zuckt mit der Schulter. „Mir ist das komplett egal. Heute warst du nicht bei der Sache, das weißt du selbst. Sie spukt dir im Kopf herum, also mach, was auch immer nötig ist, um sie da herauszukriegen. Wenn das bedeutet, dass du deine Psychospielchen mit ihr spielen musst, dann tu es eben. Wir helfen dir diesmal dabei nicht." Er kippt sein Bier hinunter.

Ich knirsche mit den Zähnen. „Gut." Arschlöcher. Wir haben früher immer mit den gleichen Mädchen herumgemacht. Es war verdammt praktisch, aber meinetwegen. Es ist nicht nötig, dass sie in Allie dasselbe sehen wie ich.

Emilio stellt seine Bierflasche ab und greift sich eine neue. „Ich werde mir auch eine Braut zum Poppen suchen. Ich hab's mir nach dem heutigen Spiel wahrlich verdient. Wir sehen uns später."

Er rennt die Stufen herunter, hält direkt auf die Bikinimädchen zu und legt seine Arme um zwei von ihnen. Mich würde es nicht wundern, sollten heute Abend beide in seinem Bett landen. Emilio ist bekannt dafür, dass er schon etliche Dreier, manchmal auch Vierer, hatte.

„Ich find's erstaunlich, dass sein Schwanz noch nicht abgefallen ist, wenn man bedenkt, in wie viele Löcher er ihn steckt", sagt Dom.

Ich ziehe eine Augenbraue hoch. „Das musst gerade du sagen."

Er zuckt mit den Schultern. „Ich halte mich dieses Jahr zurück. Ich konzentriere mich auf das, was wichtig ist." Ich folge seinem Blick und sehe, dass er Kasey Henderson anstarrt. Er verfolgt ihre Bewegungen wie ein Löwe, der seine Beute beobachtet.

„Du willst Hendersons kleine Schwester?"

Er zuckt mit den Achseln, aber lässt sie nicht aus den Augen.

„Mann. Sie ist ganz neu hier, ein Freshman."

Noch ein Achselzucken.

„Was auch immer. Wenn du eine Minderjährige willst, dann los. Dir bleiben zwei Monate, dann ist sie nicht mehr tabu, also solltest du dich besser beeilen."

Er grinst. „Ich liebe Herausforderungen."

ACHT

ALLIE

Er ist hier. Ich weiß nicht, warum ich davon ausgegangen bin, dass er nicht hier sein würde. Vielleicht wegen des Spiels? Er scheint nicht auf Gesellschaft zu stehen, abgesehen von den zwei Kerlen, die ich Anfang der Woche getroffen habe. Er hält sich an Dom und Emilio, und sie bilden eine berühmt-berüchtigte Dreiergruppe. Kein Wunder, dass sie von allen die Teufel genannt werden. Sie sind immer zusammen. Und mir ist nicht entgangen, dass alle einen großen Bogen um sie machen. Klar, sie sind beliebt, aber es ist fast so, als ob sie an dem Spiel namens Highschool-Hierarchie eher unfreiwillig teilnehmen.

Herrscher, die nicht wirklich herrschen wollen.

Ich habe keine Freunde an der Sun Valley High gefunden. Niemand außer Aaron, aber ich habe gehört, wie geflüstert wird, wenn diese drei vorbeigehen. Jeder scheint irgendwie einen Teufel abbekommen wollen. Ich glaube nicht einmal, dass die Mädchen irgendeine Vorliebe für einen der drei haben.

Aaron reicht mir noch ein Bier, und ich nehme es dankbar an, bevor ich mitbekomme, dass Emilio mit einem schiefen Grinsen im Gesicht auf mich zukommt. Seine Arme sind um zwei Mädchen geschlungen. Eine Blondine mit langen Beinen, die ein knallrotes Bikinitop trägt, die andere ist eine Brünette mit einem schwarzen Bikinioberteil und ein paar abgeschnittenen Shorts. Ist den beiden denn nicht kalt? Hier draußen sind es auf keinen Fall mehr als zehn Grad. Wir haben Herbst, und der Winter ist bald da, aber diese zwei sehen aus, als ob ihnen das entgangen ist.

„Hey, Vanille! Wie geht's?", ruft mir Emilio übers Feuer hinzu. Ich hasse diesen Spitznamen, und ich bin mir fast hundertprozentig sicher, dass er und Roman mich nur so nennen, um mich zu provozieren.

Ich lächele gezwungen und hebe grüßend mein Bier hoch. „Es geht", sage ich. Hoffentlich konzentriert er sich gleich wieder auf die zwei Mädchen neben ihm. Sie fahren mit den Händen über seinen ganzen Körper, und eine versucht tatsächlich, an seinem Hals zu saugen, aber sie ist ein paar Zentimeter zu klein, und er scheint nicht geneigt, sich zu ihr herunterzubeugen.

„Komm heute Abend mal bei uns vorbei." Er dreht sich um und zeigt mit seinem Bier auf die riesige Hütte hinter sich. „Okay?"

„Warum will er, dass du später zu seiner Hütte kommst?", flüstert Aaron neben mir. „Ich dachte, du stehst nicht auf die Teufel?"

„Ist auch so. Und keine Ahnung. Ich werde nicht schlau aus diesen Typen."

Bevor ich Emilio antworten kann, beschließt Aaron, es an meiner Stelle zu tun. „Sie hat für heute Abend Pläne", sagt er und legt einen Arm um meine Schulter. Seine Berührung ist so besitzergreifend, dass ich nicht weiß, was ich davon halten soll. Ich mag Aaron. Er ist nett, und er ist süß. Aber ich habe gerade erst eine Beziehung hinter mir. Ich bin nicht darauf aus, mich gleich in eine Neue zu stürzen, und Aaron kommt mir wie ein Typ für Beziehungen vor.

Emilios Augen werden schmal und konzentrieren sich auf unsere Körperkontakt.

Ich winde mich innerlich.

„Vielleicht später dann?", sagt er.

Ich kann die Schärfe in seinem Ton hören, aber ich weiß nicht, ob sie meinetwegen oder wegen Aaron darin ist. „Natür …"

„Nee. Sorry, Mann. Sie ist das *ganze* Wochenende beschäftigt." Er zieht das Wort „ganze" in die Länge und hat dadurch diesen einen Satz in eine riesige Anspielung verwandelt.

Ich drehe mich zu ihm um und schaue ihn verwirrt an, aber er scheint mich nicht zu beachten. Seine Augen sind schmal, und auf seinem Gesicht liegt ein triumphierender Ausdruck, als er und Emilio sich gegenseitig finster anblicken. Als ob er etwas gewonnen hätte. Als ob er mich gewonnen hätte.

Ich bin nicht der Hauptpreis bei diesem Ego-Kampf dieser Kerle. Was auch immer für ein Problem sie miteinander haben, ich will da nicht hineingezogen werden.

Ich befreie mich so nett möglich von Aarons Arm und stehe auf. „Ich schaue mich mal ein bisschen um. Ich finde dich später schon wieder." Er schaut mürrisch, nickt aber, und ich schlage eine Richtung ein, die mich von ihm und Emilio wegführt.

Nach zwanzig Schritten vibriert mein Handy in meiner Hosentasche. Ich bin überrascht, dass wir hier draußen Handyempfang haben. Ich schaue aufs Display, und als ich sehe, von wem die Nachricht ist, stöhne ich laut auf.

Ryker: Komm schon, A. Ich vermisse dich. Hör auf, mir die kalte Schulter wegen so etwas Blödem zu zeigen.

Die Wut brodelt in mir hoch, und bevor ich mich beruhigen kann, schreibe ich ihm zurück.

Ich: Du hast mit mir an dem Tag Schluss gemacht, als meine Mom gestorben ist!

Die drei kleinen Punkte tauchen auf und ich starre sie an, während ich auf seine Antwort warte. Aber anstatt, dass eine neue Nachricht ankommt, klingelt das Handy in meiner Hand.

Ryker.

„Chingada madre!"

Will ich mich jetzt wirklich mit ihm befassen? Während ich noch auf das beleuchtete Display starre und versuche zu einem Entschluss zu kommen, hört das Klingeln auf, sodass mir die Entscheidung erspart bleibt. Aber dann fängt es wieder an. Ich muss eine masochistische Ader haben, denn beim vierten Klingeln antworte ich.

„Was willst du, Ry?", frage ich.

Ich gehe zur Rückseite von Aarons Hütte und trete auf die hintere Veranda. Zum Glück ist sonst niemand hier, also setze ich mich auf die Holzbank, lehne mich zurück und warte auf seine Antwort.

Er schweigt für eine Sekunde, und ich kann fast schon hören, wie die Rädchen in seinem Kopf arbeiten. Ryker war immer gut darin, die richtigen Worte zu finden, um mich zu beruhigen. Im Nachhinein fallen mir mindestens ein Dutzend Beispiele ein, wo er mich so manipuliert hatte, dass ich ihm die eine oder andere Sache verziehen habe. Er war nie ein guter Freund. Ich weiß nicht, warum es so lange gedauert hat, bis ich das kapiert habe.

Ich trinke das Bier aus, das ich in der Hand halte, und da Ryker immer noch nichts sagt, husche ich durch die Hintertür in die Hütte, um nach etwas Stärkerem zu suchen. Für das Gespräch, das jetzt kommt, werde ich es brauchen.

„Baby", haucht er, Verlangen liegt in seiner Stimme. Ich

verdrehe die Augen und entdecke eine einsame Flasche Tequila. Ich schnappe sie mir, gieße mir etwas in einen roten Becher ein und füge dann noch Sprite hinzu.

„Nenn mich nicht Baby", sage ich zu ihm, als ich einen ordentlichen Schluck von meinem neuen Drink nehme. „Ich kann nicht glauben, dass du das getan hast, Ry. Ich kann nicht...", die Worte bleiben mir im Halse stecken, als sich der Tequila brennend seinen Weg hinunter in meinen Magen bahnt und mich zum Husten bringt. Ich kriege die Worte einfach nicht heraus. Wahrscheinlich hätte ich einen kleineren Schluck nehmen sollen. Ich lasse mir ein paar Sekunden Zeit, trinke einen weiteren Schluck, denn, ja, ich habe wirklich eine masochistische Ader. „Du hast mir wehgetan." Ich weiß nicht, warum ich das sage. Vielleicht will ein Teil von mir, dass er einfach versteht, was er mir angetan hat. Eventuell lässt er mich dann, verdammt noch mal, endlich in Ruhe. „Du hast mir wehgetan, als es mir sowieso schon schlecht ging."

„Fuck", murmelt er. „Ich weiß, Baby. Ich weiß. Es tut mir leid. Okay? Ich hab's verkackt. Ich war betrunken und nicht klar im Kopf. *Fuck.*"

Als ich wieder hinausgehe und mich zurück auf die Bank setze, kann ich hören, dass er auf und ab läuft.

„Was soll ich dir denn noch sagen?"

„Die Wahrheit. Ein einziges Mal in deinem Leben, Ry. Kannst du einfach ehrlich zu mir sein?" Ich weiß immer noch nicht die ganze Geschichte. Ich weiß, dass er mich mit Adriana betrogen hat, aber ich kenne keine Einzelheiten, und ich weiß nicht, warum er mit mir so Schluss gemacht hat, wie er es getan hat. Ryker war ein Arschloch, aber, bis dahin war er nie grausam gewesen.

Noch mehr Fluchen. „Baby, das ist nicht so einfach. Adriana, sie hat sich an mich herangemacht, und zuerst dachte ich, dass du es wärst, nicht sie." Die Worte sprudeln aus ihm heraus. „Das musst du mir glauben. Ich würde niemals ..."

„Erwartest du echt, dass ich dir das glaube?" Das kann doch nur ein Witz sein! Glaubt er echt, dass ich *so* doof bin? Ich schäume vor Wut. „Ry, ich bin keine Idiotin."

Er stöhnt auf. „Ich weiß. Ich weiß. Aber es ist die Wahrheit. Ich war total dicht, Baby. Und ich hatte nicht vor, mit dir Schluss zu machen."

Ich schnaube. „Ach, wirklich? Was sollte es dann bedeuten, als du mir geschrieben hast, übrigens am selben Tag, an dem meine Mom gestorben ist, ‚Ich glaube, wir sollten mit anderen Leuten ausgehen.' Na? Wie kann das etwas anderes heißen, als dass du mit dir Schluss gemacht hast?"

Am anderen Ende der Leitung gibt es einen lauten Knall, als ob er auf irgendetwas eingeschlagen hat.

„Hör zu, ich bin nicht stolz drauf, okay? Und als ich das geschrieben habe, wusste ich nicht, dass deine Mom gestorben ist. Adriana hatte mir gesagt, dass du die Sache mit mir und ihr herausgefunden hattest. Dass du mit mir Schluss machen wolltest. Ich wollte nur", er seufzt, „Ich war dumm und wollte die Sache mit dir beenden, bevor du Gelegenheit hattest, mit mir Schluss zu machen."

Wow. Einfach nur wow.

Was für ein Arschloch.

Er ist für einen Moment still, und ich nehme noch einen Schluck aus dem Becher. Der Alkohol brennt, und ich genieße den Schmerz. Die Kehle wird ganz eng, also trinke ich weiter, weil ich den Schmerz, der sich in meinem Brustkorb aufbaut, verjagen will, weil es immer noch wehtut und ich das hasse. Ich hasse es, dass er mich immer noch nicht kaltlässt.

„Ich habe dich geliebt", sage ich mit kalter Stimme zu ihm.

„Baby, ich liebe dich auch. So sehr."

Ich schüttele meinen Kopf, obwohl er es gar nicht sehen

kann. „Nein, Ry. *Geliebt*. Ich *habe* dich geliebt. Nicht mehr. Nicht nach dem, was du getan hast."

„Allie, Baby. Bitte. Sei nicht so. Wir können das in Ordnung bringen. Ich weiß, dass wir es können."

„Nope." Das „p" kommt mit einem Ploppen über meine Lippen, um meinen Entschluss zu bekräftigen. Noch ein Schluck, und mein Becher ist leer. Ich stelle ihn zur Seite und genieße das leichte Schwindelgefühl. „Vielleicht hätte ich über deinen Seitensprung hinwegkommen können, wenn du ehrlich zu mir gewesen wärst. So ernst war es mir mit uns." Er hatte mich zum ersten Mal geküsst. Er war meine erste Liebe. Der Kerl, der mir die Jungfräulichkeit genommen hat. Wahrscheinlich habe ich mir deshalb so viel so lange gefallen lassen. Nicht mehr. Ich habe etwas Besseres verdient. Das weiß ich. „Aber Ry, du hast mich im Stich gelassen, als ich dich am meisten brauchte. Das ist unverzeihlich. Hör auf, mir zu schreiben. Hör auf, mich anzurufen. Ich werde dir nicht verzeihen. Nicht das."

Eine Bewegung zu meiner Linken erregt meine Aufmerksamkeit, und ich entdecke Roman, der an einem Baum lehnt und mich anstarrt. Sein Gesicht ist ausdruckslos, aber er hat seine Pilotenbrille abgenommen, sodass ich seine dunkelbraunen Augen sehen kann. Es liegt ein Feuer in ihnen, das mich zum Beben bringt. Als er merkt, dass ich ihn entdeckt habe, tritt er vor und setzt sich neben mich.

Er streckt die Hand aus und bittet wortlos um mein Telefon. Ich runzele die Stirn, aber was zum Teufel? Ich reiche es ihm.

Er legt das Handy an sein Ohr und sagt barsch: „Hör auf sie. Hör auf, anzurufen. Hör auf, zu schreiben. Zwischen euch ist es aus. Kapiert?"

„Wer, verdammt nochmal, bist du?", höre ich Ryker schnauzen.

„Dein Ersatz", sagt Roman ungerührt. Er gibt mir das

Telefon zurück, nachdem er den Anruf beendet hat. Gleich darauf fängt es wieder an zu klingeln, aber ich stelle es auf stumm und stecke es in meine Hosentasche. Er bietet mir sein Bier an, und ich nehme es. Ich setze die Flasche an die Lippen, lasse die kühle Flüssigkeit meine plötzlich trockene Kehle hinunterrinnen.

Für eine Sekunde verschwimmt alles vor meinen Augen, aber ich zwinkere schnell, um wieder scharf sehen zu können. Dann reiche ich ihm die Flasche zurück. Hitze steigt meinen Hals empor, und ich kann die Wirkung des Alkohols jetzt noch mehr spüren. Gut.

Ich will nicht nüchtern sein. Nicht heute Abend.

Keiner von uns sagt etwas. Wir sind zufrieden damit, den sternlosen Nachthimmel anzuschauen. Roman nimmt ein paar Züge aus seiner Bierflasche, und ich beobachte, wie sein Adamsapfel sich bei jedem Schluck auf und nieder bewegt.

Als die Sekunden zu Minuten werden, fühle ich, dass meine Wangen taub werden und sich alles dreht. Ich vertrage keinen Alkohol. Trinken und Partys waren noch nie mein Ding. Ich hätte nicht geglaubt, dass der Schnaps so schnell wirken würde, auch wenn ich nicht behaupten kann, dass ich das bedauere. Ich wünsche mir schon, dass ich mehr Alkohol hätte.

Roman schubst mich mit seiner Schulter an, und ich schaue ihm in die Augen. Die ausdruckslose Maske ist immer noch da, und seine Miene ist nicht zu deuten. Eine dunkelbraune Haarsträhne ist ihm ins Gesicht gefallen, ich strecke die Hand aus und streiche sie zurück.

Seine Hand schießt nach oben um mein Handgelenk. Ich japse auf. Aber statt seinen Griff zu verstärken, streichelt er mit seinem Daumen kreisförmig an meinem Puls entlang, während er meine Hand zwischen uns hinunterzieht. Er lässt mich nicht los. Er malt weiterhin langsame Kreise über meine Haut und Gänsehaut bildet sich auf meinen Armen. Er zupft an dem türkisfarbenen Armband, das ich am Handgelenk trage, und lenkt so meine Aufmerksamkeit auf sich.

Wieder treffen sich unsere Blicke, und diesmal kann ich ihn sehen. Ich sehe das Verlangen und Bedürfnis in seinem Blick. Das Begehren.

Ich schlucke schwer, und mein Magen zieht sich vor Nervosität zusammen.

„Der Ex?", fragt er. Seine Stimme ist sanft, und er streichelt immer noch diese verdammten Kreise auf meine Haut. Ich kann nicht denken, wenn er mich berührt.

„Ja." Meine Antwort klingt atemloser, als ich es will, aber irgendwie kann ich plötzlich nicht genug Luft in die Lungen bekommen. Lauf fort, Allie. Du musst nicht auf noch ein Arschloch reinfallen.

„Er hat dich betrogen?"

Ich nicke.

„Und deine Mom ist tot?"

Noch ein Nicken.

Er scheint über meine Worte nachzudenken. „Und bei wem wohnst du dann jetzt? Deinem Paps?"

Ich nicke. „Ja. Bei meinem biologischen Dad."

Er legt fragend seinen Kopf schief und rückt sich so zurecht, dass unsere Körper näher aneinander sind. Ein Arm legt sich um meine Schulter, die andere immer noch an meinem Handgelenk. Ich kann die Hitze von seinem Körper nun spüren, so nah ist er.

„Ich, äh... will darüber eigentlich nicht reden", stottere ich hervor. So dicht bei Roman zu sein, macht mich nervös. Mir ist es diese Woche so gut gelungen, ihn zu meiden, dass ich schon geglaubt hatte, er habe mich vergessen. Ein dummer Gedanke, denn nun ist er höchstpersönlich hier. Mein Bauchgefühl sagt mir, dass er dieses Treffen geplant hat. Warum sonst wäre er mir zur Rückseite von Aarons Hütte gefolgt? Welchen anderen Grund gibt es dafür, dass er hier ist?

„Allie?" Seine Stimme ist tonlos und doch irgendwie voller unterdrückter Emotionen.

Ich schlucke schwer und entziehe ihm meine Hand.

Stille legt sich wieder zwischen uns, und ich stehe auf. „Ich hole mir noch etwas zu trinken", sage ich, weil ich einen Grund brauche, um seiner Gegenwart zu entkommen. Ich spüre, dass er gefährlich ist, und doch fühle ich mich gleichzeitig zu ihm hingezogen.

Er sagt nichts und versucht nicht, mir zu folgen. Er fährt sich mit einer Hand durch sein dichtes, dunkles Haar, seine Nasenflügel sind gebläht, aber er gibt keinen Ton von sich. Ich halte an der Tür inne, erlaube mir eine letzte Sekunde lang, seinen Anblick in mich aufzunehmen, bevor ich nach drinnen flüchte und mich dabei für meine Dummheit verfluche. Roman bedeutet Ärger, und ich werde nicht noch einmal dieselben schlechten Entscheidungen treffen.

„Allie!", ruft Aaron, sobald ich ins Wohnzimmer trete. Er muss reingekommen sein, nachdem ich das Lagerfeuer verlassen habe. „Komm, spiel mit mir." Er steht vor dem Esstisch. An beiden Enden sind rote Becher Dreiecks-förmig angeordnet.

Ich lächele gezwungen. „Ich habe mich schon gefragt, wann die Bier Pong-Spiele anfangen", sage ich, als ich auf ihn zugehe.

Die Hütte ist voller Menschen, und ich muss mich durch ein Menschenmeer schlängeln, um zu Aaron zu gelangen. Niemand macht sich die Mühe, mir aus dem Weg zu gehen, aber als ich ihn endlich erreiche, zieht er mich näher zu sich und legt einen Arm um meine Schulter, während er ein Bier hoch in die Luft hebt. „Ich habe meine Partnerin. Wer traut sich, gegen uns anzutreten?" Es ertönt Jubel, und ich kann den Biergeruch riechen, den all seine Poren auszudünsten scheinen.

Wie viele Biere hat er getrunken?

Ich befreie mich aus seinem Griff und schüttele den Kopf. „Ich bin heute Abend eigentlich nicht in Spielstimmung. Aber ich schaue zu."

Er schiebt die Unterlippe vor. „Och, komm schon, Allie."

Ich schüttele den Kopf. „N ...“

Die langbeinige Blondine von vorhin tritt neben Aaron. „Hey, Henderson. Ich kann deine Partnerin sein“, säuselt sie.

Er schaut sie an, und ich folge seinem Blick, der ihren kaum verhüllten Körper abcheckt. Seine Lippen sind zu einer schmalen Linie zusammengepresst, aber seine Augen sind ununterbrochen auf sie gerichtet. Ich kann sehen, dass er in Versuchung ist, also beschließe ich, ihm einen Schubs in die richtige Richtung zu geben.

„Cool. Danke“, sage ich zu ihr. „Ich danke dir, dass du an meiner Stelle spielst.“

Sie lächelt mich höhnisch an. „Ich bin nicht hier, um dir einen Gefallen zu tun. Was willst du hier überhaupt?“

Ich schnappe nach Luft, schockiert von der unverhohlenen Feindseligkeit. Ich öffne meinen Mund und schließe ihn dann wieder, unsicher, was ich darauf sagen soll. Ein paar andere Mädchen neben ihr beginnen zu lachen, und ich stolpere einen Schritt zurück.

„Gut gemacht, Sarah“, bemerkt ein Mädchen.

Die Blondine, Sarah, strahlt ihre Freunde an und dreht sich dann mit einem verächtlichen Blick wieder zu mir. „Aber im Ernst, niemand will dich hier haben. Warum schleichst du dich nicht zu der Privatschule zurück, aus der du rausgeflogen bist? Ich bin mir sicher, dein reicher Daddy kriegt das für dich hin.“

„Hey. Das ist nicht okay“, kommt mir Aaron endlich zu Hilfe.

Das Mädchen verdreht die Augen. „Komm schon, Aaron. Du weißt selbst, dass sie nicht hierhergehört.“ Sie schlingt die Arme um seinen Hals und drückt ihre Brüste gegen seinen Oberkörper. „Schick sie schon weg, damit du und ich ein bisschen Spaß miteinander haben können“, sagt sie in einem weinerlichen Ton. Der Klang schmerzt in meinen Ohren. Glaubt sie ernsthaft, dass Kerle auf so etwas stehen?

Aarons Blick wandert unsicher zwischen uns hin und her.

Echt jetzt? Er hat *mich* eingeladen.

Wut baut sich in mir auf.

Als er meinen Gesichtsausdruck sieht, zieht er ihre Arme von seinem Hals weg und macht einen Schritt zurück. „Sorry, Sarah. Allie ist eine Freundin von mir. Ich finde es nicht in Ordnung, wie du mit ihr sprichst."

Sie reißt ihre Augen auf, und für eine Sekunde steht ihr der Mund offen, doch dann klappt sie ihn zu. „Wie bitte?"

Er zuckt mit den Schultern und reibt sich mit der Hand seinen Nacken. „Schau mal. Ich weiß ..."

„Leck mich doch! Dein Pech, Henderson. Denk bloß nicht, dass du noch eine Chance bekommst." Sie drängt sich an mir vorbei, um den Raum zu verlassen, und stößt dabei mit der Schulter in mich hinein. Ich reiße mich zusammen, um nicht auf sie loszugehen, und schaue dankbar zu Aaron.

„Danke. Das hättest du nicht machen müssen", murmele ich.

Er zuckt mit den Schultern. „Doch, das musste ich. Ich habe dich eingeladen. Und Sarah kann eine richtige Zicke sein, wenn sie will. Sie kommt normalerweise bei solchen Partys nicht in meine Nähe. Sie ist jünger, aber sie hängt mit der ‚Elite' herum." Beim Wort „Elite" malt er mit den Fingern Anführungszeichen in die Luft und seufzt. „Wir sind nicht in den gleichen Kreisen unterwegs. Sie ist meine Nachbarin. Wir sind gewissermaßen zusammen aufgewachsen, und manchmal verhält sie sich tatsächlich wie ein anständiger Mensch." Er hält inne, als ob er seine Wortwahl genau überdenkt. „Sie ist daran gewöhnt, immer im Mittelpunkt zu stehen. Um ehrlich zu sein, würde es mich nicht überraschen, wenn sie heute Abend nur zu mir gekommen ist, weil du da warst."

Oh.

„Tut mir leid. Das ist ganz schön scheiße. Stehst du auf

sie?", frage ich. Ich will ihm nicht die Tour vermasseln. Ja, er hat mich eingeladen, und ich bin dankbar, dass er mich verteidigt hat, aber wenn er die Gelegenheit ergreifen möchte, *carpe diem* und all das... Ich stehe ihm nicht im Weg. Kerle sind manchmal so. Felix hätte ihr ihren Willen gelassen, seinen Spaß gehabt und sich dann später bei mir entschuldigt.

Aber Aaron schüttelt nur den Kopf. „Nein. Nicht wirklich. Ich weiß, was für eine Art Mädchen sie ist und darauf bin ich nicht aus. Ich glaube, durch das Bier und ihre Titten konnte ich nicht mehr klar denken."

Ich kann nicht anders, als darüber zu grinsen. Aaron schaut verlegen und sagt: „Also, besteht irgendwie die Chance, dass du deine Meinung änderst und ich dich überzeugen kann, doch meine Partnerin zu sein?"

Ich fange an, den Kopf zu schütteln, bis ich Emilio, Dom und Roman entdecke, die sich in den Raum zwängen. Emilio grinst fies, als er zu mir sagt: „Komm schon, Vanille. Lass uns spielen. Wir können die Sache spannend machen."

Großartig. Schon wieder „Vanille". Ich schaue finster, bin jetzt aber neugierig. „Auf welche Art interessant?"

„Sollten wir gewinnen", er zeigt auf seine Dreiergruppe, „dann läufst du den Rest des Wochenendes im Bikini herum. Tag und Nacht. Ohne Ausnahme."

Ich schnaube. Typisch. „Und wenn ich gewinne?"

Er zuckt mit den Schultern. „Was willst du denn?"

Ich überlege. Keine Ahnung, ob sie gut sind, auch nicht, ob Aaron gut ist, aber ich weiß, dass ich es bin. Solange Aaron nicht grottenschlecht ist, haben wir eine annehmbare Chance zu gewinnen. Ich habe ständig mit Kerlen herumgehangen und Bier-Pong ist ein Partyklassiker. Julio und ich haben auf den Partys stets abgeräumt. Wir haben die Sache immer mit Bargeld auf dem Tisch interessant gemacht, aber das ist meine erste Party mit diesen Leuten, und ich weiß nicht, was hier üblich ist. Man scheint hier nicht so auf Glücksspiel zu stehen.

Ich bin immer noch ziemlich beschwipst, also beschließe ich, mich darauf zu konzentrieren und dem Abend eine neue Wendung zu geben, auch wenn mein Ex angerufen hat und Roman sich seltsam benommen hat.

„Sollte ich gewinnen, dann lauft ihr drei das ganze Wochenende in Bikinis herum. Tag und Nacht. Ebenfalls ohne Ausnahme."

Die Menge jubelt bei dieser Idee, und Emilios Grinsen wird breiter, während Dom und Roman beide noch mehr die Stirn runzeln. Ich gebe mir nicht mal mehr Mühe, mir das Lachen zu verkneifen.

„Okay. Okay. Das kann ich akzeptieren."

„Nein", sagt Dom. „Ihr Wichser könnt das machen. Mein schwarzer Arsch zwängt sich in keinen Bikini."

Emilio lacht in sich hinein. „Aber Dom, du würdest verdammt gut darin aussehen, und das weißt du auch."

Dom schaut noch finsterer, und ich halte mir vor Lachen den Bauch, als ich mir Dominique in einem Bikini vorstelle. „Okay. Du musst nicht mitmachen", sage ich, als ich wieder Luft bekomme. „Aber nur, weil die Teams gleich groß sein müssen. Zwei gegen zwei."

Ich drehe mich zu Aaron, und er lächelt mir zustimmend zu. Er ist dabei, doch ich bin mir ziemlich sicher, dass, falls wir verlieren, sich die Kerle nur darum scheren, ob ich einen Bikini trage. Zum Glück habe ich heute einen gekauft.

Ich drehe mich zu Roman und ziehe eine Augenbraue hoch. Ich bin mir fast sicher, dass er, genau wie Dominique, aussteigen wird, aber er überrascht mich, als er sich einen Ping-Pong-Ball schnappt und sagt: „Dann mal los."

ZEHN

ROMAN

Ich bringe meinen besten Freund um, weil er mich hier reingezogen hat. Allie und Henderson machen uns platt. Sie sind zwei Becher davon entfernt, mich zu schlagen und meinen Arsch in einen verdammten Bikini zu stecken.

Allies Blick ist glasig. Der Alkohol macht sich bei ihr bemerkbar, aber grinsend hebt sie die Hand, wirft und versenkt das Ding in meinem Becher.

Fuck.

Sie hopst hoch und runter, ihre Titten hüpfen mit, und Henderson gibt ihr einen High Five.

Emilio nimmt sich den Becher. Kippt ihn in einem Zug hinunter und zielt dann.

Der Wichser trifft nicht, und ich verkneife mir ein Stöhnen.

Scheiße.

„Ich bringe dich um", sage ich so leise zu ihm, dass nur er es hören kann, aber mir entgeht Dominiques fieses Lachen hinter uns nicht. Er amüsiert sich über diesen Mist. Wahrscheinlich hofft er, dass wir verlieren.

„Nee, Mann. Das wirst du nicht", sagt Emilio zu mir. „Weil

ich meinem Kumpel aushelfe, indem ich ihre Aufmerksamkeit genau auf dich lenke. Du magst das Verlieren hassen, aber du möchtest, dass die Kleine dich bemerkt."

„Nein, will ich nicht", murmele ich. „Sie ist ein Niemand für mich."

Emilio ignoriert meinen Kommentar, und nun ist Henderson mit Werfen dran. Er zielt auf den letzten Becher auf unserer Seite. In letzter Sekunde blickt er kurz in meine Augen, und ich starre ihn aggressiv an. Er zögert, und ich lächele auf mörderische Weise. Mein Blick ist nur auf ihn gerichtet und alles, was ich sehen kann, ist er. Seine grünen Augen verdunkeln sich, und ich weiß, dass er seine Umgebung kaum noch wahrnimmt. Die Menge um uns herum feuert ihn an.

„Werfen!"

„Werfen!"

„Werfen!"

Ich verenge meine Augen noch mehr. Sein Kiefer spannt sich an, und er wirft, aber der Wichser guckt nicht mal auf den Becher. Er schaut mich weiter an, als ob er kurz davor ist, sich einzupissen.

Er trifft nicht.

Ich grinse und unterbreche das Blickduell zwischen uns mit einem Zwinkern. Er flucht.

Genau so, Wichser.

Ich bin dran, also schnappe ich mir den Ball und werfe ihn ohne großes Trara in einen ihrer drei verbleibenden Becher. Henderson flucht wieder, leert den Becher und reicht Allie den Ball.

Sie grinst mich spöttisch an, total in ihrem Element, und versenkt den Ball in unserem letzten Becher. Emilio neben mir stöhnt, aber ich weiß, dass das nur Show ist. Ihn schert es nicht im Geringsten, ob wir gewinnen oder verlieren. Für ihn ist das alles nur ein Spiel. Er lebt für diesen Scheiß, auch wenn er das Gegenteil behauptet.

Ich hebe langsam den Becher und stelle sicher, dass ich ihr dabei die ganze Zeit in die Augen schaue, und trinke das letzte Bier.

„Du hast verloren", sagt sie, und ihr ist anzusehen, wie zufrieden sie ist.

„Das habe ich. Dann musst du jetzt wohl deinen Bikini holen", sage ich zu ihr.

„Meinen?"

Ich nicke und sauge meine Unterlippe ein. „Ja, Vanille. Ich will deinen."

„Du kannst meinen haben", sagt eine der Tussis neben mir.

Ich ziehe eine Augenbraue hoch. „Und du bist...?"

Sie sieht überrascht aus, weil ich sie nicht kenne. Warum sollte ich?

„Silvia. Silvia Parish. Ich habe immer die zweite Stunde mit ihr", erinnert sie mich und nickt dabei Richtung Allie. Jetzt erinnere ich mich wieder. Ich hatte ihr gesagt, dass sie sich um *mein Mädchen* kümmern solle. Also kenne ich ihren Namen tatsächlich.

Ich sage achselzuckend: „Okay, Silvia Parish. Danke, aber nein. Ich will Allies Bikini. Ich akzeptiere nur ihren."

Silvia zieht einen Schmollmund, und Allie verdreht die Augen. Sie ist verdammt sexy, wenn sie genervt ist. „Meinetwegen. *Andale pues.*"

Sie hat bestimmt gar nicht mitbekommen, dass sie mir auf Spanisch gesagt hat, mich zu beeilen. Mir gefällt es. Mir gefällt es, dass es ihr über die Lippen kommt, als ob es ihre Muttersprache wäre. Vielleicht ist es das ja auch. Und ich mag es total, dass Henderson keinen Schimmer hat, was zum Teufel sie gerade gesagt hat. Es war nichts Verführerisches. Und es gab keine versteckte Bedeutung. Aber das weiß er nicht.

Ich ramme ihn absichtlich mit der Schulter, als ich mich an ihm vorbeidrücke, um Allie zu folgen.

„Pass bloß auf, Henderson", sage ich so leise, dass nur er es hören kann. „Wenn ich du wäre, würde ich mir nicht in die Quere kommen."

Sein Kiefer spannt sich an, und ich warte, um sicherzugehen, dass er kapiert, was ich sage.

Es dauert ein bisschen länger, als mir lieb ist, aber letzten Endes nickt er. *Gut.*

Ich folge Allie durch die Menschenmenge und schubse einfach gegen die Körper, die mir zu nahekommen. Deshalb öffnen wir unsere Hütte nicht. Ich mag es nicht, wenn mir die Leute so auf die Pelle rücken.

Sie führt mich in ein Schlafzimmer. Kaum habe ich den schwach erleuchteten Raum betreten, schließe ich die Tür hinter mir und atme erleichtert auf. Allie fragt lachend: „Kein Fan von Menschenansammlungen?"

„Kein Fan von Idioten", erwidere ich.

Sie lächelt und wühlt in einer Tasche herum, bis sie einen schwarzen Bikini hervorholt. Das Höschen sieht höher aus, so als ob es ihr über die Hüften reichen würde, und das Oberteil ist ein breites Band, das im Rücken gebunden wird. Hm, interessant. „Kein nuttiger String-Bikini?"

Sie schüttelt den Kopf. „Ist nicht so mein Stil." Sie hält mir den Bikini hin, aber bevor ich ihn ihr aus der Hand nehme, ziehe ich mein Shirt aus und lasse es zu Boden fallen. Dann öffne ich die Gürtelschnalle.

Sie schnappt nach Luft. „Was machst du denn da?"

Ihr panischer Tonfall lässt mich grinsen. Als ich aufschaue und bemerke, dass sie meine Bauchmuskeln anstarrt, brodelt Hitze in meinem Brustkorb auf und mein Schwanz regt sich. Ihr Blick wandert mit sichtbarem Interesse über mich, und mein Lächeln wird breiter. Ich schiebe die Jeans nach unten, sodass ich nur noch schwarze Boxershorts anhabe. Dann ziehe ich die Jeans von den Füßen, wobei ich auch gleich Socken und Schuhe ausziehe.

„Gefällt dir, was du siehst?", frage ich mit ausgebreiteten Armen und einem großspurigen Lächeln im Gesicht. Ich weiß, dass ich gut aussehe. Ihr Gesichtsausdruck gibt mir recht.

Sie streckt ihre zierliche Hand aus, als ob sie meine Tattoos berühren will, und ich warte, begierig darauf, ihre Hände auf meinem Körper zu spüren, auch wenn ich mir den Grund dafür nicht erklären kann. *Was hat dieses Mädchen nur an sich, dass ich mich so zu ihr hingezogen fühle?*

Auf meiner rechten Seite ist ein Motiv mit betenden Händen, die einen Rosenkranz halten. Der Arm ist zur Hälfte mit einem komplizierten, aztekischen Totemfalken geschmückt. Am linken Schlüsselbein befindet sich eine aztekische Teufelsmaske, die hoch zum Hals und hinunter zu meinem Bizeps und Brustmuskel reicht.

Mein Blick wird glühender, als ich beobachte, wie sie meinen Anblick in sich aufsaugt, aber statt mit ihren Fingern über die Tattoos zu wandern, verharrt sie mit ihnen über der linken Seite meines Brustkorbs. Ihre Unterlippe steckt zwischen ihren Zähnen, und ein Hauch von Besorgnis huscht über ihr Gesicht. *Besorgnis um mich?* Das überrascht mich.

Ich schaue nach unten und bemerke, dass ihre Augen auf eine gelb-violette Prellung gerichtet sind, die sich auf meiner linken Seite gebildet hat.

Mir fällt der Schlag ein, der mir im letzten Quarter des Spiels verpasst wurde. Ich bin gerannt, um einen Touchdown zu erzielen, und der Kerl ist aus dem Nichts aufgetaucht und hat mich in der Endzone angegriffen, obwohl ich den Ball schon abgelegt hatte. Der Schiedsrichter ist eingeschritten. Aber das war letztlich egal, das Spiel war vorbei.

Ihre Finger streichen über die verletzte Stelle, und sie flüstert: „Tut das weh?"

Ich halte das Stöhnen zurück, das ich bei ihrer schmetterlingshaften Berührung am liebsten ausstoßen würde. „Nee. Das sieht schlimmer aus, als es ist."

Sie tritt zurück und reißt die Augen auf, als ob ihr erst jetzt bewusst wird, dass sie mich so intim berührt hat. Eine hübsche Röte breitet sich über ihre Wangen aus. Bevor sie sich noch weiter zurückziehen kann, trete ich näher an sie und halte ihr zierliches Handgelenk fest. „Gibst du mir nun den Bikini?", frage ich.

Sie ist vielleicht ein Meter siebenundfünfzig groß, ich ein Meter fünfundachtzig. Sie ist winzig, sodass sie ihren Kopf in den Nacken legen muss, um mir in die Augen zu schauen. Ich müsste einfach nur den Kopf ein paar Zentimeter nach unten neigen, um meine Lippen auf ihre zu legen. Aber ich tu's nicht. Ihr Blick wird unruhig, als sie zu mir hoch starrt. Sie leckt sich die Lippen, und ich verfolge diese Bewegung.

„W... was meinst du?"

Ich hebe eine Braue. „Der Bikini", sage ich nochmal und ziehe dabei an dem Stück Stoff, das sie mit ihren Händen umklammert.

„Oh. Oh!" Sie lässt den Bikini fallen, als ob sie sich daran verbrannt hätte. Dann tritt sie zurück, ihr Gesicht sogar noch röter als zuvor. Ich hebe den Bikini auf und ziehe mir das Oberteil an. Mein Brustkorb ist so breit, dass sich das Teil hinten auf meinem Rücken kaum zubinden lässt. Ich halte die Hose hoch und schaue sie an. „Ich glaube nicht, dass die über meine Beine passt, aber wenn du willst, kann ich's versuchen. Oder..." Ich verstumme und warte.

Sie schluckt schwer und leckt sich wieder über die Lippen. „Oder was?"

Ich werfe die Bikinihose zurück zu ihr. „Oder ich kann so

gehen. Meine Boxershorts verdecken nicht viel mehr als die da“, sage ich, während ich auf das Höschen zeige. „Mehr Bein, aber weniger Bauchmuskeln.“ Ich zucke mit den Schultern. „Du hast die Wahl.“

„Oh. Ja. In Ordnung. Das ist okay so.“

ELF

ALLIE

Ich weiß nicht, warum es mir so viel bedeutet, dass Roman mein Bikini-Oberteil trägt. Es ist nur ein blödes Oberteil. Aber er trägt es, und es gehört mir. Mein Magen schlägt Purzelbäume, und ich spiele mit dem türkisfarbenen Armband an meinem Handgelenk herum. Ich folge ihm, als er aus Aarons Zimmer tritt, und versuche, mein wild schlagendes Herz zu beruhigen. Die Menge umringt uns, zwingt uns einige Schritte zurück, bis Roman einen der Football-Spieler mit beiden Händen aus dem Weg schubst. Er trägt sein Trikot, wie ein paar andere auch, und ist dadurch leicht zu erkennen.

Der Kerl wirbelt mit erhobener Faust zu Roman herum, als ob er zuschlagen will, doch dann hält er plötzlich inne und lässt seine Hand sinken. „Hey, Rom. Mein Mann, äh…" Er reibt sich mit einer Hand den Nacken. „Tut mir leid, Mann. Ich wusste nicht, dass du das warst."

Roman sagt nichts. Er starrt ihn nur mit zu Schlitzen verengten Augen an, und der Kerl zieht sich mit erhobenen Händen zurück. „Ja. Sorry. Ich lass dich schon durch." Er lacht nervös und verzieht sich.

Ich erwarte, dass sich Roman an ihm vorbeidrückt und mich hier stehen lässt, aber stattdessen dreht er sich zu mir, schnappt mein Handgelenk und zieht mich mit sich. Ich quieke und stolpere, wobei ich gegen ein paar andere Spieler pralle, doch sobald ich sie berühre, treten sie zurück. Warum nimmt er mich ständig am Handgelenk? „Ich bin durchaus in der Lage, allein zu laufen", sage ich, aber entweder hört er mich nicht, oder er ignoriert mich.

Wir treten aus dem Haus heraus und sehen, dass Emilio ein neon-pinkes Bikini-Oberteil über seiner nackten Brust trägt, und dazu einen Stringtanga über seine dunkelblauen Boxershorts. Ich habe keine Ahnung, wie es ihm gelingt, darin gut auszusehen, aber so ist es jedenfalls.

Emilio hat auch Tattoos und sein Brustdesign wird voll zur Schau gestellt. Das Porträt einer Frau im Gothic-Stil, deren Haare nach hinten wehen. Um sie herum fliegen Spatzen und Raben, die Strähnen ihrer Haare mit den Schnäbeln hochheben.

Das Bild ist überraschend schön. Als er mich beim Glotzen erwischt, reibt er sich über die Brust und beißt auf seine Unterlippe. Seine Augen sind halb geschlossen, und er hebt lasziv eine Braue. Roman tritt mit einem Knurren vor mich, und Emilio bricht in Gelächter aus.

Neben ihm entdecke ich Dominique. Seine Schultern beben, seine Lippen sind zusammengepresst, und ich kann sehen, dass er versucht, sich das Lachen zu verkneifen, aber letztlich gelingt ihm das nicht.

„Rom, wenn du jetzt dein Gesicht sehen könntest."

Ich trete nach vorn, um mir seinen Ausdruck anzusehen, aber wie immer wirkt sein Gesicht wie eine Maske. „Also, äh, ich lasse euch Kerle mal euer Ding machen." Ich gehe langsam um Roman herum und begebe mich zurück zum Lagerfeuer. Mit den Augen suche ich nach Aaron, doch als ich ihn sehe, sitzt ein Mädchen auf seinem Schoß und küsst seinen Hals. Ich kann ihr Gesicht nicht erkennen, aber...

Ich bleibe stehen.

Ich schaue nochmal hin, und ja, es ist Sarah. Die Zicke von vorhin. Wunderbar.

Ein warmer Atem an meinem Hals überrumpelt mich und ich höre ihn sagen „Sieht so aus, als ob dein Kerl heute Abend beschäftigt ist." Seine Stimme ist leise, sein Tonfall vielsagend. „Idiot. Stellt so etwas nach, wenn er stattdessen das hier bekommen könnte." Seine Finger streichen mein Rückgrat entlang und mich überkommt unwillkürlich ein Schauer.

„Niemand bekommt *das hier*", blaffe ich, weil ich es hasse, was er andeutet. „Außerdem sind wir nur Freunde. Er kann nachstellen, wem immer er will."

Noch ein Streicheln. Diesmal hinten an meiner Hüfte. „Ja?"

„Ja."

Romans Finger umklammern meine Hüfte so fest, dass es fast wehtut, als er mich dicht an seinen Körper zieht. „Was, wenn ich beschließen würde, dass ich dich will?"

Mein Atem geht stoßweise, und er steht immer noch hinter mir, während er mit den Lippen meinen Hals entlangwandert. Es ist kein Kuss. Die Berührung ist zu leicht, aber es fühlt sich an, als ob er mich markiert, mich als die seine kennzeichnet. „Ich würde dir sagen, dass du dich verpissen sollst."

„Lügnerin."

Ich trete von seinem Körper weg, vermisse aber sofort seine Wärme.

„Komm mit." Er verschränkt seine Finger mit meinen und entgegen aller Vernunft erlaube ich ihm, mich zu einer der größeren Hütten zu ziehen.

Ich stolpere ihm nach, aber er hält weder an, noch verlangsamt er seine Schritte. Er zieht nur fester an meiner Hand, sodass ich schneller laufen muss. „Wohin bringst du mich?", frage ich, als ich endlich meine Stimme wiederfinde.

Er grinst über seine Schulter. „Hast du etwa Angst, Vanille?"

Ich schnaube verächtlich und folge ihm weiterhin. Ich muss mich beeilen, um mit seinen langen Schritten mithalten zu können. „Wohl kaum."

Die Hütte ist bis auf uns zwei leer, und ich schaue mich um. Wie auch von außen wirkt sie eher wie ein normales Haus als eine Hütte. Eine Couchgarnitur aus Leder nimmt vor dem Kamin fast den ganzen Raum ein. Und die Küche und der Essbereich sehen aus, als ob sie einem Wohnmagazin entsprungen wären.

Roman beobachtet mich, während ich mich umschaue. Er scheint meine Reaktion abschätzen zu wollen, aber ich weiß nicht, was er sich erhofft. Alles hier sieht teuer aus, die Einrichtung ist geschmackvoll, und man erkennt, dass jedes Teil im Zimmer sorgfältig ausgewählt wurde.

Ich erinnere mich an die Filmabende, die ich mit Freunden zusammengekuschelt vorm Kamin verbracht habe. Julio, Adriana und ich haben das manchmal gemacht. Ab und an haben sich auch Gabe oder Felix zu uns gesellt. Also, bevor sie die gewisse Sache getan hat. Und bevor meine Mom gestorben ist.

Wir haben immer idiotische Filme angesehen und Popcorn gefuttert. Julio hat eine Tüte Gummibärchen in meine Schüssel geschüttet. Wir haben uns immer um das letzte Gummibärchen gestritten, und der Abend endete fast ständig damit, dass sich Adriana auf unserem Sofa ausgestreckt hat, während Julio und ich auf dem Fußboden saßen. Er lehnte gegen das Sofa und ich lag neben ihm, mein Kopf auf seinem Schoß.

Ich stelle mir vor, wie es wäre, wenn ich an Roman gekuschelt vor dem Kaminfeuer säße, und Wärme breitet sich in meiner Brust aus. Es wäre nicht so, wie mit Julio Filme zu schauen. Es gäbe keine unschuldigen Zärtlichkeiten.

„Woran denkst du?", fragt er und tritt dichter an mich heran.

„Nichts."

„Mentirosa." *Lügnerin*, sagt er.

Vielleicht bin ich das, doch ich werde mich hüten, ihm meine wahren Gedanken zu verraten, also sage ich: „Ich habe darüber nachgedacht, wie schön dieses Haus ist. Gemütlich. Ich weiß, es ist wahrscheinlich ein Vermögen wert, aber es strahlt auch Wärme aus." *Nicht wie mein neuer Wohnort*. Das spreche ich nicht aus. „Es gefällt mir hier."

Er nickt, geht dann zur Küche und ich folge ihm. Er öffnet den Kühlschrank und holt Lebensmittel heraus. Karotten, Sellerie, ein Paket Hackfleisch. Aus den Küchenschränken nimmt er Zwiebeln, Knoblauch, Kartoffeln, Gewürze, ein paar Dosen, sieht aus wie Mais und Tomaten, und dann noch eine Tüte Reis.

„Was machst du denn?"

„Ich koche."

Ein Lachen entschlüpft mir. „Das sehe ich, aber was kochst du und warum?"

„Ich habe nach dem Spiel nichts gegessen." Ein Schulterzucken, bei dem sich seine breiten Schultern anspannen. Ich kämpfe gegen das Verlangen an, jede Kontur seines Körpers mit meinem Blick nachzufahren. In meinem Bikini-Oberteil sollte er lächerlich aussehen, aber das tut er nicht. Es ist zum Verrücktwerden.

Ich habe noch nicht entschieden, ob er Freund oder Feind ist. In einem Moment ist er voller Wärme und Verlangen, im anderen kalt und abweisend. Ich kann ihn nicht richtig einschätzen.

„Ich mache *albóndigas*."

Mein Herz krampft sich zusammen, weil mich Erinnerungen an meine Mom und unsere gemeinsamen Kochabende überkommen. „Das... Das kochst du?" Ich drehe mich weg, um die Tränen, die mir plötzlich in die Augen steigen, zu verbergen, und bekomme sein Nicken kaum mit.

Glücklicherweise schaut er nicht von seiner Arbeit auf. Er schält die Zwiebel und schneidet sie in Windeseile in gleichmäßige, kleine Würfel. „Hier." Er gibt mir ein zweites Schneidebrett und ein scharfes Messer. „Schneide das bitte in Würfel." Dann reicht er mir den Sellerie, die Kartoffeln und die Karotten.

Ich nehme sie und tue wie geheißen. Die plötzlichen Gefühle, die mir die Kehle abschnüren, ignoriere ich. „Du weißt, dass man für Albóndigas mindestens zwei Stunden braucht, oder?" Und selbst dann sind die verschiedenen Aromen noch nicht vollständig verschmolzen. Meine Mom hat die Suppe immer mehrere Stunden auf dem Herd köcheln lassen, um sicherzugehen, dass alles schön miteinander verbunden war. Die Suppe wird unmöglich heute Abend zum Essen fertig werden.

Er nickt. „Ich weiß. Ich schummele."

Ich schaue von meiner Arbeit auf und sehe, dass er auf einen Schnellkochtopf zeigt, der auf der hinteren Herdplatte steht. Ich kann nicht anders, das Lachen sprudelt nur so aus mir heraus.

„Meine Mutter wäre absolut entsetzt."

Er wirft mir ein teuflisches Lächeln zu. „Meine auch. Und meine Großmutter würde mich wahrscheinlich enterben. Das ist also streng geheim. Wehe, du plauderst Firmengeheimnisse aus, Vanille." Er zwinkert. „Ich will keine Burger oder Würstchen. Ich möchte richtige Nahrung. Essen, das ich zu Hause bekommen würde." Noch ein Schulterzucken. „Der Topf spart uns Zeit. Wenn wir erst einmal alles drin haben, haben wir innerhalb von fünfzehn Minuten frische Suppe, die so schmeckt, als ob sie den ganzen Tag geköchelt hat."

Ich lächele vor mich hin. „Du bist so anders, als ich erwartet hatte."

Er beäugt mich von oben bis unten, und fast entgeht mir die Begierde, die in seinen Augen kurz aufblitzt. „Du auch."

ZWÖLF

ROMAN

Sie lächelt. Ein richtiges Lächeln, nicht so ein gezwungenes, falsches, dass sie für alle anderen in der Schule übrig hat. Das hier ist echt, und mir entgeht nicht, wie die Tränen in ihren Augen glänzen, bevor sie sie weg blinzelt. Das Mädchen hat Dämonen. Zum Teufel, ihre sind möglicherweise größer als meine.

Ich habe einen herrischen Paps, dessen Erwartungen ich anscheinend nie erfüllen kann. Sie hat eine tote Mutter und einen Ex, der sie betrogen hat. Welcher andere Schmerz verbirgt sich hinter diesem Lächeln?

Vielleicht fühle ich mich deshalb so zu ihr hingezogen. Ich will ihr wehtun. Ihre köstlichen Lippen beißen, bis sie bluten. Ihren Körper liebkosen, bis er voller blauer Flecke ist. Ich bin kein zärtlicher Liebhaber. Ich küsse hart und ficke noch härter. Aber ich will sie auch beschützen. Etwas in mir möchte sie in den Arm nehmen, sie als die Meine kennzeichnen und sie vor der Welt abschirmen.

Der Wunsch, sie zu besitzen, wird in mir immer stärker.

Ich hätte sie nicht hierherbringen sollen.

Ich gebe alles in den Topf und stelle die Zeit auf dem

Dampfkochtopf ein, bevor ich schnell die Unordnung beseitige, die wir beim Zubereiten des Essens verursacht haben.

„Ich kann das abwaschen", sagt Allie, als sie mir das Schneidebrett aus den Händen nimmt und damit zur Spüle geht. Sie wäscht es ab und legt es zurück in die Schublade, wo ich es zuvor herausgeholt hatte. Sie hat mir den Rücken zugewandt, und ich trete nahe an sie, um meine Hände auf ihre Hüften zu legen. Ich neige den Kopf nach unten und fahre mit der Nase ihren Hals entlang, sodass ich ihren holzigen Vanilleduft inhaliere.

Sie atmet scharf ein, bewegt sich aber nicht. Ich ziehe sie an mich heran, bis unsere Körper eng aneinander liegen. Dann beginne ich, mit meinen Lippen ihren Hals entlangzufahren. Sie neigt ihren Kopf zur Seite, damit ich besser herankomme, und verdammt, ihre Haut ist so weich. Ich knabbere und beiße in das zarte Fleisch. Der stechende Schmerz bringt sie zum Zischen, doch sie zieht sich nicht zurück, was mich überrascht. Also mache ich es gleich nochmal, diesmal stark genug, um eine kleine Schramme zu verursachen. Ich lindere den Schmerz mit einem Kuss und sauge an ihrer empfindlichen Haut, damit sie nach diesem Wochenende mein Zeichen tragen wird.

Ich lasse eine Hand über ihre Hüfte rutschen, wandere mit ihr über ihren Bauch, bis ich eine ihrer Brüste in meiner Hand halte.

„Roman...?" Ihre Stimme ist leise, zögerlich.

Eine Frage schwingt mit, aber ich kann ihr nicht antworten. Ich habe keine Worte dafür, weil ich keine verdammte Ahnung habe, was ich hier tue und das ganz bestimmt nicht zugeben werde.

Sie reckt ihren Hals, um mich anzusehen, und die Lust und das Verlangen, die ich in ihrem Blick sehe, spiegeln meine Gefühle wider. Mir war es immer egal, worüber ein Mädchen nachdachte oder was sie fühlte. Doch bei Allie ist es anders.

Ich will sie einfach verstehen. Vermisst sie ihre alte Schule? Ihr altes Leben? Was hat sie vor, wenn sie mit der Schule fertig ist?

Sie ist zu meiner Obsession geworden, und noch während ich mir sage, dass sie ein Nichts ist, ein Niemand, senke ich den Kopf und erobere ihre Lippen mit meinen, um sie zu schmecken. Sie keucht auf, was ich ausnutze, um meine Zunge in ihren Mund zu stoßen und ihre leisen Seufzer zu trinken.

Meine andere Hand wandert nach oben, um ihren Nacken zu umfassen und ihren Kopf so zu drehen, dass ich sie tiefer küssen kann, während ich mit der anderen ihre Brust massiere. Verdammt, sie hat wirklich schöne Titten. Voll und rund. Gerade richtig, um meine Hand zu füllen. Ich greife das weiche Fleisch und Zufriedenheit flammt in mir auf, als sie ihren Rücken wölbt und somit ihre Brust gegen meine Hand drängt. Sie dreht sich in meinen Armen herum.

Sie ist so empfänglich. So verflucht heiß. Ihre Arme legen sich um meinen Hals. Ihre Brüste pressen gegen meinen Brustkorb, und ich bin nur zwei Sekunden davon entfernt, ihr die Kleider vom Leib zu reißen und sie gleich hier auf der Küchentheke zu ficken, als sich von draußen Stimmen nähern.

Sie reißt ihren Mund von meinem los. „Roman." Sie atmet schwer. Ihre Brust hebt und senkt sich, und ich merke, dass es mir genauso geht. Ich will dieses Mädchen, und ich habe keine verdammte Ahnung, warum. Bevor sich unsere Blicke treffen, gelingt es mir, mich zusammenzureißen und das Bedürfnis, in sie zu versinken, hinter einem gelangweilten Gesichtsausdruck zu verbergen.

„Ich..." Sie runzelt die Stirn, als sie meine Miene sieht. Verwirrung huscht über ihre Züge.

Die Stimmen werden lauter, und sie macht einen Schritt zurück, um etwas Abstand zwischen uns zu bringen. Doch ich bin nicht bereit, sie gehen zu lassen, und greife ihre Hüften, um sie mit Gewalt festzuhalten. Ich erlaube es nicht, dass sie sich zurückzieht. Nicht sie hat hier die Kontrolle, sondern ich.

Die Tür zur Hütte öffnet sich, und Emilio kommt hereinmarschiert, Dom ihm dicht auf den Fersen.

„Ich habe ihm doch gesagt, dass du beschäftigt bist", sagt Dominique statt einer Begrüßung. Ich hebe eine Augenbraue, um anzudeuten, dass die Unterbrechung nicht weiter schlimm ist.

Emilio hat immer noch zwei Mädchen bei sich, eine in jedem Arm. Sein rechter Arm ist um diese Junior-Tussi von vorhin geschlungen, sein linker um Silvia. Ich kann sehen, dass er betrunken ist. Seine Augen sind glasig, und in seinem Gesicht klebt ein dummes, glückliches Lächeln, als er die vor ihm liegende Szene sieht. „Hey, Vanille. Vögelst du heute Abend mit meinem Kumpel, Rom?" Ich muss mich beherrschen, um ihm nicht die Fresse zu polieren. Silvia wirft einen Blick auf Allie und versteift sich sichtlich. Ich trete vor, um ihr die Sicht auf Allie zu versperren, und Dominique gibt Emilio eine Kopfnuss, während er „blöder Arsch" murmelt.

„Hey", schreit Emilio und reibt sich den Kopf, als ob ihm Dominique tatsächlich wehgetan hätte. Wir wissen beide, dass das nur Show ist. „Das ist nicht cool, Mann. Was zum Teufel?"

Dominique deutet zum Flur. „Nimm deine Mädels mit auf dein Zimmer, oder schicke sie nach Hause." Er atmet tief ein, bevor sich ein breites Grinsen auf seinem Gesicht zeigt. Er hat auch einiges intus, denn Dom lächelt normalerweise nicht. „Roman kocht heute Abend."

Emilio wird so aufgeregt wie ein Fünfjähriger, der gleich eine Eiswaffel oder irgendwelchen anderen Scheiß bekommt, und schaut mich sofort an. „Du hast gekocht?"

Ich nicke.

„Was gibt es denn?" Die zwei Mädchen, die er bei sich hat, hat er total vergessen. Silvia und die andere Tussi, deren

Namen ich nicht kenne und den ich auch nicht wissen will, stehen direkt hinter ihm. Ihre Mienen wirken besorgt. Sieht so aus, als ob die Sache nicht so laufen würde, wie sie gehofft hatten.

„Albóndigas", sage ich zu ihm.

Sein Lächeln wird noch breiter, und er dreht sich um. „Meine Damen, es war mir ein Vergnügen." Er scheucht sie trotz all ihrer Proteste zurück zur Vordertür. Silvia schaltet eindeutig auf stur, weil sie es nicht mag, vor die Tür gesetzt zu werden.

„Aber, Emilio, ich habe gedacht, wir wollten zusammen feiern", winselt sie.

„Sorry, äh..." Er hält inne und schaut sie entschuldigend an.

Ihr bleibt der Mund offenstehen, und ihre Augen werden schmal, als sie mit einem lang gezogenen „Silvia" antwortet.

Er schnipst mit den Fingern. „Genau. Silvia war's. Verzeih. Mir ist etwas dazwischengekommen. Ich rufe dich ein andermal an, okay?"

Ihre Wangen röten sich, und sie schiebt die Unterlippe vor. „Du hast mich noch nicht einmal nach meiner Nummer gefragt."

Er grinst sie an. „Die kriege ich schon raus. Ich habe da Mittel und Wege. Ich will nicht, dass du dein hübsches, kleines Köpfchen überanstrengst."

Bevor sie auch nur antworten kann, gibt er ihr und ihrer Freundin einen letzten Schubs und schließt hinter ihnen die Tür. Dann dreht er sich wieder zu mir um. „Ich habe gerade ein paar erstklassige Muschis sausen lassen, also gib mir jetzt gefälligst Essen, du Arsch."

Wir lachen alle. „Wir müssen noch zehn Minuten warten. Sieh zu, dass du einen Film findest, den wir anschauen können, und ich kümmere mich um die Tortillas."

Er nickt und geht dann auf Allie zu.

Ich knurre.

„Hey, Mann. Ich wollte deinem Mädchen nur das Haus zeigen. Entspann dich."

Ich funkele ihn an. Er muss sie nicht herumführen. So wie ich Emilio kenne, will er ihr zuerst sein Schlafzimmer zeigen. Dominique weiß das auch und macht der Sache ein Ende, bevor sich die Gemüter erhitzen. Ich mag so tun, als ob ich an Allie kein Interesse hätte, aber sie ist mir alles andere als gleichgültig, und ich teile mein Spielzeug nicht. Alles muss ich über sie wissen, alles. Ich will ihre Geheimnisse und all ihre Wünsche erfahren. Ich brauche Munition gegen dieses Mädchen. Sie hat mich schon zu sehr in der Hand.

„Möchtest du mir helfen, für heute Abend einen Film auszusuchen?", fragt Dom sie.

Ihre Brauen ziehen sich zusammen, und sie schaut uns abschätzend an. Ich weiß, was sie denkt. Es steht ihr ins Gesicht geschrieben. Wir sind die größten Arschlöcher der Sun Valley High. Die Teufel. Warum also verkriechen wir uns schon vor Mitternacht in unserer Hütte, statt draußen mit allen anderen zu feiern? Und was sie wahrscheinlich noch viel dringender wissen will: Warum zum Teufel sind wir so nett zu ihr, wenn wir die ganze Woche über so getan haben, als ob sie nicht existiere?

Dominique beantwortet ihre erste, unausgesprochene Frage: „Wir sind von dem Spiel heute fertig. Und das da draußen", sagt er auf die Vordertür deutend, „ist nicht nach unserem Geschmack."

Sie verzieht die Lippen. „Ihr Kerle mögt keine Partys?"

„Oh, doch, das tun wir." Emilio lacht in sich hinein und wirft ihr einen zweideutigen Blick zu. „Aber wir feiern nach unseren Bedingungen, und wir brauchen dafür keine Möchtegern-Arschlöcher um uns. Außerdem hatten wir heute ein Spiel. Das heißt, dass wir uns heute Abend erholen. Und

Roman ist ein selbstsüchtiger Mistkerl, der nicht oft für uns kocht. Das müssen wir genießen, wenn sich die Chance bietet."

„Oh. Okay." Sie folgt Dom zum Sofa, und er nickt mir kurz zu, bevor er ihr unsere DVD-Sammlung zeigt. Wir haben hier draußen kein Internet, also kommt Streamen nicht infrage.

Während sie mit der Filmauswahl beschäftigt sind, geht Emilio in sein Zimmer und kommt dann in einer Jogginghose zurück. Er trägt immer noch seinen lächerlichen Bikini darüber, aber er betritt den Raum, als ob er der schärfste Kerl wäre, den die Welt je gesehen hat. Ich lache in mich hinein. Dem Kerl ist echt nichts peinlich.

Allie versteckt ihr Lächeln hinter ihrer Hand, als sie ihn sieht. „Du musst das nicht anbehalten." Sie sitzt in der Ecke der Wohnlandschaft und hat sich tief in eine Decke eingekuschelt. Ist ihr vielleicht kalt? Mache ich mir etwa Sorgen? Ich runzele die Stirn, weil ich meine Gefühle hinsichtlich ihres Wohlbefindens nicht genauer analysieren will.

Emilio schaut mit selbstzufriedener Miene an sich herunter und sagt: „Weißt du, ich würde voll gern im Adamskostüm herumlaufen, aber ich glaube nicht, dass diese Zwei hier das zu schätzen wüssten."

„Ich habe den Bikini gemeint", sagt sie. Ich merke, wie ihr die Röte in die Wangen steigt. Sie sieht hübsch aus, wenn sie rot wird.

„Wie bitte? Ich sehe in diesem Teil verdammt gut aus." Er greift durch den lächerlich leuchtenden Stoff an seine Eier. „Pink ist meine Farbe. Außerdem sind Wettschulden Ehrenschulden."

Sie verdreht die Augen und wendet sich an mich. „Wir sind hier nur zu viert. Du musst den Bikini auch nicht tragen. Aber ich erwarte, dass du ihn immer trägst, wenn du an diesem Wochenende aus dieser Hütte trittst. Das ist nur gerecht." Ihre Lippen verziehen sich zu einem zufriedenen Grinsen, was mir verrät, dass sie durchaus einen Wettbewerbssinn hat. Ich werde mir diese Information für später merken.

„Damit kann ich leben." Ich binde das schwarze Oberteil ab und werfe es genau in dem Moment auf die Theke, als der Dampfkochtopf piept, das Signal dafür, dass er fertig ist. Ich stelle die *comal*, eine Grillpfanne aus Gusseisen, auf den Herd und wärme Tortillas auf, bevor ich die Suppe verteile. Normalerweise bedienen wir uns selbst, doch ich will nicht, dass Dominique alles auf einmal auffrisst. Emilio und ich sind an selbst gekochtes Essen gewöhnt, aber Dom nicht, und jedes Mal, wenn er was kriegen kann, schlingt er es hinunter, als ob er am Verhungern wäre.

Meine Mom lebt praktisch in der Küche, und es ist ständig etwas Warmes zu essen da, wenn ich oder Paps heimkommen. Aber Doms Eltern sind selten zu Hause und das Abendessen besteht fast immer aus irgendetwas vom Lieferservice, das jeder für sich allein isst. Deshalb versuchen Emilio und ich, ihn während der Woche so oft wie möglich zu uns zum Essen einzuladen. Niemand sollte allein essen. Essen muss man zusammen mit der Familie genießen, und diese zwei Ärsche zählen für mich zur Familie.

„Schnappt euch euer Essen", sage ich den Kerlen, während ich mir zwei Schüsseln greife und eine davon Allie reiche. Dann gehe ich zurück zu den Tortillas und lege ein paar in einer Serviette auf den freien Platz neben ihr. Ich setze mich hin und ziehe ein Stück der Decke von ihrem Schoß. Ich brauche sie eigentlich nicht, aber es ist ein guter Vorwand, um ihr nahe zu sein. Ich habe noch keine Gelegenheit gehabt, ihre Gesichtszüge zu studieren und mir ihre Mimik einzuprägen, damit ich genau weiß, was sie fühlt, wenn sie es fühlt.

„Hey!" Sie kneift die Augen zusammen und ihre Schultern spannen sich sichtlich an.

„Ich trage nur Unterwäsche. Es ist kalt." Ich lüge, mir ist nicht kalt, ich will unter diese Decke.

Sie verdreht die Augen, protestiert aber nicht weiter. *Und der Punkt geht an diesen Teufel.*

Dominique schaltet den Film ein, und der Vorspann läuft, während wir alle unser Essen in uns reinschaufeln.

Allie stöhnt auf, und ich verkneife mir ein Grinsen. Es verschafft mir irgendwie Befriedigung zu wissen, dass es ihr schmeckt. Dass sie etwas genießt, das ich für sie gekocht habe. „Das ist so gut. Ich habe keine albóndigas gegessen, seit ..."

Sie unterbricht sich, und ich drehe mich um, um sie anzuschauen. Sie zwinkert mehrmals schnell und starrt dann in ihre Schüssel, weil sie mit den Tränen kämpft. Ich sehe, wie ihre Unterlippe zittert. Die roten Flecken, die unter ihren Augen erscheinen, als ob sie sich schon die Augen ausgeweint hat.

Mich durchfährt mit einem Ruck ein unbekanntes Gefühl, das ich lieber nicht beim Namen nennen möchte. *Fuck.* Sie hat keine *albóndigas* mehr gegessen, seit ihre Mom gestorben ist. Das hätte sie fast gesagt.

Emilio bemerkt ihre Reaktion und schaut mich besorgt an. Ich zucke leicht mit den Schultern, als ob ich sagen will: *Ich habe keine Ahnung, was gerade passiert.* Denn ich werde ihm todsicher nicht ihre Geheimnisse verraten. Sie gehören ganz allein mir. Aber auf typische Emilio-Weise rettet er den Abend mit einem blöden Witz.

„Verdammt, Allie. Du kannst doch nicht wegen ein bisschen Suppe so stöhnen. Mir schwirrt der Kopf, wenn ich solche sexy Geräusche von dir höre."

Sie lacht, aber man hört darin ein Schluchzen. „Typisch Kerl." Sie bewirft ihn mit einer Tortilla, bevor sie sich eine von meinen klaut, um die, die sie eben gerade verschossen hat, zu ersetzen. Ich tue so, als hätte ich es nicht bemerkt.

„Hass mich bitte nicht. Ich kann nichts dafür, dass ich

hiermit geboren wurde." Er greift unterhalb des leuchtend pinken Bikinihöschens, das über seiner Jogginghose sitzt, und beißt dann herzhaft in die Tortilla, mit der sie ihn gerade beworfen hat.

Sie stöhnt nochmal, diesmal gespielt genervt. „Ich weiß nicht einmal, was ich mit dieser Aussage anfangen soll." Jetzt klingt ihre Stimme nicht so gepresst, ihr Gesicht ist weniger rot.

„Hey. Seid leise. Der Film fängt an", mischt sich Dominique ein, und wir richten unsere Aufmerksamkeit wieder auf den Bildschirm genau in dem Moment, als Norman Reedus und Sean Patrick Flanery erscheinen und an dem Priester vorbeilaufen, um Jesus die Füße zu küssen.

Emilio stöhnt, legt kopfschüttelnd den Kopf schief. „*Der blutige Pfad des Todes*. Schon wieder?"

Worauf Dom antwortet: „Motz mich nicht voll. Allie hat ihn ausgesucht. Das Mädchen hat Geschmack. Ist nicht unsere Schuld, wenn du keinen hast."

Emilio brummt missbilligend, ist dann aber still und konzentriert sich auf die Albóndigas. Sobald Allie aufgegessen hat, bringe ich die Schüsseln schnell zurück in die Küche. Wir sind fast in der Mitte des Films, und jetzt wird es gleich richtig spannend.

Ich setze mich wieder hin und ziehe nochmal an ihrer Decke. Sie schaut mich finster an und zerrt ein Stück davon zurück, also zupfe ich erneut daran. Diesmal guckt sie mich wütend an. „Was machst du da?", flüstert sie.

„Pssst", zischt Emilio, der in den Film ganz versunken ist. Er mag sich zwar darüber beschweren, wie oft wir ihn ansehen, wenn wir hierherfahren, aber er liebt ihn genauso sehr wie wir.

Ich ignoriere Allies Frage, indem ich die Decke anhebe und dichter an sie rutsche, bis wir ganz nah beieinandersitzen. Einen Arm lege ich um ihre Schulter und ziehe sie näher an meine

Brust, während ich die Decke richte, damit wir beide bequem darunter passen.

Ihr Körper versteift sich für einen Moment, aber dann entspannt sie sich. In mir macht sich ein Hauch von Zufriedenheit breit. Eine ihrer Hände drückt auf meinen Brustkorb direkt über meinem Herzen, und ich frage mich, ob sie es pochen hören kann. Das Mädchen lässt mich Dinge fühlen, von denen ich mir nicht ganz sicher bin, ob ich sie fühlen möchte.

Meine Augen wandern zu dem türkisfarbenen Armband an ihrem Handgelenk. Jedes Mal, wenn ich sie sehe, hat sie es an. Hängen daran Erinnerungen oder irgendetwas in der Art? Der Drang, sie danach zu fragen, ist groß, aber ich halte mich zurück, weil ich nicht zeigen will, wie sehr sie mich fasziniert.

Allie ist definitiv nicht wie andere Mädchen. Die anderen Mädchen wollen mit mir oder meinen Jungs Zeit verbringen, weil wir etwas für sie tun können. Durch ihre Verbindung zu uns steigt ihr sozialer Status. Selbst wenn wir nur mit ihnen schlafen, interessieren sich danach mehr Kerle für sie. Was die Teufel hatten, wollen sie auch.

Allie scheint sich um all das keine Gedanken zu machen. Ihr scheinen Status und Macht egal zu sein.

Und weil ich das weiß, ist sie für mich noch anziehender.

DREIZEHN

ALLIE

Ich weiß nicht, was zwischen uns läuft. Es ist, als ob sich etwas verändert hat. Es knistert und die Spannung ist fast schon greifbar. Romans muskulöse bronzefarbene Brust fühlt sich warm unter meiner Wange an, und ich erwische mich dabei, wie ich das Teufelsmaskentattoo an seinem Schlüsselbein geistesabwesend mit dem Finger nachfahre.

Er seufzt zufrieden und zieht mich näher an sich. Ich bin mir sicher, dass das eine unbewusste Reaktion ist, denn an meiner Berührung ist nichts Sexuelles. Trotzdem gehen die Alarmglocken in meinem Kopf los. Ich fühle mich nicht unwohl in seinen Armen. Eigentlich fühle ich mich sogar sehr wohl. So, als ob ich genau da hingehöre. Genau hier in seine Umarmung.

Allerdings ist es mit ihm nicht das platonische Gefühl, das immer zwischen mir und Julio bestand. Ich habe idiotische Schmetterlinge im Bauch und ein Sehnen in meiner Mitte, dass mich die Oberschenkel zusammenpressen lässt. Ich kann mich nicht daran erinnern, mich je so sehr zu Ryker hingezogen gefühlt zu haben. So, als ob ich in seiner Haut versinken und dieselbe Luft, wie er atmen möchte.

Vielleicht ist das sexuelle Anziehung.

Es ist alles so verwirrend. Ich kenne Roman Valdez kaum, und was ich von ihm weiß, lässt ihn wie ein arrogantes Arschloch wirken. Ich sollte hier nicht bei ihm sein und ihm nicht erlauben, mich so festzuhalten. Aber ich bin hier und erlaube es ihm. Und egal, wie oft ich mir sage, dass ich gehen muss, ich bleibe trotzdem.

Als der Film zu Ende ist, verschwindet Dominique unauffällig in sein Zimmer. Emilio zögert, so, als ob er noch ein bisschen mit uns abhängen will, aber ein einziger, böser Blick von Roman scheucht ihn fort.

Okay dann. So viel also dazu, dass wir nicht allein sind.

Ich stehe auf, als die anderen gehen, da ich mich unbehaglich und fehl am Platz fühle. Draußen ist es mittlerweile ruhig geworden, ich habe keine Ahnung, wie spät es ist. Ich nehme an, man kann durchaus annehmen, dass die meisten meiner Schulkameraden schlafen gegangen sind oder kurz davor.

Ich lege die Decke zusammen, die wir verwendet haben, und lege sie auf der Rückenlehne der Couchgarnitur ab, bevor ich in meine Sneaker schlüpfe.

„Was tust du da?", fragt Roman. Er sitzt breitbeinig da und hat seine Arme vor der Brust verschränkt.

Da sieht aber jemand selbstsicher aus. Ich wünschte, ich wüsste, was er gerade denkt. Ich habe das Gefühl, als ob mich alle anstarren und voreilige Schlüsse ziehen werden, sobald ich aus dieser Hütte heraustrete. Und dabei ist nicht mal etwas passiert. Na ja, wenn man den Kuss von vorhin nicht mitzählt.

„Ich, äh, ich mache mich fertig zum Gehen", sage ich schulterzuckend.

Roman greift meine Hand und zieht mich zu sich. „Warum?"

Ich beiße mir auf die Unterlippe. Er zieht noch einmal an meiner Hand, diesmal stärker, und ich stolpere nach vorn. Er fängt mich auf und rutscht mich zurecht, sodass ich rittlings auf seinem Schoß sitze. Sein Gesicht ist nur wenige Zentimeter von meinem entfernt.

Fasziniert blicke ich in seine dunkelbraunen Augen, und zwischen meinen Beinen sammelt sich Hitze. Mein Kern zieht sich zusammen, und ich fühle, wie sein Schwanz unter mir hart wird. Ich bin versucht, mein Gewicht zu verlagern und mich an ihn zu pressen, aber ich tue es nicht. Ich sollte es nicht. Ich kann es nicht.

„Wieso willst du gehen, Vanille?"

Dieses eine Wort lässt mich so fühlen, als ob er einen Eimer Wasser über meinen Kopf gekippt hätte. „Warum nennst du mich immer so? Was ist eigentlich dein Problem?" Meine Stimme klingt aufgeregt. Ich hasse es, dass er ständig stichelt. Ich habe gedacht... Ich weiß nicht, was ich gedacht habe. Aber ich mag es nicht, wenn er sich über mich lustig macht.

Er lacht in sich hinein, und meine Wut wird größer. „Ich nenne dich Vanille, weil..." Er verstummt grinsend.

Ich schlage ihm leicht auf die Brust. „Los, sag endlich!"

Sein Lächeln wird breiter zu dem teuflischen Grinsen, das ich auf seinem Gesicht schon so oft gesehen habe. Er lehnt sich vor und flüstert in mein Ohr: „Es ist mein Lieblingsgeschmack."

Sein Atem fühlt sich warm an meinem Ohr an, und ich kann nicht verhindern, dass mir ein Kribbeln das Rückgrat entlangläuft. „Dein Lieblingsgeschmack?", frage ich verwirrt.

Er schnüffelt an mir und murmelt: „Hm... Mexikanische Vanille. Der süßeste Geschmack, den es gibt."

Oh. Mein. Gott.

Er küsst sich meinen Hals entlang, während seine Hände meine Hüften fest umgreifen. Dann zieht er sich zurück.

„Ich..." Ich schlucke schwer. „Es ist spät. Es ist abgemacht, dass ich in Aarons Hütte übernachte." Als ich Aaron erwähne, knurrt er. Das Geräusch kommt tief aus seiner Kehle und sorgt dafür, dass sich noch mehr flüssige Hitze zwischen meinen Oberschenkeln sammelt.

Seine Augen schauen für nur einen Sekundenbruchteil in meine, bevor er seine Lippen schnell auf meinen Mund drückt, und ich verliere mich in ihm. In seiner Berührung. In seinem Geschmack. Ich weiß nicht mehr, wo oben und unten ist. Ich weiß nur, dass ich ihn will. Nein. Ich brauche ihn.

Meine Hüften wölben sich nach vorn, und ich reibe mich gegen ihn. Er stöhnt, und ich will dieses Geräusch noch einmal hören, so, so sehr. Ich drücke meine Mitte stärker an ihn und kreise meine Hüften. Seine Finger greifen mich so fest, dass ich blaue Flecken haben werde, und er drückt mich an seine Brust.

„Was stellst du mit mir an?" Seine Stimme klingt heiser.

Ich habe keine Antwort für ihn, also küsse ich ihn noch einmal. Ich wiege mich weiterhin gegen ihn und schlucke sein Stöhnen, während er gierig meines trinkt. Dass einer der anderen Kerle jeden Moment zu uns ins Zimmer kommen könnte, ist egal. Ich kann nur daran denken, wie gut er sich anfühlt.

Eine schwielige Hand wandert unter meinem T-Shirt nach oben und zieht ein BH-Körbchen nach unten. Er kneift in die harte Spitze meiner Brust, und ich schreie auf. Es ist, als ob meine Brustwarze und mein Kitzler miteinander verbunden sind, und ich kann spüren, dass meine Erlösung naht.

„Oh Gott", japse ich und versuche, mich zurückzuziehen. Das ist zu viel, zu schnell, doch Roman kommt mir mit seinen Lippen hinterher, und ich gebe ihm nach, zu schwach, um ihn von mir stoßen. Ich lasse meine Finger über seine nackte Brust wandern, genieße jede Einzelheit, die ich ertaste. Er zieht mein Shirt nach oben, und ich hebe meine Arme, sodass er es mir ausziehen kann.

Ein schneller Handgriff an meinem Rücken, und der

Verschluss meines BHs ist offen. Er rutscht mir von den Schultern, bevor Roman ihn nach vorn zieht und dann zur Seite wirft.

Er nimmt meinen Anblick begierig in sich auf. Sein hungriger Blick bleibt auf meinen Brüsten liegen. „So... verdammt... schön", murmelt er, genau, bevor er seinen Mund auf meine Haut drückt. Seine Lippen umschließen meine Brustwarze, und er massiert sie mit der Zunge, während seine andere Hand meine zarte Haut knetet.

Ich kann es nicht aushalten. Ich winde mich auf ihm und drücke mich fester an ihn. Wünsche, dass nichts zwischen uns wäre. Ich muss ihn in mir fühlen. Ich muss etwas Schönes fühlen. Etwas, das all die Schmerzen und den Kummer verschwinden lässt. Für einen Moment wird mir klar, was ich hier tue, und Schuldgefühle überkommen mich, doch dann schiebe ich sie zur Seite.

Ich benutze ihn. Aber benutzt er mich nicht auch?

Roman umfasst meinen Hintern und steht auf, während ich noch auf seinem Schoß sitze. Ich schlinge meine Beine um seine Taille und erlaube ihm, mich den dunklen Flur entlangzutragen. Ich küsse seinen Hals. Seine Schulter. Ich kann nicht aufhören, ihn zu berühren.

Als wir an einer geschlossene Tür ankommen, tastet er herum, um sie zu öffnen. Dann tritt er ein und trägt mich zu dem großen Bett in der Mitte des Zimmers. Er legt mich überraschend vorsichtig ab und steht einfach nur da, während er mich voller Ehrfurcht anschaut.

Dieses Gefühl zu sehen, macht mir Sorge. Es ist wichtig für mich, dass das, was wir hier tun, klare Grenzen hat.

„Roman?" Ich stütze mich auf meine Ellbogen. Er legt seinen Kopf schief und schaut mir tief in die Augen. Ich lecke mir die Lippen. „Das hier... Was immer das hier ist... Es ist nur Spaß. Okay?"

Wut blitzt für einen Sekundenbruchteil auf, und dann ist

sie wieder fort, so als ob sie nie da gewesen wäre. Ein lässiges Lächeln umspielt seine Lippen, und er streckt die Hände nach mir aus. Er streicht meine Seite entlang, hoch zu meinem Gesicht, bevor er meinen Kiefer greift und dabei mit seinem Daumen meine Unterlippe streichelt. „Ich will dich." In seiner Stimme schwingt ein Hauch von Wut mit. Ich muss mich zusammenreißen, um mich nicht nach ihm auszustrecken und ihn näher zu ziehen. Seine Hände wandern zum Knopf meiner Jeans. „Ich will dich ficken. Ich will, dass du meinen Namen schreist. Und ich will, dass du mit meinem Schwanz in dir kommst."

Ich atme zitternd ein.

„Aber Beziehungen sind nicht mein Ding, Vanille, also verstehe das hier nicht falsch. Ich bin kein netter Kerl. Jetzt in diesem Moment will ich nur eine Sache von dir, und zwar deine Muschi." Sobald meine Jeans offen sind, lässt er eine Hand hineingleiten und versenkt zwei Finger tief in mir.

Ich zische.

Meine Vernunft sagt mir, dass das hier eine schlechte Idee ist. Er wird mir wehtun. Er wird mich benutzen und wegwerfen, ganz egal, wie oft ich mir sage, dass ich ihn auch benutze und dass hier ein fairer Tausch ist. Ich weiß, dass es das nicht ist. Aber ich weigere mich, mir jetzt darum Sorgen zu machen.

Roman Valdez ist wie eine Droge und ich will verzweifelt meine Dosis bekommen, während ich gleichzeitig bete, dass ich nach nur diesem einen Mal nicht süchtig bin.

Er gleitet aus mir heraus, hakt seine Finger in meine Jeans und meinen Slip ein und zieht mir beide mit einer schnellen Bewegung aus. Nun liege ich nackt vor ihm.

Er stöhnt noch einmal. Seine Lider sind halb geschlossen, als er meine Nacktheit in sich aufnimmt.

Eine Hand fährt meinen Oberschenkel hoch, bevor sie meine Beine spreizt, und so meine intimste Stelle für seinen hungrigen Blick entblößt. Statt auf das Bett zu klettern, wie ich von ihm erwartet habe, kniet er sich an der Kante der Matratze auf den Boden und bringt sein Gesicht auf gleiche Höhe mit meinem Kern.

Instinktiv versuche ich, meine Beine zu schließen, doch seine Hände halten auf beiden Seiten meine Beine für ihn gespreizt und offen. „Ich werde dich küssen", sagt er zu mir und beginnt, heiße feuchte Küsse auf die Innenseite meines Beines zu setzen. Er beißt die empfindliche Haut meines Innenschenkels, wodurch ich mich versteife und wegen des unerwarteten Schmerzes aufschreie. Doch dann leckt er mit seiner Zunge über die kleine Wunde, küsst den leichten Schmerz weg, und ich entspanne mich wieder unter seiner Berührung. Als er in die Nähe meiner Mitte kommt, wiederholt er die Bewegungen an meinem anderen Oberschenkel und nimmt sich Zeit dabei. Seine Zähne streifen meine Haut, und ich hechele mittlerweile. Ich zerfließe, während sich meine Glieder in gieriger Erwartung anspannen.

Als sein Gesicht endlich zu meiner Mitte zurückkehrt, sind seine Augen dunkel und voller Begehren. Er atmet tief ein, atmet mich ein, bevor seine Zunge herausschießt und mich von hinten nach vorn leckt. Meine Hüften wölben sich vom Bett hoch, und ich schreie bei den Empfindungen auf. *Heilige... wow.*

Nach diesem einen Lecken vergräbt Roman sein Gesicht zwischen meinen Schenkeln. Er leckt, saugt, beißt. Empfindungen durchschießen mich, unzählbar viele, und das Nächste, was ich fühle, ist meine Erlösung, die rasend schnell auf mich zukommt. Ich bin so nah dran. Ich kann spüren, wie greifbar sie ist. Und dann, als ob ein Damm bricht, kommt sie über mich. Wie einem Tsunami kann ich dem heftigsten Orgasmus, den ich je erlebt habe, nicht entkommen. Ich schreie auf, schreie seinen Namen. „Roman."

Dann ist er auf mir drauf. Er hat seine Boxershorts ausgezogen, und seine harte Länge drückt an meinen Unterbauch. Meine Beine sind noch immer gespreizt und angewinkelt, sodass er sich an mich schmiegt. Er gleitet hinab gegen meine feuchte Mitte und ich hebe die Hüfte an, spreize die Beine noch mehr, um ihm einen besseren Winkel zu geben.

Er zieht sich zurück und flucht. „Fuck."

Ich reiße erschreckt die Augen auf. „Was?"

Er klettert von mir herunter und fährt sich mit der Hand durch das dunkelbraune Haar.

Demütigung trifft mich mit einem Schlag, und ich setze mich mit einem Ruck auf, wobei ich die Arme um meine Brust schlinge, um mich zu bedecken.

„Kondom", sagt er durch zusammengebissene Zähne. Dann schaut er mich an, und seine Augen werden schmal. „Was tust du da?"

„Ich..." Meine Wangen sind heiß von der Röte, die in mein Gesicht steigt, als er dort in all seiner prachtvollen Nacktheit völlig unbesorgt dasteht. „Ich... Ah..." Mir fehlen die Worte.

Er tritt näher heran und lehnt sich herunter, um mich hart und tief zu küssen, bevor er in meine Unterlippe beißt und kurz daran saugt. Meine Hände sinken von ganz allein nach unten und geben den Blick auf meinen Körper frei, während ich in seinen Mund stöhne.

Er zieht sich mit einem teuflischen Grinsen zurück. „Ich hol jetzt ein Kondom, und dann ficke ich deine enge, kleine Muschi."

Ich schlucke schwer. „O-okay", flüstere ich. Ich hasse es, wie unsicher ich dabei klinge. Ich streiche mir ein paar Haarsträhnen aus dem Gesicht, und dann wird mir mit einem Schlag klar, was er gerade gesagt hat. *Kondom.* Oh mein Gott. Fast hätte ich mit ihm ohne Schutz Sex gehabt. Was habe ich mir nur gedacht?

Er marschiert völlig nackt durchs Zimmer, und ein paar Sekunden später ist er zurück am Bett, ein quadratisches Folienpäckchen in seinen Händen. Er reißt es mit den Zähnen auf, rollt das Kondom auf seine Erektion und stellt sich vor mich. Er küsst mich noch einmal und lehnt sich nach vorn, sodass er mich zurück auf die Matratze drückt.

„Bereit für mich?", fragt er und richtet seinen Schwanz an meiner Mitte aus. Seine Augen sind halb geschlossen, sein Gesichtsausdruck ist ernst.

„Ja", sage ich, denn der Gedanke, dass er jetzt irgendwo anders als in mir sein könnte, lässt Panik in mir aufkommen. Als die Spitze seiner Erektion gegen meinen Kern stupst, schaut er mir tief in die Augen.

„Ich werde nicht sanft sein."

Ich nicke zustimmend und bei dieser kleinen Bewegung, rammt er seinen Schwanz mit einem einzigen, heftigen, geschmeidigen Stoß in mich hinein. Sterne explodieren hinter meinen Augenlidern, und ich drücke die Hüften hoch, um ihm entgegenzukommen. Ich keuche und versuche, den Druck wegzuatmen. Er stößt etliche Flüche aus. Eine Hand hält meine Hüfte fest und drückt mich hinunter auf die Matratze. Mit der anderen stützt er sich neben meinem Kopf ab.

„So verdammt gut, Vanille."

Ich stöhne seinen Namen und küsse seinen starken Hals, während ich ihn spielerisch beiße.

Er gleitet aus mir heraus, langsam und geschmeidig, bevor er wieder zustößt, diesmal sogar noch härter. Tiefer. Ich klammere mich an seinen Bizeps, halte mich an ihm fest, als ob mein Leben davon abhängt. Sein Stöhnen macht mich fertig.

Er drückt seine Lippen auf meine. Er verschlingt mich, als ob er völlig ausgehungert ist. Er küsst meine Lippen, meinen Hals, meine Schulter und dann stößt er hart und schnell rein und raus. Ich komme kaum zu Atem. Seine Küsse werden aggressiver, als er meinen Körper fast schon malträtiert. Morgen werde ich ein paar blaue Flecken haben.

Ich stehe in Flammen. Jede Zelle meines Körpers ist voller Begierde und Erwartung. Ich kann fühlen, wie sich ein weiterer Orgasmus in mir aufbaut, und ich wehre mich nicht dagegen.

Ein geiles Stöhnen steigt meine Kehle hoch, mein Körper wird immer angespannter. *Oh mein Gott.* „Ich komme gleich nochmal", hechele ich.

Roman gleitet aus mir heraus und ich schreie beim Verlust des Körperkontakts auf. Er dreht mich auf den Bauch, zieht meine Hüften hoch, bis ich auf Knien vor ihm bin und mein Arsch in die Luft gereckt ist. Dann rammt er seinen Schwanz erneut in mich. In dieser Stellung kann er noch tiefer hineinstoßen, so sehr, dass es schmerzt. Aber die Schmerzen fühlen sich gut an.

„Komm für mich, Allie. Komm heftig." Er greift meine Haare mit einer Hand, zieht auf diese Weise meinen Kopf so weit wie möglich zurück, sodass ich den Rücken durchdrücke und die Brüste nach vorn recke. Mein Inneres krampft sich eng um ihn, und der Orgasmus rollt über mich hinweg. Farben explodieren wie ein Feuerwerk hinter meinen Augenlidern. So gut fühlt er sich an. So verdammt gut.

Er beginnt, heftiger in mich zu rammen. Bei jedem Stoß knirscht er mit den Zähnen. „Meine", knurrt er und beißt wie ein wildes Tier in meine Schulter. Er fickt mich roh und wütend, stößt gnadenlos in mich hinein, als ob er seine Dämonen austreibt. Meine Hände sehnen sich danach, ihn zu berühren, über seinen muskulösen Körper zu wandern. Aber in dieser Stellung kann ich das nicht tun. Ich kann nur mit Mühe und Not bei Verstand bleiben, während er mich fickt, wie ich noch nie zuvor gefickt wurde, sodass ich praktisch jeden anderen verschmähen werde, der nach ihm kommen könnte.

Ich schreie seinen Namen noch einmal, als sich mein

Körper zum dritten Mal verkrampft, mein Kern ihn fest umklammert, während ich zerfließe und in den Wellen einer weiteren Erlösung ertrinke. Ich falle mit dem Gesicht voran auf die Matratze. Die Empfindungen sind für meinen Körper zu viel. Seine Hände halten meine Hüften oben und er versteift sich hinter mir, als sein Körper mit seiner eigenen Erlösung erbebt. Dann zieht er sich aus mir heraus und hinterlässt in mir ein Gefühl von Leere und Sehnsucht.

Seine Lippen kommen an mein Ohr, und er sagt: „Meine Muschi. Ist das klar? Solange ich sie will."

Ich will ihm widersprechen. Ich will ihm sagen, dass er sich verpissen soll, weil er mich nicht besitzt, aber im Moment bringe ich nur ein Ächzen zustande, und ich weiß nicht einmal, ob das zustimmend oder ablehnend gemeint war.

Er zieht mich in seine Arme, kuschelt mich unter sein Kinn, während wir beide versuchen, zu Atem zu kommen. Und als ich endlich wieder normal atmen kann, beschließe ich, seine Aussage nicht zum Thema zu machen. Ich bekomme die Worte nicht zusammen, ganz zu schweigen, dass ich die Bedeutung von dem, was er gerade gesagt hat, nicht verarbeiten kann.

Es klingt extrem besitzergreifend.

Nach ein paar Minuten steht er auf, verlässt das Zimmer – immer noch in seiner splitternackten Pracht – und entsorgt das Kondom. Er kommt mit einem warmen, feuchten Waschlappen zurück und wischt überraschend behutsam die Überreste meiner Orgasmen von meinen Oberschenkeln, bevor er den Lappen in eine dunkle Zimmerecke wirft.

Ich überlege, ob ich aufstehe und gehe. Ob ich meine Klamotten zusammensuchen und mich zu Aarons Hütte aufmachen sollte. Ich sollte hier nicht bleiben. Das würde die falsche Botschaft senden. Das hier ist nur Spaß. Ohne Verpflichtungen. Ohne Gefühle.

Doch als er mich zum Kopfende des Bettes hebt und mir

hilft, unter die Decke zu schlüpfen, finde ich mich damit ab, dass ich mich ihm einfach nicht widersetzen kann.

Keiner von uns sagt ein Wort. Roman zieht mich an sich heran, bis ich direkt an seiner Brust liege und mein Ohr gegen sein pochendes Herz gedrückt ist. Die Nacht schmilzt dahin, und mein Körper gleitet in den ruhigsten Schlaf, den ich seit dem Tod meiner Mutter erlebt habe.

VIERZEHN

ROMAN

Ich wache auf, weil jemand an die Haustür wummert. Was zur Hölle?

Allie schläft neben mir. Ihre Haare sind ein Chaos aus braunen Wellen, und ihr Gesicht wirkt entspannt. Ich beobachte für einen Moment, wie sich ihr Brustkorb hebt und senkt, während die Decke ihre kecken Brüste kaum verhüllt.

Gerade, als ich mich vorlehnen will, um an einer ihre schönen Titten zu saugen und Allie danach herumzurollen und in ihrer feuchten Hitze einzutauchen, ertönt das laute Klopfen erneut, das mich überhaupt erst aufgeweckt hat. Aber diesmal ist es noch lauter.

Ich hoffe, es geht hier um Leben und Tod, denn Dom und Emilio wissen, dass sie so verdammt zeitig am Morgen nicht an die Tür zu trommeln haben.

Ich setze mich stöhnend auf der Bettkante auf und reibe mir die Augen. Ich suche meine Boxershorts, ziehe sie mir an und öffne dann stirnrunzelnd die Tür.

„Was?"

Dominique steht vor mir. Als sein Blick an mir vorbei ins Zimmer wandert, und er Allie in meinem Bett entdeckt, zeigt sich ein amüsierter Ausdruck auf seinem Gesicht. Ich mache einen Schritt zur Seite, um ihm die Sicht auf sie zu versperren. Ich verschränke meine Arme vor der Brust und ziehe eine Augenbraue hoch. „*Cabron*, ich hoffe, du hast einen verdammt guten Grund, warum du mich so zeitig aufweckst."

Er deutet mit dem Kopf zur Vorderseite der Hütte. „Henderson sucht nach ihr. Ich habe mir gedacht, dass du dich wahrscheinlich darum kümmern möchtest."

Die gute Laune, mit der ich aufgewacht bin, verfliegt, als ich seinen Namen höre. „Was will er denn, verdammt?"

Dom zuckt mit den Achseln. „Was du in deinem Bett hast, nehme ich an."

Ich zeige ihm den Mittelfinger. „Nicht so laut. Du wirst sie noch aufwecken." Er nickt, und ich ziehe mir eine Jogginghose und einen Hoodie mit dem Sun Valley High-Schriftzug an.

Als ich angezogen bin, begebe ich mich zur Vordertür und finde Henderson vor, der auf der Veranda herumtigert. Seine Brauen sind zusammengezogen, und er fährt sich mit den Händen durch die zotteligen blonden Haare. Das Arschloch sieht wie ein Justin Bieber für Arme aus.

Er bemerkt mich, seine Augen werden schmal, und er ballt seine Hände zu Fäusten. Er schaut mich hasserfüllt von oben bis unten an. Ich warte. Als ob dieser Wichser mir Angst einjagen könnte. Da muss er sich schon verdammt viel mehr anstrengen.

Er mustert mein Outfit, als ob er nach Hinweisen danach sucht, was in der letzten Nacht passiert ist. Ich schnaube. Hat er etwa geglaubt, dass er mich mit einem um meinen Schwanz gewickelten Kondom vorfinden würde?

„Wo ist sie", presst er hervor.

„Sie schläft", erwidere ich und genieße es, dass die Wut in ihm sichtbar brodelt. Er will mir eine reinhauen. Ich kann es daran sehen, wie ein Muskel in seinem Kiefer zuckt und er die

Hände immer wieder zu Fäusten ballt. Doch Henderson ist nicht komplett blöde. Er weiß, dass er es mit mir nicht aufnehmen kann. Er mag ins Fitnessstudio gehen und sein affiges Skateboard fahren, aber ich herrsche auf dem Spielfeld, stecke Tag für Tag Schläge ein und teile im Gegenzug ein paar aus, sowohl auf dem Spielfeld als auch außerhalb.

Gegen mich hätte Henderson keine Chance, und das weiß er.

„Was hast du ihr angetan?"

Ich verdrehe die Augen und versuche, gar nicht erst so zu tun, als ob ich sie nicht um den Verstand gefickt habe. Es ist besser, wenn dieses Arschloch gleich erfährt, dass sie mir gehört. Damit ich sie benutzen kann. Damit ich sie ficken kann. Er hat das Spiel verloren, bevor er überhaupt die Chance zum Spielen hatte. „Nichts, was sie selbst nicht auch wollte." Ich gebe ihm Zeit, die Worte zu verarbeiten.

Er macht drohend einen Schritt auf mich zu. „Ich will sie sehen", knurrt er nur wenige Zentimeter von meinem Gesicht entfernt.

Ich lehne mich gegen den Türrahmen und werfe ihm einen gelangweilten Blick zu. „Warum? Damit du dich dafür entschuldigen kannst, dass du das Mädchen, das so gemein zu ihr war, gefickt hast? Denkst du, auf die Weise kommst du in ihre enge, kleine Muschi rein?"

Er zieht sich überrascht zurück und schaut mich an. „Das hat sie mitbekommen?"

Ich verschränke die Arme vor der Brust. Es ist nicht meine Aufgabe, ihm irgendetwas zu erklären. Er soll nicht denken, Allie ist hier nur bei mir, weil er es verkackt hat. Ich bin nicht ihre zweite Wahl. Sie ist willig und voller Begeisterung mitgekommen. Mit diesem Arschloch hatte das nichts zu tun.

Er schaut weg, nickt und brummt etwas vor sich hin, aber ich höre gar nicht erst hin. „Was willst du, Henderson? Es ist früh am Morgen, und ich habe noch keinen Kaffee gehabt. Also sag mir, was der Zweck deines kleinen Besuchs ist, und dann verschwinde von meiner verdammten Veranda."

Er rauft sich seine blonden Haare, sodass sie in alle Richtungen abstehen. „Ich wollte nur nach ihr schauen. Mich vergewissern, dass es ihr gut geht. Sie ist gestern Abend nicht in unsere Hütte zurück ..."

Ich unterbreche ihn. „Wenn du dir solche Sorgen gemacht hast, dann hättest du gestern Abend nach ihr gesucht. Nicht heute Morgen, nachdem sich deine Tussi aus deinem Bett geschlichen hat."

Schuldbewusstsein huscht über sein Gesicht und bestätigt das, was ich vermutet habe. Henderson hat seinen Schwanz feucht gemacht und erst an Allie gedacht, nachdem er bekommen hatte, was er wollte. „Dein Glück, dass ich mich *wirklich gut* um sie gekümmert habe. Die ganze Nacht lang habe ich sie gefickt." Ich stoße mich vom Türrahmen ab und trete auf ihn zu. Dank meiner Größe kann ich ihn bedrohlich überragen. „Und verdammt, Henderson. Du hast keine Ahnung, was du verpasst. Sie ist so eng, und wenn sie danach bettelt", ich greife mir vielsagend in den Schritt, „dann ist das wie Musik in meinen Ohren."

Ich weiß nicht, wieso ich all das sage. Weshalb ich will, nein, warum es dringend nötig ist, dass Henderson und jedem Arschloch an unserer Schule klar ist, dass Allie Ramirez tabu ist, bis ich es anders entscheide.

Wir waren uns einig, dass es Spaß ist. Keine Bedingungen. Keine Verpflichtungen. Ich bin nicht der Typ für Beziehungen, also hätte ich das gestern von ihr eigentlich gern hören sollen. Stattdessen hat es mein Blut zum Kochen gebracht. Es hat mich innerlich brüllen lassen, und ich habe meine Wut an ihrem geilen, kleinen Körper ausgelassen. Ich bin derjenige, der die Kontrolle hat. Ich bin derjenige, der entscheidet, was zwischen uns läuft, beziehungsweise nicht läuft.

Sobald dieser Wichser verschwunden ist, sollte ich sie aufwecken und wegschicken. So würde ich das bei jedem anderen Mädchen tun. Aber bei dieser Idee stellen sich mir die Nackenhaare auf.

Wenn ich das mache, dann wird Henderson sein Glück bei ihr versuchen. Ich werde sie für das ganze Wochenende behalten, um dem Arschloch eines auszuwischen. Um ihn daran zu erinnern, dass ich jedes Mädchen haben kann, wann immer ich will. Ja, das klingt nach einer verdammt guten Idee.

Ich gehe rein und schlage die Tür vor Hendersons Nase zu, sodass er nicht mal Gelegenheit hat zu antworten. Ich kann Kerle, wie ihn, nicht ausstehen. Er ist so ein Depp.

Als ich reinkomme, deutet Dom auf eine Kanne mit frischem Kaffee. Ich winke ab. „Später" sage ich. Denn in meinem Bett liegt eine nackte Frau, und ich habe vor, schlimme, schlimme Dinge mit ihrem Körper anzustellen.

FÜNFZEHN

ALLIE

Ich wache in einer fremden Umgebung auf. Hell strahlt das Licht durch das Fenster. Ich schließe meine Augen, um den frühen Morgenstrahlen zu entkommen, als ein Duft von Chorizo und Eiern meine Sinne belebt. Hm. Ich strecke die Arme über den Kopf, das Gesicht immer noch in die Matratze gedrückt, und spüre den Schmerzen nach, die in meinem Körper nachklingen.

„*Wer kocht da? Mom?*", frage ich mich stirnrunzelnd.

Das kann nicht sein. Welchen Tag haben wir heute… Samstag? Da arbeitet sie doch in…

Dann fällt mir ein, dass sie nirgendwo arbeitet, weil sie nicht mehr da ist.

Mich überkommt schlagartig eine Welle der Traurigkeit. Ein Schluchzer entweicht meiner zugeschnürten Kehle. Bevor der Kummer mich auffressen kann, fühle ich, wie Finger sanft meinen Rücken entlang nach unten wandern. Ein stoppeliger Kiefer kratzt an meiner Haut. Mit einem Mal holen mich die Erinnerungen an letzte Nacht ein und mit wem ich sie verbracht habe. Roman rollt mich auf den Rücken, spreizt meine Beine und reizt meinen Körper mit geübten Fingern. Ich wölbe mich ihm entgegen, gebe mich den Empfindungen hin, und schiebe den Schmerz in meiner Brust beiseite.

Er huldigt meinem Körper und ich verliere mich in ihm. In seinem Geschmack. Seiner Berührung. Ich atme den Geruch von Sonne, Koriander und Moschus ein, der so einzigartig für ihn ist, und es ist, als ob ich sterben würde, wenn ich ihn nicht einatmen könnte.

Ich dränge ihn, schneller zu machen. Härter. Und er gibt dem nur zu gern nach. Er fickt mich immer wieder bis kurz vor den Orgasmus, ohne mich jedoch von dieser speziellen Klippe springen zu lassen, während ich mich an ihn klammere und mich vor dem Fall fast fürchte.

Jedes Mal, wenn ich kurz davor bin, hört er auf, bis ich ein sich windendes Bündel aus Lust bin, das nur an das Verlangen denken kann, von dem es durchströmt wird.

Er ist mit mir heute Morgen genauso grob wie letzte Nacht, nur dass er diesmal seinen Hunger nicht verbirgt. Sein tiefes Verlangen danach, mich zu verschlingen. Es sollte mir Angst machen, aber das tut es nicht. Ich brauche das hier ebenso sehr wie er.

Ich bin kurz vorm Orgasmus, so nah und doch so weit davon entfernt, als Roman seine Stöße verlangsamt.

Ich schreie vor Frust aus, will verzweifelt Erlösung spüren.

„Möchtest du kommen, Vanille?"

Ich nicke nur, weil ich keine zusammenhängenden Worte herausbringen kann. Ich klammere mich um ihn und bin auf der Jagd nach etwas, das direkt vor meiner Nase ist.

„Bettele danach. Bettele danach und vielleicht, nur vielleicht, lass ich dich kommen." Seine Worte sind barsch, sein Tonfall spöttisch.

Ich fletsche die Zähne, weil ich es hasse, dass er diese Macht über mich hat. Ich schüttele den Kopf und weigere mich, die Worte auszusprechen, die er hören möchte. Ich will kommen, aber nicht so. Nicht, wenn ich auf seine Gnade angewiesen bin.

Seine Augen werden schmal, ein Muskel zuckt in seinem Kiefer, als er seine Stöße wieder verlangsamt.

„Bettele danach, Baby." Er reibt sein Gesicht an meinem Hals und knabbert an meinem Kiefer. „Oder ich werde es dir nicht geben."

„Nein."

Etwas tief in mir weigert sich, seinem Befehl Folge zu leisten, um ihm zu zeigen, dass er nicht der Einzige ist, der die Kontrolle ausübt. Ich weiß, dass er mich will. Das hier. Was immer es ist. Er will es genauso sehr wie ich. Ich kann spüren, wie er vor Verlangen bebt.

Mit einem Knurren knallt er seinen Mund auf meinen, unsere Lippen treffen in einem wütenden Kuss aus Zunge und Zähnen aufeinander, bevor er mir in die Unterlippe beißt, und zwar stark genug, um mich japsen zu lassen. „Sag nicht, ich hätte dich nicht gewarnt."

Ich öffne den Mund, um eine freche Antwort zu geben, doch ehe ich auch nur ein Wort sagen kann, ändert er unsere Stellung. Mit seinem Schwanz in mir rollt er uns herum, sodass ich auf ihm sitze und gezwungen bin, ihn zu reiten. Für einen Sekundenbruchteil bin ich erleichtert. Ich kann das Tempo angeben und das tue ich auch. Ich winde meine Hüften gegen sein Becken, und er stößt in mich hinein, schiebt sich tiefer, bis er in drei groben Stößen unter mir erzittert. Ich fluche, weil ich weiß, dass er gekommen ist, und ich verflucht nichts tun kann, um ihn daran zu hindern. Ich schiebe mich auf seinem nun erschlaffenden Schwanz hoch und runter, und er verschränkt die Arme im Nacken, um die Show zu genießen. Aber nichts wird passieren, weil sein Schwanz weich wird und, verdammt, ich bin noch nicht gekommen. Wut brodelt in mir. Ich spanne meinen Kiefer an und grabe meine Fingernägel in seine Brust, als ich mich von ihm hochdrücke.

Er schafft es fast, sein Zusammenzucken zu verbergen. „Du hättest danach betteln sollen“, sagt er.

„Du bist ein Arsch.“

„Ich habe nie behauptet, dass ich keiner bin“, ruft er meinem Rücken zu, als ich meine Klamotten zusammensuche, um mich anzuziehen. *Verdammt unmöglich.*

„Oh, und übrigens, Henderson war heute Morgen hier und hat nach dir gesucht.“ Ich halte inne, aber bevor ich fragen kann, was er wollte, redet er weiter: „Mach dir keine Sorgen. Ich habe ihm gesagt, dass ich mich um dich gekümmert habe.“

Emilio bietet mir einen Frühstücksburrito an, als ich zur Tür herauskomme, aber ich lehne ab. Ich bin nicht das kleinste bisschen hungrig. Ich esse nicht viel, seit Mom gestorben ist, und nach dem, was mit Roman passiert ist, habe ich wirklich keinen Appetit. Ich schäume vor Wut, weil er sich Befriedigung verschafft hat und mir meine verweigert hat. Wer glaubt er, wer er ist? *Blöder Teufel.*

Ich mache mich auf die Suche nach Aaron, auch wenn ich nicht sicher bin, wie er mich empfangen wird. Ich kann nicht glauben, dass Roman das gesagt hat.

Arschloch.

Ich marschiere über die Lichtung und halte nach Aaron Ausschau. Ich bin sauer auf mich selbst, weil ich es zulasse, dass Roman mich so aufregen kann, und fest entschlossen, die Sache mit Aaron persönlich auszubügeln. Die einzige Freundschaft zu vermasseln, die ich in dieser Stadt habe, kann ich mir nicht erlauben.

Ich finde ihn schnell. Er sitzt auf der Heckklappe eines

Autos, trinkt ein Bier und witzelt mit ein paar Kerlen herum, die ähnlich gekleidet sind wie er. Sie sehen alle so aus, als ob sie sich gerade bei Zumiez, *dem* Laden für Skateboarder, eingekleidet haben, also nehme ich an, dass sie wie Aaron Skater sind.

Sobald er sieht, dass ich zu ihm komme, stellt er sein Bier ab und legt sich auf die Ladefläche des Pick-Ups zurück. Ich kann seine Augen nicht sehen, da sie hinter blau verspiegelten Ray Bans verborgen sind. Aber seine nach unten gerichteten Mundwinkel sind ein Hinweis darauf, dass ich keinen herzlichen Empfang erwarten kann.

„Hey", sage ich und winke ein bisschen. *Echt jetzt, Allie? Ein Winken?* Weil das auch gar nicht peinlich ist.

„Hey."

Ich stehe da und trete von einem Fuß auf den anderen. Er sagt nichts weiter, und die drei Kerle starren mich nun an, als ob ich drei Köpfe hätte und dazu noch ein Tütü trüge.

„Können wir reden?", frage ich.

Er zuckt mit den Schultern. „Klar. Nur zu."

Okay. Ich denke, das war zu erwarten. Ich lecke mir die Lippen und wünschte, ich könnte seine Augen sehen, könnte einschätzen, wie wütend er im Moment auf mich ist.

„*Aaron.*" Ich ziehe dabei seinen Namen in die Länge.

Er gibt ein genervtes Seufzen von sich. „Meinetwegen. Gut." Er springt von der Heckklappe, bevor er zu seiner Hütte geht und sich dort an das Geländer der Veranda lehnt. „Was kann ich für dich tun?" Er wedelt sein Bier in einer überschwänglichen Geste herum.

„Du musst dich nicht wie ein Arsch benehmen", murmele ich und verschränke meine Arme vor der Brust.

Er schweigt, und mir wird klar, dass er nichts sagen wird. Großartig. Jetzt ist es an mir zu seufzen. „Hör mal, ich möchte mich dafür entschuldigen, dass ich dich letzte Nacht sitzen gelassen habe. Ich habe das Mädchen auf deinem Schoß gesehen, als du am Lagerfeuer gesessen hast, und mir gedacht, dass du das Zimmer für dich allein haben wolltest." Ich zucke mit den Schultern und gebe mir Mühe, so schuldbewusst wie möglich auszusehen. „Ich wollte dich nicht ignorieren."

Schweigen.

„Wenn du mich nicht mehr hier haben möchtest, packe ich meine Sachen und rufe mir ein Uber zurück in die Stadt."

Keine Antwort.

Wunderbar.

„Wie auch immer." Ich mache mich auf, um in die Hütte zu gehen und mein Zeug zusammenzupacken. Ich bete, dass ich ein Uber hierher in diese gottverlassene Wildnis bestellen kann, aber dann hält mich eine Hand an meinem Ellbogen zurück.

Ich halte inne, doch ich will mich nicht zu ihm umdrehen.

Der Schotter knirscht unter seinen Füßen, als er näherkommt und einen Schritt um mich herum macht, bis wir voreinander stehen. Er reibt sich den Nacken und wirkt fast nervös, aber ich deute das sicher falsch.

„Sorry. Ich habe mich wie ein Arschloch benommen." Einer seiner Mundwinkel zieht sich zu einem entschuldigenden Lächeln nach oben.

Echt? „Mir tut es auch leid. Ich wollte wirklich keine Zicke sein und dich ignorieren." Es stimmt. Selbst wenn ich zugegebenermaßen mich nicht von ihm ferngehalten habe, weil ich ihm nicht die Tour vermasseln wollte. Aber das werde ich ihm nicht erzählen. Er muss auch nicht wissen, dass mir gutes Aussehen und heiße Tattoos den Kopf verdreht hatten. Wäre nicht das erste Mal, dass ich im betrunkenen Zustand schlechte Entscheidungen getroffen habe. Zuerst Ryker. Jetzt Roman. *Würg.* Und wenn ich ehrlich zu mir bin, war das sicherlich auch nicht das letzte Mal. Und wenn ich wirklich, wirklich ehrlich bin, dann hatte Alkohol nichts damit zu tun. „Alles wieder gut?", frage ich und schiebe meinen inneren Monolog beiseite. Ich kann mich und mein schlechtes Urteilsvermögen auch noch später niedermachen. „Ich hänge gern mit dir ab. Ich habe hier nicht viele Freunde, und es wäre schön, wenn ich das mit dir nicht verlieren würde."

Er atmet tief aus. „Ja. Ich weiß, dass ich überreagiere, es ist nur einfach", er hält inne, „ich habe keine guten Erfahrungen mit den Teufeln gemacht, weißt du?"

Ich ziehe fragend eine Augenbraue hoch, denn, nein, das weiß ich nicht und habe keine Ahnung, was für Probleme sie miteinander haben. Ich weiß nur, dass das auf Gegenseitigkeit zu beruhen scheint.

„Das sind alles Arschlöcher. Ganz besonders Roman. Ich will nicht, dass dir jemand wehtut. Diese drei können Mädchen gegenüber grausam sein, wenn sie erst mal bekommen haben, was sie wollten." Er wirft mir einen wissenden Blick zu.

Ich kann's nicht ändern, dass mir nun die Hitze in die Wangen schießt, also schaue ich weg. Wird das passieren? Wird sich Roman eine andere suchen, jetzt, wo er seinen Spaß gehabt hat? Wenn es so ist, dann wäre das nicht überraschend.

Doch ich will keine Beziehung. Für so etwas trage ich im Moment zu viel emotionalen Ballast mit mir herum. Ich wollte Spaß haben, und letzte Nacht habe ich ihn bekommen. Klar, heute Morgen war scheiße, und Roman hat sich wie ein totaler Arsch benommen, aber damit kann ich leben.

Aaron streckt seine Hand aus und streicht eine Haarsträhne, die aus meinem Zopf gerutscht ist, hinter mein Ohr.

Ich kann immer noch nicht seine Augen sehen und habe keine Ahnung, was er denkt, also folge ich meinem Bauchgefühl. „Du musst dir keine Sorgen machen. Wir sind hierhergekommen, um Spaß zu haben, nicht wahr? Du hast jemanden flachgelegt. Ich wurde flachgelegt. Wir müssen da keine große

Sache draus machen. Ist Wie-war-nochmal-ihr-Name, die du abgeschleppt hast, die Liebe deines Lebens?"

Er schnaubt auf.

„Das habe ich mir gedacht. Wir sollten aus einer Mücke keinen Elefanten machen. Wie wäre es, wenn wir heute zusammen abhängen? Nur du und ich und was auch immer für Freunde du hier hast, die du tatsächlich magst? Teufel verboten."

Sein Lächeln wird breiter, sodass ich ein paar Grübchen entdecke, die mir vorher noch nicht aufgefallen waren. „Echt?"

„Echt."

SECHZEHN

ROMAN

Sie zeigt mir für den Rest des Wochenendes die kalte Schulter. Es hätte mir klar sein sollen. Das Risiko hätte ich in Betracht ziehen müssen. Ich weiß, dass sie nicht das schüchterne, Mauerblümchen ist, auch wenn sie manchmal gern so tut. Sie bestraft mich dafür, dass ich sie hängen lassen habe, und sie hat damit, verdammt nochmal, Erfolg. Was eine Strafe für *sie* sein sollte, eine Erinnerung daran, wer die Kontrolle hat, ist nach hinten losgegangen. Jetzt beobachte ich sie wie ein liebeskranker Hund, dem der Knochen weggenommen wurde.

Mir entfällt immer wieder, dass sie nicht wie die anderen Mädchen der Sun Valley High ist. Sie schert sich nicht die Bohne darum, wer ich bin, und das macht sie überdeutlich klar. Sie bleibt den ganzen Samstag in Hendersons Nähe, sodass ich keine Gelegenheit bekomme, mich dazwischen zu drängen und sie mir zu schnappen. Es sei denn, ich will eine große Szene verursachen, und das wird definitiv nicht passieren. Also schmore ich im eigenen Saft, während sie mit dem Wichser lacht, mit ihm trinkt, sich von ihm berühren lässt. Es ist nichts

Romantisches dabei. Zumindest glaube ich, dass das bei ihr der Fall ist. Aber jedes Mal, wenn dieses Arschloch einen Arm um ihre Schulter legt, würde ich ihm am liebsten seine Visage einschlagen.

Allie Ramirez gehört mir. Ich ficke sie. Ich tue ihr weh. Ich lindere ihren Schmerz, wenn es mir passt. So gern will ich sie berühren, und in meinem Kopf gehen Dinge vor sich, die ich nicht mag.

"Ro, was ist denn mit dir los, Mann?", fragt Dom, als ich auf der Veranda unserer Hütte vor mich hin brüte und an einem Glas Wasser nippe. Ich habe noch einen kleinen Kater von gestern Abend. Ich trinke nicht oft. Keiner von uns tut das. Football ist zu wichtig. Die paar Biere und das Bier-Pong-Spiel machen sich heute bemerkbar. „Ich habe gedacht, du würdest dir das Mädchen aus dem Kopf ficken, und danach wäre es gut. Was ist los?"

Ich schnaube. „Vielleicht brauche ich noch ein paar mehr Ficks, ehe ich mit ihr fertig bin."

Er schüttelt bereits den Kopf, bevor ich den Satz überhaupt beendet habe. „Nee. Ich weiß, wie du bei Mädchen bist. Die hier ist nicht so. Ich kenne die ganzen Psychospielchen, die du gern bei den Bräuten abziehst, aber sogar das ist anders bei ihr. Du hast gestern Abend gekocht, und, versuch gar nicht erst, mir einzureden, dass du das für Emilio oder mich getan hast. Du hast für sie gekocht. Warum?"

Emilio unterbricht uns, als er nach draußen tritt. Er trägt immer noch diese idiotische, leuchtend pinke Bikinihose über seiner Jogginghose. „Ich mag Allie. Können wir sie behalten?"

Dom und ich reißen beide die Köpfe zu ihm herum. „Was?", frage ich, meiner Stimme ist die Überraschung anzuhören.

„Ich habe gesagt: Können wir sie behalten?"

„Sie ist kein Hundebaby", macht ihn Dom an, aber seine

Augenbrauen ziehen sich zusammen, als ob er sich dieselbe Frage stellt.

„Warum?", frage ich.

Emilio verdreht die Augen. „Hallo? Ich habe doch gerade gesagt, dass ich sie mag. Hörst du mir überhaupt zu? Was ist denn heute mit dir los, Mann?"

Ich drehe mich zu Dom um, der zuckt nur mit den Schultern und zieht eine Augenbraue hoch, als ob er sagen will: *„Keine Ahnung."* Der ist mir echt eine Hilfe. Diese Seite ist mir an Emilio neu. Klar, der Kerl ist zu so ziemlich jedem nett, aber nur oberflächlich. Er mag Menschen nicht. Ich glaube nicht mal, dass er sich aus Dom und mir wirklich so viel macht, und wir sind seine besten Freunde, verdammt nochmal.

„Habt ihr zwei Wichser nicht selbst gesagt, dass wir uns auf das Spielfeld konzentrieren sollen?"

„Ich habe meine Meinung geändert. Ich will sie behalten. Wenn du nicht mehr auf sie stehst, jetzt, wo du deinen Spaß gehabt hast, dann raus damit. Ich habe kein Problem, deine abgelegten Frauen zu übernehmen. Den Geräuschen nach zu urteilen, die letzte Nacht aus deinem Zimmer kamen, ist das Mädchen die Mühe wert."

Ich stehe auf und gehe drohend auf meinen besten Freund zu. Ich bin kurz davor, dem Arschloch die Faust ins Gesicht zu rammen, als Dom zwischen uns tritt. „Was hast du vor?"

„Ich will ihm diesen selbstzufriedenen Ausdruck aus der Visage schlagen." Ich deute mit meiner Wasserflasche auf Emilio, und der Wichser lächelt mich an.

Dom schüttelt den Kopf. „Ich meine nicht die taube Nuss hier. Was hast du mit Allie vor?"

Mein Kiefer spannt sich an, als ich ihn anfunkele. „Ich habe gar nichts vor", presse ich heraus. „Warum, verdammt, geht ihr mir plötzlich die ganze Zeit mit ihr auf den Sack?"

„Sie ist nicht so wie andere Mädchen", sagt er.

„Das ist mir klar. Wenn, dann wäre sie hier und würde mir die Stiefel lecken, statt mit Henderson den lieben langen Tag herumzuspinnen. Was wollt ihr von mir?"

Emilio schiebt sich zwischen uns und schaut von einem zum anderen. „Er will, dass du uns deine Absichten erläuterst, Rom. Wir beide wollen das." Und ausnahmsweise sieht der Kerl mal ernst aus.

Ich schaue finster. „Warum zum Teufel interessiert ihr euch plötzlich so verdammt sehr dafür, wen ich ficke?"

Dom schnaubt. „Weil Emilio recht hat. Wir mögen sie. Und keiner von uns will, dass du die Sache für uns versaust."

Mein Kiefer klappt nach unten. „Für *uns*?"

Emilio nickt und boxt mir spielerisch gegen die Brust. „Ja, du Wichser. Für uns. Wie schon gesagt, wir mögen sie. Sie passt in unsere Gruppe. Sie hat keine Dollarzeichen in den Augen, wenn sie uns anschaut, nicht so wie alle anderen Mädchen in dieser Stadt. Wir könnten eine feminine Note hier gut vertragen. Zu viel Testosteron mit euch zwei Idioten, wenn du mich fragst. Und dein Schwanz wird die Sache vermasseln, also sagen wir beide dir jetzt, dass du das nicht tun sollst. Lo entiendes?" *Verstehst du?* Macht er sich über mich lustig? „Sag, was immer du ihr mitteilen musst. Du hast heute Morgen irgendetwas verbockt, ansonsten würde sie nicht mit dem Stück Scheiße abhängen, und du würdest hier nicht vor dich hin brüten."

Mein Kiefer spannt sich an. „So läuft das bei uns nicht." In meiner Stimme liegt eine Schärfe, die ich normalerweise für alle anderen verwende, nur nicht für die zwei neben mir. Dominique und Emilio sind wie Brüder für mich. Sie sind meine Familie. Aber ich nehme von niemandem Befehle entgegen, und ich muss mich ihnen gegenüber nicht rechtfertigen.

Emilio schaut mir direkt in die Augen, und seine Augen

sind schmal und etwas blitzt in ihnen auf, das mir neu ist. „Sie ist der Beziehungstyp."

Ich spanne meinen Kiefer noch mehr an. „Und das ist für dich von Bedeutung, weil..."

„Weil du es nicht bist."

„Ich habe nie behauptet, dass ich's bin", erinnere ich ihn. Dann füge ich sicherheitshalber noch hinzu: „Sie hat ihre Karten zuerst offen auf den Tisch gelegt. Sie wollte Spaß haben. Ohne Verpflichtungen. Macht mich nicht fertig. Ich habe dem Mädchen genau das gegeben, was es wollte."

Sie sehen beide für einen Moment misstrauisch aus und fragen sich, ob ich sie täusche. Dann fragt Dom: „Das hat sie wirklich gesagt?" Er klingt nicht überzeugt.

„Ja, du Wichser. Hat sie. Also beruhige dich."

„Okay. Gehen wir mal davon aus, dass das stimmt. Was hast du dann getan, um sie so sauer zu machen?"

Ich lasse die Schultern hängen und knirsche mit den Zähnen.

„Los, du Wichser. Spuck es aus", sagt Emilio und hüpft neben mir regelrecht auf und ab. Der Kerl ist heute Morgen überdreht. Ich muss in Zukunft dran denken, den Kaffee vor ihm zu verstecken.

„Ich habe sie gefickt."

„Und...?"

Ich atme entnervt aus. „Und ich habe ihr den Orgasmus verweigert, als sie nicht darum betteln wollte."

Dominique pfeift durch die Zähne und Emilio schreit ungläubig auf. Dann sagt er: „Ich habe schon immer gewusst, dass du ein übles Arschloch mit Kontrollzwang bist, aber verdammt, Mann, das ist gefühlskalt. Und lass mich raten, du hast trotzdem deinen Orgasmus bekommen?"

Ich nicke.

Emilio hält sich den Mund zu, während er sich vor Lachen krümmt. Als er sich aufrichtet, glänzen Lachtränen in seinen Augen. „Verdammt. Wenn du in naher Zukunft wieder in diese Muschi willst, dann wirst du im Staub kriechen müssen."

Keine. Verdammte. Chance.

SIEBZEHN

ALLIE

Auf dem Flur wimmelt es nur so von Leuten, als ich am Montagmorgen zu meiner ersten Stunde gehe. Ich ignoriere die Blicke, die mir zugeworfen werden, so wie ich es schon die ganze Zeit mache, seitdem ich hierher gewechselt bin. Aber ein paar der Blicke haben etwas an sich, dass sich mir die Nackenhaare sträuben.

In ihnen steckt viel Feindseligkeit. Nicht die übliche Gleichgültigkeit, an die ich mich in der letzten Woche gewöhnt hatte.

Ich werde dieses Jahr nicht den Wettbewerb für das beliebteste Mädchen gewinnen. Nicht, dass ich das als die Neue erwartet hatte. Aber ich habe das Gefühl, dass der Campingausflug der Grund dafür ist, weshalb ich plötzlich, insbesondere von den Mädchen dieser Schule, noch mehr Aufmerksamkeit bekomme. Wenn Blicke töten könnten... Wie in einer Szene von *Girls Club* und jedes Mädchen, an dem ich vorbeilaufe, ist wie die Filmzicke Regina George, die mich anstarrt und als Beute markiert.

Mir läuft ein Schauer über den Rücken und ich gucke

schnell über meine Schulter, während ich zum Englischunterricht gehe. Da ich Silvia und ihre Freundinnen sehe, wechsele ich auf die andere Seite und laufe nahe an den Spinden entlang, um ihr aus dem Weg zu gehen. Aber natürlich sieht sie mich, und bevor ich zu meiner ersten Unterrichtsstunde gelangen kann, bahnt sie sich einen Weg durch den vollen Flur und hält direkt auf mich zu.

Ich erschaudere. Das wird nicht gut ausgehen.

Irgendwie hatte ich eine Konfrontation in Shadle Creek erwartet und war erleichtert, als diese nicht stattfand, aber es sieht so aus, als ob sie nur auf den richtigen Augenblick gewartet hätte. Jetzt scheint ihre ideale Chance gekommen zu sein, der Neuen zu zeigen, wo sie hingehört.

Ihre Oberlippe verzieht sich spöttisch, und vier weitere Mädchen kommen neben ihr näher an mich heran. Ich wappne mich für alle möglichen verbalen Hiebe. Ich weiß, dass es wahrscheinlich mit dem ersten Abend zusammenhängt, als sie aus der Hütte der Teufel geworfen wurde. Aber bevor ich mich versehe, schlägt mir eine Hand ins Gesicht. Mein Kopf knallt zur Seite, der Mund steht mir offen, ich fasse mir mit der Hand an die Wange. Ich registriere den Schmerz kaum und kann nur denken: *„Was zum Teufel?"*

Der Schlag kam aus heiterem Himmel. Der Gewaltausbruch überrascht mich so sehr, dass meine einzige Reaktion darin besteht, mir das Gesicht zu halten, meine Augen aufzureißen und mich nicht von der Stelle zu rühren.

„Du bist so eine dumme Hure", zischt sie. Spucke fliegt mir bei ihren bösartigen Worten entgegen. Alle Augen sind auf uns gerichtet, und die Stille im zuvor geräuschvollen Flur ist unerträglich.

Verdammter Mist. Ich kann nicht zurückschlagen. Ihre Freundinnen sind vorgetreten, sodass sie im Halbkreis um mich stehen. Wenn ich sie schlage, werden sie einschreiten und ihr helfen. Ich habe keine Freunde hier und ich habe keine Lust, überwältigt zu werden. Mein Drang, mich zu verteidigen, ist so groß, dass ich die Hände zu Fäusten balle, während ich mit geblähten Nasenflügeln tief einatme.

Ich trete vor, fest entschlossen, mich an ihr vorbeizuzwängen, doch sie schiebt mich zurück an die Spinde. Mein Rücken knallt gegen die kühle Oberfläche, und ein einzelner manikürter Finger erhebt sich und zeigt arrogant in mein Gesicht.

Ich beiße die Zähne zusammen und weigere mich, den Köder zu schlucken. Der Schubser war heftig. Der Schlag noch mehr. Aber sie ist nicht so stark. Beide Übergriffe haben mich einfach nur überrascht, und ich werde hier nicht stehen und vor der amtierenden Schulzicke duckmäusern.

Ich recke das Kinn und schaue ihr in die Augen.

Silvia ist eines der It-Girls. Die anderen Schüler hier denken, dass sie ganz oben an der Spitze steht. Und ich bin ganz unten. Ich erwarte nicht, dass mir irgendjemand zu Hilfe kommt, weshalb es mich überrascht, als sich die Menge teilt und Emilio auf mich zumarschiert. Auf seinem Gesicht liegt ein entspanntes Lächeln, doch mir entgeht nicht die heiße Wut in seinen Augen.

Er nimmt die vor ihm liegende Szene in sich auf. Ein Muskel zuckt in seinem Kiefer, und er hat eindeutig seine Schlüsse gezogen, was hier vor sich geht.

Als Silvia ihn sieht, huscht Besorgnis über ihr Gesicht, doch dann versucht sie, das hinter cooler Gleichgültigkeit zu verbergen. Sie stemmt die Hände in die Hüften und presst ihre Lippen aufeinander, während sie mich weiterhin anstarrt.

Emilio macht ein Geräusch, um ihre Aufmerksamkeit auf sich zu lenken, bevor er mit den Fingern schnipst, als ob ihm gerade etwas eingefallen wäre. „Du warst am Wochenende auf dem Campingplatz, oder?", fragt er und kommt näher.

Etwa einen halben Meter von mir entfernt, lehnt er sich neben mir an den Spind und reibt sich mit dem Daumen über die Unterlippe. Dabei mustert er Silvia nachdenklich, als ob er versucht, sich daran zu erinnern, wo er sie schon einmal gesehen hat.

Sie hält das für Interesse und richtet ihre vollständige Aufmerksamkeit auf ihn. Sie schaut nicht mehr finster, sondern lächelt verführerisch und hat mich nun komplett vergessen. „Ja, genau." Ihre Worte klingen rauchig. Sie drückt ihre Schultern durch, damit sich ihre Brüste in seine Richtung recken. Dann senkt sie ihren Kopf, sodass sie ihn von unten durch ihre Wimpern ansieht.

Ich verdrehe meine Augen, als ich ihren einladenden Gesichtsausdruck sehe. Ihr Annäherungsversuch ist so unfassbar plump. Ich kann mir echt nicht vorstellen, dass Kerle auf diesen Scheiß wirklich hereinfallen.

Emilio stößt sich vom Spind ab, und seine Augen verdunkeln sich, als er nah an sie herangeht. Ich schätze, ihre kleinen Verführungstaktiken funktionieren tatsächlich.

„Ja, ich erinnere mich an dich. Ich hätte dich fast gefickt." Seine Worte sind heiser und voller Überheblichkeit.

Nur noch wenige Zentimeter von ihr entfernt, legt er seine Hand seitlich an ihren Hals, während sein Daumen mitten auf ihrer Kehle liegt. „Hm. Wir können das nachholen, wann immer du willst", antwortet sie und lehnt sich zu ihm vor, als er seinen Kopf senkt, um so leise zu flüstern, dass nur wir es hören können.

„Ich verzichte. Entweder bist du blind oder dumm, denn wenn du aufgepasst hättest, dann wüsstest du, dass Allie bei uns war. Sie gehört den Teufeln, und wir sehen es nicht gern, wenn man das, was uns gehört, nicht respektiert."

Sein Daumen drückt fest gegen ihre Kehle und sie keucht

auf. Da, wo er zugreift, wird ihre Haut weiß, und ihre Augen weiten sich und sind plötzlich angsterfüllt.

Dann lässt er sie los und tritt zurück, als ob nichts passiert wäre. Er lächelt ungezwungen und legt einen Arm um meine Schulter, um mich an sich zu ziehen.

„Werden wir Probleme miteinander haben, Silvia?"

Ihre Lippen werden schmal, ihr Gesicht und Hals sind von Röte überzogen.

„Sie ist eine Außenseiterin", spuckt eines der Mädchen neben Silvia hervor.

Das ist die falsche Antwort auf Emilios Frage. Er ballt die Fäuste und schaut sich im Flur um, wo immer noch alle Blicke auf uns gerichtet sind.

„Zeigt ihr die kalte Schulter", sagt er zu niemand Bestimmtem, aber alle Köpfe um uns herum nicken.

Silvia japst auf, als ihre vier Freundinnen schnell von ihr zurücktreten, um sich von ihr zu entfernen. „Das kannst du nicht machen."

Er lacht, doch es klingt dunkel und gefährlich. „Ich kann machen, was immer ich will. Du hast einen Fehler gemacht. Ich schlage vor, du lernst etwas daraus."

Sie öffnet den Mund, um zu antworten, aber dann ertönt eine neue Stimme über dem Meer von Schülern.

„Was geht da drüben vor sich?" Eine Männerstimme dröhnt durch den Flur. „Auseinander. Alle in die Klassenzimmer." Der Flur leert sich genau beim ersten Klingeln und alle gehen zum Unterricht.

Silvia wartet einen Moment, bevor auch sie geht. Doch der hasserfüllte Blick in ihren Augen sagt mir, dass die Sache zwischen uns noch lange nicht ausgestanden ist. Wenn überhaupt, hat Emilio mit seinem Eingreifen Öl ins Feuer gegossen. Falls sie mich zuvor nicht schon gehasst hatte, dann jetzt auf jeden Fall.

Mr Alvarez, der Schuldirektor, kommt in Sicht. Er beäugt Emilio und mich argwöhnisch. „Mr Chavez, Ms Ramirez, gehen Sie in Ihre Klassenzimmer." Er klatscht in die Hände, und ich springe los, um zu tun, was er gesagt hat, doch Emilio hält mich am Handgelenk zurück.

„Wenn so ein Scheiß wieder passiert, dann holst du mich. Klar?" Seine dunkelbraunen Augen blicken in meine.

„Warum?" Ich bin so verwirrt und weiß nicht, weshalb er mir überhaupt geholfen hat. Etwa, weil ich mit seinem Freund geschlafen habe? Emilio kommt mir wie ein netter Kerl vor. Er erinnert mich sehr an meinen Freund Felix von zu Hause. Weshalb ich auch weiß, dass Emilio nie etwas tut, ohne seine Gründe zu haben. Und es gab keinen Grund, jetzt einzuschreiten und mir zu helfen.

Er blickt mich stirnrunzelnd an. „Das ist eine dumme Frage, Vanille. Was meinst du mit ‚warum'?"

Ich zucke mit den Schultern und sage, ohne seine Frage zu beantworten: „Okay. Ich werde dich holen."

„Sieh zu, dass du das machst." Er lässt mich los, und wir begeben uns beide in unsere jeweilige erste Unterrichtsstunde. Ich entdecke Roman, der auf mich vor dem Englischraum wartet. Er sagt nichts. Seine dunkelbraunen Augen schauen in meine, aber ich kann seinen Blick nicht deuten. Ich weiß, dass er gesehen hat, was gerade passiert ist, aber, ob ihn das interessiert oder nicht, ist mir ein komplettes Rätsel. Ich wünschte, ich könnte seine harte Schale knacken. Ich bin immer noch sauer auf ihn. Er war am Samstagmorgen ein totaler Arsch und hat sich später auch nicht dafür entschuldigt. Nicht, dass ich es erwartet hatte... Allerdings hatte ich damit gerechnet, dass er wieder mit mir sprechen würde, aber es kam nichts. Nicht mal ein Abschiedsgruß am Sonntag, als alle zurück nach Hause gefahren sind.

Wortlos dreht er sich um und geht ins Klassenzimmer. Ich

seufze. Ich habe heute nicht die Energie, mich mit Silvia und auch noch mit Roman zu befassen.

Bis zur Mittagspause weiß die ganze Schule, dass die Teufel Anspruch auf mich erheben. Und nicht nur ein Teufel. Nein, auch wenn das mehr als ausreichend gewesen wäre, Emilio hat *uns* gesagt, als ob er für sie alle spricht und mich damit nicht nur zum Eigentum von einem Arschloch, sondern von dreien macht. Ich bin mir nicht ganz sicher, was es bedeutet, dass sie *Anspruch erheben,* doch das Starren und Flüstern hat sich ums Zehnfache gesteigert. Heute Morgen kam es mir schlimm vor, aber der Nachmittag ist sogar richtig schrecklich.

So viel also zu der Idee, bis zum Abschluss unbemerkt zu bleiben.

So schnell wie möglich schnappe ich mir mein Mittagessen in der Absicht, damit zur Bibliothek zu gehen und mich dort zu verstecken. Doch Dominique vereitelt diesen Plan, als er mir das Tablett aus den Händen nimmt und es zusammen mit seinem eigenen hinüber zu dem Tisch in der Ecke trägt, sodass ich gezwungen bin, ihm zu folgen, wenn ich etwas essen will. Fast überlasse ich ihnen mein Mittagessen. Ich habe sowieso nicht vor, viel davon zu mir zu nehmen.

Seit Moms Tod habe ich drei Kilo abgenommen. Ich sollte mehr essen, aber ich scheine nichts herunterzubekommen. Die *albóndigas,* die Roman für uns gemacht hatte, konnte ich allerdings ohne Probleme reinschaufeln.

Dom stellt mein Tablett neben Romans auf dem Tisch ab, bevor er auf die andere Seite geht und sich neben Emilio setzt. Niemand macht einen Kommentar über meine Ankunft, sondern sie stürzen sich gleich in ein Gespräch über das kommende Spiel, als ob es ganz normal wäre, dass ich bei ihnen sitze.

Also okay.

Ich stochere in meinem Mittagessen herum, eine Frikadelle

aus Hühnerfleisch mit Kartoffelbrei und Soße. Die Dame an der Essensausgabe hat gesagt, es sei Hähnchenschnitzel, doch das hier sieht absolut nicht wie Hähnchenschnitzel aus. Ich bemühe mich trotzdem, einen Bissen herunterzuschlucken, bevor ich dann mit meiner Gabel einfach nur das Essen auf dem Teller herumschiebe, damit es wenigstens so aussieht, als ob ich etwas gegessen hätte.

Ich entdecke Aaron ein paar Tische weiter, sein Blick ist starr auf mich gerichtet. Als er bemerkt, dass ich ihn ansehe, schiebt er seine verspiegelte Sonnenbrille nach unten und dreht sich zurück zu den Kerlen, mit denen er gesprochen hatte.

Ich sacke in mich zusammen und schaue weg, nur um zu sehen, dass Roman mich mit einem Laserblick durchbohrt. Sein Mund ist zu einer harten Linie zusammengepresst, während er mich forschend ansieht. „Läuft irgendwas zwischen dir und Henderson?", fragt er.

Ich verdrehe die Augen. „Er ist mein Freund, und er scheint euch drei nicht allzu sehr zu mögen. Beantwortet das deine Frage?"

Roman nickt und zieht seine Unterlippe in den Mund, bevor er einen Arm über meine Schulter legt und Aaron ein Fick-dich-Grinsen zuwirft. Gott. Kerle können manchmal solche Arschlöcher sein.

Ich schüttele seinen Arm ab. „Hör auf, ständig Ärger zu machen", sage ich zu ihm und schlage nach seinem Arm.

Er fasst mich am Kinn und dreht mein Gesicht zu sich. Ich lecke mir die Lippen, und seine Augen verfolgen die Bewegung. In seinem Blick liegt Hunger. „Allie, hast du mittlerweile nicht verstanden, dass ich nichts als Ärger bedeute?"

Er senkt den Kopf und presst seine Lippen auf meine. Zuerst ist es ein sanfter Druck, doch dann ziehen seine Zähne an meiner Unterlippe, um Einlass zu fordern. Ich öffne die

Lippen, und seine Zunge schießt für eine kurze Kostprobe hinein, was mir den Kopf schwirren lässt.

Er zieht sich zurück, sein Gesicht voller großspuriger Arroganz, bevor ich ihn dabei erwische, wie er über meine Schulter blickt. Ich muss mich nicht umdrehen, um zu wissen, dass er und Aaron sich gegenseitig anstarren. Meine Wangen werden heiß und Wut breitet sich in mir aus.

„Wenn du dich entschieden hast, kein Arsch mehr zu sein, dann sag mir Bescheid." Ich stehe auf, um den Tisch zu verlassen, doch seine Hand hält mich hinten an meinem Oberschenkel fest.

„Setz dich hin."

Ich schnaube und mache einen Schritt nach vorn, doch sein Griff wird nur fester. „Allie", in seiner Stimme schwingt eine Warnung mit, die ich zu hundert Prozent völlig bewusst ignoriere.

„Bis später, Jungs."

Ich gehe endgültig und begebe mich zu Aarons Tisch, da ich weiß, dass Roman mir niemals folgen würde. Kerle wie er können es sich nicht leisten, dass man ihn einem Mädchen hinterherrennen sieht, schon gar nicht jemandem wie mich. Aaron hat immer noch die Brille auf, also schiebe ich sie ihm hoch auf den Kopf.

„Hey." Ich halte inne, bin mir plötzlich nicht sicher, was ich zu ihm sagen soll. Die Fahrt zurück von Shadle Creek war gut. Ich hatte gedacht, dass wir alle Probleme zwischen uns beseitigt hätten, aber seinem Gesichtsausdruck nach zu urteilen, ist er immer noch sauer.

Er deutet mit dem Kinn auf Roman und die anderen Kerle. „Sah kuschelig aus."

Ich verschränke meine Arme vor der Brust. „Und du siehst wütend aus."

Er schüttelt den Kopf. „Nee. Nicht wütend. Enttäuscht. Aber warum sollte ich das sein, nicht wahr?"

„Wie bitte?"

Er steht auf und kommt näher zu mir, sein Mund ist so nah, dass seine Lippen meine Ohrmuschel streifen. „Alle Mädchen dieser Schule wollen für Roman Valdez die Beine breitmachen. Ich war davon ausgegangen, dass du nicht eine von ihnen seist. Mein Fehler. Nach dem, was ich gehört habe, scheinst du mit allen dreien zu vögeln."

ACHTZEHN

ALLIE

Nach der Schule bin ich von Aarons Worten immer noch wie benommen. Ich habe unglaublich viel Zeit zur Verfügung, also grübele ich natürlich darüber nach. Ich kann nicht glauben, wie dreist er ist. Ich bin keine Hure. Ich schlafe nicht mit jedem. Roman ist buchstäblich der zweite Mann, mit dem ich je geschlafen habe, und ich werde mich ganz bestimmt nicht wie irgendeine Dorfmatratze herumreichen lassen. Ich gehöre nicht zu *diesen* Mädchen.

Ich tigere in meinem Zimmer so sehr herum, dass auf dem beigen Teppichboden schon eine Laufspur zu erkennen ist. Schließlich entscheide ich, dass es reicht. Ich kann mich von seiner Meinung nicht total auffressen lassen. Ich weiß, wer ich bin. Wenn er ein Arsch sein will, dann soll er doch. Ich brauche ihn nicht.

Ich schalte den Laptop ein, erledige ein paar Hausaufgaben und aktualisiere den Lebenslauf, bevor ich ihn an mindestens ein Dutzend örtlicher Unternehmen schicke. Ich benötige einen Job. Die ganze Freizeit macht mir irre. Ich brauche Beschäftigung. Mein Blick bleibt an den Sneakern hängen, die ich bei Target gekauft habe, und mir kommt eine Idee.

Zuerst ziehe ich die weiße Skinny-Jeans und die lavendelfarbene Bluse aus, die ich heute getragen habe, dann schmeiße ich mich in eine Leggings, ein Band-T-Shirt und ziehe die neuen Target-Sneaker an. Ich fluche, als mir bewusst wird, dass ich keinen Sport-BH habe, aber dann muss eben der, den ich gerade anhabe, ausreichen. Ich stecke die Haare zu einem schlampigen Knoten hoch, schiebe das Smartphone in die versteckte Reißverschlusstasche der Leggings und schnappe mir die drahtlosen Ohrhörer und eine Wasserflasche.

Janessa hat mir heute eine Kalendermitteilung geschickt, um mich zu informieren, dass Gerald heute meine Anwesenheit beim Abendessen wünscht, und ich habe bestätigt, dass ich da sein werde. Allerdings weiß ich noch nicht genau, wo *da* sein wird, da unter Ort *offen* stand. Die Uhrzeit weiß ich aber. Sie hat das Essen für sechs Uhr geplant, also muss ich in etwas mehr als einer Stunde zurück sein, wenn ich genügend Zeit zum Duschen und Zurechtmachen haben möchte.

Ich jogge die Treppe hinunter, stöpsele die Earbuds ein und dröhne mich mit altem Zeug von Linkin Park zu. *Numb* übertönt meine Gedanken, als ich nach draußen gehe und mich dem Rhythmus der Musik überlasse. Für Ende November ist es immer noch ziemlich warm, und innerhalb von fünfzehn Minuten hat sich eine dünne Schweißschicht auf meinem Körper gebildet. Mein Atem geht schwer, meine Beine verkrampfen sich, doch ich zwinge mich zum Weiterlaufen. Ich brauche das. Ich war noch nie eine großartige Joggerin. Aber ich weiß bereits, dass ich das hier wieder tun werde.

Fünfzehn Minuten werden zu dreißig, bevor ich stolpernd zum Stehen komme. Die Hände auf die Knie gestützt, sauge ich Luft in meine Lungen ein. Die Sonne geht unter, Straßenlaternen erhellen die Straßen der Vorstadt. Ein Auto brummt in der Ferne, kommt näher, doch ich mache mir erst die Mühe aufzuschauen, als ich merke, dass es angehalten hat und nun neben mir im Leerlauf steht.

Ich richte mich zu meiner vollen Größe auf und stemme die Hände hinten in die Hüften, während ich versuche, zu Atem zu kommen. Gleichzeitig wappne ich mich dafür, wahnsinnig schnell davonzurennen, falls es nötig ist. Doch dann sehe ich, dass es Aaron in seinem WRX ist.

Er schaut mich von oben bis unten an, sein Mund ist zu einer dünnen Linie zusammengepresst. „Du siehst scheiße aus."

Ich zeige ihm den Mittelfinger, da mir Höflichkeit im Moment zu anstrengend ist.

Er lehnt sich hinüber und öffnet die Tür auf der Beifahrerseite. „Komm schon. Ich fahre dich nach Hause."

„Ich wohne nur ein paar Straßen von hier entfernt."

Er zieht eine Braue hoch, als ob er sagen will: „*Na und?*"

„Meinetwegen." Ich steige ein und lasse mich sofort in den kühlen Ledersitz sinken. Die kalte Klimaanlage bläst mir ins Gesicht und ich schließe mit einem Seufzer die Augen.

„Ich wusste gar nicht, dass du joggst."

„Tue ich auch nicht. Ich musste nur... den Kopf frei kriegen."

Er schweigt, also öffne ich meine Augen und werfe ihm einen Blick aus den Augenwinkeln zu. Er hält vor der Villa an, die Geralds aufwändiges Zuhause darstellt, und ich öffne die Tür. „Danke, dass du mich hergefahren hast."

Bevor ich aussteigen kann, hält er mich zurück, indem er eine Hand auf meinen Arm legt. „Warte."

Ich halte inne und drehe mich zu ihm um, die Tür immer noch offen.

Er reibt sich mit beiden Händen das Gesicht, bevor er seinen Blick wieder auf mich richtet. „Ich hasse die Teufel."

In mir brodelt die Wut hoch, und ich erinnere mich plötzlich an das, was er heute zu mir gesagt hat und warum ich immer noch sauer auf ihn sein sollte. „Kapiert." Ich steige aus und schlage die Tür hinter mir zu.

Der Motor verstummt, und Aarons Tür öffnet sich, doch ich gehe schon zur Haustür. „Allie, warte", ruft er mir zu, ich bleibe nicht stehen. Ich bin fast an der Tür, als sie sich öffnet und mir Geralds strenge Miene entgegenblickt, sodass ich plötzlich innehalte.

„Alejandra, schreist du hier so herum?"

Seine hellen Augen richten sich erst auf mich, dann auf den Jungen, der ein paar Schritte hinter mir steht. „Tut mir leid." Ich schrumpfe unter seinem wachsamen Blick zusammen. „Wir wollten dich nicht stören."

„Denke an den Anstand. Wir haben Nachbarn."

Ich ziehe ein betrübtes Gesicht und nicke. „Tut mir leid", murmele ich. Ich hasse es, dass dieser Mann, den ich kaum kenne, es schafft, mich nur fünf Zentimeter groß fühlen zu lassen. Ich will mich gerade an ihm vorbeidrücken, als ich merke, dass Aaron neben mich tritt.

„Ich heiße Aaron Henderson, Sir. Ich gehe mit Allie zur Schule. Freut mich, Sie kennenzulernen." Aaron streckt seine Hand aus, die Gerald überraschenderweise mit einem festen Händedruck akzeptiert, während er Aaron abschätzend ansieht.

„Du bist Allens Sohn?", fragt er.

Aaron nickt. „Ja, Sir."

Moment mal. Was geht hier vor sich?

„Ich freue mich, dass meine Tochter anständige Freunde findet. Ich war besorgt, als ich zugestimmt habe, sie zur öffentlichen Sun Valley High, statt zu einer privaten Schule zu schicken. Aber dein Vater hat mich daran erinnert, dass er für dich die gleiche Entscheidung getroffen hat. Danke, dass du dich um sie kümmerst."

Aaron nickt. Ich werfe ihm einen fragenden Blick zu. Entweder sieht er ihn nicht oder er ignoriert ihn.

„Also, äh, danke fürs Fahren." Ich winke Aaron zu und winde mich innerlich, weil das so unbeholfen wirkt. Dann tut Gerald das Undenkbare und lädt ihn zum Essen ein.

„Allie, warum gehst du nicht einfach schon mal und machst dich für das Abendessen zurecht? Aaron und ich sind in meinem Arbeitszimmer, wenn du fertig bist."

Was?

Aarons Gesicht hellt sich bei der Einladung auf. Gerald tritt zurück, um die Tür weiter zu öffnen und uns beide einzulassen. Aaron marschiert herein, als ob er hier schon dutzende Mal war.

„Äh..."

Aaron fängt meinen Blick auf und nickt mir leicht zu.

Okay dann. „Ich schätze, ich gehe mal duschen."

Keiner von beiden antwortet. Auf fast väterliche Weise umfasst Gerald Aarons Schulter, als er ihn weg von mir in sein Arbeitszimmer führt.

Ich jogge die Treppe hoch und kaum habe ich meine Zimmer fest hinter mir geschlossen, reiße ich mir auch schon die verschwitzten Klamotten vom Leib. Warum will Gerald mit Aaron in seinem Arbeitszimmer reden? Er kennt offensichtlich seine Eltern, aber...

Ich wasche mir im Eiltempo die Haare und dusche so schnell wie noch nie in im Leben. Irgendetwas an der Vorstellung, Aaron und Gerald miteinander allein zu lassen, lässt in meinem Kopf Alarmglocken läuten. Und was hat es mit dem Sich-um-seine-Tochter-kümmern auf sich? Warum hat Aaron nicht schon eher erwähnt, dass sich unsere Väter kennen?

Ich trockne mich in Rekordzeit ab, bevor ich meine Haare zu einem nassen, unordentlichen Knoten aufstecke. Vermutlich wird das Abendessen hier stattfinden, da Gerald Aaron eingeladen hat, sich zu uns zu gesellen. Ich werfe ein knielanges, hellblaues Kleid mit langen Ärmeln über, binde mir einen Gürtel um die Taille und ziehe ein paar Riemensandaletten an.

Ich mache mir nicht die Mühe, mich zu schminken, bevor ich zu Geralds Büro gehe. Als ich näherkomme, kann ich Gemurmel hören, jedoch nichts verstehen. Ich war vorher noch nie in Geralds Arbeitszimmer. Er hat immer den Eindruck erweckt, es sei tabu und ich wollte mich nie aufdrängen. Nach dreimaligem Klopfen drücke ich die Klinke hinunter und trete ein.

Gerald sitzt an seinem Schreibtisch, eine Zigarre in der einen Hand und ein Glas voller bernsteinfarbener Flüssigkeit in der anderen. Er lächelt. Ich habe ihn noch nie lächeln sehen, aber was immer Aaron gesagt hat, amüsiert ihn eindeutig.

Aaron sitzt Gerald gegenüber in einem Ledersessel, ebenfalls mit einem Glas Likör in der Hand, auch wenn es unberührt wirkt.

„Ähm...“

„Alejandra, komm herein“, sagt Gerald mit seinem dröhnenden Bariton. „Aaron hat mir gerade von dem Campingausflug erzählt, auf dem ihr beide zusammen wart.“

Ich runzele die Stirn, weil ich mir Sorgen mache, dass Gerald einen falschen Eindruck bekommt und ich am Ende Schwierigkeiten bekomme. Er hatte mir zwar seine Erlaubnis gegeben, aber ich hatte absichtlich nicht erwähnt, dass ich mit einem Jungen wegfahren würde, und war davon ausgegangen, er würde annehmen, ich hätte Freundinnen gefunden. Doch er wirkt trotzdem zufrieden, nicht schockiert oder aufgebracht. Mom hätte mich umgebracht. Sogar Julio durfte ich nur zu Besuch haben, wenn meine Zimmertür sperrangelweit offenstand. „Oh“, bringe ich nur hervor, bevor ich mich in dem Sessel neben Aaron niederlasse. Er lächelt mir beruhigend zu. Ich bin nicht sicher, was ich davon halten soll.

Aaron fühlt sich sichtbar wohl. So, als ob das für ihn eine

alltägliche Sache wäre. Er hat seine üblichen schwarzen Volcom-Jeans und ein anthrazitfarbenes Hurley-T-Shirt an, wie immer der Skater und absolut das Gegenteil von Gerald, der einen maßgeschneiderten Anzug und ein schneeweißes Anzughemd mit weinroter Krawatte trägt. Und doch plaudern die beiden, als ob sie alte Freunde seien. Aaron hält sich sogar gerader, als ob er nicht nur ein gewöhnlicher Schüler wäre.

Mir schwirrt der Kopf. Ich rutsche im Sessel hin und her und falte die Hände in meinem Schoß. Geralds Augen richten sich auf meine Bewegung, bevor er mit seinem prüfenden Blick mein Aussehen in sich aufnimmt. „Ich sehe, Janessa hat dir angemessene Kleidung besorgt.“

Ich nicke.

„Aber es scheint mir, als ob ein Gang zum Friseur angebracht wäre.“

Ich reiße den Kopf zu ihm herum. „Wie bitte?“

Er wendet sich an Aaron. „Frauen brauchen oft Frauen Hilfe, wenn es darum geht, präsentabel auszusehen. Verurteile meine Tochter nicht zu sehr. Sie wurde nicht so erzogen, wie es sich gehört hätte. Doch so ein Projekt kann lohnend sein. Alejandra ist unser Rohdiamant.“

Meine Wangen glühen. Ich kann nicht glauben, dass er mich gerade jetzt kritisiert. Vor Aaron.

Aaron lacht, doch ich kann hören, wie gezwungen es klingt. „Das ist eines der Dinge, die ich an Ihrer Tochter so mag, Sir. Sie ist nicht wie die anderen Mädchen, mit denen ich aufgewachsen bin. Sie fühlt sich wohl in ihrer Haut.“

Gerald sieht aus, als ob er gerade in eine Zitrone gebissen hätte. „Hm. Ja. Nun gut, sie könnte trotzdem ein paar Lektionen dazu vertragen, wie sich eine junge Dame zu verhalten hat. Wirklich, Alejandra. Du siehst aus, als ob du ein Vogelnest auf deinem Kopf beherbergst.“

Ich zwinge mich, die Hände in meinem Schoß zu behalten, statt den Knoten auf meinem Kopf in Ordnung zu bringen. Mir ist egal, was er denkt. Er ist ein Niemand für mich. Ein Samenspender, der beschlossen hat, viel zu spät aufzukreuzen. Ich spanne den Kiefer an und recke mein Kinn hoch. „Mir war nicht klar, dass ich meinen eigenen Vater beeindrucken muss, wenn ich in meinem... *Zuhause* bin." Mein Tonfall ist neutral, doch das hier ist nicht mein Zuhause. Es ist eine vorübergehende Bleibe, bis ich dahin gehe, wo auch immer ich nach dem Abschluss hingehen werde.

„Du musst jederzeit präsentabel aussehen, sogar zu Hause. Man kann nie wissen, wer vielleicht vorbeikommt. Nun schau dich nur an. Und du hast einen Gast hier. Einen Gast, von dem du durchaus wusstest, bevor du nach unten gekommen bist." Er schüttelt seinen Kopf, seine Oberlippe angewidert verzogen. „Wenn ich früher von dir gewusst hätte, hätten wir das noch in den Griff bekommen können, aber wenn du so weitermachst, wirst du genau wie deine Mutter werden."

Er hätte mich genauso gut schlagen können, so wie er von ihr spricht, als ob es eine Beleidigung wäre, wenn ich irgendwie nach meiner Mutter komme. Es ist keine Beleidigung. Meine Mutter war eine stolze, fleißige Frau. Sie war mitfühlend und liebevoll, und sie hat sich immer, *immer* Zeit für mich genommen, obwohl sie zwei Jobs gleichzeitig hatte. Was mehr ist, als ich von dem vor mir sitzenden Mann behaupten kann. Er hat siebzehn Jahre meines Lebens verpasst, und doch kann ich an einer Hand abzählen, wie oft ich ihn seit meinem Umzug nach Sun Valley gesehen habe.

Ich schäme mich nicht für meine Mutter. Ich strebe danach, so wie sie zu sein.

Ich beiße mir auf die Wangeninnenseite, bis ich den durchdringenden Geschmack von Kupfer schmecke. Meine Wut wird größer, und mit ihr kommt eine überwältigende Welle von Emotionen. Ich zwinkere schnell mehrmals, um eine klare Sicht zu behalten, und erhebe mich aus meinem Sessel. „Wenn du mich bitte entschuldigst. Ich habe vergessen, dass ich noch Hausaufgaben zu erledigen habe."

Gerald nimmt meinen Abgang nicht einmal zur Kenntnis, weil er zu vertieft ist in dem Thema, das er nun mit Aaron begonnen hat. Ich stürme hoch in mein Zimmer und öffne den Laptop, um ein weiteres Dutzend Lebensläufe zu verschicken. Ich brauche einen Job. Ich werde nicht zulassen, dass ich hier länger als nötig festsitze.

Zwanzig Minuten später klopft es an meiner Tür. Doch bevor ich der Person vor meiner Tür, wer immer es auch ist, zurufen kann, wegzugehen, tritt bereits Aaron ein. Sein bekümmerter Gesichtsausdruck ist der einzige Grund, weshalb ich ihn nicht anschnauze.

Er tappt zu mir, setzt sich neben mir aufs Bett, während ich mich auf den Rücken drehe und an die Decke starre. Er ist für einen Moment still, bevor er einen langen, leidgeplagten Seufzer ausstößt. „Es tut mir so leid", sagt er.

Ich halte die Augen weiterhin stur auf die Lampe über mir gerichtet. Ein blöder, femininer Kronleuchter mit schmiedeeisernen Rosen und baumelnden Kristallen. „Warum? Befürchtest du ebenfalls, dass ich wie meine Mutter enden werde? Dass ich dazu verdammt bin, zu einer vom Fußvolk zu werden?", spotte ich.

Er reibt sich über sein Gesicht. „Das habe ich nicht gemeint, und das weißt du."

Ich hefte meinen Blick auf ihn. „Weiß ich das? Es kam mir so vor, als ob du und Gerald dicke Freunde wärt."

Er seufzt. „Mein Dad arbeitet mit deinem zusammen. Sie spielen gemeinsam Golf. An Feiertagen wurde er zu uns nach

Hause eingeladen." Ein Achselzucken. „Ich war noch nie hier, bis wir nach Shadle Creek gefahren sind. Ich habe eins und eins erst zusammengezählt, als er die Tür geöffnet hat. Sonst hätte ich vorher etwas gesagt. Ich... Ich weiß nicht, was ich noch sagen kann. Gerald ist ein Arsch. Er hätte das nicht sagen sollen und", noch ein Seufzen, „ich hätte dir zu Hilfe kommen müssen. Es tut mir leid. Das war mies von mir."

Ich setze mich auf. Er klingt ehrlich, aber... „Warum hast du es dann nicht getan?"

Seine grünen Augen blicken mich forschend an, zweifellos, um zu verstehen, was in meinem Kopf vor sich geht. „Weil ich ein Idiot bin. Unsere Eltern haben bestimmte Erwartungen. Ich glaube, ich bin einfach nur in die bequeme Rolle reingerutscht und wollte keine Unruhe stiften."

Ich nicke, weil ich das kapiere, auch wenn es Mist ist.

„Hast du Hunger?", fragt er genau in dem Moment, als mein Magen knurrt. Wir lachen beide.

„Ja. Das könnte man so sagen. Ich sollte mit meinem Dad zu Abend essen, aber ich glaube, ich werde ihm nach dem heutigen Tag einfach wieder aus dem Weg gehen."

Er steht auf und streckt die Hand nach mir aus. „Komm. Ich kenne den perfekten Ort. Ein kleines Diner mit den besten Burgern der Stadt."

Ich zögere. „Aaron, ich ..."

„Allie", unterbricht er mich. „Ich war ein Arsch. Es tut mir leid. Nicht nur das, was eben passiert ist. Auch das von vorher, in der Schule. Ich hätte das nicht sagen sollen. Ich habe mich wie ein Arschloch benommen, weil ich eifersüchtig war. Es wird nicht nochmal vorkommen. Ich verspreche es. Gib mir noch eine Chance, mit dir befreundet zu sein. Ich werde es diesmal nicht versauen."

Ich nage unentschlossen an der Unterlippe und bin mir

nicht sicher. Allerdings ist es nicht so, dass mir die Leute die Bude einrennen und mich darum anbetteln, mit ihnen befreundet zu sein. „Okay. Aber können wir nicht über meinen Dad reden? Und auch nicht über die Teufel? Und über nichts anderes, das einen von uns aufregen könnte?"

Er lacht in sich hinein. „Abgemacht."

NEUNZEHN

ALLIE

Ich fahre mit Aaron zum Sun Valley Diner, einem kleinen Restaurant am Rande der Stadt, das bis spät abends geöffnet ist. Die Glocke über der Tür gibt bimmelnd unsere Ankunft bekannt, und eine der Kellnerinnen winkt Aaron zu, als ob sie ihn kennen würde, bevor sie sich wieder ihrem Kunden zuwendet.

Als ich eintrete, bin ich sofort von dem altmodischen Ambiente des Lokals eingenommen. Der schwarz-weiß karierte Fußboden ist mit rot-weißen Vinyl-Sitzecken kombiniert, und die Bar hat einen schwarz glänzenden Tresen.

Aaron begibt sich geradewegs dahin, um sich auf einem der roten Barstühle niederzulassen. Ich setze mich neben ihn. Ein Junge, den ich nicht erkenne, kommt zu uns und sagt etwas zu Aaron, doch ich höre nicht zu, weil ich zu sehr damit beschäftigt bin, mir alles anzuschauen. Das Diner erinnert mich fast an eines der Johnny Rockets-Kette, auch wenn es vielleicht nicht ganz so auf Hochglanz poliert ist. Als ich mich umdrehe, klatscht Aaron gerade irgendetwas mit einer diskreten Geste in die Hand des Jungen. Ich kann nicht sehen, was es ist, denn der Typ lässt seine Hand hastig in seine

Hosentasche gleiten und entfernt sich schnell nach einem kurzen Dankesnicken.

„Was war das?", frage ich, weil mich meine Neugier übermannt. Ich bin mir ziemlich sicher, ich weiß, was hier gerade abgegangen ist, und ich bin wirklich überrascht. Ich hätte Aaron niemals als einen Dealertypen eingeschätzt.

„Nur ein Kerl aus der Schule." Er zuckt mit den Schultern, doch als ich nichts sage, spricht er weiter: „Ich habe mir letzte Woche zwanzig Mäuse von ihm geborgt, weil ich meine Brieftasche verloren hatte. Es war blöd." Er lächelt mich verlegen an. „Ich kenne den Kerl kaum, aber er hat mir ausgeholfen. Ich habe ihm nur das Geld zurückgegeben."

Oh. Ich denke, das ergibt Sinn. Plötzlich fühle ich mich total mies, weil ich gleich vom Schlimmsten ausgegangen bin. Was ist nur los mit mir? Natürlich ist er nicht irgendein zwielichtiger Drogendealer. Was habe ich mir nur gedacht?

Eine Kellnerin kommt zu uns geflitzt, ihr flotter Pferdeschwanz hüpft dabei auf und ab. „Hey, kleiner Henderson, hast du heute Abend frei?"

Aaron lächelt hoch zu ihr, seine Grübchen sind plötzlich erkennbar. „Ja. Ich habe die restliche Woche ganz für mich selbst."

Ihre Augen funkeln verschmitzt. „Hast du ein Glück. Wer ist denn dein heißes Date?"

Ich huste, da mich ihre Vermutung aus der Bahn wirft. Gerade, als ich die Sache klären will, höre ich vertraute Männerstimmen näherkommen. „Ro, Dom, schnappt euch die Sitzecke ganz hinten. Ich gehe pinkeln." Das ist Emilios Stimme. Ich sehe aus den Augenwinkeln, wie er zu einem kleinen Flur rechts von mir geht. Ich ziehe meinen Kopf ein und wende ihn fort von dem Gang, doch unsere kesse Kellnerin hier beschließt, seine Aufmerksamkeit auf sich zu ziehen.

„Hey, Hübscher. Kann ich dir etwas zu trinken bringen?"

Emilio hebt die Hand, um abzuwinken, doch dann entdeckt er mich und sieht, wer neben mir sitzt. Er hält abrupt an und zieht eine Braue hoch. „Na, sieh mal einer an. Wen haben wir denn da?" Er kommt näher und ich spüre einen Knoten in der Magengrube, als er laut ruft: „Hey, Rom. Dein Mädchen ist hier."

Meine Wangen glühen, und ich wünsche mir nichts lieber, als dass ich mich hinter den Tresen ducken könnte. Es grenzt regelrecht an Komik, wie schnell sich mein Gemütszustand von entspannt und ungezwungen zu extrem unbehaglich wandelt, und Aaron sieht es. Sein Kiefer spannt sich an, an seinem Hals schwillt eine Ader an.

Die Kellnerin kneift verwirrt ihre Augen zusammen und blickt zwischen Aaron und dem nun in unsere Richtung marschierenden Roman hin und her, der, das sollte ich hinzufügen, absolut angepisst aussieht. Das wird nicht gut ausgehen.

„Ich lasse euch drei Turteltäubchen dann mal zanken", sagt Emilio lachend und geht zum Klo.

Ich beiße die Zähne zusammen. *Mistkerl.*

Roman drängt sich neben Aaron und lehnt seinen Unterarm auf die Theke, als er mich mit seinem Blick regelrecht verschlingt. Mir entgeht der Hunger in seinen Augen genauso wenig wie die darin wachsende Wut. Ich werfe Dominique einen Blick zu, der sich auf der Sitzbank zurücklehnt und ein amüsiertes Grinsen im Gesicht hat. Scheint, er macht es sich bequem, um die Show zu genießen. Roman räuspert sich, um meine Aufmerksamkeit wieder auf sich zu lenken.

„Möchtest du mir das erklären?" Seine Lippen sind nur eine schmale Linie. Ich weiß nicht, wieso ich seine Lippen ansehe. Ach, Quatsch. Ich weiß ganz genau, weshalb, und es liegt daran, dass er mich heute in der Cafeteria geküsst hat. Ich bin deshalb immer noch sauer auf ihn. Warum führt er sich weiterhin wie ein Arschloch auf und gibt damit an, dass er das Mädchen erobert hat, wenn er mich nicht einmal will?

„Sie muss dir überhaupt nichts erklären, Mann." Aaron steht von seinem Barhocker auf, doch eine Hand auf seiner Schulter drückt ihn gewaltsam auf seinen Sitz zurück. Roman schaut ihn nicht einmal an. Seine Augen blicken weiterhin in meine, an seinem Kiefer zuckt nun ein Muskel.

„Alejandra..." Er zieht meinen Namen in die Länge, der Klang leise und verführerisch, sodass Feuer durch meine Adern zu fließen scheint. Er verwendet seine Schlafzimmerstimme, und, Herrgott, sie löst Dinge in mir aus, die sie wirklich nicht sollte.

Ich atme tief ein. Komm schon, Allie. Sei stark. Ich drücke die Schultern durch. „Ich esse hier mit einem Freund Abendessen", sage ich, stolz darauf, dass meine Stimme nicht zittert. „Hast du ein Problem damit?"

Seine Augen werden dunkel, als er sich aufrichtet. „Ja", sagt er, „das habe ich."

„Ähm ..." Unsere Kellnerin öffnet und schließt mehrmals ihren Mund. Sie sieht aus wie ein Goldfisch, und ich muss fast lachen.

„Es ist alles in Ordnung, Heather. Danke." Aaron scheucht sie mit einer Handbewegung fort, und wir sehen, wie sie davoneilt, um andere Kunden zu bedienen. Dann dreht sich Aaron zu Roman um und schaut ihm direkt ins Gesicht. „Hör mal, Mann. Ich kapiere es, dass du mich nicht magst oder dass du mir nicht vertraust, das beruht übrigens auf Gegenseitigkeit, aber ich bin mit Allie befreundet. Mir ist es egal, was zwischen euch beiden läuft, das ist eure Angelegenheit. Nur hör auf, dich grundlos wie ein Arschloch aufzuführen. Warum versuchst du nicht einfach mal, dich wie ein normaler Kerl zu benehmen, und rufst sie mal an oder bittest sie um eine Verabredung?"

Die Versuchung mit einer bissigen Habe-ich's-dir-dochgesagt-Stimme „Genau" zu sagen, ist groß, aber ich reiße mich zusammen und warte Romans Reaktion ab. Übertrieben langsam dreht er seinen Kopf herum, um Aaron seine ungeteilte Aufmerksamkeit zu schenken. Ich schlucke schwer, als ich den Blick in seinen Augen sehe. Weiß glühender Zorn. Würde ich stehen, hätte ich vor Schreck ein paar Schritte rückwärts gemacht, und ich bin nicht mal die Person, auf die dieser Blick gerichtet ist.

Aaron schluckt mehrmals schwer, doch es gelingt ihm, Roman in die Augen zu schauen und seinem Starren standzuhalten. *Beeindruckend.* Was auch immer für Probleme sie miteinander haben, Aaron ist kein Feigling.

Beide Jungs strahlen Feindseligkeit aus, während Roman Aaron anstarrt, sich nicht rührt und schweigt. Immer mehr Spannung baut sich auf. Es fühlt sich erdrückend an. Ich reibe die Handflächen über meine Oberschenkel und frage mich, ob ich eingreifen soll oder nicht, doch da taucht Emilio endlich wieder auf. Er hat keine Ahnung, wie angespannt die Lage ist.

„Hey, ihr Wichser. Sind wir immer noch am Quatschen?"

Die Spannung zerplatzt wie eine Seifenblase, und ich atme laut aus. „Nope." Ich drehe mich zu Emilio und ringe mir ein Lächeln ab. „Roman ist einfach nur Roman. Ihr Kerle solltet jetzt wahrscheinlich zu Dom zurückgehen. Er wirkt einsam da drüben."

Emilio schaut über meine Schulter und grinst breiter. „Na ja, so einsam sieht er gar nicht aus." Ich drehe mich um und sehe, wie sich unsere Kellnerin, Heather, zu ihm hinunter lehnt, wobei ihre Brüste sehr nah an sein Gesicht kommen. Dom leckt sich die Lippen.

Ich seufze. Und dann knurrt plötzlich mein Magen wie ein wütender Bär. Voll peinlich. „Komm schon, Vanille. Wir müssen dafür sorgen, dass du etwas mehr auf die Rippen bekommst." Emilio zieht mich von meinem Sitz herunter und dreht mich Richtung Sitzecke, doch ich bleibe stehen.

Er hält an und schaut mich mürrisch über seine Schulter an. „Was ist los?"

Ich deute mit dem Kopf auf Aaron, und Emilio schnaubt. „Du ziehst Henderson uns vor?", fragt er, als ob schon allein die Vorstellung davon völlig unfassbar wäre.

„Äh, ja. Ich bin mit ihm hergekommen. Ich lasse ihn nicht einfach sitzen, nur weil ihr drei aufgekreuzt seid."

Er legt die Stirn in Falten, als ob er die Sache noch nie auf diese Weise betrachtet hätte, und ich verkneife mir ein Lachen. Die Teufel sind wirklich daran gewöhnt, dass immer alle nach ihrer Pfeife tanzen. Ich entziehe ihm meine Hand und setze mich wieder hin. Doch statt zurück zu der Sitzecke zu gehen, schnappt sich Emilio den Barhocker neben mir, und Roman setzt sich auf den leeren Platz neben Aaron, der absolut nicht begeistert davon wirkt. In dem Moment, wo er nach der Speisekarte greift, erhebt sich Dom, um zu uns zu kommen und sich auf den letzten freien Sitz neben Roman zu setzen.

Ein Muskel zuckt in Aarons Kiefer, und er ballt auf dem Tresen die Hände zu Fäusten. Ich lege eine Hand auf sein Knie und forme lautlos ein Wort: *Sorry.* Roman sieht die Berührung, und seine Augen verengen sich, also ziehe ich meine Hand schnell wieder zurück.

„Wir können gehen", murmele ich. „Und etwas auf dem Weg zurück nach ..."

„Ach, sei nicht so." Emilio quetscht sich zwischen mich und Aaron und legt jeweils einen Arm um unsere Schultern, um uns in einer seltsamen, seitlichen Umarmung an sich heranzuziehen. „Bleibt hier. Du willst doch, dass wir uns vertragen, oder?", sagt er zu mir. „Dass wir nett zueinander sind und der ganze Scheiß?"

Ich nicke.

„Also okay. Wir tun unseren Teil. Henderson, du hast doch nichts dagegen?", fragt er, als er Aarons frustrierten Blick auffängt. „Es wird ganz wie in alten Zeiten sein."

Aaron steht auf, wodurch Emilio gezwungen ist, ein paar Schritte zurückzustolpern. „Einen Scheißdreck werde ich tun." Sein Brustkorb hebt und senkt sich mit jedem Atemzug heftig, und er fletscht die Zähne. Roman und Dom stehen auch auf, ihre Arme vor der Brust verschränkt.

Ich springe mit weit aufgerissenen Augen auf. „Hey, es ist in Ordnung. Wir können ..."

„Nein. Nichts ist in Ordnung, verdammte Scheiße!"

Aarons Ton lässt mich zusammenzucken.

„Sprich nicht so mit ihr." Roman kommt mir zu Hilfe, indem er drohend einen Schritt nach vorn macht. Das Ganze eskaliert viel zu schnell.

„Hey. *Hey!*" Ich lenke die Aufmerksamkeit von allen wieder auf mich. „Was ist hier eigentlich los?"

„Nichts", blafft Aaron sofort zurück.

Emilio lacht. „Hast du Geheimnisse, Henderson? Aber das ist ja nichts Neues bei dir, nicht wahr?"

„Fick dich. Ich tue mir euren Scheiß nicht an." Aaron stürmt an ihm vorbei, nimmt den kürzesten Weg zur Tür, bevor er sich fängt und sich zu mir umdreht. „Komm schon, Allie." Ich trete vor, um ihn zu folgen, doch eine Hand an meinem Ellbogen hält mich zurück.

„Keine Chance. Wenn du so davon stürmen willst, dann mach ruhig. Aber sie wird nirgendwo mit dir hinfahren, so wie du drauf bist."

Bevor ich widersprechen kann, denn, ja, Aaron ist wütend, doch er wird mir nicht wehtun, spuckt er aus: „Meinetwegen." Und lässt mich hier zurück.

Nicht zu fassen. Ich überlege, ob ich ihm nachrennen soll. Immerhin bin ich mit ihm hergefahren, doch Romans entschiedenes Kopfschütteln bringt mich dazu, es nicht zu tun. Ich wollte nur ein einziges Mal einen normalen Tag erleben. War das echt zu viel verlangt? Nur einen Tag ohne gemeine Mädchen, Arschlochväter oder bekloppte Kerle, die mir alles versauen?

Mein Magen knurrt nochmal. „Komm schon, Vanille." Roman schiebt mich zur nächstgelegenen Sitzecke. „Wir werden dir jetzt etwas zu essen besorgen. Danach fahre ich dich nach Hause."

Beim Gedanken daran, dass Allie mit dem verdammten Aaron Henderson ein Date haben könnte, flammt ein Gefühl in meiner Brust auf, das sich verflixt sehr nach Eifersucht anfühlt. Nein. Das nehme ich zurück. Ich bin nicht eifersüchtig. Ich bin angepisst. Für wen zum Teufel hält sich Henderson eigentlich?

Ich habe ihm gesagt, dass er sich von ihr fernhalten soll. Emilio hat öffentlich verkündet, dass sie den Teufeln gehört. Er hat uns zusammen in Shadle Creek gesehen. Er *weiß*, dass sie mir gehört. Und trotzdem schwänzelt er um sie herum.

Der Kerl muss selbstmordgefährdet sein. Nach all dem, was in dem Sommer vor unserem Junior-Jahr passiert ist, als er uns alle vier fast unter die Erde gebracht hätte, werde ich mir von ihm nichts mehr bieten lassen. Ich kann nicht glauben, dass ich je mit diesem Arschloch befreundet war.

Ich ziehe Allie näher an mich heran, als mir meine wachsende Wut bewusst wird. Ich schlinge meinen Arm um ihre schmale Taille und führe sie zu unserem Stammplatz. Lust regt sich in mir, und mein Schwanz zuckt, während ich ihre schlanken Beine und ihre Taille betrachte und den Erdbeerduft ihres Shampoos einatme. Sie trägt nicht einmal einen Hauch von Schminke, sodass ich ein paar helle Sommersprossen auf ihrer Nase erkennen kann. Gott, sie ist so verdammt schön.

Und sie war mit ihm hier. Ihr Aufzug ist nur für *ihn* bestimmt.

Ich knirsche mit den Zähnen, als wir uns hinsetzen. Heather kommt zurück, nimmt unsere Getränkebestellung auf und klatscht ein paar Speisekarten auf die Tischplatte, bevor sie sich zur Theke zurückzieht. Sie versucht nicht mehr, mit Dom zu flirten, aber das geht schon in Ordnung. Jede Tussi im Laden ist für Team Henderson. Dieses Restaurant gehört seiner Tante, also ist das nicht weiter verwunderlich.

Wir sind eine ganze Weile nicht mehr hergekommen, aber das Sun Valley Diner hat einfach die besten Burger, und nachdem ich mich auf dem Spielfeld so abgekämpft habe, wollte ich eine kleine Belohnung. Und was für ein Glück, dass wir feindliches Territorium betreten haben. Wer weiß, was Aaron sonst noch versucht hätte, bei Allie abzuziehen. Ich traue diesem Wichser nicht. Seine Weste mag blütenweiß wirken, doch das kaufe ich ihm nicht ab. Er ist einfach nur gut darin, seine Dämonen zu verstecken.

Sie ist still, während die Kerle direkt in ein Gespräch über das kommende Spiel versinken. Es ist das Wichtigste der Saison und wir sind deshalb voll aufgeregt. Die Saints sind das einzige Schulteam, das eine Chance hat, unseren Rekord zu versauen. Bis jetzt wurden wir nicht geschlagen, und sobald wir sie erst einmal besiegt haben, wird es leicht sein, bis zu den Wettkämpfen zu kommen, die für den ganzen Bundesstaat durchgeführt werden. Dort werden Talentsucher sein. Selbst wenn wir alle schon ein Stipendium haben, ist es nicht schlecht, einen Plan B zu haben.

Sogar meine Eltern wollen zu dem Spiel kommen. Als Mom mir das gesagt hat, hat mich das voll überrascht. Sie unterstützen meinen Wunsch, Profisportler zu werden, beide nicht. Zum Teufel, sie unterstützen nicht einmal meine Entscheidung, zur Uni zu gehen. Mein Paps will, dass ich direkt nach dem Schulabschluss zur Polizeiakademie gehe. *Das wird, verdammt nochmal, auf keinen Fall passieren.* Ihm mag die blaue Uniform gefallen, nur ich habe absolut keine Pläne, in seine Fußstapfen zu treten. Mom zieht die ganze *Ich will nur, dass du glücklich wirst*-Tour ab, aber in Wirklichkeit möchte sie, dass ich das tue, womit Paps zufrieden ist, weil ihr eigenes Leben dadurch einfacher wird. Wenn ihr mein Glück echt am Herzen läge, dann würde sie nicht bei jedem Abendessen immer nur nicken, lächeln und mir erzählen, dass mein Vater es am besten weiß. Er hat null Ahnung, was am besten ist. Nicht, wenn es um mein Leben geht.

Während der ersten zwei Highschool-Jahre haben sie mir meinen Willen gelassen. Sind sogar zu ein paar von meinen Spielen aufgekreuzt. Doch als die Suncrest Uni mir zum Ende des Juniorjahres ein Stipendium angeboten hat, haben sie kapiert, wie ernst es mir mit Football ist. Und dann hat sich alles geändert. *Football ist kein Beruf, es ist ein Spiel. Du bist jetzt fast achtzehn. Du musst erwachsen werden und Verantwortung zeigen.* Bla, bla und Scheiß-Blabla.

Paps ist mit seiner Dienstmarke verheiratet. Der Mann arbeitet rund um die Uhr. Und ich kapiere es. So sorgt er für seine Familie. Doch als Polizeichef von Sun Valley hat er für etwas anderes als seine Arbeit kaum Zeit. Und ganz sicher hat er keine Zeit, um seinem einzigen Sohn beim Football spielen zuzusehen. Aber er kommt zu dem Spiel am Freitag, das Erste, das er dieses Jahr besucht, und ich weiß, wenn er mich erst einmal auf dem Spielfeld sieht, wird er sehen, wie gut ich bin. Dann wird er endlich nicht mehr davon reden, dass ich zur Polizeiakademie gehen soll. Das Spiel am Freitag ist mehr als nur die Chance, mir Stipendien zu sichern. Es ist die Gelegenheit, meinem Paps zu beweisen, dass ich für den Football geboren wurde.

Allie schweigt immer noch, während sich die Kerle unterhalten, bis Emilio das fragt, was wir uns alle schon die ganze Zeit im Stillen fragen: „Also seid ihr, du und Henderson, jetzt ein Paar?"

Sie versteift sich neben mir und dreht ihm stirnrunzelnd das Gesicht zu. Sie sollte lieber nicht antworten, was ich glaube, was sie gleich sagen wird, denn ich lasse sie auf keinen Fall mit diesem Idioten ausgehen. Sie ist viel zu gut für einen Deppen wie ihn.

Ich mache mich darauf gefasst, dass sie es zugibt. Nicht, dass es einen Unterschied machen würde, denn Allie Ramirez gehört mir. Sie kann Henderson mögen, so sehr sie will, wenn es sein muss, werde ich mich direkt zwischen sie drängen.

Doch statt ihre Beziehung mit ihm zu bestätigen, sagt sie: „Wir sind einfach nur Freunde." Ich ziehe eine Augenbraue hoch, woraufhin sie seufzt und den Kopf schüttelt. „Warum ist das so schwer zu verstehen?"

Die Kellnerin bringt uns das Essen, bevor sie sich hastig zurückzieht.

Emilio wirft eine Fritte in seinen Mund und sagt grinsend: „Weil Aaron mit dir poppen will." Er kaut, schluckt und beißt dann nochmal ab. „Kann man ihm nicht verübeln. Du siehst echt heiß aus, Allie." Sie errötet. „Aber ich weiß, wem du gehörst. Henderson weiß es auch, und er macht sich trotzdem an dich heran." Er tippt mit dem Zeigefinger an seine Schläfe. „Nicht wirklich schlau von ihm, doch Henderson war noch nie die hellste Kerze auf der Torte."

„Ich gehöre gar niemandem."

Ich schnaube, lehne mich auf der Sitzbank zurück und strecke meine Beine breit aus, um es mir bequem zu machen. „Doch, tust du." Mit gerunzelter Stirn blickt sie zwischen

Emilio und mir hin und her. „Es ist Zeit, der Wahrheit ins Auge zu blicken, Vanille. Gib zu, dass du mir gehörst. Es ist nicht nett, so mit den Gefühlen eines Kerls zu spielen und Henderson glauben zu lassen, er hätte eine Chance.“

„Das tue ich doch gar nicht“, blafft sie.

„Doch, tust du. Gib’s zu.“

Sie schnaubt verächtlich, bevor sie zischt: „Du besitzt mich nicht. Ich ‚gehöre‘ dir nicht. Ich gehöre nur mir und ich bin eine eigenständige Person.“

„Das kannst du dir gern einreden, aber sieh dir nur an, wo ich bin und wo du bist. Zwischen uns läuft etwas, und ich werde auf keinen Fall teilen.“

Sie spannt ihr Kinn an und dreht sich von mir weg. Ich greife ihr Kinn und zwinge sie, mir in die Augen zu sehen. Dabei bin ich mir der interessierten Blicke von Dominique und Emilio nur zu bewusst. „Du. Gehörst. Mir. Ist das klar?“

Sie reißt sich los. Wenn sie hier nicht neben mir in der Sitzecke gefangen wäre, wäre sie sicher schon davon gestürmt. „Fick dich.“

„Das hast du bereits. Und wir können das sehr gern wiederholen.“

Sie macht in ihrer Kehle ein angeekeltes Geräusch, aber das ist alles nur Show.

„Tu nicht so, als ob du nicht geschmeichelt bist. Du willst Henderson nicht. Du willst keinen anderen. Gib’s doch schon zu. Du willst mich. Ich will dich. Hör auf, dich so kindisch zu benehmen, dann können wir die Sache endlich hinter uns lassen.“

Sie schluckt schwer, bevor sie ihren wütenden Blick wieder auf mich richtet. Ihre Augen sind zusammengekniffen und ihr Gesichtsausdruck ist nachdenklich. Dann spuckt sie aus: „Okay.“

Oha. „Okay?“

Ein Schulterzucken. „Ja, okay. Ich will dich. Du bist heiß und der Sex war beim ersten Mal gut." Sie zieht die Nase kraus. „Das zweite Mal allerdings weniger, aber schließlich kann jeder mal einen schlechten Tag haben."

„Volltreffer." Dominique gibt ein seltenes Glucksen von sich.

„Direkt in die *cojones*", fügt Emilio hinzu.

„Das war nicht sehr nett", presse ich hervor.

„Das ist es auch nicht, wenn einem der Orgasmus verweigert wird. Und nur damit du es weißt: Ich bin dafür, dass jeder im Leben eine zweite Chance bekommt, aber erwarte bloß keine dritte." Ein Lächeln stiehlt sich auf ihre Lippen und sie blickt mich warnend an. Da ist das Feuer, von dem ich mir sicher war, dass es in ihr steckt.

Ein langsames Lächeln breitet sich auch auf meinem Gesicht aus. „In Ordnung. Ich versuche, mir das zu merken."

„Das würde ich dir dringend raten."

Ich schlinge mein Essen hinunter. Der Coach lässt uns zweimal täglich trainieren, um uns auf das Spiel vorzubereiten, und innerhalb weniger Minuten haben Dom, Emilio und ich unsere Teller leergeräumt, doch mir fällt auf, dass Allie ihr Essen kaum angerührt hat. Vielleicht ein halbes Chicken Nugget und ein paar Fritten. Sie bemerkt, dass ich sie anstarre, und schaut weg.

„Ich dachte, du hättest Hunger?"

Sie zuckt mit den Schultern. „Ja, aber ich kriege es irgendwie nicht runter."

Ich kenne Allie noch nicht lange, sie sieht dünner aus als an ihrem ersten Tag an der Sun Valley High, doch ich schiebe den Gedanken zur Seite. Wenn sie nicht essen will, dann isst sie eben nicht. Ich bin nicht ihre Mutter. Sie kann sich um sich selbst kümmern.

„Also, Allie, kommst du am Wochenende zu unserem Spiel?"

Sie setzt sich aufrechter hin, und als Heather zurückkommt, um die Teller abzuräumen, reicht ihr Allie, ohne zu überlegen, ihren fast vollen Teller. Ich runzele die Stirn, mache aber keinen Kommentar. Das Mädchen muss etwas essen, vielleicht isst sie ja, wenn sie nach Hause kommt?

„Ich hatte eigentlich nicht vor...", fängt sie an.

„Du musst kommen. Wenn du eine von uns bist, musst du uns vertreten. Keine Ausreden. Das Spiel beginnt am Freitagabend um sieben. Stell dich darauf ein, dass du kommst."

Sie nagt an ihrer Unterlippe, erstarrt dann, als ich mit dem Daumen ihre geschundene Lippe nach unten ziehe und ihr in die Augen schaue. „Komm zum Spiel."

„Ist das ein Befehl?", fragt sie frech.

Ich fahre mir mit der Zunge die Zähne entlang. „Was, wenn es das ist?"

Sie zuckt mit den Schultern, während sie ihre Serviette in kleine Schnipsel zerreißt. „Könnte sein, dass ich etwas anderes vorhabe."

Ich knurre und ziehe sie an mich. Ich weiß nicht, warum es plötzlich so wichtig ist. Aber es ist mir wichtig. „Du hast nichts anderes vor. Du kommst zum Spiel. Ende der Debatte." Sie sagt nichts weiter, doch als ich sehe, dass ein kleines Lächeln ihre Lippen umspielt, durchströmt mich ein Gefühl des Triumphs. Sie wird zum Spiel kommen.

EINUNDZWANZIG

ALLIE

Ich schlüpfe kurz vorm Stundenklingeln in das Zimmer, wo ich Englisch habe, als ein unbekanntes Gesicht neben meinem Schreibtisch auftaucht. „Äh... Du bist Alejandra, oder?", fragt ein Mädchen.

„Allie", korrigiere ich sie, nicke aber, und sie lässt sich auf den Platz neben mir nieder.

„Ich bin Kasey."

Ich runzele die Stirn. Warum redet sie mit mir? „Äh, okay."

Es klingelt, und die letzten Schüler setzen sich, doch Mrs Beck ist nirgendwo in Sicht. Sobald die Klasse mitbekommt, dass sie nicht da ist, fangen alle an, miteinander zu quatschen, ihre Freunde am anderen Ende des Zimmers zu besuchen und sich zusammengeknüllte Papierbälle zuzuwerfen.

Mein Blick wandert über die Köpfe der anderen hinweg, und ich fange Romans Blick auf. Ich schwöre, er versengt mich regelrecht. Mit jeder Sekunde, die vergeht, strömt Hitze durch meine Brust und mein Herzschlag wird schneller. Doch dann lenkt Kasey meine Aufmerksamkeit wieder auf sich, indem sie mit ihrer Hand wedelt. „Ja, also, hallo."

Ich ziehe meine Augenbrauen hoch. „Hallo."

„Ich weiß, wir haben noch nie miteinander geredet. Ich habe mich die ganze Zeit vorstellen wollen, aber du hast immer ein bisschen reserviert gewirkt und..." Sie lässt ihren Blick durchs Klassenzimmer huschen. „Na ja, wie auch immer. Ich habe mich nur gefragt, ob du auf Aaron Henderson stehst?"

Ich schaue sie finster an. Meinte sie das ernst? „Warum? Stehst *du* etwa auf Aaron Henderson?" Ich muss mich nicht umdrehen, um zu wissen, dass Romans Blick mich immer noch durchbohrt, aber ich ignoriere ihn und richte meine ganze Aufmerksamkeit auf Kasey.

Sie verschluckt sich fast an ihrem Gelächter, ihre blonden Locken hüpfen um ihr herzförmiges Gesicht auf und nieder, als sie sich die Hand vor den Mund hält. „Was? Nein! Er ist mein Bruder."

„Dein Bruder?"

Sie lacht. „Ja, sorry. Das hätte ich wahrscheinlich zuerst erwähnen sollen. Ich hatte irgendwie angenommen, du wüsstest das"

Ich schüttele meinen Kopf. „Nein, das wusste ich nicht. Er hat noch nie eine kleine Schwester erwähnt."

Sie seufzt. „Ja, wir stehen uns nicht so nahe. Wir sind vier Jahre auseinander, weißt du. Aber er ist ein guter großer Bruder. Vielleicht nicht oft da, aber was kann ich schon erwarten? Du weißt schon." Nein, das weiß ich nicht. Ich habe keine Geschwister.

„Also bist du ein..."

„Freshman. Jepp."

Ich ziehe eine Augenbraue hoch. „Und du bist in diesem Kurs, weil...?"

„Oh. Eigentlich habe ich die erste Stunde frei. Ich hänge normalerweise in der Bibliothek ab, weil ich mit Aaron zur Schule fahre, aber Mrs Beck hat mich gebeten, ihr heute im Unterricht zur Hand zu gehen. Deshalb bin ich hier."

Oh. Okay.

„Also, ähm ... wie sieht es aus?"

Ich lege fragend den Kopf schief, doch dann fällt mir ihre Frage von vorhin wieder ein. „Oh. Nein." Ich schüttele meinen Kopf. „Wir sind nur Freunde."

Ihr Lächeln verschwindet, und sie presst die Lippen zusammen. „Oh."

Warum ist das für sie wichtig?

Ich strecke meine Hand aus und berühre sie am Unterarm in der Hoffnung, dass sie das als beruhigende Geste auffasst. „Da läuft nichts zwischen uns. Auf beiden Seiten. Du musst dir keine Sorgen machen, dass ich ihn hinhalte oder so. Er weiß, dass ich nur Freundschaft möchte."

Sie nickt, sieht aber nicht völlig überzeugt aus. „Ist es wegen..." Ihr Blick huscht zu Roman. Die Tür des Klassenraums geht auf, und mir bleibt es erspart, zu antworten.

„Guten Morgen, alle miteinander. Entschuldigen Sie bitte die Verspätung. Bitte öffnen Sie Ihre Bücher auf Seite..."

Der Unterricht verläuft wie immer. Kasey hilft Mrs Beck dabei, die Aufgaben der Woche zu verteilen. Ein zehnseitiger Aufsatz zu einem umstrittenen, aktuellen Ereignis. Das sollte nicht allzu schwierig sein. Und ehe ich mich versehe, klingelt es schon zur Pause und alle hasten aus dem Klassenzimmer.

Während ich meine Bücher in Ruhe in meiner Tasche verstaue, sorgt ein vertrautes Gefühl des Mich-beobachtet-Fühlens dafür, dass ich Gänsehaut bekomme. Ich schaue auf und sehe, dass Roman auf mich in der Nähe der Tür wartet. Ein teuflisches Grinsen liegt auf seinem Gesicht und er blickt mich von oben bis unten mit unverhohlener Begierde an.

Als ich näherkomme, nimmt er meine Hand und zieht mich aus der Tür, um mich ins erstbeste, leere Klassenzimmer zu schieben, das uns unterkommt.

„Hey! Was ..."

Seine Lippen legen sich auf meine und mir entfährt ein kleines Wimmern. Seine eine Hand liegt auf meiner Hüfte, die andere in meinem Nacken, um mich näher zu ziehen. Ich spanne mich an, doch als er gegen meine Lippen keucht, schmelze ich dahin. Die Klingel läutet, aber wir hören nicht auf.

„Was tust du mit mir?" Ich drücke mich an ihn, als seine Lippen meinen Hals entlang nach unten wandern und seine Zähne an meinem Schlüsselbein zwicken.

„Was immer ich will." Seine Fingerspitzen rutschen in meine Jeans, und er lehnt sich zurück, um meinen Blick einzufangen. Er fährt sich mit der Zunge über seine Lippen, während seine Finger gefährlich nahe an meine gierige Mitte kommen.

„Roman." Mein Blick huscht zu ihm nach oben. Und dann ist er da. Genau da. Seine Finger versinken in mir, bevor er sie eilig herauszieht und meinen Kitzler mit meiner eigenen Flüssigkeit massiert.

„Ich mache meinen Fehler wieder gut." Seine Stimme klingt verrucht.

Ich halte mich an ihm fest, die Muskeln in seinem Bizeps bewegen sich, während er mich mit geschickten Fingern bearbeitet. „Wir sollten in unseren Kursen sein", krächze ich.

„Willst du, dass ich aufhöre?"

Ich stöhne und mein Körper verspannt sich, sodass meine Erlösung weiter wegrückt. Gott, nein. Ich will nicht, dass er aufhört. Weil ich nicht antworte, scheint er mein Schweigen als ein Ja zu deuten, denn er zieht die Hand aus meiner Jeans. Ein protestierender Laut entschlüpft mir, und er lacht leise, bevor er mich mit Küssen zum Schweigen bringt. Seine Hände knöpfen schnell meine Hose auf und schieben sie meine Oberschenkel hinunter, sodass ich entblößt bin.

Mein Kopf fällt nach hinten gegen die Wand, und als er zwei Finger tief in mich hineinschiebt und sie abwinkelt, um genau die richtige Stelle zu finden, erschauere ich. Er küsst meinen Kiefer, bevor er mit seinen Lippen hinunter zu meinem Hals wandert. Seine freie Hand greift nach oben und spielt mit meinen Brüsten. Er zieht das dehnbare Material meines Oberteils nach unten, sodass es ihm leichter fällt, in die rechte Brustwarze zu kneifen.

Ich japse, meine Knie werden weich.

Er macht kreisförmige Bewegungen um meinen Kitzler, er wird immer schneller. Ich schreie auf, als wie der Orgasmus wie aus heiterem Himmel über mich kommt. Er bedeckt meinen Mund mit seiner Hand, um meine Schreie zu dämpfen, während seine Finger das Allerletzte des Orgasmus aus mir herausholen.

„Ich muss dich ficken", sagt er, zieht mich nach vorn und lässt mich auf dem nächsten Tisch vornüberbeugen, sodass mein nackter Hintern in die Luft ragt und offen zur Schau liegt. Ich erschauere, ein Wimmern kommt mir über die Lippen, als ich den verräterischen Klang einer sich öffnenden Gürtelschnalle höre. Die Jeans rutschen über seine Hüften.

„Kondom?", frage ich heiser, und er flucht hinter mir.

„Ich werde rausziehen."

Ich will schon widersprechen, aber dann drückt er sich gegen mich und ich wölbe mich nach hinten, um ihm entgegenzukommen, während er seinen Schwanz mit einem geschmeidigen Stoß in meiner Muschi versenkt.

Wir stöhnen im Chor, als er seine Hüften vor und zurück wiegt und mich dabei festhält. „Gott, du fühlst dich unglaublich an", sagt er. Seine Hände greifen meine Hüften so fest, dass es schmerzt, als er sich zurückzieht und dann noch einmal in mich stößt. „So verdammt feucht."

Ich hechele, komme kaum zu Atem, während er in mich rammt. Jeder Stoß ist härter als der zuvor, bis der Tisch unter mir anfängt, unter der Macht seiner Bewegung laut über den

Fußboden zu rutschen. Ich halte mich an der Kante fest und er knallt seine Hüften gegen meinen Arsch.

Ich rufe seinen Namen, verliere mich in dem Gefühl von ihm in mir, vergesse völlig, dass wir in der Schule sind und jederzeit jemand hereinkommen könnte. Seine Hüften stoßen mit Wucht in mich hinein, und ich weiß, dass er auf seinen eigenen Orgasmus wartet. Plötzlich zuckt er zurück und sein heißer Saft spritzt über meinen Arsch und tropft hinten an meinen Oberschenkeln nach unten.

Er gleitet mit seinem Schwanz über die Spermaspur, die er auf mir hinterlassen hat, bevor er mir einen leichten Schlag auf den Hintern gibt. Ich stöhne und schaue über meine Schulter. Romans Grinsen schaut mir entgegen, während er meinen noch immer nackten Arsch begutachtet. „Du solltest das wahrscheinlich wegwischen", schlägt er vor. Ich verenge meine Augen und er lacht. „Unter bestimmten Bedingungen könnte ich mich eventuell überreden lassen, dir zu helfen." Er zieht sich seine Jeans hoch, lässt den obersten Knopf offen und verschränkt seine Arme vor der Brust. Er sagt nichts.

„Willst du das jemals wieder tun?", frage ich.

Er grinst. „Jeden einzelnen Tag der Woche."

„Dann besorge mir etwas, womit ich deine Wichse von meinem Arsch wischen kann, oder ich werde dich nicht mal mehr mit der Kneifzange anfassen."

„Das sagst du jetzt, aber ..."

Auf dem Flur hört man Stimmen. Scheiße. Eigentlich sollten alle in ihren Kursen sein. „Roman, los."

Glücklicherweise tut er, was ich ihm sage, und macht in einem Schrank eine Küchenrolle ausfindig. Er hilft mir, mich zu säubern, und wirft dann die Tücher in den Müll. Kaum, dass ich meine Jeans hochgezogen und mein Oberteil zurechtgerückt habe, fliegt auch schon die Tür auf und Silvia Parish schaut uns überrascht an.

Sie beäugt die vor ihr liegende Szene und verengt die Augen, als sie unsere zerknitterten Klamotten und mein zerzaustes Haar sieht. Als Roman näher zu mir tritt, werden ihre Augen sogar noch schmaler, und ich kann mir das Grinsen nicht verkneifen, das sich auf meinem Gesicht ausbreitet.

„Brauchst du irgendetwas?", fragt er und schert sich überhaupt nicht darum, dass sie ganz genau weiß, was wir gerade getan haben. „Du störst."

„Der gesamte Mathekurs hat dich beim Ficken gehört", sagt sie höhnisch zu mir. „Du klingst wie ein sterbendes Nashorn."

Da ich mich mit Roman neben mir besonders mutig fühle, verdrehe ich die Augen und zeige ihr den Mittelfinger. Ich habe heute keine Zeit für ihre Zickenallüren. „Wenn du meinst." Nicht sonderlich schlagfertig, aber besser, als unter ihrem Blick zusammenzuschrumpfen.

Sie dreht sich schwungvoll um und verschwindet so schnell, wie sie gekommen ist. Roman lehnt sich herunter, klatscht mir auf den Hintern und wirft mir einen vielsagenden Blick zu. „Wenn so ein sterbendes Nashorn klingt, will ich das gefälligst wieder hören. *Bald.*"

Das offensichtliche Verlangen in seinem Blick lässt mich erschauern, dann verlässt Roman den Raum. Ich entscheide mich dazu, einen Zwischenstopp im Waschraum einzulegen und Mathe komplett zu schwänzen. Die Uhr im Gang zeigt mir an, dass es nur noch zehn Minuten bis zur Mittagspause sind, daher beschließe ich, ein bisschen herumzutrödeln und mir den peinlichen Auftritt zu ersparen.

Ich wasche mir die Hände und spritze mir Wasser ins Gesicht, bevor ich mit den Fingern durch die Haare kämme, um zu versuchen, sie zu glätten. Die Tür hinter mir öffnet sich und ich achte nicht darauf, bis mich jemand nach vorn stößt und mein Bauch in das Waschbecken aus Porzellan gerammt wird. Ich stolpere und werde grob zu Boden geschubst. Meine Haare hängen mir ins Gesicht, als ein Fuß in meine Brust rammt. *Scheiße. Au.* Ich japse vor Schmerz auf, und ein weiterer Tritt trifft mich von hinten mit der Wucht eines Vorschlaghammers.

Ich fluche und rolle mich herum, sodass ich dem dritten Tritt gerade so noch ausweiche. Dann schlägt mir eine Faust in die Wange. Mein Kopf fliegt zurück und mir verschwimmt alles vor den Augen. Jemand greift mich an den Haaren und reißt mein Gesicht nach oben. Meine Augen blicken in Silvias.

„Schlampe." Ich spucke Blut in ihr Gesicht und sie stolpert zurück. Dann hole ich zu einem Tritt aus und erwische sie am Schienbein. Sie taumelt zurück in ihre zwei Arschlochfreundinnen, die sich ihr angeschlossen haben. Ich rappele mich auf und haste in genau dem Moment aus dem Waschraum, als das Pausenklingeln ertönt und der Gang sich mit Schülern füllt.

Ich atme ein und balle meine Hände zu Fäusten, um gegen das Zittern zu kämpfen.

Ich passe auf, dass ich meinen Kopf gesenkt halte, lasse mich in dem Menschenmeer treiben und halte mir die Rippen, als ich mich durch eine Welle des Schmerzes kämpfe. Fuck. Ich glaube, ich muss brechen. Ich stolpere zur Tür eines Klassenraums, stürze mich auf den ersten Behälter, der mir unter die Augen kommt, und kotze mein Frühstück hinein.

Die Säure brennt in der Kehle und Tränen steigen mir in die Augen, wodurch ich nicht mehr klarsehen kann. Plötzlich hockt ein Junge neben mir, eine tröstende Hand streichelt mir den Rücken, doch ich zucke bei der Berührung zusammen. „Was zum Teufel ist passiert, Allie? Geht es dir gut?", sagt Aaron.

Ich strecke eine Hand aus, um ihn von mir fernzuhalten, während ich erfolglos versuche, nochmal zu brechen. Mein Magen will unbedingt weiter kotzen, obwohl er nun leer ist.

Als ich endlich aufhören kann, sinke ich auf den Fußboden, halte mir den schmerzenden Bauch und lehne den Kopf gegen die Wand. Aaron hockt sich vor mich hin. Seine Augen sind weit aufgerissen und voller Sorge.

Die Tür geht auf und Dominique tritt ein. Sein Blick richtet sich sofort auf mich. „Was ist denn hier los?" Seine Nasenflügel sind gebläht und er rauscht auf mich zu. „Scheiße, was hast du getan?" Er richtet seinen wuterfüllten Blick auf Aaron, der aufsteht und etliche Schritte rückwärts macht.

„Ich habe gar nichts getan. Sie ist hier reingestolpert, und ich bin ihr gefolgt, um zu sehen, ob sie Hilfe braucht."

Er streckt den Arm nach mir aus, doch ich schüttele meinen Kopf und komme langsam auf die Füße. Ich halte mich an dem Tisch vor mir fest, um mich zu stützen, während sich mir der Kopf dreht und vor meinen Augen alle paar Sekunden alles verschwimmt. Erneut überkommt mich eine Welle der Übelkeit.

Die Tür öffnet sich wieder und Emilio tritt ein. „Hey, Dom. Was brauchst du so ... fuck!"

Ich hebe den Kopf und sehe seine weit aufgerissenen Augen. „Los, erzählt schon, bevor Roman hier ist." Die Tür geht nochmal auf, und Roman kommt herein. Emilio pfeift. „Zu spät."

Roman entdeckt mich und seine Augen blitzen auf. „Fuck, was ist mit dir passiert?"

„Nichts." Ich zucke mit den Achseln, aber die Bewegung schmerzt.

„Nichts?" Roman kommt vorsichtig näher, greift mit der Hand mein Kinn und dreht meinen Kiefer so, dass das Licht besser darauf fällt. Sein Daumen streift meine Lippe, und ich zische. Er lässt mich los. „Das sieht nicht nach ‚nichts' aus."

Die anderen drei Jungen drängen sich um mich, bis Dominique Aaron wegschubst. Der flucht, bleibt aber im Hintergrund, während alle drei Teufel mich betrachten, jeder von ihnen voller Wut. „Raus damit, Alejandra", sagt Emilio, und wow, es muss ernst sein, denn Emilio verwendet nie meinen Namen. Immer nur Allie oder Vanille.

Ich schlucke und schaue hinunter auf meine Sneaker. „Es ist nichts. Ich wollte gerade aus dem Waschraum gehen, als jemand reingekommen ist. Die Tür ist mir ins Gesicht geknallt." Drei Paar missbilligende Augen schauen in meine.

„Du lügst", sagt Dominique. Und ja, das mag sein. Aber ich will nicht, dass sie alles noch schlimmer machen, indem sie eine Szene heraufbeschwören. Silvia ist der gemeine, nachtragende Mädchentyp, und sie ist wütend, dass sie nicht bekommt, was sie will. Ich kann mit ihr fertig werden. Ich hatte so einen Angriff nicht erwartet, aber wenn ich drüber nachdenke, hätte ich das nach dem Vorfall im Schulflur erwarten sollen. Dieser Fehler wird mir nicht nochmal unterlaufen.

Ich leugne Doms Beschuldigung mit einem Kopfschütteln, höre dann aber auf, weil sich der ganze Raum dreht. „Nein, ich lüge nicht. Ihr Kerle macht zu viel Theater um nichts. Mir ist eine Tür ins Gesicht geklatscht, und ich habe meine Tage. Können wir die Sache jetzt zu den Akten legen?"

„Und das ist die endgültige Version deiner Geschichte?", fragt Roman alles andere als überzeugt.

„Jepp."

Er funkelt mich an. „Nur zu deiner Information: Du hast nicht deine Tage, und ich mag Lügner nicht."

Ich zucke mit den Schultern. „Wie auch immer. Hör zu, ich habe gerade das Vergnügen gehabt, mein Frühstück zu erbrechen, und ich würde mir gern den Mund ausspülen gehen. Können wir jetzt mit dem Thema aufhören?" Ich drücke mich an ihnen vorbei und gehe zur Tür, dankbar darüber, dass mir niemand sofort hinterherrennt.

ZWEIUNDZWANZIG

ROMAN

„Sie wurde angegriffen", sagt Emilio sofort, nachdem Allie den Raum verlassen hat.

Hinter uns schnaubt jemand auf, und wir drehen uns alle um. Aaron schüttelt den Kopf, sein Kiefer ist angespannt und seine Hände geballt. „Natürlich wurde sie angegriffen. Und ich frage mich, wessen verdammte Schuld das ist?"

„Was zum Teufel soll das denn heißen?" Ich komme auf ihn zu, aber er zieht nicht den Kopf ein, was mich nur noch mehr anpisst.

„Du weißt genau, was ich meine, Roman. Oder hast du vergessen, dass wir früher Freunde waren? Ich weiß, wie du tickst. Denkst du, ich weiß nicht, dass du sie zur Zielscheibe machen wolltest, als sie hier das erste Mal aufgekreuzt ist? Dass du überall in der Schule Hass gegen sie gesät hast, um ihr das Leben schwer zu machen?" Er schaut kurz hoch zur Decke und lacht, doch es klingt hart und spöttisch. „Jedes verdammte Mädchen in dieser Schule geht nun auf sie los. Und du", sagt er und stößt mich mit dem Finger an die Brust, „bist derjenige, der ihr die Zielscheibe an den Rücken geheftet hat." Er schüttelt den Kopf. „Ich mag Fehler haben, aber ich bin nicht so ein egoistisches Arschloch wie du." Er stürmt aus dem Klassenraum und lässt mich, von seiner letzten Aussage völlig aus der Bahn geworfen, zurück.

„Fuck", brülle ich, sobald Aaron das Zimmer verlassen hat.

Zwei Augenpaare schauen mich grimmig an. „Wir haben echt nicht darüber nachgedacht, wie die Mädchen reagieren würden, als du offiziell Anspruch auf sie erhoben hast", versucht Dominique mich zu beruhigen, doch wir alle wissen, dass Aaron recht hat. Ich habe das getan. Ich. Niemand anderes. Ich wusste, was passieren würde und ich habe es trotzdem getan. Vielleicht habe ich nicht gewusst, dass die Weiber so tief sinken würden, sie sogar anzugreifen, aber ich hätte es vermuten sollen nach dem, was zwischen ihr und Silvia zuvor vorgefallen war. Blöd. Ich bin so verdammt blöd.

„Ich muss das in Ordnung bringen." Niemand widerspricht mir. Die Frage ist nur, wie?

Emilio reibt sich den Nacken. „Ich habe die Sache noch schlimmer gemacht, als ich der Schule gesagt habe, dass sie Silvia schneiden sollen. Das könnte eine Racheaktion dafür sein. Sie kann uns nichts tun, aber..."

Ich schüttele den Kopf. „Ich weiß es zu schätzen, was du da versuchst, aber: Nein. Das hier ist meine Schuld." Ich habe es versaut, und ich werde dafür geradestehen. „Außerdem wissen wir nicht mal, ob Silvia damit zu tun hatte. Wir brauchen mehr Informationen."

Emilio schnaubt. „Einer von uns wird die ganze Zeit bei ihr bleiben müssen", sagt Emilio.

„Wie zum Teufel sollen wir das Schaffen?", frage ich. Es fühlt sich an, als ob die Wut ein Loch in mein Inneres brennt. Sie wurde verletzt. Jemand hat sich an meinem Mädchen vergriffen und ihr wehgetan.

„Ja. Sieht nicht so aus, als ob Allie uns dabei entgegenkommen wird", bemerkt Dom.

„Zuerst müssen wir sie finden und sicherstellen, dass wer auch immer das getan hat, es nicht wiederholt", sagt Emilio und ich nicke.

Mir ist es scheißegal, dass Allie diesen Mist unter den Teppich kehren will. Ich will herausfinden, wer das getan hat, und verdammt, ich werde klarstellen, dass es nicht noch einmal passiert. Jeder an dieser Schule muss wissen, dass man meinem Mädchen nicht ungestraft wehtun kann.

Wir gehen los, um Allie zu suchen, aber sie ist nirgends zu finden. Sie ist nicht in der Cafeteria und nicht in ihrem nächsten Kurs. Nachdem wir ganze zwanzig Minuten nach ihr gesucht haben, erfahre ich im Sekretariat, dass sie sich für den Tag abgemeldet hat. Ich seufze erleichtert auf. Wenn sie zu Hause ist, muss ich mir wenigstens keine Sorgen machen, dass sich noch einmal jemand an ihr vergreift.

Ich sage den Kerlen Bescheid, als wir uns nach der Schule treffen, und wir beschließen, dass wir sie am kommenden Schultag überwachen. Ich werde das vor der Schule und während der ersten Stunde übernehmen. Dann bringe ich sie zu ihrem zweiten Kurs, und Dom wird ihr zum Dritten folgen. Emilio hat Unterricht in dem Zimmer neben ihrer vierten Stunde, also wird er sie im Auge behalten, bis sie im Klassenzimmer ist. Und ich werde sie abholen, wenn ihr Schultag vorbei ist.

Was während des Unterrichts passiert, sollte uns keine Sorgen bereiten. Niemand ist *so* dumm. Und in der vierten Stunde hat sie Schweißen mit Aaron. Ich mag die Vorstellung nicht, mich auf diesen Wichser verlassen zu müssen. Aber egal, welche Motive er hat, er scheint sie gern zu haben, und Gott sei Dank, gibt es in diesem Kurs keine heimtückischen Schlampen, mit denen sie sich herumschlagen muss.

Es ist ein guter Plan, und ich sollte damit zufrieden sein, aber ich kann das Bild von ihrem misshandelten Körper nicht aus dem Kopf bekommen. Jedes Mal, wenn ich meine Augen schließe, sehe ich ihr Gesicht vor mir. Die Blutergüsse. Die geplatzte Lippe. Das ist wie ein Dolch in meinem Magen, und wenn ich mir vorstelle, wie sie sich gefühlt haben muss, dreht sich die Klinge in mir hin und her.

Das Training am Nachmittag ist zermürbend. Ich lege all meine Wut und den ganzen Frust hinein, um jeden Pass zu Ende zu bringen, und renne so sehr, bis ich das Gefühl habe, mein Herz würde mir aus der Brust springen. Aber es ist egal. Ich bin schuld, dass ein Pass abgefangen wird, den ich zu Ende hätte bringen müssen, und dann vermassele ich einen verdammten Catch. Der Coach schreit mich an, dass ich den Kopf aus dem Arsch ziehen soll, und ich gebe mir Mühe, aber *fuck*. Ich bin voll neben der Spur.

„Wir können es uns nicht leisten, dass du diesen Freitag so spielst", brüllt der Coach.

Ich beiße meine Zähne zusammen, um nicht auf ihn loszugehen. Ich weiß, dass er recht hat, aber ... *fuck*. Ich reiße mir den Helm vom Kopf und werfe ihn aufs Spielfeld.

„Roman!", schreit der Coach, doch ich ignoriere ihn, marschiere zum Umkleideraum, um die Ausrüstung abzulegen und zu duschen, bevor der Rest des Teams fertig ist.

„Valdez, beweg deinen Arsch zurück aufs Feld", versucht er es nochmal.

Dominique geht zum Coach, um meinen kleinen Ausraster auszubügeln, aber ich bleibe nicht lange genug da, um abzuwarten, ob ihm das gelingt.

Ich muss Allie sehen, und als ich das einsehe, löst das alle möglichen Gefühle in mir aus, über die ich lieber nicht nachdenken will. Bis zum großen Spiel sind es drei Tage. Ich sollte mich aufs Spielen konzentrieren. Football ist das Einzige, was zählt.

Ich weiß, dass sie zu Hause ist. Ich weiß, dass sie in Sicherheit ist. Ich muss diesen nicht zu unterdrückenden Drang, sie sehen zu wollen, ignorieren, aber, scheiße, ich kann einfach nicht. Auf dem Spielfeld bin ich völlig nutzlos, solange ich mich nicht davon überzeugt habe, dass es ihr wirklich gut geht.

* * *

Vierzig Minuten später halte ich vor ihrem Haus an, wenn man das so überhaupt nennen kann. Ich habe die Dienst-App meines Vaters ohne sein Wissen auf meinem Telefon installiert und damit die Adresse von Gerald Ulrich herausgefunden. Es hat durchaus seine Vorteile, einen Polizeichef zum Vater zu haben. Aber wovor ich anhalte, ist kein Haus. Es ist ein verdammter Palast.

Das Anwesen muss eine Fläche von mindesten tausendfünfhundert Quadratmetern haben. Die Vordertür wird von Doppelsäulen gerahmt und an allen Seiten reichen die Fenster bis zum Boden. Der Rasen sieht makellos aus, und Rosenbüsche begrenzen das Gras. Dieses Haus übertrifft sogar das von Dominique und das will was heißen, denn der Wichser hat mehr Geld, als irgendjemand je in seinem Leben ausgeben könnte.

Eine Minute lang sitze ich im Wagen, dessen Motor sich im Leerlauf befindet, und starre auf die Vordertür, als ob ich Allie mit meinen bloßen Gedanken zum Herauskommen bringen könnte. Ich drücke aufs Gaspedal und lasse den Motor laut aufheulen. Eine Bewegung an einem der Fenster im zweiten Stock zieht meinen Blick auf sich.

Allie späht durch zartrosa Vorhänge, und ich winke ihr zu und hoffe immer noch, dass sie zu mir kommt. Die Vorhänge schließen sich, und ich warte. Sie weiß, dass ich hier bin. Sie wird kommen.

Wenige Minuten später schließt sie hinter sich die Haustür. Sie trägt weiße Jeans und einen übergroßen Hoodie, bleibt an meinem Auto stehen und runzelt die Stirn. „Was machst du hier?" Sie streicht sich die Haare hinter die Ohren und legt dabei einen lila Bluterguss an ihrem Unterkiefer frei.

Aber ich sehe nur rot.

„Steig ein."

Sie schüttelt den Kopf. „Was willst du, Roman? Solltest du nicht eigentlich beim Training sein oder so?"

Ich versuche, mich von ihrer Weigerung nicht reizen zu lassen. „Nee. Ist seit einer halben Stunde vorbei. Komm schon." Sie rührt sich immer noch nicht. „Steig ins Auto, Alejandra." Irgendwie bringe ich sie zu einer Reaktion, weil ich sie mit ihrem vollen Namen anspreche. Sie murmelt ein Schimpfwort vor sich hin, während sie die Beifahrertür öffnet und hineinrutscht. „Schnalle dich an."

Das tut sie.

Wenigstens etwas.

Die ersten zehn Minuten der Fahrt ziehen sich schweigend dahin. Ich bringe sie auf die andere Seite der Stadt, wo die Häuser kleiner sind. Bei manchen sind die Fenster vergittert und ihre Holztüren sind mit schweren, eisernen Gittertüren geschützt.

„Wohin fahren wir?", fragt sie endlich, als ich in die mir vertraute Straße einbiege.

„Zu mir." Ich weiß nicht genau, warum ich sie zu mir nach Hause bringe. Wir kommen aus zwei verschiedenen Welten. Aber ich will sie bei mir haben. Ich muss wissen, dass es ihr gut geht.

Ich parke das Auto in der Einfahrt unseres relativ kleinen Hauses im Ranchstil ein. „Komm."

Allie steigt zögernd aus und schaut sich die Umgebung mit einem neugierigen Blick an. „Hier wohnst du?"

Ich nicke und halte dabei nach einer Reaktion von ihr Ausschau, die mir zeigt, dass mein Leben nicht gut genug ist, aber ich entdecke nichts. Ich atme aus. In ihrem Blick liegt keine Verurteilung, als sie den Gipsputz an der Fassade betrachtet. Auch nicht, als sie durch die offene Garagentür sieht, dass die Garage wie ein zweites Wohnzimmer aussieht, bunt zusammengewürfelte Sofas und ein Billardtisch in der Mitte.

Ein Haus weiter knallt eine Autotür zu und eine Stimme ruft: „Hey, was gibt's zum Abendessen?", und Emilio kommt zu uns gelaufen.

„Was ..."

„Wir sind Nachbarn", sage ich zu ihr, während er näherkommt.

„Bitte sag, dass deine Mom Essen für mich hat. Der Coach bringt mich noch um mit dem zweimal täglichen Training. Ich brauche ein paar verdammte Kalorien, bevor mein Magen sich selbst auffrisst."

„Komm schon, *cabrón*. Wir schauen mal, was sie alles hat."

Allie läuft hinter uns her, aber mir entgeht nicht ihr neugieriger Gesichtsausdruck, als ich sie durch die Garage direkt in die Küche führe. Sobald wir drin sind, umgibt uns der wunderbare Duft des Essens, das meine Mutter gekocht hat.

„*Mamá*", rufe ich ins Haus, weil ich weiß, dass sie ganz in der Nähe sein muss. Ich schaue auf dem Herd nach, hebe den Deckel eines großen Suppentopfes hoch und sehe, dass frische, warme Tamales darin gedämpft werden.

„Hijo, no toques", *fass das nicht an*, rügt sie mich, als sie um die Ecke kommt. Ich will sie gerade fragen, was nicht in Ordnung ist, denn meine Mom macht Tamales immer nur zu zwei Anlässen: Zu Feiertagen wie Thanksgiving und Weihnachten. Oder wenn mein Paps wegen irgendetwas verstimmt ist, normalerweise hat das mit mir zu tun, und sie versucht dann, die Sache wieder ins Lot zu bringen auf die einzige Weise, die sie kennt. Mit Essen. Doch, bevor ich fragen kann, entdeckt sie Allie und reißt überrascht die Augen auf.

„Du hast ein Mädchen nach Hause gebracht?" Ihr Akzent ist stark, aber ihr Englisch ist gut verständlich. Sie mustert Allie von oben bis unten und ein Lächeln breitet sich auf ihrem Gesicht aus. Verdammt. Ich habe die Sache nicht richtig durchdacht.

„Mija, lass mich dich anschauen." Meine Mutter zerrt Allie zu sich, ohne sich überhaupt nur vorzustellen oder sie irgendwie zu begrüßen, dreht sie dann um ihre eigene Ache und schaut sie an.

Allie nimmt es hin, als ob das völlig normal wäre. Ein zögerliches Lächeln liegt auf ihrem Gesicht, als sie sich wieder zurück zu meiner Mutter dreht. Meine Mom ist klein, knapp ein Meter fünfzig, sodass Allie, die im Vergleich zu mir winzig ist, ausnahmsweise einmal groß wirkt.

„Du bist schön", sagt ihr meine Mutter und lehnt sich vor, um Allie einen Kuss auf die Wange zu geben.

Allie gibt ihr ebenfalls einen Kuss. „Danke schön. Ich heiße Alejandra." Ihre Stimme ist leise, aber ihr Lächeln aufrichtig.

„Und wie lange bist du schon mit meinem Sohn zusammen?", fragt Mom, und ich stöhne, während Emilio vor sich hin lacht.

„*Mamá!*"

„Was denn? Eine Mutter sollte über solche Sachen Bescheid wissen."

Ich schüttele den Kopf. „Nein, sollte sie nicht. Verscheuche mir nicht das erste Mädchen, das ich dir je vorgestellt habe."

„Es tut mir leid, Mrs Valdez, aber Allie hier ist meine Freundin." Emilio wirft seinen Arm um Allies Schultern.

Sofort schaut meine Mutter ganz finster und ich muss mir das Lachen verkneifen. „Sag ihm, dass du ihm erst etwas zu essen gibst, wenn er sie zurückgibt."

Ihre von Fältchen umgebenen Augen leuchten verschmitzt auf und sie lächelt.

Emilio stöhnt auf. „Nicht in Ordnung, Kumpel. Nicht. In. Ordnung.“

Ich ziehe Allie aus seinen Armen. Sie kommt bereitwillig, ich drücke sie nahe an mich, als ich sie zum Tisch führe. Ich bin genauso hungrig wie Emilio. Es war sein voller ernst, als er meinte, dass unser zweimal tägliches Training uns noch umbringen würde.

Als Allie meiner Mutter den Rücken zugedreht hat, blicken Moms besorgte Augen in meine und sie macht eine kleine Geste, indem sie mit dem Daumen unter ihrem eigenen Kinn entlang streicht. Ich neige meinen Kopf, um ihr zu verstehen zu geben, dass ich von dem blauen Fleck weiß und sie sich keine Sorgen machen soll.

Sie vertraut mir, also geht sie mit einem zufriedenen Nicken zurück zum Herd und stellt drei Teller mit Essen auf den Tisch, während wir unsere Plätze einnehmen. Innerhalb weniger Minuten stehen Reis, Bohnen und Tamales vor mir und ich stürze mich sofort darauf. Emilio isst, als ob er kurz vorm Verhungern ist, was ihm ein strahlendes Lächeln und einen Nachschlag einbringt. Mom isst erst, wenn Paps von der Arbeit nach Hause kommt, also zieht sie sich in ihr Zimmer zurück, nachdem sie sich vergewissert hat, dass wir nichts weiter brauchen.

Ich wüsste zu gern, was los ist, aber unsere Familie ist sehr auf Privatsphäre bedacht, und es wäre meiner Mom peinlich, wenn ich Familienangelegenheiten vor Gästen besprechen würde, also werde ich mit ihr erst reden, wenn Allie wieder weg ist.

In den ersten paar Minuten konzentrieren wir uns auf unser Essen. Allie macht kleine Bissen, sie kaut auf fast systematische Weise, als ob sie den Geschmack ganz bewusst genießt. Mir ist aufgefallen, dass sie in der Schule nicht viel zu sich nimmt, aber jetzt isst sie, also sieht's so aus, als ob es keinen Grund zur Beunruhigung gibt.

„Du hast so ein Glück, du Arschloch", sagt Emilio, der jetzt seine dritte Tamale in Arbeit hat, und ich grinse.

„Sei froh, dass ich dich ertrage, sonst würdest du das hier verpassen."

Allie lacht. „Das schmeckt echt gut."

„Besser als meine albóndigas?", frage ich, und sie wird rot.

„Ich weiß nicht. Das ist schwer zu sagen. Ich bin mir nicht sicher, ob ich mich entscheiden könnte."

„Die Tamales von Romans Ma. Auf jeden Fall. Sie macht sie nur etwa zweimal im Jahr. Für die hier würde ich einen Mord begehen."

Ich ignoriere ihn, lehne mich zu Allie und gebe ihr einen schnellen Kuss auf die Lippen. Als ich mich zurückziehe, sind ihre Augen groß und unsicher, während sie mit den Fingern ihren Mund berührt.

„Wofür war das denn?"

Ich zucke mit den Schultern. „Mir war einfach danach."

Emilio, der unseren Kuss nicht mitbekommen hat, redet weiterhin darüber, wie wunderbar das Essen meiner Mom ist und dass ich ein gieriger Mistkerl bin, der nicht oft genug teilt. Ein Teil davon ist witzig gemeint, doch es steckt auch ein Funken schmerzlicher Wahrheit drin. Emilios Mom ist abgehauen, als er sieben war, und hat ihren Ehemann mit vier Kindern allein gelassen. Er hat zwei ältere Brüder und eine kleine Schwester. Und sagen wir mal nur, dass sein Dad nicht wirklich der häusliche Typ ist.

Aber Emilio ist hier immer willkommen und meine Mom liebt es, den Wichser zu bekochen. Während wir essen, entspannt sich Allie. Sie lächelt mehr, als Emilio und ich uns übers Training beklagen und herumstöhnen. Ab und zu wirft sie mir fragende Blicke zu. Ich weiß, sie wartet darauf, dass ich sie frage, was in der Schule passiert ist, aber ich will, dass sie sich zuerst wohlfühlt. Außerdem warte ich darauf, dass Dominique auftaucht. Ich habe den Eindruck, dass ich viel Hilfe brauchen werde, um Allie dazu zu bringen, mir Namen zu nennen.

Als wir mit dem Essen fertig sind, nehme ich Allie mit in die Garage und ziehe sie neben mir auf die Couch, während sich Emilio auf der gegenüberliegenden Couch niederlässt. Seine Miene wirkt nun ernst. Die Sonne geht unter und eine kühle Brise weht durch den offenen Raum.

Meine Knie wippen, und ich würde wahnsinnig gern eine rauchen, aber ich reiße mich zusammen. Ich habe seit dem Wochenende in Shadle Creek nicht mehr geraucht, und ich will die rauchfreie Phase nicht beenden.

Sobald Doms schwarzer Escalade in der Einfahrt hält, rutscht Emilio zur Seite, um ihm Platz zu machen. Dom steigt aus. Er trägt eine schwarze Hose und ein schwarzes Hemd mit hochgekrempelten Ärmeln. Als er auf uns zukommt, pfeift Emilio anerkennend.

Dom reagiert nicht, außer dass er ihm den Mittelfinger zeigt. Dom so aufgeputzt zu sehen, ist gar nicht so ungewöhnlich. Seine Familie zieht sich zum Abendessen schick an und verwendet das gute Porzellan, also weiß ich es zu schätzen, dass er direkt danach hergekommen ist und keine Zeit für das Umkleiden verschwendet hat.

Er setzt sich mit auf das Sofa, lehnt sich zurück und wirft mir einen Blick zu, der sagt: *und was jetzt?*

Allie sieht ihn auch und dreht sich zu mir um. „Was ist los?" Sie klingt misstrauisch.

Ich fahre mir mit den Fingern durchs Haar und seufze. „Wir müssen wissen, wer dich heute angegriffen hat."

Sie will aufstehen, aber ich ziehe sie zurück neben mich.

„Wegrennen gilt nicht. Jemand hat dir wehgetan, und wir wollen wissen, wer es war."

„Warum interessiert dich das?", zischt sie.

Macht sie jetzt Witze? „Mich interessiert das, weil du mein ..."

„Ich bin *dein* rein gar nichts."

Ich beiße die Zähne zusammen, umfasse ihr Gesicht mit der Hand und zwinge sie, meinen Blick zu erwidern. „Das haben wir doch schon durch. Du gehörst mir. Mein Mädchen. Verstanden?" Sie schluckt schwer, antwortet aber nicht. „Jeder, der sich mit dir anlegt, legt sich auch mit mir an."

„Mit uns", korrigiert Dom, und sie reißt ihren Kopf zu ihm herum.

„Warum?"

Ich öffne den Mund, um etwas zu sagen, doch sie kommt mir zuvor. „Und ja, ich kapiere es. Du bist ein besitzergreifendes Arschloch. Ich gehöre dir, bis du dich anders entscheidest. Ich weiß. Aber wir haben das auch schon durch", sie zeigt auf sich und mich, ihre Stirn leicht gerunzelt, „Und wir waren uns beide einig, dass das hier Spaß ist. Wir vertreiben uns die Zeit. Du musst nicht den großen Alpha-Beschützer raushängen lassen. Ich kann auf mich allein aufpassen."

Schweigen.

Niemand sagt etwas, während ich wütend in ihre dunkelbraunen Augen schaue und dabei so tue, als ob es mir nicht das Geringste ausmacht, sie sagen zu hören, dass was immer zwischen uns läuft, nicht die geringste Bedeutung hat. Dass wir uns ihrer Meinung nach nur die Zeit miteinander vertreiben. Ich entwickele Gefühle für ein Mädchen, das ich kaum kenne, und sie erwidert diese offensichtlich nicht. Schön.

Ich lasse ihren Kiefer los. Nicht, dass ich zu den blauen Flecken noch weitere hinzufüge, und verdrehe übertrieben die Augen.

„Hör auf, da etwas hineinzulesen, Vanille. Wenn ich das, was mir gehört, nicht beschützen kann, wie soll ich da erwarten, dass mich irgendjemand ernst nimmt. Ich muss auf meinen Ruf achten."

Emilio öffnet seinen Mund, um etwas zu sagen, doch ich werfe ihm einen mörderischen Blick zu und er hält die Klappe.

Allies Brauen ziehen sich zusammen, als sie mit einem Seufzen über meine Worte nachdenkt. „Ich kann das selbst regeln."

„Genau. Weil du das bis jetzt so gut geschafft hast."

„Können wir das Thema endlich fallen lassen?"

Wir schütteln alle drei den Kopf.

„Wir werden es so oder so herausfinden. Warum bist du so scharf darauf, das allein hinzukriegen?", hakt Dominique nach.

„Weil ich es kann. Es ist ein Zickenkrieg. Ihr übertreibt hier völlig. Nur weil drei Mädchen beschlossen haben ..."

„Drei?", fragt Emilio, und Allies Augen weiten sich, als sie ihren Fehler bemerkt. „Namen, Alejandra?", drängt er.

„Ich weiß nicht mal die Namen von allen", murmelt sie und verschränkt die Arme vor der Brust wie ein trotziges Kind, das seinen Willen nicht durchsetzen kann.

„Mag sein, aber du kennst wenigstens einen, oder?"

Sie funkelt mich wütend an, und ich grinse.

„Schon möglich."

Ich wende mich an Emilio und Dom. „Könnt ihr uns eine Minute allein lassen?" Sie nicken und gehen nach drinnen. Sobald sie weg sind, drehe ich Allie zu mir und ziehe sie an mich heran, bis ihre Brust gegen meine Seite gedrückt ist. Ich streiche mit dem Daumen über ihren Kiefer, bevor ich mit ihm über ihre Unterlippe fahre. „Wer hat das getan?"

Ihre Augen bitten mich, damit aufzuhören, also ändere ich meine Taktik und drücke meine Lippen auf ihre. Sie küsst mich sofort zurück, während ich sie auf meinen Schoß ziehe und ihre Beine nun um meine Taille geschlungen sind. Sie wiegt sich gegen mich und ich bin sofort hart in meiner Jeans. Ich küsse sie gierig und trinke dabei ihr leises Stöhnen auf. Als ich schließlich den Kuss beende, lehne ich meine Stirn an ihre, wir beide atmen schwer und ihre kleinen Hände sind in den Stoff meines Shirts gekrallt. „Wer?", versuche ich wieder, küsse sie erneut und ziehe mich dann zurück. „Erzähl es mir, Allie."

Sie stöhnt, versucht, mich weiter zu küssen, doch ich weigere mich und küsse mich stattdessen seitlich an ihrem Hals entlang. „Allie?" Ich streife ihre Haut mit den Zähnen und sie erschauert in meinen Armen. „Komm schon, Baby. Sag mir, wer das getan hat, und ich helfe dir, alles zu vergessen."

„Silvia", sagt sie.

Ich lächele triumphierend, bevor ich nach ihrem Arsch greife. Ich stehe auf, schlinge ihre Beine um meine Taille, während ich zur Tür gehe und den Türöffner des Garagentors bediene, um uns wenigstens ein bisschen Privatsphäre zu gönnen. Wenn Dom und Emilio hören, dass sich das Tor schließt, werden sie schon wissen, was wir tun, und aufpassen, dass uns niemand stört.

DREIUNDZWANZIG

ALLIE

Er macht mich alle. Der Waschraumvorfall ist ein paar Tage her, und einer der Teufel ist immer an meiner Seite. Ich weiß, sie tun das, um mich zu beschützen, aber es nervt langsam. Ich kann nicht einmal aufs Klo gehen, ohne dass einer von ihnen versucht, mitzutrotteln. Als ich das erste Mal pinkeln gegangen bin, musste ich Emilio mit Gewalt aus dem Klo schieben, und da hatte er bereits alle anderen herausgeworfen, um sicherzugehen, dass die Luft rein war.

Zum Glück ist mir mein Ruf an dieser Schule sowieso schon egal, denn ein Kerl, der einen Waschraum mit Gewalt räumt, bedeutet normalerweise nur eine Sache.

Sogar Aaron ist noch aufmerksamer und bleibt bei mir, bis er einen der Teufel entdeckt, und dann ist es wie ein Schichtwechsel. Ich weiß nicht, ob sie mein Babysitten miteinander abgesprochen haben oder ob das so eine Sache unter Kerlen ist, die ohne Worte läuft, aber ich kann es kaum erwarten, dass es vorbei ist. Das einzig Gute an all dem ist, dass ich es irgendwie geschafft habe, eine Freundin zu finden. Roman will, dass ich bei ihrem Training warte, bis er mich selbst nach Hause fahren kann, und da ich sowieso nichts Besseres zu tun habe, habe ich zugestimmt.

Aus irgendeinem Grund war Kasey Henderson am ersten Tag auch da und hat mir Gesellschaft geleistet, und wir zwei verstehen uns gut. Ich konnte sie überreden, zwei weitere Male mitzukommen, und habe gemerkt, wie schön es ist, eine Freundin zu haben. Dadurch vermisse ich Adriana noch mehr, aber diese Freundschaft ist eindeutig vorbei.

Heute ist das große Spiel, und die Kerle reden über nichts anderes. „Du kommst doch immer noch, um uns anzufeuern, oder?", fragt Emilio, als er mir eine Fritte zuwirft.

Ich nicke und setze mich neben Roman zum Mittagessen hin. Er zieht mich nahe heran und ich lehne den Kopf an seine Schulter, weil ich irgendwie müder als sonst bin. Ich stochere in meinem Essen herum und versuche gar nicht erst richtig, zu essen. Dann schiebe ich mein Tablett zu Dominique, der seines schon geleert hat. „Hier. Du brauchst Energie für das große Spiel."

Er grinst, nimmt sich meinen Burger und verschlingt das Teil mit vier Bissen. Ich kann mir das Lachen nicht verkneifen. Dom ist praktisch unser Müllschlucker, wenn es um Essen geht. Alle Kerle sind das.

Ich weiß, ich sollte wahrscheinlich versuchen, etwas von dem Mittagessen zu mir zu nehmen, aber beim bloßen Gedanken daran, wird mir schon übel. Ich habe weiter abgenommen und die Klamotten schlabbern an mir herum. Durch den fehlenden Appetit und das Joggen, mit dem ich begonnen habe, bin ich schlanker geworden. Ich habe immer noch Rundungen, aber mein Bauch und meine Hüften haben ein paar ihrer Polster verloren, worüber ich mich aber nicht beschwere.

„Warum isst du nicht?", fragt mich Roman und überrascht mich mit der Frage.

In diesem Moment lässt sich Kasey auf den Sitz neben mir fallen, stellt ihr Tablett mit einem lauten Knall ab und erspart mir so die Antwort. „Grr, kannst du glauben, dass sie das macht?", faucht sie regelrecht.

Ich hebe meinen Kopf und schaue sie fragend an.

Sie verdreht die Augen. „Sarah. Sie betatscht die ganze Zeit Aaron, und es ist ekelhaft. Ich kann sie nicht ausstehen."

Ich lasse meinen Blick durch die Cafeteria schweifen und entdecke Sarah, die hinter dem am Tisch sitzenden Aaron steht. Ihre Arme sind um seinen Hals geschlungen, ihre Brüste drücken gegen seinen Rücken. „Ich nehme mal an, du bist nicht gerade ihr größter Fan?"

Sie verzieht angeekelt die Lippen. „Ganz bestimmt nicht. Sie ist eine Zicke und macht mit Aaron nur herum, weil sie glaubt, dass sie ihn damit eifersüchtig macht." Sie zeigt mit dem Finger auf Emilio, bevor sie sich eine Fritte in den Mund schiebt, aber immer noch hinüber zu ihrem Bruder sieht.

„Was, ich?" Emilio stockt, Augen weit aufgerissen und ein entsetzter Ausdruck liegt auf seinem Gesicht. „Ich will nichts von der da."

Ich nehme einen Schluck aus meiner Wasserflasche, während Kasey schnaubt. „Du hast mit ihr letztes Wochenende geschlafen. Sie ist meine Nachbarin. Ich habe dich am nächsten Morgen in den Klamotten vom Vortag nach Hause laufen sehen." Mir gerät das Wasser in die falsche Kehle, und Roman schlägt mir ein paar Mal auf den Rücken, bevor der Husten endlich nachlässt.

„Du hast mit diesem Piranha geschlafen?", frage ich.

Emilio funkelt Kasey wütend an und zeigt nun im Gegenzug mit dem Finger auf sie. „Das war nicht cool, Baby Henderson."

„Igitt. Nenn mich nicht so."

„Moment. Du hast mit Sarah Draven geschlafen?", frage ich noch einmal.

Emilio seufzt und Roman verkneift sich das Grinsen. „Was Baby Henderson nicht erwähnt hat: Da war eine Party. Ich war betrunken. Diese Irre da drüben hat mich benutzt."

Ich pruste auf. „Aber klaaaar."

„Hey, wenigstens lerne ich aus meinen Fehlern. Du schläfst immer noch mit diesem Arschloch."

Roman starrt ihn wütend an, und Kasey wiehert. Ich gebe Roman einen flüchtigen Kuss auf die Wange, und sein finsterer Blick wird sofort weicher. „Ich mag dieses Arschloch zufällig", sage ich ihm und alle anderen am Tisch geben Würgelaute von sich.

Ich rolle mit den Augen und klaue mir eine Fritte von Kaseys Tablett, nur um damit Emilio abzuwerfen, dem es irgendwie gelingt, die Fritte mit dem Mund aufzufangen.

„Also, das Spiel ...?", sagt Emilio, um von sich abzulenken. „Mit wem gehst du, denn du kannst da nicht allein aufkreuzen."

Ich verdrehe die Augen, bemerke aber, dass Roman finster blickt. Ich wette, daran hatte er nicht gedacht. „Ich kriege das schon hin. Seit dem Waschraumvorfall ist nichts passiert und es wird auch nichts mehr passieren. Ihr drei habt bei Silvia total auf Psycho gemacht und seitdem geht sie mir aus dem Weg." Jeder am Tisch dreht sich zu ihr um, wo sie gerade sitzt, allein und in einer einsamen Ecke, wo sie in ihrem Mittagessen herumstochert und absolut elend aussieht.

Alle drei schauen mich selbstzufrieden an. Sobald Roman erfahren hatte, dass Silvia hinter dem Angriff steckte, hat er auf Neandertaler gemacht und jeden Kerl im Footballteam auf seine Seite gezogen, um sicherzustellen, dass ihr Status als Außenseiterin bestehen bleiben würde. Jetzt ist sie wie eine Aussätzige. Sie tut mir fast schon leid. Ihre eigenen Freunde haben sie im Stich gelassen, und die Schule tut so, als ob sie nicht existiere. Leute laufen, ohne mit der Wimper zu zucken, in sie hinein. In der zweiten Stunde habe ich bemerkt, dass sogar unser Lehrer sie nicht beachtet. Ich habe keine Ahnung, wie die Teufel das geschafft haben.

„Auf gar keinen Fall." Roman schüttelt den Kopf. „Du kannst nicht allein kommen. Wir werden alle drei auf dem Spielfeld sein. Wir können dich dann nicht beschützen."

„Ich brauche keinen Schutz ..."

„Ich kann mit dir kommen", sagt Kasey. Alle Augen richten sich auf sie.

„Bist du sicher?", frage ich. „Du hasst Football." Ich weiß das, weil sie zu mindestens vier verschiedenen Gelegenheiten herum gejammert hat, wie langweilig Football ist und wie dumm es ist, dass die Schule die Spieler wie Götter behandelt. Kasey hat allgemein nichts für Sportler übrig, wodurch sie eine interessante Ergänzung für unsere Gruppe darstellt, um es mal vorsichtig auszudrücken.

„Ja ich bin mir sicher. Ich hänge gern mit dir ab." Sie zieht einen Mundwinkel zu einem fiesen Grinsen hoch und richtet ihre Aufmerksamkeit auf Dominique. „Außerdem kann ich dann sehen, wie einer seiner Würfe abgefangen wird, und kann ihm das später unter die Nase reiben."

Dom schaut finster, und der gesamte Tisch bricht in Gelächter aus.

„Verdammt unwahrscheinlich", sagt er mit ausdrucksloser Miene.

Keine Ahnung, was zwischen den beiden vor sich geht. Wahrscheinlich gar nichts, weil Dom in einigen wenigen Monaten achtzehn wird und Kasey erst frisch auf die Highschool gekommen ist. Aber sie scheint darauf aus zu sein, ihn bei jeder sich bietenden Gelegenheit zu necken und zu nerven, auch wenn er sie normalerweise ignoriert.

Die Klingel läutet das Ende der Mittagspause ein, und wir

verlassen die Cafeteria. Roman bringt mich noch bis zum Klassenzimmer meiner dritten Stunde und gibt mir einen langen Kuss, der mich atemlos zurücklässt.

„Komme heute Abend nicht zu spät", sagt er zu mir und knabbert an meiner Unterlippe.

„Machst du dir plötzlich Sorgen, dass ich nicht auftauche?", frage ich, während ich mit meinem Armband herumspiele.

Er grinst. „Nee, ich weiß, dass du kommen wirst, aber es schadet nie, etwas zur Beruhigung zu haben."

Ich nehme mein Armband ab, greife nach seiner Hand und binde es ihm ums Handgelenk. „Mit dem hier kannst du beruhigt sein. Es ist mir wichtig. Du kannst es mir nach dem Spiel zurückgeben."

Er küsst mich tief und langsam und lässt mich atemlos zurück, bevor er rückwärts zu seinem eigenen Kurs läuft. „Bis später, Baby."

VIERUNDZWANZIG

ROMAN

Freitagabend ist viel zu verdammt schnell gekommen. Ich sitze im Umkleideraum und höre kaum, was der Coach sagt, der vor dem Spiel eine motivierende Ansprache hält. Ich binde meine Schnürsenkel, mein Blick trifft dabei Doms. Wir nicken uns zu, sind bereit, auf dem Feld alles zu geben. Heute ist ein wichtiger Abend. Wenn wir gewinnen, wird von jetzt an alles glattgehen. Der Coach schwafelt immer weiter darüber, wie stolz er auf uns alle ist und dass wir in dieser Saison unglaublich gespielt haben. Und dann brüllt er uns an, dass wir das nun bloß nicht verbocken sollen.

Emilio stößt mir mit dem Ellbogen in die Rippen. Er grinst, während er an einem *palerindas*, einem Lolli mit Tamarindengeschmack, lutscht. Das ist sein Ritual an Spieltagen. Ich kann die Dinger nicht ausstehen, aber Emilio ist süchtig nach dem Zeug und hat immer ein paar in seiner Tasche.

Ich wippe mit den Beinen und hoffe, dass der Coach sich beeilt, damit wir raus aufs Spielfeld können. Heute spielen die Teufel gegen die Saints, und ich bin fest entschlossen, diesen Scheißkerlen die Hölle heiß zu machen.

Als ich mit dem Team auf das Feld hinauslaufe, erhellen die

Flutlichter den Platz und Hunderte von Menschen auf der Zuschauertribüne. Ich lasse meinen Blick über die Menge schweifen. Allie kann ich nicht sehen, aber ich weiß, dass sie da sein wird. Die Tribüne ist rappelvoll, alle Zuschauer auf der Seite der Heimmannschaft sind rot und schwarz gekleidet und tragen Teufelshörner auf dem Kopf.

Ich vergewissere mich, dass Allies Armband unter meinem Handschuh steckt, bevor ich den anderen zur Spielfeldmitte folge. Dom ist unser Kapitän und Quarterback, und alle Augen sind auf ihn gerichtet, als wir uns zusammendrängen und die Einzelheiten unseres ersten Zugs durchgehen.

Ich bin verdammt überdreht und federe auf den Fußballen, weil ich fest entschlossen bin, die Verteidigung der Saints in einer Staubwolke hinter mir zu lassen. Ein letzter Blick zur Tribüne sagt mir, dass Allie nicht da ist, doch ich schüttele die Verärgerung darüber ab, sobald ich meinen Paps auf den Rängen entdecke. Ich drücke die Brust heraus, und als Dom den Spielzug ausruft und der Ball in seine Richtung fliegt, bin ich weg. Ich sprinte ganz weit nach links, bevor ich mich drehe, um den Ball zu fangen, der direkt zu mir geschossen wird. Meine Hände halten die Schnüre fest und ich umklammere das verdammte Teil, als ob mein Leben davon abhängt. Dann renne ich sofort auf die Torpfosten los.

Weniger als zwanzig Meter von der Endzone entfernt, werde ich zu Boden geworfen, aber ich grinse immer noch, weil wir im ersten Zug viel weitergekommen sind, als geplant war. Sieht so aus, als ob die Saints heute keinen guten Tag haben.

Am Ende des zweiten Quarters führen wir mit sieben Punkten. Das Stadion ist brechend voll, wodurch es schwieriger wird, mein Mädchen zu entdecken. Doch als ich mich auf die Bank setze, zeigt Dominique zu Hendersons kleiner Schwester. „Baby Henderson ist hier. Das bedeutet, dass Allie auch hier ist."

Ich nicke und suche die Menge nach ihren dunkelbraunen Haaren ab. Der Platz neben Kasey ist frei. Vielleicht ist Allie zur Toilette gegangen? Allein die Vorstellung davon genügt, dass sich meine Hände zu Fäusten ballen. „Ja, aber siehst du sie?"

Er schaut und schüttelt den Kopf. „Nein."

„Ich auch nicht. Was bedeutet, dass sie jetzt hier in diesem verdammt übervollen Spiel irgendwo allein ist."

„Vielleicht holt sie sich nur schnell eine Limo?"

„Das ist mir egal, selbst wenn sie scheißen müsste. Sie weiß, was wir ausgemacht haben. Sie soll in dieser Schule nirgendwo allein hingehen."

Er nickt und sein finsterer Blick sagt mir, dass er das genauso wenig mag wie ich, doch keiner von uns kann irgendetwas vom Spielfeld aus dagegen unternehmen. Der Coach ruft uns zurück in den Umkleideraum, um uns in der Halbzeit Mut zuzusprechen, und mir bleibt nichts anderes übrig, als dem Rest der Kerle zu folgen.

Wir kehren für das dritte Quarter zurück, der Platz neben Kasey ist immer noch leer, verdammt! Sorge frisst mich auf, dicht gefolgt von Ärger, als ich mitbekomme, wie mein Paps auf der Tribüne aufsteht. Sein Telefon ist an sein Ohr gedrückt, denn natürlich kann er seine Arbeit nicht im Büro lassen.

Ich verfolge seine Bewegungen, als er durch das Eingangstor verschwindet, und ich höre Dom nicht, als er unseren Spielzug ausruft. Fuck. Ich renne los und hoffe, dass ich in die richtige Richtung renne. Als Dom wirft, merke ich, dass ich viel zu weit weg bin und muss mich beeilen, um das geplante Ziel zu erreichen. Meine Finger streifen den Ball, aber ich verpatze den Fang. Glücklicherweise ist einer meiner Teamkameraden nahe genug, um den Ball zu erwischen. Ich gebe dem Rasen einen Tritt, sodass Grasklumpen durch die Luft fliegen, während ich fluche und zurück zur Startlinie gehe.

Der Rest des Spiels verläuft ähnlich, aber ich bin nicht der Einzige, der nicht bei der Sache ist. Es ist, als ob in der zweiten Hälfte alles den Bach runtergeht. Einer von Doms Würfen wird abgefangen, und uns entgehen zwei Feldtore, die wir eigentlich problemlos hätten kriegen können. Emilio lässt zwei Runningbacks an sich vorbeiflitzen, sodass die Saints punkten können. Wir führen noch, aber die Zeit wird knapp, und wenn wir keinen Punkt machen, dann ist das Risiko groß, dass die Saints im nächsten Spielzug punkten und wir verlieren. Wir haben nicht mehr genügend Zeit übrig. Ich muss einen Punkt erzielen.

Ich kenne die Strategie dieses Zugs. Ich habe dieses Manöver schon eine Million Mal durchgespielt, also konzentriere ich mich auf meine Atmung, schaue nur auf die Stelle, wo ich so schnell wie möglich hinkommen muss. Mein Paps ist nicht mehr zurückgekommen, und ich habe mein Mädchen immer noch nicht gesehen. Ich stecke all meine Wut und Frustration in unseren letzten Zug und sprinte los, Adrenalin strömt durch meine Adern. Meine Hand bekommt den Ball zu fassen und dann renne ich das Spielfeld hinab, rase die Grenzlinie entlang.

Zwei Spieler sind mir dicht auf den Fersen, und niemand von meinem Team ist in der Nähe, um mir zu helfen. Eines der Arschlöcher, Nummer Elf, holt auf. Doch während der Ball fest unter meinem rechten Arm klemmt, schiebe ich den linken Arm vor und ihn zur Seite und dann TOUCHDOWN!

Mein Team eilt zu mir. Helme knallen gegen meinen und Fäuste schlagen in meine Schulter. Es sind weniger als zwei Spielminuten übrig, und das andere Team kann keine Auszeit mehr nehmen. Ich jubele mit meinem Team. Wir haben gewonnen. Wir werden das Spiel über die Zeit bringen, mein Job hier ist erledigt.

Ich fühle mich absolut großartig und grinse wie ein Idiot, bis ich zur Tribüne schaue.

Kasey ist jetzt nirgendwo zu sehen und Allie auch nicht.

Mein Lächeln wird angespannt. Und ich drehe mich zurück zu den Teamkameraden, um ihre freundlichen High-Five und Gratulationen anzunehmen, während ich die ganze Zeit denke *„Wo zum Teufel ist sie?"*

FÜNFUNDZWANZIG

ALLIE

Ich komme zu spät zum Spiel. Kasey sollte mich zu Hause abholen und wir wollten zusammen hinfahren, doch irgendetwas ist wegen ihrer Tante dazwischengekommen, also hat sie mir geschrieben, dass wir uns in der Schule treffen.

Ich rufe mir ein Uber und erwische die älteste Oma in der Geschichte der Uber-Fahrer. Die ganze Zeit bleibt sie zehn Stundenkilometer unter der Höchstgeschwindigkeit. Als ich endlich ankomme, endet gerade das erste Quarter, und ich mache mich auf zu dem Teil der Tribüne, wo Kasey ihrer Nachricht zufolge sitzt.

„Hey. Sorry, dass ich zu spät komme." Ich setze mich neben sie.

„Verdammt, Allie. Du siehst gut aus", sagt sie, als sie meinen bemalten Bauch sieht. Ich werde rot. Es war nicht geplant, aber ich habe mitbekommen, dass sich ein paar Mädchen die Nummer ihres Freundes oder ihres Lieblingsspielers auf den Bauch gemalt haben, also habe ich mir Romans Nummer, die Vier und einen kleinen roten Teufel aufgemalt.

„Danke. Glaubst du, dass es ihm gefällt?"

Sie wackelt vielsagend mit den Brauen. „Ich denke, er wird es *lieben*." Sie grinst und zwinkert mir dann zu. „Oh, und hass mich bitte nicht, aber ich muss wahrscheinlich früher gehen."

Oh. Ich schaue mich um und mir wird schlagartig klar, dass ich niemand anderen hier habe, wenn sie geht. Aber ich habe den Jungs versprochen, dass ich hier sein würde, also kann ich schlecht abhauen.

„Meine Tante hat nicht genügend Personal im Diner", erklärt sie mir. „Ich arbeite dort normalerweise nicht, doch sie steckt in der Klemme. Deshalb war ich so spät dran. Ich bin nach dem Unterricht für eines der Mädchen eingesprungen, das nicht aufgetaucht ist. Ich kann für den Großteil des Spiels bleiben, aber ich muss vorm Ende des vierten Quarters gehen, damit ich im Diner bin, bevor die ganze Football-Meute auftaucht."

„Oh. Das ist völlig in Ordnung." Eigentlich ist es großartig. Ich werde die meiste Zeit des Spiels nicht allein sein, sondern nur für einen Teil des letzten Quarters. Keine große Sache.

Ich schaue aufs Spielfeld und sehe sofort Roman, die Nummer Vier. Mein Herzschlag wird schneller, und ich beobachte, wie er das Feld entlang rennt und für die Sun Valley Teufel einen Punkt erzielt. Das ganze Stadion jubelt, mich eingeschlossen. Ich springe wie eine Wahnsinnige hoch und runter und schreie seinen Namen in der Hoffnung, dass er mich sieht.

„Oh, und hier. Ich habe die hier für uns mitgebracht, damit das Spiel interessanter wird." Kasey öffnet ihre Handtasche, um mir einen Vorrat an Minischnapsflaschen zu zeigen, die sie darin versteckt hat.

„Du hast Alkohol in ein Schulspiel geschmuggelt?"

Sie grinst. „Wie soll ich denn sonst durch dieses Spiel kommen?" Sie holt zwei Flaschen hervor und reicht mir eine.

Eine Miniflasche mit Malibu-Rum. Ich verdrehe die Augen, aber nehme die Flasche. „Darauf, dass einer von Dominiques Würfen abgefangen wird."

„Darauf kann ich nicht anstoßen."

Sie zuckt mit den Schultern. „Ich schon. Du kannst darauf anstoßen, dass Roman den Touchdown bringt, der ihnen den Sieg verschafft."

Ich lache und gebe nach. „Okay. Darauf stoße ich an." Ich öffne den Deckel und leere mit einem Zug die halbe Flasche, bevor ich sie in meine Hosentasche stecke. „Schmeckt ziemlich schrecklich", sage ich zu ihr.

„Ich weiß, aber etwas Besseres konnte ich so kurzfristig nicht finden. Aaron hat einen Vorrat von den Dingern im untersten Schubfach seiner Kommode."

Mein Telefon vibriert in meiner Tasche. Ich schaue drauf und erkenne Julios Nummer, die auf dem Display blinkt, und lächele.

„Hallo?"

„Hey–" Ich kann ihn über dem Geschrei der Menge kaum hören.

„Gib mir eine Sekunde, damit ich irgendwo hingehen kann, wo es ruhiger ist", schreie ich ins Telefon. „Ich bin gleich zurück. Ich muss diesen Anruf annehmen", sage ich zu Kasey. Sie winkt mich fort, ihre Aufmerksamkeit ist auf ihr eigenes Smartphone gerichtet, als ihre Finger über die Tastatur fliegen. Ich laufe durch die Reihen und mache mich auf zu dem Tor, das zum Parkplatz führt.

Die Halbzeit-Show beginnt gerade und alle tanzen zu dem Song, den die Cheerleader für ihre Show nutzen.

„Entschuldigen Sie bitte. Sorry." Ich drücke mich an einer Elterngruppe vorbei und bin endlich vor dem Tor. Hier ist es immer noch laut, aber nicht mehr ohrenbetäubend.

„Entschuldige bitte. Wie geht's?", frage ich, als ich weiter über den dunklen Parkplatz zur Ecke des Schulgebäudes laufe. Der Ort ist kaum beleuchtet, aber Julio ist wegen des Lärms der Zuschauer immer noch schwer zu verstehen, also finde ich mich damit ab, dass ich im Dunkeln telefonieren werde.

„Mir geht's gut. Jetzt erzähl mir von diesem Kerl, mit dem du ausgehst."

Ich lache, als ich den beschützenden Tonfall in seiner Stimme höre. „Halt mal schön die Große-Bruder-Schwingungen unter Kontrolle. Da läuft nichts Ernstes."

Er schnaubt. „Allie, du gehst nie mit Kerlen aus. Ryker war die Ausnahme, und wir haben ja gesehen, wo das hingeführt hat."

Ich stöhne. „Bitte erinnere mich nicht daran." Wenn ich vergessen könnte, dass ich je mit Ryker zusammen war, wäre das wunderbar.

„Aber im Ernst: Behandelt er dich gut?"

Ein Lächeln breitet sich auf meinem Gesicht aus, als ich an Roman denke. Er benimmt sich gegenüber allen anderen an dieser Schule weiterhin wie ein Arschloch, doch in den kleinen Zeitfenstern, in denen wir zufällig allein sind, ist er anders. Immer noch eingebildet und besitzergreifend, aber auch lieb, fürsorglich und überraschend witzig. Wenn ich nur an die vergangene Woche denke, die wir zusammen hatten, flattern Schmetterlinge in meinem Bauch herum.

„Ja, Julio. Das macht er. Ich weiß nicht, was es an ihm ist, aber..." Ich verstumme und blinzele in die Dunkelheit, als ich zwei Männer entdecke, die sich nicht mal zehn Meter von mir entfernt befinden. Sie tun nichts, stehen einfach nur da und beobachten mich, doch trotzdem... Ich bekomme eine Gänsehaut.

„Bist du noch da?", fragt Julio.

„Ja... Ja. Ich bin da. Sorry, ähm, was hattest du gerade gesagt?" Ich drehe mich weg von den Männern und gehe zurück über den Parkplatz, weil mir endlich bewusst wird, dass ich mich von der sicheren Menschenmenge entfernt habe. Alles wirkt jetzt anders. Dunkler, unheimlicher. Mein Herz pocht rasend schnell in meiner Brust, und ich kann Julios Worte kaum hören, da Panik in mir aufsteigt.

Ich lasse den Blick über den Parkplatz schweifen und sehe Silvia, aber auf keinen Fall werde ich zu ihr gehen, um mich sicher zu fühlen. So blöd bin ich nicht. Ich sehe allerdings niemand anderen in der Nähe. Ich wage einen Blick über die Schulter, und genau in dem Moment, wo ich mich umdrehe, wird mir mein Handy aus der Hand gerissen. Der Anruf wird beendet und mein Telefon achtlos zu Boden geworfen. „Hey!"

Der Mann, der es mir weggenommen hat, greift mich bei der Kehle und knallt mich an die Ziegelwand des Schulgebäudes. Mein Kopf schlägt gegen die harte Oberfläche und mir verschwimmt alles vor den Augen. Ich bringe einen erstickten Schrei hervor.

„Ist sie das?", fragt eine andere Stimme.

Ein Grunzen. „Ja. Das ist sie."

Der Mann, der mich an der Kehle hält, wirbelt mich herum, einer seiner Arme liegt unter meiner Brust, sodass meine Arme seitlich eingeklemmt sind, während er mit dem anderen meine Kehle greift. Er schubst mich nach vorn. „Komm, wir bringen sie da rüber."

Ich versuche zu schreien, aber ich bekomme nur ein Röcheln heraus. Ich sehe Silvia wieder auf dem Parkplatz. Sie schaut nicht in meine Richtung, und ich bettele sie in Gedanken an, zu mir zu gucken. Damit sie sieht, was gerade passiert. Sie dreht sich nicht um, ihr Blick ist auf etwas anderes gerichtet.

Ich versuche, wieder zu schreien, versuche, ihren Namen zu

rufen, doch ich bringe nichts heraus. In meinem Kopf hämmert es und ich versuche, mich dem Griff des Mannes zu entwinden. Er hält mich jedoch wie in einem Schraubstock fest. Meine Sicht wird wieder klar, und ich sehe, dass er mich weiter weg in eine abgelegenere Ecke des Parkplatzes bringt, wo die Lichter nicht hinreichen. Mir wird flau.

Ich kämpfe mehr, trete mit den Beinen, und als all das nicht funktioniert, mache ich mich schwer, doch er lässt mich immer noch nicht los.

„Das Mädchen hat Kampfgeist", sagt der zweite Mann. Ich drehe mich, um ihn zu sehen, aber ich kann nur einen dunklen Schatten erkennen.

Der Mann, der mich hält, ächzt und sein Griff an meiner Kehle wird so fest, dass auf jeden Fall ein blauer Fleck zurückbleiben wird. Ich fange an, Punkte zu sehen, und ich kratze an seinen Fingern, weil ich so verzweifelt Luft brauche. „Das bedeutet nur, dass es mehr Spaß machen wird." Sein heißer Atem streift seitlich meinen Hals, und ich zucke zurück. Was meint er mit *mehr Spaß*? Was haben sie mit mir vor?

Tränen strömen über meine Wangen, aber ich füge mich nicht in mein Schicksal. Noch nicht. Ich versuche, wieder zu treten, und diesmal gelingt es mir, sein Knie zu erwischen.

Der Mann, der mich festhält, flucht und die Hand um meine Kehle lockert sich so sehr, dass ich endlich tief einatmen kann.

Ich nutze das aus und schreie aus voller Kehle. „Hilfe! Zu Hilfe!"

Die Faust kommt wie aus dem Nichts. Ein Schlag gegen meine Wange, der mich taumeln lässt.

„Blöde Schlampe." Er lässt mich los und ich falle zu Boden, meine Hände berühren das kühle Gras. Ich schluchze auf und halte eine zitternde Hand an meine schmerzende Wange.

Die Männer geben mir keine Zeit, mich zu sammeln. Ich

werde mit dem Gesicht voran ins nasse Gras geschubst, meine verletzte Wange wird grob auf den Boden gedrückt. Ich schreie noch einmal auf, aber der Schrei wird unterbrochen, als er mir mit der Hand den Mund zuhält. „Du wirst schön ruhig sein, wenn du hier lebendig herauskommen willst", spuckt er mir entgegen. Sein drohender Ton geht mir durch Mark und Bein und ich erstarre.

„Bitte ..."

„Genauso. Bettele darum."

Ich versuche, den Kopf zu schütteln, aber ich kann mich nicht bewegen. Er drückt mich mit seinem Gewicht nieder. „Bitte", sage ich schluchzend. „Tun Sie das nicht."

Er lässt meine Kehle los und lehnt sich zurück. Mit seinen Beinen sitzt er rittlings auf meinen und seine andere Hand wandert unter mich, um den Knopf meiner Jeans zu öffnen. *Das darf nicht passieren.* Ich kämpfe gegen seinen Griff an, winde mich und trete, aber er ist so viel größer als ich. Meine Gegenwehr macht kaum einen Unterschied. Ich beschließe, dass mir keine Wahl bleibt, und schreie wieder. „Hilfe! Zu ..."

Krach!

Er greift meinen Hinterkopf und knallt mein Gesicht auf den Boden. Schmerz schießt durch mich hindurch und pure Angst zerreißt mein Inneres auseinander.

„Ich sag es dir nicht noch einmal. Halt deine verdammte Fresse", knurrt er, bevor er meine Jeans und Unterwäsche herunterzieht, sodass mein nackter Hintern der kalten Nachtluft ausgesetzt ist.

Panik schnürt mir die Kehle zu, aber ich bringe schluchzend heraus: „Warum tun Sie das?" Mein Kopf hämmert und mir wird schwarz vor Augen, doch ich kämpfe darum, bei Bewusstsein zu bleiben. Ich kann nicht bewusstlos werden. Ich weigere mich, ohnmächtig zu werden und ihnen völlig ausgeliefert zu sein.

Der andere Mann neben uns lacht in sich hinein. „Das ist eine Nachricht für deinen guten, alten Dad." Das Blut gefriert in meinen Adern. „Wir wollen sichergehen, dass er weiß, wenn er sich mit dem anlegt, was uns gehört, dann ficken wir das, was ihm gehört."

Was? Ich verstehe kaum, was er mir da sagt, doch sobald ich fühle, dass der andere Mann sich gegen meinen nackten Hintern drückt, setzt mein Verstand aus.

Nein. Nein. Nein.

Eine Hand hält mich nieder, die andere stützt sich neben mein Gesicht, als er sich wieder gegen mich drückt. Ich höre, wie ein Folienpäckchen aufgerissen wird und jemand leise lacht.

Tränen steigen in meine Augen und der wachsende Schmerz in meiner Brust lässt mich kaum atmen. Das passiert gerade nicht. *Das passiert gerade nicht.* Ich wiederhole die Worte immer und immer wieder in meinem Kopf, doch davon werden sie nicht wahr.

Ein schmerzhaftes Eindringen lässt mir das Herz stoppen. Ich ringe nach Luft und ohne mitzubekommen, was ich überhaupt sage, bettele ich ihn an, aufzuhören. Mich gehen zu lassen. Ich verspreche ihm alles, was mir einfällt, nur damit er mich gehen lässt. Er tut es nicht. Dagegen anzukämpfen, bringt nichts, sondern er wird nur gröber. Er hält mich fester, seine Hand tut mir weh, als er meine Hüften greift und sich in mich hineinzwingt. Der andere Mann drückt seinen Stiefel an die Seite meines Gesichts, um mich niederzuhalten.

Mein Atem geht schwer. Er bewegt sich hinter mir, schnauft wie ein Tier, und ich bin kurz davor, mich zu übergeben.

Alles tut weh. Immer noch sehe ich alles nur verschwommen, während ich meinen Magensaft hinunterkämpfe. Ich starre seine Hand an und zwinge mein Gehirn dazu, an etwas anderes zu denken, egal an was.

Der Vollmond erleuchtet seine gebräunte Haut. Die Schwielen an der Seite seines Daumens. Er hat kurze Fingernägel mit einem dünnen Schmutzrand unter jedem Nagel. Ich konzentriere mich auf die Narben, die die Oberseite seiner Hand bedecken. Ich zwinge mich dazu, jeden einzelnen Haarfollikel zu zählen.

Die Zeit vergeht. Ich zähle immer noch. Ich studiere die Linien auf seiner Hand, um die Geräusche zu verdrängen, die er macht. Und dann hört er auf. Ich schluchze vor Erleichterung, als sein Gewicht von mir herunterkommt, bis er sagt: „Bewege dich nicht, verdammt."

Ich rühre mich nicht. Ich bleibe auf der Erde liegen, mein Atem flach und meine Wange immer noch gegen den Rasen gedrückt. Ich muss mich bewegen. Um wegzurennen und zu entkommen, aber meine Glieder sind wie erstarrt und an Ort und Stelle festgewurzelt. Ich ertrinke in dem Bewusstsein, dass ich eben ...

Dann tritt der zweite Mann näher.

Nein. Das Wort hallt in meinem Kopf wider, bevor ich einen rauen, tierischen Laut ausstoße. Er setzt sich rittlings auf meine Hüften, wie es der Mann vor ihm schon getan hat. Ich schüttele den Kopf, als ein weiteres Schluchzen in meiner Kehle hochsteigt, doch gerade, als er nach mir greifen will, hört man von Weitem eine Stimme.

Ein Mann.

Seine Stimme kommt näher. Ich kann nicht verstehen, was er sagt, doch seine Worte werden lauter, als er sich nähert. „Hilfe", versuche ich zu rufen, aber das Wort ist kaum mehr als ein Flüstern. Meine Kehle schmerzt und ist vom Weinen heiser.

„Halt deine Fresse", knurrt der Mann hinter mir. „Glaubst du, er hat uns entdeckt?" Seine Frage ist an den anderen Kerl gerichtet. Ich hebe den Kopf und kann immer noch nicht ihre Gesichter sehen. Beide Männer sind dunkle Schatten in der Nacht. Eine erdrückende Präsenz, der ich verzweifelt entkommen will. Ich kann das nicht noch einmal ertragen. Es ist mir egal, ob sie mich umbringen. Ich kann nicht–

„Hilfe!" Dieses Mal sind meine Worte lauter.

Die zwei Männer fluchen, und der hinter mir rappelt sich auf, indem er sich auf meinem Rücken abstützt. Ich ächze unter seinem Gewicht, mein Rückgrat protestiert unter seinen Bewegungen. „Wir müssen fertig werden", sagt er.

„Hey! Stopp!", ruft der Neunankömmling, und die zwei Männer fluchen. Schritte sind zu hören, die über den Asphalt auf mich zukommen. Ich weiß nicht, wie weit weg er ist. Aber ein Rinnsal der Hoffnung tröpfelt in mir. Ich bewege mich, um mich aufzurichten, als einer der Männer meine Haare greift und meinen Kopf nach oben reißt. Meine Kopfhaut schmerzt und erneut steigen mir Tränen in die Augen.

Ich schreie auf.

„Pass auf, dass du unsere Botschaft weiterleitest. Wenn Ulrich sich erneut nicht an eine unserer Abmachungen hält, besuchen wir dich gerne wieder", sagt der Mann, bevor er mich brutal auf den Boden fallen lässt.

Sie rennen in die entgegengesetzte Richtung davon, genau in dem Moment, als der andere Mann bei mir ankommt. „*Verdammt.*" Er flucht und streckt die Hände nach mir aus, aber ich zucke vor seiner Berührung zurück. „Ich tue dir nicht weh. Ich arbeite bei der Polizei von Sun Valley. Es wird alles gut." Er reißt sich seine Jacke herunter und wirft sie über meine nackte Haut, bevor er sein Handy aufklappt. „Schicken Sie einen Rettungswagen zur Sun Valley High. Ein sexueller Übergriff. Ja."

Ich wickele mich in seine Jacke, während ich mich abmühe, die Hose wieder hochzuziehen. Meine Finger sind taub und die

Hände zittern, sodass ich es fast nicht schaffe. Als ich sie endlich hochgezogen habe, drehe ich mich vorsichtig auf den Rücken. Der dunkle Nachthimmel starrt mir entgegen.

Ich schlucke schwer, und der Mann kommt in mein Blickfeld. Er hält immer noch sein Handy an sein Ohr. Er sagt etwas, aber ich kann ihn nicht hören. Dunkelheit drängt sich in mir hoch, und diesmal heiße ich sie willkommen.

SECHSUNDZWANZIG

ALLIE

Janessa stürmt in mein Krankenhauszimmer und sieht aus, als ob sie sich nichts bieten lassen wird. Und aus irgendeinem seltsamen Grund entspannen sich meine Schultern.

Sie schaut die Krankenschwester an, die immer noch meine Einweisungspapiere ausfüllt und fragt: „Können Sie uns einen Moment geben? Allein."

Die Krankenschwester wirft einen mitfühlenden Blick in meine Richtung und nickt, bevor sie zu mir sagt: „Ich gebe dir und deiner Mom ein paar Minuten, und dann komme ich zurück und wir fangen an. Okay, Allie?"

Ich nicke und mache mir nicht die Mühe, ihren Fehler zu berichtigen, während mich die Angst durchströmt. Sie meint, dass wir mit dem Untersuchungskit für Vergewaltigungen anfangen, und, oh Gott, ich will nicht einmal darüber nachdenken, was das alles umfasst.

Ich starre auf meine Hände hinunter, bemerke dabei die Verletzungen an den Fingerknöcheln. Die blutigen Risse an den Fingernägeln. Ich atme zittrig ein und beginne, jede Verletzung an meinen Händen und Armen zu zählen. Ein. Zwei. Drei.

Vier...

Als wir allein sind, zieht Janessa einen Stuhl zu mir heran. Fünf. Sechs...

Sie setzt sich hin, will meine Hände in ihre nehmen, doch ich versteife mich und zucke zurück.

Sie nickt sich selbst zu und atmet tief ein. Ich habe meine Augen weiterhin auf meine Hände gerichtet. Ich weiß, was sie gleich sagen wird.

„Dein Vater konnte nicht ...“

„Ich weiß“, flüstere ich. Sie muss ihren Satz nicht zu Ende führen. Gerald ist in einem wichtigen Meeting. Er konnte nicht weg. Ich habe das alles schon einmal gehört. Ich hätte nichts anderes erwarten sollen.

Warum also krampft sich mein Magen so sehr zusammen?

Ich wische mir eine Träne aus dem Gesicht.

Ich bin seine Tochter. Um seine Kinder soll man sich kümmern, oder? Wenn die eigene Tochter überfallen wird, sollte man da sein. Mom wäre hier gewesen. Sie hätte meine Hand gehalten und meine Haare zurück gestrichen. Sie hätte mir gesagt, dass ich mich ausweinen solle. Das alles gut werden würde. Und sie hätte mich in den Arm genommen.

Aber nichts von dem hier wird wieder gut werden. *Mir* würde es nicht wieder gut gehen.

Eine weitere Träne rollt über meine Wange, und ich wische sie wütend weg. Mom ist nicht hier, also kann ich nicht weinen. Keiner wird mich in den Arm nehmen. Keiner wird mir versprechen, dass ich das hier überstehen werde. Ich kann nicht zusammenbrechen, denn ich habe niemanden, der mir dabei hilft, wieder auf die Beine zu kommen.

Janessa atmet aus. Es klingt resigniert. „Es tut mir so leid, dass dir das passiert ist, Allie. So schrecklich leid.“

Ich sitze da. Was soll ich dazu sagen. Soll ich sie trösten, weil sie sich meinetwegen schlecht fühlt? Soll ich sagen, dass es mir leidtut? Soll ich ihr sagen, wie wütend ich auf mich selbst bin, weil ich überhaupt dort war? Dass ich es hätte besser wissen müssen. Dass ich nicht ...

Sie unterbricht meinen Gedankengang mit einer Frage. „Weißt du, wer dir das angetan hat?"

Ich schüttele den Kopf, während sich bittere Säure auf meiner Zunge ausbreitet. Der Dreckskerl hat mir das angetan, und ich weiß nicht einmal, wer er ist. Er kannte mich nicht. Er hatte mich noch nie zuvor getroffen, und dennoch hat er es getan.

„Hast du sein Gesicht gesehen?"

„Nein", würge ich mit einem heftigen Kopfschütteln hervor. Ich ignoriere das Schwindelgefühl, das mich bei der Bewegung überkommt, und schlucke die Galle in meiner Kehle hinunter. Die Krankenschwestern denken, dass ich eine Gehirnerschütterung habe. Er hat mir eine Gehirnerschütterung verpasst, als er meinen Kopf gegen die Ziegelmauer der Schule geschlagen hat. Und das ist nicht einmal das Schlimmste.

„Erinnerst du dich an irgendetwas, womit du ihn bei einer Gegenüberstellung identifizieren könntest?"

Ich lasse den Kopf wieder hängen. Ich kann mich nur an seine Stimme erinnern. An seine Worte. Das Gefühl seines Körpers gegen meinen. Den Schmerz, als er in mir war. Und seine Hand. Ich erinnere mich an seine Hand. Ich habe sie angestarrt, als er... Nein. Ich will das nicht wieder aufleben lassen. Ich will mich nicht daran erinnern.

Die Erinnerungen schiebe ich so weit weg wie nur möglich und packe sie weg mit den Gefühlen, die ich im Moment nicht ausleben will.

Ich schüttele den Kopf.

„Haben sie schon das Untersuchungskit durchgeführt?"

Ich schlucke schwer und flüstere wieder: „Nein."

Sie nickt sich selbst zu. „Weißt du, ob er ein Kondom verwendet hat?"

Meine Augenbrauen ziehen sich zusammen. Warum will sie das wissen? Meine Gedanken wandern zu dem Moment zurück. Als er mich nach unten geschubst und meine Hosen nach unten gerissen hat. Ich war von ihm weggedreht. Er hat mein Gesicht auf den Boden gedrückt. Hat meine Wange in den Schmutz gepresst. Aber ich erinnere mich an das Geräusch eines Folienpäckchens. Ich habe eindeutig gehört, wie etwas hinter mir aufgerissen wurde, bevor er sich selbst in mich ...

Mein Atem geht flach und hechelnd, und plötzlich befindet sich Janessa direkt vor meinem Gesicht.

„Allie. Allie." Sie schnipst mit ihren Fingern vor mir herum.

Ich kann nicht atmen. Ich greife an meine Kehle, weil ich so verzweifelt Luft brauche.

Janessa greift mir in den Nacken und drückt meinen Kopf hinunter zwischen meine Beine.

Ich schreie bei der plötzlichen Bewegung auf, aber ich wehre mich nicht gegen sie. Ich kann nicht. Ich kann immer noch nicht atmen.

„Atme, Liebes. Atme ein und aus." Ihr Griff in meinem Nacken ist fest und innerlich schreie ich sie an, mich loszulassen. Mich nicht zu berühren. Aber ich kann die Worte nicht herausbringen. Die Sekunden ticken dahin. Dann Minuten.

Als meine Atmung endlich ruhiger wird, lässt sie mich los und tritt zurück.

„Es war nur eine Panikattacke", sagt sie, als ich meinen Kopf wieder hebe.

Ich sehe für einen Moment verschwommen, aber dann wird wieder alles scharf.

„Atme noch einmal ein."

Ich tue, was sie mir sagt, und als ich nicht mehr das Gefühl habe, dass meine Lungen gleich kollabieren werden, murmele ich die Antwort auf ihre letzte Frage.

„Ich... Ich glaube, das hat er. Ich glaube, er hat eines verwendet."

„Gut. Das ist gut."

Sie zieht ihr Telefon hervor, und ihre Finger fliegen wahnsinnig schnell über die Tastatur, bevor sie es wieder zurück in ihre Handtasche steckt.

Dann bückt sie sich und hebt einen kleinen Beutel hoch, den ich vorher, als sie hereingekommen war, nicht bemerkt hatte. „Hier. Ich habe dir etwas zum Anziehen mitgebracht. Komm, zieh dich an und dann bringe ich dich nach Hause."

Ich nicke und nehme den Beutel, doch dann halte ich inne. „Was ist mit..." Ich wedele ein bisschen mit meinen Händen, weil ich die Worte einfach nicht aussprechen kann. Mir stehen schon wieder Tränen in den Augen, als ich mich für das wappne, was für mich eine weitere Form der Vergewaltigung sein wird, und Scham breitet sich in mir aus.

Ich kann das nicht machen. Ich kann's einfach nicht.

Sie werden mich anschauen und mich berühren. Ich habe Filme darüber gesehen. Man wird Fotos machen. Ärzte werden mich ohne Kleidung sehen. Ich werde entblößt sein. Ich kann nicht. Ich kann das einfach nicht.

Janessa kommt einen Schritt näher und rettet mich vor meiner Panik. „Wir müssen uns darüber heute keine Gedanken machen."

Ich schenke ihr ein tränenfeuchtes, halbherziges Lächeln. „Müssen wir nicht?"

Sie schüttelt den Kopf. „Nein, Liebes, das müssen wir nicht."

Erleichterung durchströmt mich, bevor die Realität mich einholt. „Aber..., wenn wir das nicht tun, wie finden sie ihn dann? Wie...?" Ich verstumme. Denn sie müssen ihn finden, oder? Er kann nicht davonkommen. Er wird es wieder tun. Was, wenn er wieder zu mir kommt? Er hat gesagt, er würde zurückkommen, wenn...

Sie legt vorsichtig eine Hand auf meinen Arm, und ich versteife mich und zucke vor ihr zurück.

Ich sehe, wie entschuldigend ihr Blick wirkt, als sie fragt: „Allie, hast du heute Abend getrunken?"

Ich schlucke den Kloß in meiner Kehle hinunter und antworte ehrlich mit einem Nicken. „Aber ich war nicht betrunken. Ich hatte nicht mal einen ganzen Drink intus." Ich erinnere mich, dass Kasey die Mini-Schnapsflaschen ins Spiel geschmuggelt hatte. Sie hatte mir eine gegeben. Ich habe nur einen Schluck gemacht. Ich habe vielleicht die Hälfte getrunken, bevor der Anruf von Julio kam. „Ich ..."

„Ich weiß, Schätzchen. Ich weiß. Aber du *hast* getrunken, und du bist minderjährig. Du weißt nicht, wer dir das angetan hat, und da du denkst, dass er ein Kondom benutzt hat, wird es kein Sperma geben, das man verwenden kann, um ihn zu finden. Falls er überhaupt im System ist."

Ich starre sie an. Sprachlos. Will sie... Nein. *Nein.*

„Du bist ein junges Mädchen. Du bist schön und klug, und dein ganzes Leben liegt vor dir. Aber das hier, das könnte dich ruinieren. Das hier könnte deinen Vater ruinieren."

Mein Vater. Darum geht's hier also die ganze Zeit.

„Wenn Ulrich sich noch einmal in unsere Abmachungen reinhängt, besuchen wir dich gern wieder..."

Kalte Angst frisst mich auf. Er wird weiter da draußen sein. Er wird ungeschoren davonkommen. Wegen Gerald. Wegen meines Vaters.

Nein. Nein. *Nein.* Das ist nicht richtig. Er wird mich finden. Falls Gerald erneut etwas vermasselt. Ich weiß nicht einmal, was er getan hat. Warum der Mann hinter mir her war. Aber ich weiß tief in meinen Knochen, dass er es wieder tun wird, und ich keine Chance habe, es vorauszuahnen. Keine Möglichkeit, um mich zu schützen, weil ich nicht einmal weiß, wie er aussieht.

Ich schüttele den Kopf. Nein. *Nein!* Ich kann nicht atmen.

Janessa umfasst mein Gesicht mit ihren Händen, als meine Tränen jetzt ungehemmt meine Wangen hinunterströmen. „Allie. Wenn wir ein Untersuchungskit machen, dann wird das aktenkundig. Man kann es nicht zurücknehmen. Du wirst verhört werden. Man wird dir die Schuld geben. Es ist nicht richtig. Das war nicht deine Schuld. Nichts von dem war deine Schuld. Das musst du glauben." In ihren Augen stehen Tränen, und ich würde sie am liebsten von mir wegschieben, denn wie kann sie es wagen, mich so anzusehen! Ich bin diejenige, die vergewaltigt wurde. Ich bin diejenige, der etwas weggenommen wurde. Ich. Nicht sie. Sie hat kein Recht, so zu tun, als ob ihr das wehtut. Es tut nur mir weh.

„Ich weiß, das ist alles sehr viel für dich. Ich weiß, da ist viel, dass du verarbeiten musst. Aber es ist wichtig, dass du verstehst, wie das in den Akten aussieht. Du hast als Minderjährige Alkohol getrunken. Du warst aufreizend gekleidet." Ich denke an das, was ich getragen habe. Die zerrissene Jeans und das bauchfreie Top sind mir zu dem Zeitpunkt nicht aufreizend vorgekommen. Es war unser großes Spiel mit dem Rivalen. Alle Mädchen haben sich aufgehübscht. Mein Bauch war mit einem roten Teufel und der Nummer 4 bemalt. Romans Nummer. So viele andere Schülerinnen haben das Gleiche gemacht. Aber... hat sie recht? Das war eine Menge nackte Haut, oder? Mein ganzer Bauch war zu sehen gewesen.

Oh Gott.

„Schätzchen, selbst wenn sie diesen Kerl finden, wenn sie ihn anklagen, dann wird sein Anwalt dich durch den Dreck ziehen. Sie werden deinen Namen beschmutzen. Deinen Ruf. Und dieses Trauma wird mindestens sechs Monate deines

Lebens in Anspruch nehmen. Du wirst einem Gerichtssaal voller Menschen erzählen müssen, was passiert ist. Jedes einzelne Detail. Wieder und wieder. Die Verteidigung wird dir die Worte im Mund verdrehen und dir die Schuld zuschieben. Sie werden dich alles wieder erleben lassen in der Hoffnung, dass du dich versprichst. Dass du in deine Geschichte einen Fehler einbaust."

Sie wischt mit dem Daumen meine Tränen weg, und ich unterdrücke ein Schreien, als ich ihre Worte in mich aufnehme, denn sie hat recht. Ich weiß, dass sie recht hat. Aber es fühlt sich falsch an. Er sollte nicht frei sein. Er sollte nicht ungestraft davonkommen.

„Sie werden nicht genügend Beweise finden, um herauszufinden, wer das getan hat. Wenn er kein Kondom verwendet hätte, wenn sie seine... seine Flüssigkeiten hätten, würde das möglicherweise immer noch nicht ausreichen, um ihn zu verurteilen. Ich will das nicht für dich."

Ich erschauere und drehe mich von ihr weg. Ich unterdrücke ein Schluchzen und richte mich gerade auf, während ich über alles, was sie gesagt hat, nachdenke. *Komm schon, Allie. Sei stark. Gibt nicht auf. Du hast so viel durchgemacht. Du kannst jetzt nicht aufgeben.*

„Er hat es wegen meines Dads getan", sage ich zu ihr, weil ich es irgendjemandem erzählen muss. Sie reißt schockiert die Augen auf, aber ich gebe ihr keine Gelegenheit zum Antworten. „Als er..." Ich halte inne, bevor ich das Wort herauspresse. „Nachdem er mich *vergewaltigt* hatte, hat er mir gesagt, warum. Er sagte, dass Dad irgendeine Abmachung mit ihm vermasselt hat." Ich schaudere noch einmal, als ich die Botschaft wiederhole, die er mir gegeben hat. Sie keucht auf.

Dann zwinge ich die nächsten Worte aus meinem Mund heraus, egal, wie gebrochen und verbittert sie mich klingen lassen. Ich habe das Recht, verbittert zu sein.

„Aber du hast trotzdem recht. Es ist egal, weil er schlau war. Ich habe ihn nicht gesehen. Ich wurde wegen meines eigenen Vaters vergewaltigt. Wegen des *Geschäfts* meines Vaters, und es ist völlig egal."

Schweigen.

Ich greife wieder nach dem Beutel und gehe in das zum Zimmer gehörende Badezimmer, um mich anzuziehen. Als ich an ihr vorbeischleiche, kann ich ihre Worte kaum hören, aber sie sind da und schweben in der Luft zwischen uns. „Es tut mir so leid, Allie."

Ja, mir tut's auch leid. Aber davon wird sich keine verdammte Sache ändern.

Während ich mich ausziehe, erhasche ich einen Blick auf mein Spiegelbild und schrecke zurück. Ich versuche, all meine Gefühle zurückzuhalten. Der Drang zu duschen ist groß. Ich will alle Spuren von ihm von meiner Haut schrubben. Als ich hier angekommen bin, hat mir die Krankenschwester gleich gesagt, dass ich damit warten müsste. Wie wichtig es wäre, dass ich nicht dusche, dass ich nicht einmal meine Hände wasche, bis sie Gelegenheit hatten, ihre *Indizien* zu sammeln. Aber das ist nun egal. Ich drehe den Wasserhahn des Waschbeckens auf, bis Dampf aufsteigt. Ich pumpe eine große Menge Handseife in meine Hände und fange an, mich zu waschen. Ich verliere mich in den Bewegungen, gehe sicher, dass ich die Hände bis hoch zu den Unterarmen schrubbe, bis meine Haut von weißem Schaum bedeckt ist. Das Wasser verbrüht mich fast, als ich meine Hände darunter halte, aber das ist mir egal. Ich zwinge mich, die Seife abzuspülen und meine Hände und Unterarme so lange in den Wasserstrahl zu halten, bis sie rot und gereizt sind. Ich habe Schlimmeres ertragen.

Wenn ich im Waschbecken duschen könnte, dann würde ich es tun, aber das wird warten müssen, bis ich zu Geralds Haus komme.

Als ich zurück ins Zimmer gehe, stehen sich Janessa und eine Krankenschwester gegenüber. Sie drehen sich zu mir, und ich halte inne.

„Allie. Ich habe versucht, deiner …", fängt die Schwester an.

„Sie ist minderjährig, und die Entscheidung steht fest. Wir gehen."

Ich senke den Kopf. Ich habe nicht die Kraft, mich mit irgendjemandem herumzustreiten. Sollen sie das untereinander ausmachen.

Ich schlüpfe in meine Schuhe und höre das unverkennbare Vibrieren eines Handys, während Janessa ihren Jetzt-reicht's-aber-Ton bei der Krankenschwester anschlägt.

Ich mache mir nicht die Mühe, ihr Gespräch zu verfolgen. Ich weiß schon, wie es ausgehen wird, und ich habe mich mit meinem Schicksal schon abgefunden.

Ich entdecke mein Handy auf dem Nachttisch, dankbar, dass es gefunden und mitgenommen wurde und entsperre den Bildschirm.

Vier verpasste Nachrichten.

Roman: Wo bist du? Was zum Teufel, Allie?

Roman: Du hast gesagt, du würdest kommen.

Roman: Nach allem, was geschehen ist, kannst du mir wenigstens Bescheid sagen, ob es dir gut geht?

Roman: Habe Kasey ausfindig gemacht. Sie hat gesagt, dass du wegen irgendeines Anrufs abgehauen bist. Wo bist du?

Ich schaue auf die Uhr. Es ist kurz nach zehn. Das Spiel müsste vor fast einer Stunde geendet haben. Er muss aus dem Umkleideraum gekommen sein, muss davon ausgegangen sein, dass ich auf ihn warte, aber ich war nicht da. Wie lange hat er auf mich gewartet?

Meine Finger zittern über der Tastatur. Was soll ich antworten? Ich kann ihm nicht sagen, wo ich bin. Was passiert ist. Ich kann es niemandem sagen. Aber ich will ihn auch nicht anlügen.

Noch eine Textnachricht leuchtet auf meinem Bildschirm auf.

Emilio: Tolle Art, unseren Kumpel zu unterstützen.

Dann noch eine.

Roman: Ach, vergiss es. Mach einfach dein Ding.

Erneut strömen mir Tränen die Wangen hinunter. Ich kann sie nicht aufhalten. Ich wische sie weg, aber es kommen immer neue.

Janessa ruft meinen Namen, und ich drehe mich zu ihr, schiebe dabei das Handy in die Hosentasche, und folge ihr dann zur Tür hinaus. Auf dem Weg raus reicht mir die Krankenschwester eine kleine Pille und ein Glas Wasser. Ich frage nicht, wofür sie ist. Ich weiß es auch so.

Ich lege die Pille auf meine Zunge und nehme einen Schluck Wasser, um sie hinunterzuspülen. Dann gebe ich das Glas der Schwester zurück, die mir zunickt, als ob ich etwas gut gemacht habe. Aber sie sieht trotzdem nicht zufrieden aus.

Janessa beobachtet es mit zusammengepressten Lippen und einem Stirnrunzeln, doch sie sagt nichts.

Zwei Polizisten und ein Mann, der ihr Chef sein muss, kommen auf uns zu, als wir den Flur zur Hälfte durchquert haben. Ich erkenne die Polizisten nicht, aber der Mann, der bei Ihnen ist, ist der, der mich gefunden hat. Ich erinnere mich an ihn. Er trägt eine Uniform wie die anderen. Sie ähnelt denen der Polizisten, aber seine Uniform hat mehr Abzeichen, mehr

Sterne an den Schultern. Er strahlt eine Autorität aus, die den beiden anderen fehlt.

Ich will ihm danken. Er hat mir geholfen. Aber ich kann die Worte nicht herausbringen. Ich kann nur auf seine Hände starren. Sie sind rau und gebräunt und ...

Ich mache mehrere Schritte rückwärts.

Janessa dreht ihren Kopf zu mir, um mich anzuschauen, aber ich sehe nur seine Hände.

Sie sind nicht dieselben, Allie. Sie sind nicht dieselben.

Das weiß ich. Mein Verstand weiß das. Aber mein Herz klopft rasend schnell in meiner Brust, weil sie nicht dieselben sind, aber sie sehen ähnlich aus, und ich kann einfach nicht aufhören, sie anzustarren. Er macht einen Schritt in meine Richtung, und meine Muskeln versteifen sich.

Mein Kopf geht ruckartig hoch, um ihm ins Gesicht zu schauen, und er erstarrt.

„Junge Frau?" Seine Hände sind erhoben, als ob er sich ergibt, und ich sehe die Sorge in seinem Blick. Er kommt vorsichtig noch einen Schritt näher, und meine Brust hebt und senkt sich. Er nähert sich mir, als ob ich ein tollwütiges Tier wäre. Ich brauche... Ich brauche...

Janessa macht zwei Schritte nach links und versperrt ihm plötzlich die Sicht auf mich. Sie sagt etwas, aber ich höre es nicht. Ich kann nicht hören, weil mir das Blut in den Ohren rauscht.

Seine Hände sind nicht dieselben, sage ich mir immer und immer wieder, wie ein Mantra, wodurch irgendwie alles besser werden wird. Ich versuche, an etwas anderes zu denken. Irgendetwas anderes. Doch dann springen meine Gedanken zu Roman und wie wütend er momentan auf mich sein muss. Wie enttäuscht alle sind. Ich hatte versprochen, dass ich da sein würde. Sie wollten mich dabeihaben. Und dann war ich's nicht.

Janessa zupft an meinem Ärmel und ich schaue auf. Sie

führt mich um die Polizisten herum, und mir entgeht nicht das Mitleid in ihren Augen, als sie mich durch die Krankenhaustür herausführt. Ich will ihr Mitleid nicht.

Als wir draußen sind, fange ich an, mich in mich zurückzuziehen. Ich zwinge meinen Kopf dazu, nichts zu fühlen. Alle Gefühle zu verdrängen. Zu vergessen, was passiert ist. Ich will einfach nur alles vergessen.

SIEBENUNDZWANZIG

ALLIE

Ich wache mit einem Ruck auf. Mein Brustkorb hebt und senkt sich, und ich reiße die Augen auf. Tageslicht strahlt durch die Vorhänge und zeigt mir, dass es Morgen ist. Oder vielleicht Nachmittag. Es ist unwichtig.

Ich starre zur Decke hoch und versuche, wieder einzuschlafen. Ich will nicht wach sein. Es tut viel zu sehr weh.

Es klopft an meine Tür.

Ich ignoriere es.

Noch ein Klopfen.

Ich drehe mich auf die Seite, als sich die Tür öffnet. „Allie", ruft Janessa.

Ich kneife meine Augen zu in der Hoffnung, dass sie glaubt, ich würde schlafen und sie mich dann in Ruhe lässt.

Das tut sie nicht.

Ich höre, wie ihre Schritte auf dem Teppichboden näherkommen. Die Matratze sinkt unter ihrem Gewicht ein, als sie sich auf die Kante setzt. Ich versteife mich, als sie mein Bein berührt. „Allie, du musst etwas essen. Warum kommst du nicht nach unten. Dein Vater hat Frühstück bestellt. Es wird dir guttun, das Bett zu verlassen."

Ich sage nichts.

Sie probiert es mit einer anderen Taktik. „Ein paar deiner Schulfreunde sind vorbeigekommen."

Sind sie das? Ein Teil von mir möchte wissen, wer es war. Ich will wissen, ob es Roman war. Ob er noch wütend auf mich ist? Er hat mir seit jenem Abend nicht geschrieben, und ich vermisse ihn, aber... Jedes Mal, wenn sich mir ein Mann nähert, breche ich in Panik aus. Gerald hat einmal versucht, mit mir zu sprechen. Ich habe durchgedreht. Ich habe mich wie ein kleines Kind zusammengerollt und geschluchzt. Ich weiß immer noch nicht, warum. Es ist einfach passiert, und ich konnte nichts dagegen tun.

Er hat einen Arzt bestellt, um mich untersuchen zu lassen. Das lief auch nicht gut. In den letzten drei Tagen war Janessa die einzige Person, die ich in mein Zimmer gelassen habe. Ich mag es nicht, wenn sie in der Nähe ist, und ich mag es wirklich nicht, wenn sie mich berührt, aber zumindest lässt mich ihre Gegenwart nicht in panische Angst ausbrechen. Wenigstens etwas.

Auch, wenn ich Roman sehen will, soll er mich nicht so sehen. Ich will nicht riskieren, dass ich wieder die Kontrolle verliere. Bei ihm. Doch die Neugierde siegt, also öffne ich meine Augen und frage: „Wer?"

Sie verlagert ihr Gewicht. „Ein paar Jungs. Zwei Latinos und ein Schwarzer. Sie haben gesagt, dass sie deine Freunde wären?"

Ich nicke.

„Was hast du ihnen gesagt?"

„Dass du im Moment keine Besucher empfängst."

Ich schlucke. „Irgendetwas anderes?"

Sie ist für einen Moment still und ich halte den Atem an. „Ich habe ihnen nicht erzählt, was passiert ist, aber... einer der Jungen wurde wütend, als ich mich geweigert habe, ihn einzulassen. Er hat angefangen zu schreien. Ich habe ihn auch angeschrien. Ich habe ihm gesagt, dass du niemanden sehen wolltest. Nicht einmal ihn." Sie berührt entschuldigend mein Bein. „Er schien nicht glücklich damit zu sein. Es tut mir leid, Liebes. Ich wusste einfach nicht, wie ich ihn zum Gehen bewegen sollte."

Ich zwinkere die Nässe in meinen Augen zurück. „Es ist okay."

Sie seufzt und steht auf, um zu gehen. „Überlegst du es dir wenigstens, ob du vielleicht doch nach unten zum Essen kommst?"

Ich nicke. Aber ich weiß schon, dass ich es nicht tun werde. Ich habe mein Bett seit der Nacht nur verlassen, um aufs Klo zu gehen oder zu duschen. Ich dusche mindestens dreimal pro Tag. Manchmal auch öfter. Ich kann das Gefühl seiner Hände einfach nicht von mir abwaschen. Den Geruch seiner Haut.

Janessa will noch etwas sagen, aber ich höre sie nicht mehr. Ich verliere mich in meinen Erinnerungen. Ich will, dass sie weggeht. Ich muss wieder einschlafen. Es ist der einzige Ort, wo ich mich noch sicher fühle. Ich halte mir auf kindische Weise die Ohren zu. „Bitte geh weg", flüstere ich.

* * *

Ein Tag nach dem anderen vergeht, so unglaublich es ist. Selbst wenn es so scheint, als ob ich mich mit jeder Stunde, jeder Minute, die vergeht, mehr verliere. Ich verstehe nicht, wie die Sonne jeden Morgen aufgehen kann, wo ich es doch kaum schaffe, meine Augen zu öffnen, um sie zu begrüßen.

Ich verliere den Überblick darüber, wie viele Tage vergehen.

An manchen Tagen kommt Janessa zu mir und versucht, mich dazu zu bewegen, nach unten zu kommen. An manchen Tagen kommt sie nicht. Ich schaffe es, das Mineralwasser zu trinken, das sie mir bringt. Gelegentlich trinke ich den Tee. Aber ich rühre nur selten das Essen an. Die paar Male, als ich es versucht habe, haben damit geendet, dass ich über der Toilette gehangen habe, um das Gegessene gleich wieder hochzuwürgen. Mein Körper fühlt sich nicht mehr wie mein eigener an. Ich weiß, das ist nicht normal. Ich weiß, ich brauche Hilfe. Aber ich habe nicht die Kraft, darum zu bitten. Oder vielleicht will ich es nicht. Ich fühle nichts mehr, und ich habe Angst davor, dass die Betäubung nachlässt.

Roman schreibt mir nicht mehr. Emilio auch nicht. Dominique hat sich einmal gemeldet und gefragt, ob irgendetwas passiert sei. Ob es mir gut ginge. Aber ich habe nicht geantwortet. Was hätte ich sagen sollen?

Ich werde von aufgeregten Stimmen im Flur vor meiner Zimmertür geweckt. Während ich mir den Schlaf aus den Augen reibe, versuche ich Interesse aufzubringen für das, was sie sagen. Ich starre die geschlossene Tür an, ziehe dabei die Decke enger um mich, als ob sie mich aufwärmen könnte. Aber sie reicht nicht. Bis tief in meine Knochen fühle ich nichts als Kälte. Kälte, die nie weggeht.

„Sie braucht mehr Zeit."

„Sie braucht nicht mehr Zeit. Es ist alles in Ordnung mit ihr, und sie schläft die ganze Zeit nur. Es ist fast eine Woche her …"

„Was soll sie deiner Meinung nach denn sonst tun? Das Mädchen ist traumatisiert."

„Sie muss darüber hinwegkommen."

Ich höre nicht, was sie dann sagen. Ich schaue auf die Uhr auf meinem Nachttisch. Es ist erst kurz nach sieben Uhr morgens.

Ich atme tief ein.

Es geht mir gut.

Ich werde das hier überstehen.

Du bist stark, Allie. Du bist stark wie Mom.

Ich mache einen weiteren tiefen, zittrigen Atemzug und unterdrücke schon wieder meine Tränen. *Warum weine ich jetzt?*

„Du bist stark wie Mom", flüstere ich mir zu. Ich wische die Tränen fort und zwinge mich, aufzustehen. Ich bin wie betäubt. Ich kann wie betäubt sein und mich bewegen. Ich kann wie betäubt sein und Dinge tun. Ich kann an andere Orte gehen. Nicht wahr? Vielleicht.

Mom ist gestorben. Mein Freund hat mit mir Schluss gemacht. Meine beste Freundin hat mich verraten. Ich habe mein Zuhause verloren. Ich musste in eine neue Schule in einer fremden Stadt gehen. Mein Dad hat nie Zeit für mich. Ich wurde vergew ...

Ich zwinge mich, den Gedanken zu Ende zu denken.

Ich wurde *vergewaltigt.*

Ich habe in so kurzer Zeit so viel durchgemacht. Aber es ist vorbei. Vorüber. In der Vergangenheit. All das ist bereits passiert. Ich werde nach vorn schauen. *Immer ein Tag nach dem anderen, Allie. Du schaffst das.*

Wie betäubt. So verdammt betäubt.

Janessas Stimme wird wieder lauter. Sie erwähnt einen Therapeuten.

Ich weiß nicht, was Gerald antwortet, aber ich kann an Janessas Tonfall hören, dass sie ihm nicht zustimmt.

Das ist in Ordnung.

Es geht mir gut.

Oder zumindest wird es mir gut gehen. Die Zeit heilt alle Wunden, oder? Auf jeden Fall wird das in den ganzen inspirierenden Zitaten und Sprüchen, die in den sozialen Medien herumschwirren, immer behauptet.

An dem Tag, an dem ich in Sun Valley angekommen bin, habe ich mir gesagt, dass ich einfach nur dieses Jahr überleben und meinen Abschluss machen müsste, und dann könnte ich zurückgehen.

Das ist immer noch der Plan. Ich kann nach Hause gehen. Alles wird besser werden, wenn ich erst einmal zurück in Richland bin. Es wird da keine Schule voller Leute geben, die mich hassen. Es wird keine bösen Männer geben, die mir auflauern und wehtun, um sich an meinen Dad zu rächen. Ich werde in Sicherheit sein. Ich muss hier nur noch ein bisschen länger überleben.

Während ich diesen Vorsatz verinnerliche, dusche ich. Das Wasser verbrüht meine Haut, aber es ist immer noch nicht heiß genug, um die tief in meinen Knochen sitzende Kälte zu vertreiben. Ich schrubbe an meinen Armen und Beinen herum und wünschte, ich könnte mich reinigen. Aber ich habe bereits begriffen, dass ich, egal wie oft ich meinen Körper wasche, mich noch immer schmutzig fühle. Ich kann den Geruch und das Gefühl von ihm nicht von mir bekommen.

Ich verbringe dreißig Minuten unter der Dusche, bevor ich aufgebe und mich abtrockne. Ich ziehe mir eine Jeans und ein langärmeliges lila Oberteil an, sorgfältig darauf bedacht, jeden Zentimeter meines Körpers zu bedecken, soweit es möglich ist. Ich füge einen Seidenschal hinzu, um auch noch die blauen Flecke an meinem Hals zu verdecken.

Ich lasse mein Haar offen, föhne es und trage noch eine dicke Schicht Concealer am Kiefer, der rechten Wange und unter der Unterlippe auf. Das reicht nicht, also füge ich eine Schicht der Fondation hinzu und dann nochmal Concealer darauf. Das Make-up verdeckt die blauen Flecke, kann aber nicht die Schwellungen verstecken. Mit etwas Lippenkonturenstift und Lipgloss sollten sie weniger stark auffallen. Hoffe ich.

Selbst mit all der Schminke im Gesicht sieht meine Haut immer noch ein bisschen verfärbt aus, aber wenn ich den Kopf gesenkt halte, wie ich es immer mache, dann sollte es gehen. Niemand wird mich genau ansehen.

Es klopft an der Tür, und bevor ich antworten kann, wird die Tür geöffnet.

Janessa tritt ein und sieht mich auf dem Boden vor meinem Ganzkörperspiegel sitzen.

„Du bist bereit?", fragt sie und klingt überrascht.

„Ja." Ich stehe auf und greife nach meinem Rucksack. Mein Blick bleibt an meinen Händen hängen, und ich halte inne, starre sie an, als ob ich sie zum allerersten Mal sehe. Meine Fingerknöchel sind abgeschürft. Meine Nagelbetten zerrissen und voller Schorf.

Das kann man nicht mit Schminke abdecken. Ich runzele die Stirn. Ich werde meine Hände in den Jackentaschen behalten müssen, wenn ich Fragen vermeiden will. Angst steigt in mir auf. Ich komme mit Fragen nicht klar.

Ich schnappe mir eine Sweatjacke aus meinem Schrank. Es ist eines der Teile, die ich mit Aaron bei unserer Shoppingtour bei Target gekauft habe.

Janessa schaut finster, als sie das schwarze Kleidungsstück sieht und geht dann zum Kleiderschrank. Sie guckt die Kleidungsstücke durch, die im Schrank hängen, und zieht einen kuscheligen, weißen Pullover mit hellrosa Ärmeln hervor.

Sie reicht ihn mir, nimmt mir die Sweatjacke sanft aus der Hand und packt sie zurück in meinen Schrank. „Das passt zu dem, was du trägst", sagt sie zu mir.

Ich will schreien.

Aber ich tu's nicht.

Schreien bringt nichts. Es hilft nichts. Ich weiß das, also nicke ich, ziehe mir den Pullover über und fühle mich, als ob ein weiteres Stück von mir stirbt. Warum ist der Pullover so bedeutsam?

Als wir aus dem Haus kommen, um zur Schule zu fahren, steht ein unbekanntes Auto in der Einfahrt.

Dominique steht dort gegen die Kühlerhaube seines schwarzen Escalades gelehnt, die Arme vor der Brust verschränkt.

Ich erstarre.

„Allie", ruft er und nickt mit seinem Kopf zum Auto. „Ich nehme dich mit. Komm."

Mein Herzschlag wird schneller, und ich richte meine Augen auf Janessa, bettele sie wortlos an, etwas zu sagen. Irgendetwas.

Ich kann nicht mit ihm fahren. Mein Atem geht unregelmäßig. *Ich kann nicht.*

Verständnis breitet sich auf ihrem Gesicht aus. Sie nickt mir kaum wahrnehmbar zu und dreht sich zu ihm. „Es tut mir leid, junger Mann, aber sie müssen abfahren."

Dom grinst. „Mach ich gleich. Sobald Allie ins Auto steigt." Er wirft ihr ein charmantes Lächeln zu. „Ich bin ein Schulfreund. Ich fahre sie nicht zum ersten Mal. Sie ist bei mir in Sicherheit."

Janessa wirft mir einen Blick zu, als ob sie fragen will: *„Und was jetzt?"*

Aber wie zum Teufel soll ich das wissen? Ich habe keine Ahnung, was ich in dieser Situation tun soll. Ich war nicht darauf gefasst, ihn zu treffen. Ich hatte eine Motivationsrede im Kopf, die ich auf der Fahrt zur Schule vor mich hin beten wollte. Bevor ich ihn gesehen hätte. Bevor ich irgendjemanden gesehen hätte. Meine Hände sind feucht und kalter Schweiß läuft mir das Rückgrat hinunter.

Mein Herz schlägt schnell in meiner Brust. Schneller. Heftiger. Meine Atemzüge werden hastiger, und ich weiß, dass ich gleich eine Panikattacke bekomme. Ich kann nicht zulassen, dass er mich so sieht. In meinen Schläfen pocht es, starke Kopfschmerzen kündigen sich an und schlagen von innen wie ein Rammbock auf mich ein.

„Allie?", flüstert sie.

Ich kann nicht. Ich kann nicht.

Ich weiß, dass Dom harmlos ist. Er ist mein Freund. Er tut mir nichts. Ich weiß das. Aber die Vorstellung, mit ihm jetzt zusammen im Auto zu sitzen, lässt meinen Verstand verrücktspielen. Ich kann nicht.

Ich drehe mich um, um ins Haus zurückzuhasten. Ich ignoriere sie beide, als sie nach mir rufen.

Ich kann nicht.

Ich bin nicht bereit.

Ich kann einfach nicht.

ACHTUNDZWANZIG

ALLIE

Mehr Zeit vergeht. Ich weiß nicht, was ich mir dabei gedacht hatte, als ich versucht habe zur Schule zu gehen. Wie idiotisch.

Seitdem sind drei Tage vergangen. Vielleicht vier. Ich bin mir nicht sicher, und ich versuche, mich nicht darum zu kümmern. Als es an meiner Tür klopft, seufze ich, doch als ich mich auf die andere Seite drehe, um Janessa zu sagen, dass sie gehen soll, stockt mir der Atem.

Julio tritt ein, Janessa direkt hinter ihm. „Allie", sagt sie vorsichtig.

Ich schlucke schwer und setze mich auf, wobei ich die Decke fest gegen meine Brust drücke. „Was machst du hier?", flüstere ich. Meine Augen sind nur auf Julio gerichtet, der einfach nur in meinem Zimmer steht.

Seine dunkelbraunen Augen werden weich, und er macht einen Schritt auf mich zu. Ich verspanne mich bei dieser einen kleinen Bewegung. Er hält an und dreht sich mit einem fragenden Blick zu Janessa um.

„Sie hat im Moment Probleme damit, Männer um sich zu haben."

Er nickt. Er macht einen Schritt zurück, lehnt sich gegen die Wand und lässt sich auf den Boden sinken, wo er die Hände in seinem Schoß faltet. „Hey", versucht er es noch einmal.

Ich rutsche in meinem Bett nach hinten, sodass zwischen uns noch ein paar mehr Zentimeter liegen. „Hi."

Janessa steht in der Tür. „Willst du, dass ich bleibe?", fragt sie.

Ich atme tief ein. Atme aus. Dann noch einmal und ich schüttele meinen Kopf. „Ich... Nein. Es ist okay."

Sie nickt, sieht aber nicht überzeugt aus.

„Ich bleibe genau hier, egal wie viel Zeit sie braucht", sagt er zu ihr. „Ich werde nicht drängen."

„Ich bin gleich unten, falls du mich brauchst", sagt sie zu mir und zieht dann die Tür hinter sich zu.

Julio und ich starren uns mehrere Sekunden lang an, bevor er schließlich das Schweigen bricht. „Geht es dir gut?"

Diese eine Frage sorgt dafür, dass mir die Tränen in die Augen steigen. Ich schaue weg und wische mir die Wangen ab.

„Verdammt, Allie." Julio lässt seinen Kopf hängen, sein Brustkorb hebt und senkt sich unter seinen schweren Atemzügen. „Ich..." Er schaut mich an, seine Augen voller Schmerz. „Ich weiß nicht, was ich sagen kann. Wie ich es in Ordnung bringen kann."

Ich würge ein Lachen heraus. „Sie hat es dir erzählt?"

Er nickt. „Ich habe ein paar Mal versucht, dich anzurufen, aber es ist immer die Mailbox rangegangen. Dann hat mich aus heiterem Himmel eine Frau angerufen und gefragt, ob ich bereit wäre, für ein paar Tage herzukommen, um zu sehen, ob ich helfen kann." Er zuckt mit den Schultern. „Allie, als sie mir gesagt hat, was dir passiert ist. Was du durchgemacht hast..."

Meine Augen brennen und Scham macht sich in meiner Brust breit. Ich presse die Lippen fest zusammen. Ich schaue hinunter auf die Decke, die ich mit meinen Fingerspitzen umklammert habe. Er muss glauben, dass ich so schwach bin. So schmutzig.

„Hey!"

Ich schaue nicht auf.

„Hey!"

Ich schüttele den Kopf. Ich will das Mitleid oder den Ekel in seinem Blick nicht sehen. Wenn Julio mich jetzt anders ansieht... Ich kann damit nicht mehr klarkommen.

„Allie. Süße. Ich liebe dich. Du bist meine beste Freundin. Lass mich für dich da sein."

Eine Träne rollt meine Wange hinunter und ich wische sie wütend weg. „Du solltest nicht hier sein", sage ich zu ihm.

„Alejandra. Por favor. Déjame ayudarte." *Bitte. Lass mich dir helfen.*

Ich will Hilfe. Ich will sie. Aber ...

„Wie?" Ich würge das Wort hervor. „Wie kannst du mir helfen? Julio, ich habe das Gefühl, als ob ich innerlich sterben würde, und ich wünschte, ich würde es tatsächlich. Ich will hier nicht sein. Ich will das nicht fühlen. All das. *Ich schaffe es nicht.* Ich schaffe all das nicht mehr. Ich bin einfach ...“

Er drückt sich vom Boden hoch, bleibt aber bei der Tür. Ein Schluchzen, mit einem Wimmern vermischt, kommt über meine Lippen. Er erstarrt. Seine Hände sind an seinen Seiten zu Fäusten geballt, seine Augen schauen bittend, aber ich weiß nicht, was er will.

Ein Muskel zuckt in seinem Kiefer und er reibt sich mit der Hand übers Gesicht, auf dem sich dann ein erschöpfter Ausdruck zeigt. „Ich will dich in den Arm nehmen. Können wir... glaubst du, dass wir das versuchen können?"

Ich habe keine verdammte Ahnung. Mit geschlossenen Augen atme ich bewusst langsam, während meine Gedanken rasen und ich über seine Bitte nachdenke. Die einzige Person, die mich berührt hat, ist Janessa. Aber Julio ist mein Freund. Ich vertraue ihm. Ich kenne ihn. Ich...

„Kann ich deine Hände sehen?", frage ich.

Er runzelt verwirrt die Stirn, aber hält dann die Hände mit den Handflächen zu mir hoch. Ich schüttele den Kopf. „Drehe sie herum."

Er tut es, ohne zu fragen. Ich schaue mir seine Handrücken genau an, auch wenn ich schon weiß, was ich darauf sehen werde. Beide Hände sind tätowiert. Eine weist einen großen Totenkopf mit roten Rosen auf beiden Seiten auf. Die andere zeigt einen Rosenkranz und ein Kreuz, das sich zwischen seinem Daumen und Zeigefinger befindet.

Ich konzentriere mich auf die Tattoos, folge den Linien der Motive mit meinem Blick. Ich zwinge mich dazu, die Unterschiede zwischen seinen Händen und denen meines Angreifers wahrzunehmen. Außer der Tattoos erkenne ich noch den Goldring, den er auf seinem rechten Mittelfinger trägt. Seine sauberen, kurzen Nägel.

Mein Atem geht langsamer und meine Schultern entspannen sich. Julio hat Geduld mit mir und lässt meine Augen ausreichend lange schauen. Mehrere Minuten vergehen, bevor ich mich traue, ihn näher kommen zu lassen.

Vorsichtig kommt er zur Kante meines Bettes. Als er sie erreicht, senkt er den Kopf und fragt, ob es in Ordnung ist, wenn er sich hinsetzt. Ich nicke.

Er sitzt jetzt neben mir, wir beide warten. Als ich keine Panikattacke bekomme, rutscht er dichter heran und lehnt sich neben mir ans Kopfteil.

Ich wische mir die Augen und bewege mich absolut nicht, als er langsam und vorsichtig einen Arm um meine Schultern legt. Niemand von uns bewegt sich. Meine tiefen, bewussten Atemzüge wirken laut in dem stillen Zimmer, doch ihn scheint das nicht zu stören. Wir sitzen da, und während die Minuten vergehen, bewege ich mich vorsichtig, bis ich mich zu ihm gedreht habe, mein Ohr an seine Brust über seinem Herzschlag gedrückt ist. Sein Griff um mich wird fester und ich schaffe es, weiterzuatmen.

Er hebt die andere Hand und streichelt abwesend mein Haar. „Es tut mir so verdammt leid, Allie", sagt er.

Ich nicke gegen seine Brust. „Mir auch", flüstere ich, fast fürchte ich mich, die Stille im Zimmer zu durchbrechen. „Aber ich bin wirklich froh, dass du hier bist."

„Und ich werde nirgendwo hingehen. Ich bleibe so lange, wie du mich brauchst."

* * *

Ich verbringe den Morgen mit Julio und zum ersten Mal seit dem Übergriff habe ich das Gefühl, wieder atmen zu können. Er sagt mir, dass er die ganze Woche bleiben wird. Länger, wenn ich es brauche. Er hat es schon mit seinen Eltern und Lehrern abgesprochen, und er kann im Gästezimmer unseres Poolhauses bleiben. Es gibt viele leere Zimmer im Haupthaus, in denen er bleiben könnte, aber er scheint mit dem Poolhaus zufrieden zu sein, also stelle ich das nicht infrage. Es hat wahrscheinlich damit zu tun, dass sich Gerald wie Gerald benimmt. Ich bin überrascht, dass er Julio den Besuch überhaupt gestattet hat, also werde ich nichts sagen, dass die Sache gefährden könnte.

Ich bin froh, dass Julio hier ist. Ich habe ihn vermisst. Wie sehr, ist mir erst klar geworden, seitdem er hier ist.

Julio erzählt mir von den Bedingungen seines Aufenthaltes. Er wird mit mir zur Schule gehen. Ich weiß nicht, wie, aber Janessa hat ihn als Gastschüler angemeldet. Ich nehme an, der Plan sieht vor, dass er in der ersten Woche alle Kurse mit mir besucht, sodass ich das nicht allein schaffen muss.

Ich weiß immer noch nicht, ob es eine gute Idee ist, zurück zur Schule zu gehen. Aber als ich die Möglichkeit einer externen Prüfung aufgebracht habe, hat Janessa die Idee sofort abgewiesen und gesagt, dass ich das gar nicht erst mit meinem Vater besprechen müsse. Alles, das keinem offiziellen High-school-Abschluss entspricht, würde bedeuten, dass ich von Elite-Universitäten nicht angenommen werden würde. Nicht, dass ich mich persönlich bei einer diese Unis bewerben würde, aber Janessa scheint zu glauben, dass ich auf eine gehen werde. Die Vorstellung, auf die Uni zu gehen, kommt mir so unwahrscheinlich vor, dass ich nicht einmal darüber nachdenke. Ich hatte immer vor, zuerst zwei Jahre das Communitycollege zu besuchen. Das ist das Einzige, das ich mir halbwegs leisten kann, aber das sage ich ihr nicht. Im Moment will ich mich einfach nur aufs Heute konzentrieren. Und vielleicht auf morgen. Alles, was danach kommt, ist zu viel.

Am nächsten Morgen, als mein Wecker klingelt, zwinge ich mich, das Bett zu verlassen. Der Druck auf meiner Brust, den ich seit dem Übergriff verspüre, ist weniger geworden. Er ist immer noch da, aber heute ist er erträglich.

Ich habe genügend Zeit damit verbracht, mich in meinem Elend zu suhlen. Mehr Zeit, als ich mir nach Moms Tod zugestanden habe. Das muss jetzt reichen. Ich muss den Schulabschluss machen. Dass ich schon so viel verpasst habe, wird es mir schwer genug machen, und ich weigere mich, mir von den Männern, die mir das angetan haben, noch mehr wegnehmen zu lassen.

Nachdem ich gestern den ganzen Tag mit Julio verbracht habe, habe ich mir eingeredet, dass ich es schaffen werde.

Wir haben nicht über den Überfall geredet. Er weiß, was passiert ist, und ich habe kein Verlangen danach, die Erinnerungen wiederaufleben lassen, nur damit er die Geschichte von mir selbst hört. Gott sei Dank, drängt er mich nie dazu. Nicht, dass ich das von ihm erwartet hatte. Julio ist der starke, schweigsame Typ. Er ist der Fels, der standhält, egal wie sehr es stürmt. Als ich aufgewachsen bin, war er mein Fels in der Brandung. Der große Bruder, den ich nie hatte. Er versteht mich. Er versteht, was ich brauche.

Und von ihm im Arm gehalten zu werden und zu wissen, dass ich in ihnen sicher bin. Zu wissen, dass die Welt mir nicht wehtun kann, solange er da ist, hat mir die Atempause verschafft, die ich brauche, um mich zusammenreißen zu können.

Wir haben den Großteil des Tages damit verbracht, Netflix zu schauen und Junkfood zu essen. Na ja, er zumindest.

Ich habe immer noch nichts gegessen, aber ich habe ihm zuliebe etwas Popcorn geknabbert.

Ich weiß, dass Julio es bemerkt hat. Doch er hat nichts gesagt, und ich bin ihm dafür dankbar. Meine Rippen stehen spitz unter meinem Brustkorb hervor. Ich kann sie beim Duschen zählen. Es ist nicht gesund, aber ich weiß nicht, wie ich mich zum Essen motivieren kann. Manchmal ist mir sogar der Geruch von Essen zu viel und bringt mich dazu, zum Klo zu rennen.

Als ich nach unten gehe, erwarte ich, dass Janessa auf uns wartet, um uns zur Schule zu fahren, doch stattdessen überreicht sie mir ein paar Schlüssel und schenkt mir ein kleines Lächeln.

„Dein Vater hat es auf meinem Vorschlag hin aus der Garage geholt." Sie deutet mit dem Kinn auf die Autoschlüssel. „Auf die Weise kannst du wegfahren, wenn du allem entfliehen musst."

Ich starre auf die Schlüssel in meiner Hand. Tränen steigen mir in die Augen und ich wische sie fort. Ich weine ständig. Immer weine ich. Ich hasse es, aber ich hätte nie gedacht, dass ich so erleichtert sein würde, ein Auto zu haben. Bevor das alles passiert ist, hätte ich es abgelehnt. Ich wollte Geralds Geld nicht. Ich brauchte es nicht, und ich mag es, meinen eigenen Lebensunterhalt zu verdienen. Deshalb habe ich mich doch überhaupt erst um Jobs beworben. Aber ich könnte mir jetzt allein kein Auto leisten. Nicht einmal eine Schrottkarre. Und das hier wird mir eine Fluchtmöglichkeit verschaffen.

„Danke.“

Ihr Lächeln wird ein bisschen breiter. „Falls du jemals reden möchtest…“

Julio kommt durch die Hintertür herein. „Hey.“ Er hebt die Hand zur Begrüßung und geht auf mich zu.

Mein Magen verkrampft sich, als er sich nähert, aber ich tue, was ich gestern immer gemacht habe, wenn mein Körper auf seine Nähe reagiert hat. Ich schaue auf seine Hände und meine Angst vergeht. Dann sage ich zu Janessa: „Danke. Aber es geht schon.“

Sie nickt. Reicht mir einen Kaffeebecher zum Mitnehmen, und Julio und ich gehen raus.

In der Einfahrt steht ein silberner Audi RS 5. Ich drücke auf den Knopf des Schlüsselanhängers und bin etwas überrascht, als der Audi mit einem Piepsgeräusch reagiert. Er lässt mich einen RS fahren? Warum kann er mir nicht wie normale Väter einfach nur einen VW Jetta besorgen? Am besten einen gebrauchten.

„Scheiße“, sagt Julio gedehnt. „Das ist ja krass.“

Ich verdrehe die Augen. „Ja, ja. Du kannst ihn von innen bewundern. Komm schon, sonst kommen wir zu spät.“

ROMAN

Emilio kommt von der Seite unauffällig an mich heran. „Sie ist zurück", murmelt er leise. Mein Kiefer verspannt sich, und als wir unsere Köpfe drehen, sehen wir, wie sie ein paar Reihen von uns entfernt aus einem silberfarbenen Auto steigt.

„Ist das ein...", fängt Emilio an.

„Brandneuer Audi RS 5? Ja, das ist er", antwortet Dom, und ein kurzer Blick in seine Richtung zeigt mir, dass er auch nicht allzu froh darüber ist, sie zu sehen.

Ich nehme an, sie lebt immer noch das fette Leben. Vielleicht ist sie jetzt nur eher bereit, es auszukosten. Sie hat den teuren, vornehmen Scheiß an, den sie in der ersten Schulwoche getragen hatte.

Sieht so aus, als ob wir das also auch wieder haben.

Ich zucke mit den Schultern und fange Emilios und Doms Blicke auf. „Es ist egal, was sie fährt. Sie ist hier. Ich will ein paar Antworten, verdammt." Die Tussi, die für ihren Vater arbeitet, hat uns abblitzen lassen, als wir aufgetaucht sind, aber ich kaufe ihr den ganzen Allie-will-mich-nicht-sehen-Scheiß nicht ab. Irgendetwas muss los sein. Ich habe versucht zu warten, bis Allie das Haus verlässt, weil ich sie abpassen und sie dazu bringen wollte, mit mir zu reden. Aber sie hat das verdammte Haus nie verlassen. Kein einziges Mal. Zumindest habe ich es nie gesehen. Und ich war da. Jeden einzelnen verdammten Tag. Acht Tage am Stück. Ich bin zu einem handfesten Stalker geworden und schäme mich nicht einmal dafür.

Ich stoße mich von der Kühlerhaube des Autos ab, kann's kaum erwarten, mit ihr zu reden. Doch dann sehe ich, wie ein Kerl aus der Beifahrerseite desselben Fahrzeugs aussteigt.

„Was zum Teufel?", sagt Emilio neben mir. Er kratzt sich am Hinterkopf. „Das ist neu."

„Ja", presse ich hervor. „Das ist es."

Ich beobachte, wie er um das Auto herumgeht, bis er direkt neben ihr steht. Er streckt eine Hand nach ihr aus. Es sieht vorsichtig aus, so als ob er nicht genau weiß, ob sie seine Berührung akzeptieren wird, und einen Moment lang pocht mein Herz rasend schnell in der Brust. Sie wird ihn abblitzen lassen. Ich weiß es. Wenn sie zusammen wären, wenn er ein Rivale wäre, dann würde er sie nicht so zögerlich anfassen. Ich grinse. Der Wichser hat keine Ahnung, wo er sich dazwischen drängen will.

Allie gehört mir. Sie hat mir viele Fragen zu beantworten, und ich bin verdammt wütend auf sie, aber sie gehört immer noch mir.

Ich mache einen weiteren Schritt auf sie zu, und meine Jungs folgen mir. Aber dann lächelt sie zu dem Kerl hoch und nimmt seine Hand. Sie verschränkt ihre Finger mit seinen und die beiden drehen uns den Rücken zu, um zum Vordereingang der Schule zu gehen.

Ich bleibe wie angewurzelt stehen, mein Blick klebt an ihren Händen. Ihre verdammten, verschränkten Finger, als ob wir hier auf der Grundschule sind oder irgendwelchem Scheiß!

Was. Zum. Teufel.

Dominique legt eine Hand auf meine Schulter und drückt zu. „Alles gut bei dir, Kumpel?"

„Mir geht's gut."

Emilio neben mir flucht. „Wer zum Teufel ist der Typ?"

Ich knirsche mit den Zähnen.

„Wir brauchen immer noch Antworten", sagt Dom neben mir. „Ihr habt sie letzte Woche nicht gesehen. Irgendetwas ist passiert."

„Es ist mir verdammt egal. Zeigt ihr die kalte Schulter." Wut brodelt in mir hoch. „Ich habe keine Zeit für belanglose Schlampen und ihre Spielchen. So läuft das bei uns nicht." Beide nicken bestätigend, aber Emilio schaut zweifelnd.

„Dafür muss es eine Erklärung geben", wendet er ein. Ich funkele ihn an, und er hält die Arme kapitulierend hoch. „Was immer du sagst, Mann. Wir zeigen ihr die kalte Schulter."

Ich nicke. Sie hat auf unsere Nachrichten nicht geantwortet. Hat auf meine Nachrichten nicht geantwortet. Und wofür? Für diesen Kerl? Ich kenne ihn nicht. Ich erkenne nicht einmal sein Gesicht. Ich habe ihn noch nie zuvor in ihrer Nähe gesehen. Aber sie hat mich für diesen Kerl fallen lassen. Sie hat mich wie einen Idioten dastehen lassen. Und nun, wo sie Hand in Hand mit ihm geht, stellt sie sicher, dass die ganze Schule weiß, dass sie mich abserviert hat.

Sie hatte nicht einmal den Anstand, mich anzurufen. Mein Paps ist zu dem Spiel gekommen. Er kommt nie zu meinen Spielen. Er hat nie Zeit dafür. Aber zu unserem Rivalenspiel gegen die Saints ist er gekommen, und ich hatte alles im Voraus geplant. Er sollte mein Mädchen kennenlernen. Ich wollte meinen Eltern von ihr erzählen. Meine Mom weiß, dass Allie da sein sollte und nicht aufgetaucht war. Einfach nicht aufgetaucht, verdammt. Kein Anruf. Keine Nachricht. Nichts.

Ein Muskel fängt an, in meinem Kiefer zu zucken, und ich schaue wütend ihrer sich entfernenden Gestalt nach. Als ob sie meinen Blick spüren kann, dreht sie ihren Kopf, um über ihre Schulter zu sehen. Ihre schokobraunen Augen sehen direkt in mein hasserfülltes Starren, und sie zuckt zusammen.

Ich hoffe, ihr wird klar, wie angepisst ich bin. Wie sehr ich mit ihr fertig bin.

Der Kerl neben ihr verlangsamt seine Schritte. Ich sehe, wie sie ihm ihre Hand entzieht und er sie stirnrunzelnd anblickt. Sie sagt etwas zu ihm. Sie schüttelt den Kopf und schaut wieder zu mir hinüber. Er antwortet und sie diskutieren für einen Moment, bevor sie zu einer Entscheidung kommt.

Sie dreht sich um und geht in meine Richtung, der neue Typ ihr dicht auf den Fersen. Sie nagt an ihrer Unterlippe, die Sorgenfalten auf ihrer Stirn werden mit jedem Schritt tiefer. Gut. Sie sollte sich Sorgen machen. Wenn sie eine herzliche Begrüßung erwartet hat, dann hat sie sich getäuscht.

Der Kerl hat einen ausdruckslosen Gesichtsausdruck aufgesetzt. Ich kann ihn nicht deuten, aber er bleibt dicht bei Allie. Fast so, als ob er sie beschützen will. Seine Hände sind tätowiert und er trägt zwei Diamantohrstecker. Er hat dunkle Jeans an und einen schwarzen Hoodie mit dem Schriftzug Richland auf dem Rücken. Da fällt bei mir der Groschen. Dieser Typ ist aus ihrer alten Heimat. Ist er ihr Ex? Der Ex, der kein Ex mehr zu sein scheint?

Sie sind fast bei uns, als Dom fragt: „Wie sieht der Plan aus?"

Ich schüttele den Kopf. Ich weiß es nicht. Sie kommt zu uns, aber sie ist mit ihm unterwegs. Sie haben eindeutig irgendeine Beziehung miteinander, und ich habe keine verdammte Ahnung, was los ist. War ich irgendein Nebenprojekt für sie? Sie hat am Anfang gesagt, dass sie nichts Ernstes wollte. Wir haben keine Bezeichnungen verwendet. Ich habe sie nie meine Freundin genannt. Aber verdammt, sie war mein Mädchen. Sie war *mein Mädchen.*

Nichts davon ist jetzt von Bedeutung. „Wir halten uns an den Plan. Zeigt ihr die kalte Schulter. Ich bin fertig."

Sie nicken, und wir greifen alle nach unseren Taschen und gehen direkt auf sie zu. Allies Schritte werden zögerlicher, und sie wird bleich, wodurch die scharfen Kanten ihrer Wangenknochen betont werden. Hat sie etwa noch mehr abgenommen?

Als wir direkt vor ihnen stehen, sagt sie: „Ro?" Mein Name kommt flüsterleise über ihre Lippen und löst etwas in mir aus, sorgt dafür, dass sich mein Innerstes zusammenzieht, doch ich antworte nicht. Ich reagiere nicht. Stattdessen schiebe ich mich direkt zwischen sie und den neuen Typen hindurch und gehe direkt zu den Türen. Meine Schritte verlangsamen sich nicht einmal für eine Sekunde.

Sie keucht, bevor sie ein bisschen lauter sagt: „Roman?"

Ich gehe weiter. Dann ruft das Arschloch, das bei ihr ist: „Alter, was ist dein Problem?"

Ich wirbele herum. Meinen Rucksack lasse ich auf den Asphalt fallen, bevor ich nahe an ihn herangehe und ihm direkt ins Gesicht blicke. Er weicht nicht von der Stelle, und Wut blitzt in seinen Augen.

Allie atmet hörbar ein und macht mehrere Schritte nach hinten. Sie ist weiß wie ein Bettlaken, aber ich schere mich nicht darum.

„Ich weiß nicht, für wen zum Teufel du dich hältst, aber das hier ist meine Schule. Meine Stadt. Sprich mich nicht noch einmal an. Nie wieder. Klar?"

Er antwortet nicht. Mittlerweile hyperventiliert Allie regelrecht neben uns, während sie uns beobachtet.

Langsam, verdammt langsam, drehe ich meinen Kopf, um sie wütend anzustarren. „Und das Gleiche gilt für dich. Sprich mich nicht an. Wir sind keine Freunde. Wir sind gar nichts. Ich gebe mich nicht mit Huren ab." Sie zuckt zurück, als ob ich sie geschlagen hätte, und ehe ich mich versehe, schlägt mir eine

Faust ins Gesicht, und ich stolpere ein paar Schritte zurück. Dom und Emilio eilen an meine Seite. Ich schüttele den Kopf und zwinkere mehrmals, um meine verschwommene Sicht zu klären, während mein Blick das wütende Starren des Typen trifft, mit dem sie gekommen ist.

Seine Nasenflügel sind gebläht und seine Hände sind an den Seiten zu Fäusten geballt, als ob er sich nur mit Mühe davon abhalten kann, mich noch einmal zu schlagen.

Ich spucke aus und mein Blut klatscht auf den Asphalt. „Das wirst du bereuen."

„Nenne sie nie mehr so. Ist das klar?" Seine Stimme ist hart, seine Augen blicken mörderisch.

Ich kann mir nicht helfen und lache. „Was immer du sagst, *cabrón*. Du solltest nur wissen, dass sie vor zwei Wochen unter mir gelegen hat. Wer weiß, wie viele Kerle sie seitdem gehabt hat?"

„Du widerlicher Scheißkerl. Hast du auch nur ansatzweise eine Vorstellung davon, was sie ..."

„Julio, bitte nicht!", schreit sie auf, und wir drehen uns beide um, um ihren tränenfeuchten Blick zu sehen. „Bitte. Nicht."

Schuldgefühle machen sich in mir breit, als ich ihre Tränen sehe, doch dann schiebe ich sie beiseite. Ich werde auf keinen Fall Mitleid mit ihr haben. Sie hat jetzt *Julio*. So heißt der Wichser. Also doch nicht ihr Ex.

Sein Blick wird sanft, als er sie anschaut, und er geht auf sie zu. Er legt seine Hand in ihren Nacken und zieht ihr Gesicht an seine Brust. Sie lässt bereitwillig zu, legt ihren Arm um seine Taille und, verdammt, das ist wie ein Schlag in die Magengrube. Das zu sehen, zu sehen, wie er sie umarmt, schmerzt mehr, als der Kinnhaken dieses Wichser je wehtun könnte.

Ich sage nichts. Mir fehlen die verdammten Worte. Ich

drehe mich um und gehe zum Eingang, weigere mich, zurückzuschauen.

„Sieh dich vor", warnt Dom ihn, bevor er mich einholt.

„Was zum Teufel war das denn?", murmelt Emilio, als wir außer Hörweite des glücklichen Paares sind.

Ich gebe ihm keine Antwort.

Als Silvia Parish an mir vorbeigeht, rufe ich sie zu mir, statt sie wie üblich zu ignorieren. Ihre Augen wirken zögerlich, doch sie leuchten auf, als ich ihr ein Lächeln schenke. Sie verlangsamt ihre Schritte, um auf mich zu warten.

„Hey, Ro", säuselt sie.

Ich sehe die verwirrten Blicke meiner Jungs, doch ich ignoriere sie. „Bist du bereit, von der schwarzen Liste genommen zu werden?", frage ich sie.

Sie zieht einen Schmollmund. „Das war echt gemein von dir."

„Ja. Na ja, vielleicht werde ich es später bei dir wieder gutmachen. Was hältst du davon?"

Lust verdunkelt ihre Augen, und sie nickt zustimmend. „Hm. Das klingt gut." Sie läuft nun neben mir. „Ist es mit dir und der kleinen Heiligen vorbei?"

Ich schüttele den Kopf und schenke ihr ein teuflisches Grinsen. „Da gibt es nichts, was vorbei sein könnte. Der Scheiß hatte nie wirklich begonnen", sage ich zu ihr.

ALLIE

Wenn Julio nicht bei mir wäre, würde ich heute nicht überleben. Er folgt mir in all meine Kurse. Ein paar Mädchen werfen ihm interessierte Blicke zu, aber er ignoriert sie und richtet seine ganze Aufmerksamkeit auf mich.

Roman taucht zur ersten Stunde nicht auf. Ein Teil von mir fragt sich, ob er Silvia in den Umkleideräumen vögelt oder so etwas in der Art. ich verstehe, dass er wütend ist. Aber er hätte das nicht sagen müssen.

Ich will mit ihm reden, um zu erklären, warum ich weder angerufen noch geschrieben habe. Ich weiß, wenn er meine Gründe kennen würde, wenn er wüsste, was alles passiert ist, dann würde er es verstehen. Zumindest hoffe ich, dass er es verstehen würde. Aber ich kann mich nicht überwinden, mich ihm gegenüber so verwundbar zu machen. Seine Worte haben mich tief getroffen. Er wollte mir wehtun, und das ist ihm gelungen. Was, wenn er es nicht versteht? Was, wenn ich ihm sage, was passiert ist, und das nur bestätigt, was ich seiner Meinung nach bin? Eine Hure.

Julio versucht den ganzen Tag über, mich zu trösten. Jedes

Mal, wenn ich Roman, Dominique oder Emilio sehe, lenkt er mich mit einer Frage oder einem blöden Witz ab. Manchmal klappt es. Aber meistens nicht.

„Hey", er hebt mein Kinn hoch, sodass ich ihn anblicken muss. „Du brauchst sie nicht. Noch sieben Monate, und dann kommst du nach Hause zu mir."

Ich nicke. In vier Monaten werde ich achtzehn. In sieben bin ich mit der Schule fertig. Es fühlt sich wie eine Ewigkeit an. Aber in Wirklichkeit ist das nicht so weit weg. Mich mit den Teufeln zu überwerfen, tut weh, aber vielleicht ist es so am besten.

Wir essen in der Bibliothek ohne Zwischenfälle unser Mittagessen. Na ja, zumindest tut Julio das. Ich schaffe es, zwei Bissen Pizza zu nehmen, bevor ich mein Tablett zur Seite schiebe, weil ich das Essen hier auch nicht besser herunterbekomme als bei Gerald.

Spanisch geht ohne Probleme vorüber. Als ich zum Schweißen gehe, zieht Julio ein bisschen mehr Aufmerksamkeit auf sich als in meinen anderen Kursen, aber diesmal ignoriert Julio sie nicht, weil es eine Klasse voller Jungs ist.

„Ist das dein neuer Lover?", fragt Aaron mit einem Lächeln im Gesicht. Es ist ein gezwungenes Lächeln, aber es ist trotzdem ein Lächeln. Ich versteife mich, als er näherkommt, aber Julio stellt sich zwischen uns und nimmt mir etwas die Anspannung, bevor er Aaron an meiner Stelle antwortet.

„Nee, Mann. Allie ist wie meine kleine Schwester. Ich bin ein Freund aus ihrer alten Heimat." Er streckt eine Hand aus und Aaron schüttelt sie. Sein Lächeln wird aufrichtiger, als er Julio mustert.

„Schwester, was? Ihr zwei hättet mich glatt täuschen können. Das ganze Händchengehalte, die Blicke..." Er verstummt, und ich weiß, dass da eine Frage drinsteckt, aber er stellt sie nicht.

Julio und ich tauschen, seit er angekommen ist, Zärtlichkeiten aus. Ich bin nicht sicher, wie das gekommen ist. Früher zu Hause haben wir nie Händchen gehalten, aber wir haben uns aneinander gekuschelt, wenn wir zusammen Filme angesehen haben, und wir sind nie vor körperlichem Kontakt zurückgescheut. Aber es war immer platonisch. Wenn er sagt, dass ich wie eine Schwester bin, dann ist das zu hundert Prozent richtig. Ich habe keine biologischen Geschwister. Aber wenn, dann wäre unsere Beziehung bestimmt wie meine zu Julio. Locker. Ungezwungen. Und ohne jegliche romantische Gefühle für den anderen.

„Ich kenne J seit der Grundschule", sage ich achselzuckend. „Ich glaube nicht, dass einem von uns klar war, wie die Leute die Sache auffassen könnten."

Julio schnaubt neben mir. „Es ist uns auch egal."

Aaron scheint darüber nachzudenken. „Und... Wie kommt Roman damit klar? Ich habe ihn vorhin mit ..." Er unterbricht sich und schaut weg. Er reibt sich den Nacken und schaut mich entschuldigend an. „Sorry. Ich weiß, es geht mich nichts an, aber ich glaube, du hast das Recht es zu wissen." Er hält inne. „Roman war heute beim Mittagessen die ganze Zeit über schwer mit Silvia Parish beschäftigt."

Das fühlt sich wie ein Schlag in die Magengrube an. „Er hat nicht lange gebraucht, um sich eine Neue zu suchen."

Aarons Gesicht verzieht sich zu einer Grimasse. „Ist etwas vorgefallen? Die Teufel haben sich alle komisch benommen. Ich weiß, du und er, ihr wart ..."

„Nein. Nichts ist vorgefallen. Die Dinge haben nur ihren Lauf genommen. Das ist alles."

Julio vibriert neben mir vor Wut. Ich weiß, er will etwas sagen. Er hat es deutlich gemacht, was er von Roman hält, aber glücklicherweise redet er nicht darüber.

„Na ja, wie dem auch sei, ich hoffe, dir geht es gut. Roman ist ein Arschloch. Du hast jemand Besseren verdient."

Julio pfeift zustimmend, und der Lehrer reißt seinen Kopf zu uns herum und funkelt uns wütend an. Julio sagt leiser: „Das kannst du laut sagen. Der Typ ist ein Arschloch erster Güte."

Aaron schlägt mit ihm ein, und ich unterdrücke ein Stöhnen, als die zwei sich in eine hitzige Diskussion darüber stürzen, was für ein riesiger Mistkerl Roman ist. *Großartig.*

Kurz bevor die Stunde vorbei ist, zeigt ein Signal auf Aarons Handy den Eingang einer Nachricht an. Er zieht sein Telefon hervor und runzelt die Stirn. „Scheiße."

„Irgendwas nicht in Ordnung?", frage ich.

Er wuschelt sich durch seine sandblonden Haare, bevor er das Handy zurück in seine Hosentasche schiebt und sein Skateboard schnappt. „Einer der Tellerwäscher im Diner hat gerade gekündigt. Auch noch fristlos. Heute Abend wird anstrengend werden."

„Du arbeitest in einem Diner?", fragt Julio.

Er nickt. „Ja. Meine Tante ist die Inhaberin von Sun Valley Station. Hat die besten Burger der Stadt. Ich arbeite da manchmal nach der Schule, um ihr auszuhelfen." Er zuckt mit den Schultern. „Ich brauche das Geld nicht, aber so komme ich mal aus dem Haus."

Mir kommt eine Idee, und bevor ich sie mir ausreden kann, sage ich: „Ich kann helfen. Ich meine, wenn du denkst, dass sie die Stelle gern besetzen würde. Ich suche nach einem Job."

Er zieht die Brauen zusammen. „Echt?"

Ich nicke eifrig.

„Allie, bist du dir sicher, dass das eine gute Idee ist?", flüstert Julio neben mir. Ich nicke ihm bestätigend zu. Das ist eine großartige Idee. Genau das, was ich brauche.

„Ja. Ich habe ein paar Bewerbungen in der Stadt herumgeschickt, aber keine Antwort bekommen."

„Ich weiß, wo du wohnst, und ich habe dein neues Fahrzeug gesehen. Du brauchst nicht dringend Geld. Warum willst du denn Geschirr in einem Diner spülen?"

„Weil ich nicht in allem von meinem biologischen Vater abhängig sein möchte. Ich kenne den Kerl kaum. Du weißt, wie er ist. Würdest du etwas von ihm annehmen wollen?"

Er schüttelt den Kopf und verzieht dabei das Gesicht. Wahrscheinlich denkt er an Geralds Worte, als er letztes Mal bei uns war.

„Wenn du mir dabei hilfst, diesen Job zu bekommen, dann würdest du mir einen riesigen Gefallen tun."

Er verzieht die Lippen, während er darüber nachdenkt. „Könntest du heute Abend arbeiten?"

Ich nicke.

„In Ordnung. Ich spreche mit ihr. Ich kann dir nichts versprechen, aber richte dich darauf ein, dass du bis Ende der letzten Schicht arbeitest. Das ist von vier bis elf."

„Danke. Du hast keine Ahnung, wie dankbar ich dir bin." Die Klingel läutet das Unterrichtsende ein, und wir stehen alle auf und sammeln unsere Sachen zusammen.

Aaron lächelt und tritt auf mich zu. Er breitet die Arme aus, als ob er mich umarmen will, und ich verspanne mich sofort. Julio fängt die Berührung ab, indem er den Arm ausstreckt und Aaron die Hand schüttelt und ihn in eine Kumpelumarmung zieht. Aarons Augen schauen mich über Julios Schulter hinweg verwirrt an.

„Danke, dass du meinem Mädchen aushilfst, Mann. Ich bin froh, dass sie hier einen Freund hat, wenn ich nach Hause fahre."

„Äh, ja. Sicher."

Julio tritt weg und zieht mich dann zur Tür.

„Bis heute Abend", sage ich zu Aaron und gehe schnell.

Ich sitze auf der Kühlerhaube meines El Camino, meine Beine sind gespreizt und Silvia steht dazwischen. Ihre manikürten Hände befinden sich oben an meiner Hose, sie lehnt sich gegen mich und versucht verzweifelt, verführerisch zu wirken.

Ich ignoriere sie. Sie glaubt, dass ich mit ihr zusammen sein will. Dabei ist es das Letzte, was ich will. Dass ich sie heute in der Nähe hatte, rächt sich schon. Sie ist eine schlimme Klette, die voll Komplexe hat, aber Allies Audi ist vier Autos weiter von hier geparkt, und ich will, dass sie Silvia zwischen meinen Oberschenkeln sieht.

Sie soll sehen, wie sehr ich über sie hinweg bin.

„Hey. Gehen wir zum Training?", fragt Emilio, als er seine Tasche auf meinen Rücksitz wirft. Dom ist schon im Umkleideraum. Er ist unser Quarterback und kann es sich nicht leisten, zu spät zu kommen. Der Coach würde ihm den Arsch aufreißen.

„Ja, wir gehen gleich."

Er wirft mir einen Seitenblick zu, bis er Allie entdeckt, und den neuen Wichser, der neben ihr geht. Auf Emilios Gesicht breitet sich ein wissender Ausdruck aus, und er tut mir einen Gefallen. Als er zur Tür der Turnhalle läuft, ruft er: „Komm schon, du Arsch. Du kannst Silvia später poppen."

Allie reißt den Kopf in Richtung seiner Stimme herum. Dann folgt sie seinem Blick und sieht genau das, was ich sie sehen lassen wollte. Schmerz blitzt in ihren Augen auf. Was zum Teufel hat sie für einen Grund, um so verletzt auszusehen? Ich mag es vor niemandem zugeben, aber sie ist diejenige, die von mir nichts mehr wissen wollte. Sie ist mit einem neuen Typen aufgekreuzt, hat Händchen mit ihm gehalten, und jetzt will sie so tun, als ob das alles meine Schuld ist.

Das wird definitiv nicht passieren.

Ich greife Silvias Hüften und ziehe sie näher. Ich küsse ihren Hals, sehe dabei aber Allie in die Augen, während ich meine Hand wandern lasse, bis ich Silvias festen Arsch greife.

Sie stöhnt in meiner Umarmung und drückt sich näher an mich. „Roman, du fühlst dich so gut an."

Ich verbeiße mir eine beleidigende Antwort. Ich hasse das Gefühl ihres Körpers, der sich gegen meinen drückt, wenn es doch eigentlich Allie sein sollte.

Ich streife mit den Zähnen seitlich an ihrem Hals entlang. Sie erschauert sichtbar. So verdammt theatralisch, aber gut für meine Zwecke.

Allie steht da, drei Meter von ihrem Auto entfernt, und beobachtet uns. Es ist, als ob sie festgewurzelt wäre, und ich nutze das ordentlich aus. Als Silvias Hand nach unten sinkt, um meinen Schwanz durch meine Jeans hindurch zu streicheln, drehe ich mich so, dass Allie es auch gut sieht.

Ihre Wangen glühen in einem hübschen Rosa, aber ich habe keine verdammte Ahnung, ob sie vor Wut oder Peinlichkeit rot wird.

Julio ruft sie beim Namen. Als sie nicht reagiert, zieht er an ihrer Hand und führt sie zu ihrem Auto. Ihre Augen schauen auf dem gesamten Weg in meine, bis sie schließlich einsteigt und die getönten Scheiben sie meiner Sicht entziehen.

Sobald das Auto den Parkplatz verlassen hat, schiebe ich Silvia von mir und gehe zur Sporthalle.

„Hey ...", piepst sie.

„Ich habe Training." Ich bin schon zur Hälfte über dem Parkplatz.

„Oh. Okay. Ruf mich später an!"

Ich winke über meine Schulter ab. Ich werde sie nicht anrufen, und trotzdem wird sie morgen auf mich warten, wenn ich zur Schule komme. So verdammt vorhersagbar.

ZWEIUNDDREISSIG

ALLIE

Ich habe den Job bekommen.

Gerade, als Julio und ich durch die Tür meines Hauses treten, kommt eine Nachricht von Aaron rein.

Aaron: Meine Tante sagt, du kannst heute Abend zur Probe arbeiten. Wenn es klappt, dann gehört der Job dir. Spätschicht 3x pro Woche.

Ich: DANKE SEEEEEEEHR!

„Du siehst glücklich aus", sagt Julio, als wir unsere Taschen an der Kücheninsel abstellen. Ich schnappe mir zwei Gläser aus dem Schrank und fülle sie mit Wasser, bevor ich ihm eines reiche. „Danke."

„Ich bin auch glücklich. Aaron hat geschrieben, dass ich den Job bekomme. Endlich mal etwas Gutes, weißt du?"

Er nickt, doch seine Brauen sind zusammengezogen, während er in sein Glas blickt. „Ich will es dir nicht vermiesen, aber bist du sicher, dass das eine gute Idee ist?"

Ich spanne mich an. „Warum sollte es das nicht sein?"

Er fährt sich mit einer Hand durch seine dunkelbraunen

Haare und blickt auf. „Allie, du hast eine Menge durchgemacht."

„Ich weiß", blaffe ich, weil ich es nicht mag, in welche Richtung dieses Gespräch geht. Vor nicht einmal zwei Minuten war ich in Hochstimmung. Jetzt bringt er meinen Traum grundlos zum Platzen.

„Wie wirst du mit all den Leuten um dich herum umgehen? Mit den Kunden? Mit dem anderen Personal? Was, wenn Aaron dich zum Abschied wieder freundlich umarmen will?"

Ich kaue an meinem Fingernagel. „Ich werde mir etwas einfallen lassen", sage ich zu ihm, fest entschlossen, die Sache hinzukriegen. „Mir geht es gut. Ich hatte heute in der Schule keine größeren Zusammenbrüche. Das wird mir guttun."

Er sieht nicht überzeugt aus, aber er lässt das Thema fallen. Ich schaue, wie spät es ist, und merke, dass ich vierzig Minuten habe, um mich fertig zu machen, und zum Diner zu fahren. „Ich muss mich umziehen. Willst du mich hinfahren und dann das Auto behalten, falls du irgendetwas unternehmen willst?"

Er schüttelt den Kopf. „Nein. Ich habe ein paar Aufgaben fürs Selbststudium, die ich erledigen muss. Ist es okay, wenn du selbst fährst?"

Ich nicke. „Ich kriege das hin."

Er sieht immer noch nicht überzeugt aus, sagt aber nichts, als ich nach oben renne, um mich umzuziehen.

* * *

Wenn man bedenkt, dass es ein Wochentag ist, dann ist das Sun Valley Station rappelvoll. Fast jede Sitzecke ist besetzt, und an der Theke sind nur zwei Barhocker frei. Ich erkenne ein paar Schüler aus meiner Schule, aber glücklicherweise nicht die Teufel. Ich glaube nicht, dass ich jetzt mit Roman umgehen könnte.

Aaron winkt mich zu sich, sobald er mich eintreten sieht. „Hey, komm mit." Er macht eine der Kellnerinnen auf sich aufmerksam und ruft ihr zu: „Ich bin gleich wieder da."

Sie nickt, und Aaron führt mich durch eine Doppelschwingtür und dann einen privaten Flur entlang zu einem Büro. Er klopft zweimal an die Tür, bevor er sie öffnet.

„Tante Emma, das ist Allie." Eine Frau mittleren Alters mit aschblondem Haar schaut von ihrem Schreibtisch auf. Ihre Gesichtszüge sind streng. Schmale Nase, hohe Wangenknochen und schmale Lippen. Eine Lesebrille sitzt oben auf ihrem Kopf.

„Du gehst mit meinem Neffen zur Schule?", fragt sie und lehnt sich in ihrem Stuhl zurück. Sie legt die Dokumente, die sie gerade durchgesehen hat, zur Seite, um mir ihre volle Aufmerksamkeit zu schenken.

„Jawohl, Maam."

„Ah, diese hier hat Manieren", sagt sie zu Aaron, bevor sie sich wieder zu mir dreht. „Hast du Arbeitserfahrung?"

„Ich habe einen Sommer lang in meiner Heimatstadt als Barista gearbeitet." Viel ist das nicht, aber wenigstens etwas, und ich habe dadurch gelernt, in einem schnellen Tempo zu arbeiten.

„Hat Aaron dir die Einzelheiten erzählt? Du musst Geschirr spülen. Es ist nichts Glamouröses. Du wirst nicht kellnern und kein Trinkgeld bekommen. Ab und zu räumst du vielleicht ein paar Tische ab, wenn die Mädchen vorn Hilfe brauchen, aber den größten Teil der Zeit wirst du hinten verbringen. Ist das in Ordnung für dich?" Sie mustert mich prüfend.

Ich wusste nicht, was ich tragen sollte, als habe ich ein paar schwarze Skinny-Jeans und ein langärmeliges schwarzes T-Shirt und weiße Sneaker angezogen. Ich habe angenommen, dass Schwarz die sicherste Wahl sei.

„Klingt gut", sage ich zu ihr.

„Okay, dann. Aaron bringt dir eine Schürze und zeigt dir, wo du arbeitest. Wenn du heute mithalten kannst, kannst du den Job haben. Du bekommst den Mindestlohn, aber nach sechs Monaten wird der Stundenlohn um einen Dollar erhöht. Der Arbeitsplan ändert sich jede Woche, aber drei Schichten sind dir sicher."

Ich nicke. „Danke."

Aaron führt mich durch den Flur in den Küchenbereich. Ich werde von zwei Köchen begrüßt, aber beide stecken bis zum Hals in Arbeit, also winken sie mir nur zu und lächeln. Ich verspanne mich, als mir klar wird, dass nur wir drei hier hinten sind, doch ich lasse erleichtert die Schultern sinken, als Aaron mich weiterführt, wo die Geschirrspülstation ist.

Sie befindet sich, von den Köchen entfernt, in einer kleinen Ecke. „Die Kellner und Hilfskräfte stellen hier das Geschirr ab." Er zeigt auf eine niedrige Theke, auf der sich bereits schmutzige Teller und Gläser stapeln. „Und wenn du fertig mit Spülen bist, dann stellst du sie hier ab. Besteck und Gläser kommen alle in die automatische Spülmaschine, damit sie desinfiziert werden, aber die Teller und Schüsseln wäschst du von Hand."

„Klingt nicht allzu schwierig." Ich lächele ihn an. „Ich denke, ich kriege das hin."

„Okay. Und wenn du nicht weiterweißt oder Hilfe brauchst, dann bin ich vorn." Er legt eine Hand auf meine Schulter und ich verspanne mich sofort. Panik kommt in mir hoch, und Aaron entgeht meine Reaktion nicht. Er nimmt sofort seine Hand hoch und macht zwei Schritte zurück.

„Was ist hier gerade passiert?"

Ich öffne meinen Mund, um zu antworten, bringe aber nichts heraus.

„Allie, du bist ganz weiß."

Ich schlinge meine Arme um mich und schaue weg. Julio

hatte recht. Das war eine furchtbare Idee. Was hatte ich mir nur gedacht?

Ich nage an meiner Unterlippe und frage mich, wie ich Aaron mein Verhalten erklären soll, als er sagt: „Ist irgendetwas passiert, während du nicht da warst?"

Ich fange seinen besorgten Blick auf und weiß, dass mein eigener feucht mit ungeweinten Tränen ist und nicke.

„Fuck." Er reibt sich den Nacken. „Deshalb ist dein Freund eingeschritten, als ich dich vorhin umarmen wollte?"

Noch ein Nicken.

„Okay. Okay." Er tigert vor mir hin und her, während er das alles verarbeitet, und ich wappne mich für das, was er als Nächstes sagen wird. „Ich muss nicht wissen, was passiert ist. Es geht mich nichts an. Falls du entscheidest, dass du es mir irgendwann erzählen möchtest, dann kannst du es, okay? Ich bin für dich da, egal was du brauchst." Mein Herz schmilzt bei seinen Worten. Ich wusste, dass Aaron ein guter Kerl ist. „Aber..." Er schüttelt den Kopf, als er schwer ausatmet. „Du willst nicht berührt werden? Richtig?"

Ich nicke. „Ja. Das stimmt."

„Ist deshalb dein Freund hier zu Besuch? Um dich zu unterstützen, womit auch immer du zu kämpfen hast?"

„Ja."

„Ich werde auch helfen. Was immer du brauchst. Er kann nicht rund um die Uhr bei dir sein. Wenn du hier bist, dann bin ich für dich da. Okay?"

Eine Träne rollt meine Wange hinunter und ich wische sie fort. „Du bist ein echt toller Kerl, Aaron. Ich danke dir."

DREIUNDDREISSIG

ROMAN

Sie isst nichts. Ich weiß nicht, warum mir das Sorgen macht, aber das Mädchen isst nie. Zumindest nicht in der Schule. Ihre Wangenknochen stechen stärker hervor. Ihre Kleidung sitzt lockerer. Irgendetwas ist los, und ich habe keine verdammte Ahnung, was es ist.

Ich weiß, dass es meinen Jungs auffällt. Sie werfen ihr die gleichen besorgten Blicke zu wie ich, wenn sie denken, dass ich es nicht sehe.

Der Drang, sie zu zwingen, mir zu sagen, was los ist, ist stark, aber sie hat immer noch diesen Wichser, Julio, bei sich. Und noch schlimmer, sie hängt jetzt mehr mit Henderson herum. Einer von ihnen ist immer bei ihr. Sie ist nie allein. Nicht in ihren Kursen. Nicht beim Mittagessen. Zum Teufel, selbst wenn sie pissen geht, steht eines dieser Arschlöcher direkt vor der Tür.

Ich bin versucht, die Kerle irgendwie abzulenken, damit ich sie fortziehen kann, aber ich rede mir diese Idee aus. Es sollte mir egal sein, dass sie abnimmt. Was bedeutet das schon für mich? Sie hat vorher auch nicht viel gegessen. Jetzt isst sie nur noch weniger. Vielleicht ist sie immer noch traurig wegen ihrer

Mom. Das ist wahrscheinlich der Grund. Ich kann das schon verstehen, aber das ist nicht mein Problem. Nicht mehr.

Und genau jetzt stolziert Silvia auf mich zu. Ich stöhne. Das Mädchen ist so eine scheiß Klette. „Hey, Rom", ruft Emilio. „Die Gattin ist im Anmarsch."

Ich zeige ihm den Mittelfinger und ignoriere den Unmut, den Silvias Gegenwart in mir auslöst. Sarah ist direkt neben ihr und schmachtet Emilio blöde an. Er nickt mit dem Kinn grüßend in ihre Richtung, und das Mädchen fällt vor Verzückung fast in Ohnmacht. Erbärmlich.

Kasey Henderson läuft genau in diesem Moment vorbei und verdreht spöttisch die Augen. „Ihr seid ganz schön verzweifelt, Jungs", ruft sie uns zu, bevor sie zu dem Tisch geht, wo Allie sitzt. Ich ignoriere ihren Kommentar und lege meinen Arm um Silvias Schulter. Erwartungsgemäß schmiegt sie sich an mich, sodass ihre Brüste und die zentimeterdicke Polsterung ihres BHs gegen meinen Brustkorb gequetscht werden.

„Verbringen wir dieses Wochenende ein bisschen Zeit miteinander, Ro?", fragt sie mit klimpernden Wimpern, was sie sicherlich für verführerisch hält, aber eigentlich sieht sie so nur aus, als ob sie irgendetwas im Auge hat.

Ich zucke mit den Schultern. „Keine Ahnung. Ich habe was mit den Jungs vor. Wir werden sehen."

Ihre Unterlippe schiebt sich nach vorn, und ich weiß, dass sie unzufrieden ist. Die Tussi hat die ganze Woche über versucht, mit mir zu vögeln. Ich habe sie geküsst, aber weiter habe ich nichts gemacht, und das auch nur in der Öffentlichkeit. Wenn ich meine Ansprüche schon auf ein Mädchen wie sie herunterschraube, dann muss es einen Grund dafür geben. Und Allie eines auszuwischen, ist der Hauptgrund. Silvia will mehr. Sie will ficken. Doch die Vorstellung daran, sie zu vögeln, lässt meinen Schwanz, wie eine überkochte Nudel schlaff werden.

Ich schaffe es schon kaum, meine Zunge in ihren Mund zu stecken, geschweige denn das.

Vor ein paar Wochen hätte ich sie, ohne nachzudenken, gefickt. Silvia hat einen knackigen Arsch, Kurven und einen anständigen Vorbau. Ihre Zähne sind gerade und sie hat lange, seidig glänzende Haare, die ich normalerweise gern um meine Faust wickeln würde. Aber jetzt kann ich nur ein armseliges Mädchen sehen, das nicht zu kapieren scheint, dass ich absolut kein Interesse an ihr habe.

Sie ist nur ein Mittel zum Zweck. Ein Zeitvertreib. Die Saison ist vorbei und ich habe kein Footballtraining mehr, mit dem ich mich ablenken kann, also versuche ich stattdessen, dem Mädchen, das mutwillig auf meinem Herzen herumgetrampelt ist, auf möglichst kreative Weise wehzutun.

Als Allies Blick in meine Richtung geht, lehne ich mich ganz nah an Silvia und lege meine Lippen auf ihre. Sie stöhnt dramatisch in den Kuss hinein, und ich schließe die Augen und stelle mir vor, dass ich gerade Allie küsse. Dass es Allie ist, deren Mund ich schmecke.

Silvia stöhnt wieder. Sie hat kein Problem damit, dass wir in einer vollen Cafeteria sind, und sie wie ein Pornostar klingt. Ich wünschte, sie würde verdammt noch mal still sein. Als sie zum dritten Mal stöhnt, ziehe ich mich zurück. Ihre Pupillen sind groß und ihr Lächeln breit, während sie versucht, zu Atem zu kommen. Ich schaue zu Allies Tisch, aber der ist jetzt leer. Sie ist gegangen.

VIERUNDDREIßIG

ALLIE

Die Woche verstreicht, und ehe ich mich versehe, ist es Samstagabend. Ich habe wieder die letzte Schicht im Sun Valley Station, doch diesmal hat Aaron frei, damit er beim Basketballspiel der Mädchen zuschauen kann. Die Saison hat gerade begonnen, und Kasey spielt im Junior-Team, wenn auch nicht freiwillig. Sie hasst Sport, aber ich nehme an, ihre Eltern zwingen sie zu ein paar außerschulischen Aktivitäten. Aaron geht zum Spiel, damit er sich anschließend über seine Schwester lustig machen kann.

Ursprünglich hatte ich an diesem Abend auch frei, und Aaron hatte mich eingeladen, mitzukommen, doch ich konnte mich nicht überwinden, zu einem Schulereignis zu gehen.

Im Diner ist in den ersten Stunden nicht viel Betrieb, aber ich weiß, das wird sich ändern, sobald das Spiel vorbei ist. Jeder wird ausgehen und feiern oder hierherkommen, weil die anderen Restaurants in dieser Gegend dann schon geschlossen sind. Also nutze ich die Ruhe vor dem Sturm und vergewissere mich, dass das ganze Geschirr sauber ist und ordentlich gestapelt, sodass ich bereit bin, wenn der Andrang kommt.

Julio musste heute Morgen nach Hause zurückfahren. Es

war deprimierend, ihn abfahren lassen zu müssen, aber er kann nicht so viel Schule verpassen. Er hatte angeboten, länger zu bleiben, doch ich wollte ihn nicht ausnutzen. Ich bin allerdings dankbar für die Woche, die er mir geschenkt hat. Ich habe seit Montag nur eine Panikattacke gehabt, und Aaron hat Wort gehalten und mir so gut wie möglich ausgeholfen, wenn Julio nicht da war.

Der Lärmpegel vorn im Diner steigt und ich wage einen Blick auf die Uhr. Es ist erst kurz nach neun. Nicht einmal zwei Stunden bis zur Schließzeit, und jetzt geht es hier erst richtig los.

Während ich mit dem Teller schrubben beschäftigt bin, höre ich mir ein paar ältere Songs von *My Chemical Romance* an. Gut eine Stunde später wippe ich gerade im Takt von *Black Parade*, als Emma ihren Kopf zur Tür reinsteckt und sagt: „Ich muss eher gehen, weil ich ein paar Dinge zu erledigen habe. Julie schließt heute Abend alles ab.“

Ich nicke. Julie ist eine der Kellnerinnen, die hier Vollzeit arbeitet. Sie ist Studentin und, soweit ich mitbekommen habe, auch eine Freundin der Familie, weshalb man ihr einen Schlüssel anvertraut und sie den Kassensturz machen lässt.

Die Köche des heutigen Abends, Rodrick und Ben, sagen mir Bescheid, dass sie Feierabend machen, als sie die letzte Bestellung fertig haben, und ich winke ihnen zum Abschied zu. Sie bleiben hauptsächlich unter sich, seit ich hier arbeite, und ich frage mich, ob Aaron etwas zu ihnen meinetwegen gesagt hat. Ich wasche gerade die letzten Teller ab, als die Doppeltür aufschwingt und Julie in den Raum gestürmt kommt.

„Bist du fast fertig?“, fragt sie.

Ich nicke. „Ja, nur noch ein paar übrig.“

Sie beäugt finster meinen Tellerstapel. Er ist nicht sonderlich groß, und ich sollte ihn in maximal zehn Minuten geschafft haben. „Ich bin mit ein paar Freunden bei einer Party verabredet und bin schon spät dran. Ist es in Ordnung, wenn ich Feierabend mache? Die Türen sind bereits abgeschlossen, und ich habe Kassensturz gemacht. Wenn du gehst, musst du einfach nur aufpassen, dass du die Tür richtig hinter dir zuziehst."

„Ja. Das ist in Ordnung."

Sie quietscht begeistert. „Danke schön! Du bist die Beste. Wir sehen uns nächste Woche."

Und weg ist sie.

Ich spüle nun in Ruhe das Geschirr fertig. Dann schnappe ich mir meine Tasche und meinen Hoodie. Ich schalte das Licht aus und will gerade die Tür öffnen, als ich einen Mann entdecke, der auf der anderen Seite der Straße steht. Im Diner sind alle Lichter aus, daher bin ich mir sicher, dass er mich nicht sehen kann, aber es sieht so aus, als ob er mich trotzdem direkt anstarrt, auch wenn ich seine Augen nicht sehen kann.

Ich habe plötzlich am ganzen Körper Gänsehaut.

Er steht im Schatten, doch durch die Straßenlaternen ist es so hell, dass ich seinen Körper sehen kann. Ich erkenne eine dunkle Jeans und ein Flanellhemd. Er ist groß. Ein Körperbau wie ein Mann, nicht wie einer von den Jungen, mit denen ich zur Schule gehe.

Ich bin vor Angst wie erstarrt, bevor ich ein paar Schritte von der Tür zurückstolpere. Der Mann bewegt sich absolut nicht. Ich schaue zu meinem Parkplatz und sehe den Audi. Er steht an der am weitesten entfernten Stelle, weil ich nicht so nahe bei jemand anderem parken wollte.

Die zehn Meter oder so, die er entfernt ist, kommen mir wie eine Meile vor.

Kann ich vor ihm zu meinem Auto gelangen? Wenn ich renne, dann schaffe ich es wahrscheinlich. Vielleicht. Aus welchem Grund steht er da draußen und lauert?

„Komm schon, Allie. Reiß dich zusammen", murmele ich

mir selbst zu. Nur weil ich schon einmal angegriffen wurde, heißt das nicht, dass es nochmal passieren wird. Doch die Worte meines Angreifers hallen in meinem Kopf wider, als ob er wieder direkt über mir steht. *„Ich besuche dich gern wieder"*, hatte er gesagt. Was, wenn er das ist, oder sein Freund? Was, wenn Gerald erneut etwas vermasselt hat?

Gerald und ich haben nie darüber gesprochen, was diesen Übergriff überhaupt verursacht hatte. Er hatte nur gesagt, dass er sich darum kümmern würde, und dann hatte er die Sache nicht mehr aufgebracht. Ich hätte mit dem Thema noch einmal anfangen sollen. Ich hätte sicherstellen sollen, dass mir so etwas nicht noch einmal passieren kann.

Oh Gott. Ich bin so blöd gewesen.

Ich lasse mich auf eine Sitzbank im hinteren Teil des Restaurants plumpsen, weg vom Fenster, und dann ziehe ich mit zitternden Fingern mein Handy hervor. Ich wähle Julios Nummer, bevor mir überhaupt einfällt, dass er mir nicht helfen kann, und lege auf. Okay. Plan B. Ich versuch's bei Aaron.

Ich rufe ihn an und warte. Der Rufton ertönt einmal, zweimal, sechsmal.

Mailbox.

Verflixt.

Ich versuche es noch einmal.

Wieder die Mailbox.

Ich wische meine feuchten Hände an meinen Knien ab und starre auf das Handydisplay. Ich weiß nicht, wen ich sonst noch anrufen kann. Da ich verzweifelt bin, versuche ich es bei Janessa. Sie geht nicht ran. Auch, wenn mir klar ist, dass es sinnlos ist, versuche ich es als Nächstes bei Gerald.

„Sie haben die Mailbox von..."

Ich lege auf.

Mein Herz setzt für einen Moment aus. Der Mann ist immer noch da draußen. Worauf wartet er? Furcht schnürt mir die Brust zu. Sie macht sich in mir breit, und ich zittere plötzlich am ganzen Körper. Ich kneife meine Augen zu. Ich muss mich zusammenreißen. Ich kann nicht denken, wenn ich in Panik ausbreche.

Meine Atemzüge sind so hastig, als ob ich gerade einen Marathon gerannt wäre. Mein Brustkorb hebt und senkt sich. Ich lege meine Stirn auf die kühle Oberfläche des Tischs und zwinge mich dazu, meine Atmung zu verlangsamen. Ich darf keine Panikattacke bekommen. Nicht hier. Nicht jetzt.

Denk nach, Allie. Denk einfach nach.

Die Idee, Roman anzurufen, verwerfe ich so schnell, wie sie mir gekommen ist. Ich schlucke schwer und beiße auf meine Unterlippe, bis ich so sehr zugebissen habe, dass der Geschmack von Kupfer meinen Mund füllt.

Ich versuche es bei Dominique.

Er nimmt beim zweiten Klingeln ab. „Allie?"

„Oh, Gott sei Dank", schluchze ich hervor.

„Was ist los?"

Seine Stimme klingt hart, und ich bringe schnell hervor: „Ich bin gerade mit der Arbeit fertig geworden, und draußen steht ein Mann. Ich glaube, er wartet auf mich. Julie musste schon gehen, und ich bin allein, und mein Auto steht weit weg und ..."

„Atme, Allie. Atme tief ein. Langsam."

Ich versuche, seine Worte zu befolgen, aber es will mir einfach nicht gelingen.

„Wo bist du jetzt?"

„Im Sun Valley Station."

„Okay. Ich komme. Ich bringe dich nach Hause. Wir können dein Auto morgen früh holen."

Ich nicke, obwohl er mich nicht sehen kann. „Danke."

„Bleib ruhig. Geh nach hinten. Ich bin in zehn Minuten da."

FÜNFUNDDREIßIG

FÜNFUNDDREIßIG

ALLIE

Ich kauere auf dem Fußboden in der Küche, hinter einem Herd versteckt. Ich habe die Knie an meine Brust gezogen und mit meinen Armen umschlungen, als ob ich durch meinen bloßen Willen und indem ich mich selbst fest umarme, nicht auseinanderbrechen werde.

Mein Handy ertönt, und ich hebe es hoch, um auf das beleuchtete Display zu schauen.

Dom: Ich bin hier.

„Gott sei Dank."

Ich kneife noch einmal meine Augen zu, bevor ich mich zwinge, sie zu öffnen. Dominique ist hier. Ich bin in Sicherheit. Er ist ein großer, starker Football-Spieler, und wer auch immer da draußen steht, wird sich nicht mit ihm anlegen wollen. Wahrscheinlich ist er mittlerweile sowieso verschwunden. Mir geht es gut. Alles ist gut.

Ich: Bin gleich da.

Ich ziehe mich auf immer noch zitternden Beinen hoch, während ich mein Telefon in meine Gesäßtasche schiebe, und versuche, mich zu sammeln.

Ich atme mehrmals tief durch und lege die Hand auf meine

Brust. Mein Herzschlag hämmert rasend schnell, aber daran kann ich nichts ändern. Ich zwinge mich, zum vorderen Teil des Diners zu gehen. Meine Schritte sind langsam und ich schaue mich um, um zu sehen, ob ich immer noch allein bin. Ich weiß, dass der Mann nicht hereingekommen sein kann. Die Türen sind alle verschlossen. Aber ich habe trotzdem den Drang, alles doppelt und dreifach zu prüfen.

Ich sehe, dass Dominiques Escalade direkt vorm Diner geparkt ist, und seufze erleichtert auf. Ich bin fast an der Tür, als ein Polizeiwagen dahinter anhält. Ich halte inne. Hat er die Polizei gerufen? Ich schaue mich um und sehe den Mann nicht mehr da draußen. Innerlich stöhne ich auf. Ich werde einem Polizisten den falschen Alarm erklären müssen. Er wird mich für eine Idiotin halten, weil ich mich wegen nichts so aufrege.

Dominique sitzt auf dem Fahrersitz seines Autos und scheint den Streifenwagen nicht zu beachten. Seine Augen sind auf sein Handy gerichtet, das Display erleuchtet sein Gesicht in dem dunklen Fahrzeug.

Ich beobachte, wie der Polizist aus seinem Auto steigt. Er zieht seine Pistole aus dem Holster und geht um das Fahrzeug herum, bis er vor Doms Fenster auf der Fahrerseite steht.

Was zum...

Der Polizist schreit etwas. Dominique hebt seine Hände in Luft und steigt dann aus seinem Auto aus. Ich gehe in die Ecke des Diners, um besser sehen zu können, und bemerke, dass ein zweiter Streifenwagen ankommt. Er hält an und zwei Männer steigen mit gezogenen Waffen aus dem Auto.

Dominique schüttelt heftig seinen Kopf, die Hände immer noch in der Luft.

Er dreht sich zu mir um, und ich sehe die nackte Angst in seinen Augen. *Nein. Nein. Nein.*

Ich ziehe mein Handy aus meiner Hosentasche und eile in genau dem Moment nach draußen, als Dom sich hinkniet, seine

Hände im Nacken verschränkt. Ich schaue die Straße auf und ab, aber außer Dominique und der Polizei ist die Straße leer.

„Junge Frau, ich muss sie bitten, wieder zurück ins Restaurant zu gehen."

Was? Nein. Ich schüttele den Kopf. „Was ist los?", frage ich, meine Füße sind wie angewurzelt.

Dom ist auf den Knien, aber die Polizisten haben drei Pistolen auf meinen Freund gerichtet. Ich umklammere immer noch das Handy mit meiner Hand und versuche, so unauffällig wie möglich Roms Nummer zu wählen. Sein Dad ist der Polizeidirektor. Ich erinnere mich, dass er mir das erzählt hat. Instinktiv weiß ich, dass ich ihn anrufen muss. Ich weiß, dass er helfen kann.

Ich mache mir nicht die Mühe, abzuwarten, um zu sehen, ob er abhebt, sondern stelle das Telefon auf Lautsprecher und widme meine gesamte Aufmerksamkeit dem Polizisten, der am nächsten bei Dominique steht.

„Junge Frau, gehen Sie zurück ins Diner." Seine Stimme ist hart, seine Augen schmal, als er mich mustert.

„Ich... Ich kann nicht. Es ist jetzt abgeschlossen. Warum richten Sie Ihre Pistole auf ihn? Er hat nichts verbrochen." Während ich spreche, höre ich, wie der Anruf angenommen wird und Roman am anderen Ende so leise flucht, dass nur ich ihn hören kann.

„Dieser Mann wird des Autodiebstahls verdächtigt", sagt der Polizist zu mir. „Wir haben einen Tipp bekommen, und die Beschreibung passt auf ihn."

Ich runzele die Stirn. Dom würde niemals ein Auto stehlen. Seine Familie ist steinreich. Er hat überhaupt keinen Grund dazu.

„Officer, ich kenne ihn. Dominique Price ist kein Dieb. Er ist hier, um mich nach Hause zu fahren. Ich habe ihn am Ende meiner Schicht hier im Sun Valley Station angerufen", ich sage das alles in der Hoffnung, dass Roman es hört und seinen Dad anruft. Vielleicht kann er herkommen und dabei helfen, die Situation zu entschärfen, oder er ruft an und pfeift diese Kerle zurück.

Dominique sagt gar nichts, aber seine normalerweise dunkle Hautfarbe hat sich in ein Aschgrau verwandelt. Seine Augen sind weit aufgerissen, und er schaut mich nicht an. Ich bin mir nicht einmal sicher, dass er überhaupt noch merkt, was vor sich geht.

Ich mache einen Schritt auf Dom zu, als ein anderer Polizist ruft: „Junge Frau, Sie müssen sich von dem Tatverdächtigen fernhalten."

Tatverdächtiger? Dom ist kein Tatverdächtiger. Er ist minderjährig. Er ist siebzehn. Er ist nicht einmal erwachsen, so wie ich auch.

„Aber ich... Ich kenne ihn." Meine Stimme zittert. „Warum haben Sie die Pistolen gezogen. Er ist nicht gefährlich. Er ist nicht..."

„Junge Frau, bitte treten Sie zurück. Es ist zu Ihrer eigenen Sicherheit."

„Wenn Sie die Pistolen wegstecken, dann tue ich das. Er tut nichts, was diese Art von Gewalt rechtfertigt."

Dominique zuckt bei meinen Worten zusammen, und alle drei Polizisten fangen an, zu schreien.

„Zurück."

„Auf den Boden."

„Hände oben lassen."

Sie meinen nicht mich. Sie schreien Dominique an, obwohl er sich kaum bewegt hat.

Doms Blick huscht kurz zu mir.

„Ich lasse dich nicht allein", forme ich lautlos mit meinen Lippen.

Seine Unterlippe zittert. Mir steigen Tränen in die Augen.

Dom, der starke, ruhige Dom, ist den Tränen nahe. Das hier darf einfach nicht passieren.

Dann wird einer der Polizisten wütend, weil Dominique sich nicht bewegt, um den Anweisungen zu folgen. Aber er ist doch schon auf den Knien. Was wollen sie denn noch? „Hinlegen. Lege dich auf den verdammten Boden", schreit er und tritt vor. „Ich sagte: Leg dich auf den verdammten Boden." Seine Hände zittern, und ich sehe den glühenden Hass in seinen Augen.

Nein. *Nein!*

Ich lasse mein Telefon, meine Handtasche und meinen Pulli fallen, damit sie auf keinen Fall denken können, dass ich irgendetwas verstecke. Dann gehe ich näher heran.

„Junge Frau!"

„Hey!"

Ich laufe langsam und mit erhobenen Armen auf Dominique zu. Ich schaue nicht die Polizisten an. Ich schaue nicht die Pistolen an. Mein Blick ist unverwandt auf Dom gerichtet, und ich sehe, wie er meine Bewegungen mit den Augen verfolgt, aber er bewegt sich nicht. Er ist still wie eine Statue.

Als ich direkt neben ihm stehe, schaue ich schließlich auf und blicke den Polizisten an, der am nächsten steht. Dann trete ich vor Dom, sodass ich ihn mit meinem Körper schütze.

Meine Stimme zittert, als ich sage: „Sein Name ist Dominique Price. Er ist siebzehn Jahre alt. Er geht zur Sun Valley High." Mein Herz hämmert in meiner Brust. Ich kann mich selbst kaum hören, aber ich zwinge noch mehr Worte über meine Lippen, weil ich fest entschlossen bin, sie zur Einsicht zu bringen. „Er ist hier, um mich von der Arbeit abzuholen. Er wollte mich nach Hause fahren."

Der Polizist, der ganz in meiner Nähe steht, ein älterer Weißer mit grau meliertem dunkelbraunem Haar beäugt mich misstrauisch.

„Er fährt einen brandneuen Escalade. Wir haben Grund zu der Annahme, dass das Fahrzeug gestohlen wurde."

„Es ist nicht gestohlen", schreie ich heraus. Ich weiß nicht, warum ich keine Angst mehr habe. Auf jeden Fall habe ich keine mehr und verspüre nur Wut. Kalt und tief in mir drin. Sie haben kein recht, das zu tun. Dass Dom sich so fühlt, obwohl er gar nichts Schlimmes getan hat.

„Junge Frau, ich verstehe, dass Sie diesen Mann kennen, aber ..."

„Er ist ein *Junge.* Er ist siebzehn. Das Auto gehört ihm. Seine Familie ist reich. Warum tun Sie das?" Ich kann die Hysterie in meiner Stimme hören, aber ich kann sie einfach nicht unterdrücken.

„Wir haben Grund zu der Annahme ..."

„Wie? Warum? Weil er ein Schwarzer ist?"

Seine Augen werden schmal. „Das hat nichts mit Rassismus zu tun. Wir haben einen Anruf bekommen ..."

Ich unterbreche ihn. „Kennen Sie den Polizeidirektor?", frage ich ihn. „Kennt irgendeiner von Ihnen Polizeidirektor Valdez?", rufe ich.

Einer der Männer nickt, also rede ich weiter. „Sein Sohn, Roman, geht zur Sun Valley High. Er ist der beste Freund von Dominique Price. Das hier ist Dominique Price. Direktor Valdez kennt Dominique schon seit Ewigkeiten. Bitte, stecken Sie einfach die Pistolen weg und rufen Sie den Direktor an. Er kann das klären. Er wird Ihnen sagen ..."

Noch ein Streifenwagen kommt vorgefahren. Zwei weitere Polizisten steigen aus und die Zahl der Pistolen, die in unsere Richtung zeigen, erhöht sich um zwei.

Ich kann kaum atmen. Panik steigt in mir auf.

Meine Stimme klingt jetzt komplett hysterisch. „Rufen Sie den Polizeichef an. Ich lasse Sie nicht meinen Freund erschießen. Das passiert auf keinen Fall." Den letzten Teil sage ich zu mir selbst.

Ich brauche jedes Fitzelchen Mut, dass ich in mir trage, um ihnen den Rücken zuzudrehen, doch ich tue es. Ich drehe mich um und hocke mich dann hinter Dominique, der mit dem Rücken zu den Polizisten kniet. Ich sehe seinen breiten Rücken und seine erhobenen Hände. Immer Hände. Ich schaue seine Hände an. *Das ist Dom*, sage ich zu mir selbst. *Er ist mein Freund. Ich kann das schaffen. Ich muss das schaffen.* Indem ich meine Arme um seine Taille schlinge, verwandele ich meinen Körper in einen lebenden Schutzschild. Panik durchströmt mich bei dem Körperkontakt, aber ich schließe meine Augen und verdränge sie. Es ist nur Dominique. Dominique tut mir nichts. Er würde mir nie wehtun. Ich bin diejenige, die ihn berührt. Er berührt mich nicht. Es ist okay. Es ist okay. Es ist okay.

Zu ihm sage ich: „Beweg dich nicht. Ich bin bei dir. Ich lasse nicht zu, dass sie dich erschießen, nur weil du Schwarz bist. Ich bin bei dir."

Er zittert unter mir. Sekunden ziehen sich zu Minuten, aber ich bewege mich nicht. Niemand von uns bewegt sich. Ich kann hören, wie die Polizisten im Hintergrund miteinander diskutieren, aber ich blende ihre Stimmen aus.

Meine Beine fangen an zu zittern, aber ich halte stärker fest, weil ich mich weigere wegzugehen und meinen Freund im Stich zu lassen. Dann schreit eine vertraute Stimme durch die Menge: „Allie?"

Ich drehe meinen Kopf, aber ich lasse Dom immer noch nicht los.

„Roman?", flüstere ich und im selben Moment spüre ich, wie Dominiques Schultern erleichtert nach unten sinken.

Roman drängt sich durch die Gruppe Polizisten, ein streng dreinblickender, älterer Mann direkt hinter ihm. Ein Mann, den ich erkenne. *Oh Scheiße!* Der Mann, der mich in jener Nacht gefunden hat. Das ist Romans Vater? Jetzt kann ich die Ähnlichkeit sehen.

„Waffen weg und abtreten. Jetzt!", befiehlt er den Männern.

Ich atme laut aus, als ein Polizist nach dem anderen seine Waffe ins Holster steckt.

„Alle bis auf den Polizisten, der hier als erster am Ort war, verschwindet auf der Stelle. Haut ab."

Niemand widerspricht und sobald ich sehen kann, dass sie sich entfernen und keine Pistolen mehr auf uns gerichtet sind, lasse ich Dominique los und stehe auf. Mein Herz hämmert jetzt aus einem völlig anderen Grund wie wild in meiner Brust.

Polizeichef Valdez schaut mir in die Augen. Für einen Moment ist Besorgnis darin zu sehen. Dann dreht er sich um und fängt an, den Polizisten niederzumachen, der hierbleiben musste.

Roman ist da und reißt mich in seine Arme. „Was zum Teufel hast du dir dabei gedacht. Fuck. Willst du, dass ich einen Herzinfarkt kriege? Dich so zu sehen, hat mich zehn Jahre meines Lebens gekostet."

Ich erstarre in seinen Armen und schließe meine Augen. Tränen strömen lautlos über mein Gesicht. Ich... Ich kann nicht... Ich kann nicht atmen.

Er lässt mich los und dreht sich zu Dom um, ohne überhaupt mitzubekommen, dass ich innerlich gerade einen Nervenzusammenbruch habe.

„Was zum Teufel ist passiert?", fragt Roman.

Keine Antwort. Ich schlucke mehrere Male und versuche, den Kloß in meinem Hals loszuwerden.

„Dom?"

Er steht nicht auf. Roman wirft mir einen besorgten Blick zu, und ich zwinge mich dazu, einen Fuß vor dem anderen zu setzen, bis ich vor ihm stehe. Ich bücke mich, um Dom in die Augen zu schauen. „Dom?"

Sein Kiefer ist angespannt, seine Augen sind glasig und blicken ins Nichts. Ich schaue besorgt zu Roman, aber er zuckt mit den Schultern, nicht sicher, was er tun soll. Ich beiße mir auf die Unterlippe. Worte kommen zu Dom nicht durch.

Ich atme zittrig einmal tief durch und wische mir mit dem Handrücken die Tränen aus dem Gesicht, bevor ich mich auf Doms Hände konzentriere. Er hält sie immer noch über seinem Kopf.

Ich dränge meine Angst zurück und nehme mit zitternden Fingern Doms Gesicht in meine Hände. „Dominique?" Sein Blick trifft meinen. „Es ist okay. Dir geht es gut. Sie sind weg. Es ist okay."

Seine Hände sinken langsam nach unten, aber seine Arme zittern. Er atmet zittrig ein. „Ich brauche..."

Ich weiß, und ich zwinge mich dazu, es ihm zu geben. Ich schlinge meine Arme um seinen Hals und umarme ihn fest. Seine starken Arme umfassen mich in einer fast schmerzhaften Umarmung. Ich ertrage es, und als meine Glieder sich anspannen und mein Atem unregelmäßig wird, drücke ich ihn einfach nur noch fester.

„Es ist okay. Ich bin bei dir."

ROMAN

Allie ist vor zehn Minuten abgefahren. Ich habe versucht, sie zu überzeugen, sich von mir fahren zu lassen, aber sobald Dom sie losgelassen hatte, ist sie direkt zu ihrem Audi gegangen, ohne sich nochmal zu uns umzudrehen.

Ich war versucht, ihr hinterherzufahren. Ich weiß nicht, was zum Teufel mit mir los war, aber als ich sie so gesehen habe, genau in der Schusslinie, hatte ich so verdammt große Angst wie noch nie in meinem Leben. Mein Mädchen war in Gefahr. *Mein Mädchen.*

Scheiß auf den ganzen Mist zwischen ihr und Julio. Scheißegal, dass sie meine Anrufe und Nachrichten ignoriert hat. Sie gehört mir. Sie ist heute Abend weggerannt, aber sobald ich Dom beruhigt habe, werde ich mit ihr ein paar Dinge zu besprechen haben.

Jetzt sind nur noch wir drei da. Dom, Paps und ich. Wir sitzen in Dominiques Escalade, aber ich bin auf dem Fahrersitz. Auf keinen Fall werde ich ihn heute Abend fahren lassen. Dom hat meinem Vater erzählt, was passiert ist, und eine Sache ist klar: Wenn mein Vater am Montagmorgen zur Wache kommt, werden Köpfe rollen. Er versichert Dominique, dass das für alle beteiligten Polizisten Konsequenzen haben wird. Ich bin mir fast sicher, dass das erste Arschloch, das hier vor Ort erschienen ist, seine Dienstmarke verlieren wird. Wenn man in der Truppe meines Vaters ist, dann kann man kein rassistischer Mistkerl sein. Er kennt bei solchem Scheiß kein Pardon.

„Kommt ihr Jungs heute Abend klar?", fragt mein Paps.

„Ja. Ich fahre Dom nach Hause und übernachte bei ihm. Was hast du hier überhaupt gemacht?", frage ich Dom.

Langsam kommt wieder Farbe in sein Gesicht. Er scheint wieder ein bisschen er selbst zu sein. „Allie hatte mich angerufen. Sie war kurz vorm Durchdrehen. Ich glaube, draußen stand ein Kerl herum und ihr war nicht wohl bei dem Gedanken, das Diner allein zu verlassen."

Es versetzt mir einen Stich, als mir klar wird, dass sie Angst hatte und ihn angerufen hat. Nicht mich. Aber bevor ich irgendetwas sagen kann, flucht mein Paps.

Ich werfe ihm einen Blick zu, und er fragt: „Steht ihr zwei ihr nahe?"

Wir schütteln beide die Köpfe. „War mal so. Wir reden nicht mehr miteinander", sage ich zu ihm.

Er schaut finster, aber ich habe keine Ahnung, warum. Was interessiert es ihn denn, ob ich mit Allie rede oder nicht?

„Was genau meinst du damit?", fragt er.

Ich zucke mit den Schultern, weil ich ihm das nicht näher erklären will. Allie und ich waren schlecht aufeinander zu sprechen, aber nach heute Abend will ich die Sache wiedergutmachen. „Nichts. Es ist egal."

Er schaut noch finsterer und in seinen Augen flackert Enttäuschung auf. „Das Mädchen hat die Hölle durchgemacht", sagt er.

Wut steigt in mir auf. „Woher willst du das wissen?"

Er reibt sich mit der Hand über sein Gesicht, und ich weiß, dass er mir irgendeine nichtssagende Antwort geben wird. Verdammt, nein. Nicht diesmal. Wenn er etwas weiß, sollte ich es auch wissen. „Paps, woher kennst du Allie?"

Sein Mund wird schmal. Er schweigt eine ganze Weile, also hake ich noch einmal nach. „Wenn etwas mit ihr los ist, dann muss ich es wissen. Du musst es mir sagen."

„Der Abend, als dein Spiel war. Das, zu dem deine Mutter und ich gekommen sind, um dich spielen zu sehen..." Er zögert.

„Ja? Was ist damit?" Ich erinnere mich, dass er wegen eines Telefongesprächs das Spiel verlassen hatte und dann kurz danach weg war. Mom sagte, dass ein Fall oder irgendwelcher Scheiß dazwischengekommen war.

„Sie wurde auf dem Parkplatz überfallen."

Moment. Was?

Meine Brust wird eng, und mein Kiefer klappt nach unten. „Was meinst du mit ‚überfallen'?" War sie deshalb nicht bei meinem Spiel? Sie war verletzt worden? Fuck. Sie war verletzt, und ich habe mich wie ein totales Arschloch verhalten. Kein Wunder, dass sie mir nicht zurückgeschrieben hat.

Seine Gesichtszüge werden hart. „Ich will nicht, dass du über dieses Mädchen Gerüchte verbreitest, verstanden?"

Tief in meiner Magengrube breitet sich Furcht aus. „Über welche Art von Überfall reden wir hier?" Es gibt nur eine Art, die seinen Ton rechtfertigt, und ich will, dass er es bestätigt.

„Wir glauben, dass sie vergewaltigt wurde."

Ich atme scharf ein. Und dann gehe ich in die Luft. „Was? Ist das dein verdammter Ernst?" Ich springe aus dem Fahrersitz und tigere vor dem Auto auf und ab, weil ich nicht stillsitzen kann. Mein Dad und Dom steigen beide auch aus.

„Fuck." Dann dringen seine Worte in mein Bewusstsein, und ich wirbele zu ihm herum. „Was meinst du, mit ‚wir glauben'?" Entweder wurde jemand vergewaltigt oder nicht. Da gibt es eigentlich keine Grauzone.

„Sie wollte nicht einwilligen, dass das Untersuchungskit durchgeführt wird. Als sie ins Krankenhaus aufgenommen wurde, hat sie den Krankenschwestern gesagt, dass sie vergewaltigt wurde. Und es war auch offensichtlich, als ich sie gefunden hatte. Sie war ..." Er schüttelt den Kopf. „Egal. Aber sie hat den Krankenschwestern von dem Übergriff erzählt, als wir ankamen. Ich bin im Rettungswagen mit ihr mitgefahren. Sie wies alle Anzeichen eines Vergewaltigungsopfers auf. Zerrissene Kleidung. Prellungen. Alles. Aber bevor die Krankenschwestern mit der Untersuchung beginnen konnten, ist eine Frau in Geschäftskleidung hereingestürmt und hat Allie mit sich fortgezerrt, als ob sie auf einer Mission wäre. Als ich und ein Kollege versucht haben, sie zur Rede zu stellen, hat sie uns abgeblockt. Das Mädchen ist minderjährig. Wir konnten sie nicht ohne Zustimmung der Eltern befragen, und die haben wir nicht bekommen."

Ich raufe mir die Haare und tigere wieder herum. „Und sie war damit einverstanden?" Gottverdammte Scheiße. Das ist so viel schlimmer, als ich angenommen hatte. Vergewaltigt? Fuck. Ich habe ihr die kalte Schulter gezeigt, und sie war vergewaltigt worden.

Sie hatte heute Probleme gehabt und Dom angerufen. Nicht mich. Ich habe es verkackt. Ihr wurde wehgetan, und ich habe es sowas von verkackt.

Mein Dad hebt die Schultern und atmet resigniert aus. „Ich weiß es nicht. Sie stand unter Schock. Sie hat dicht gemacht. Ich kann's ihr nicht verübeln." Er schüttelt seinen Kopf. „Wer immer sie überfallen hat, hat sichergestellt, dass er keine Spuren hinterlässt. Ich kann es verstehen, dass sie dich angerufen hat, als sie draußen einen Mann gesehen hat." Diese Aussage richtet er an Dom, und ich bemerke, dass dessen

Augen nicht mehr abwesend blicken. Stattdessen sind sie voller Wut.

„Der Kerl, der ihr wehgetan hat?"

Paps schüttelt seinen Kopf. „Ist immer noch da draußen."

Fuck.

ALLIE

Es ist Samstagmorgen. Entgegen meinen anfänglichen Zweifeln beschließe ich, joggen zu gehen, um meinen Kopf freizubekommen. Ich konnte letzte Nacht nicht schlafen. Ich bin im Geist immer wieder durchgegangen, was sich vorm Diner abgespielt hat, und habe mir ausgemalt, wie die ganze Sache hätte ausgehen können. Was passiert ist, war schlimm genug, aber es hätte tausendmal schlimmer enden können. Tief drin weiß ich das, und es hat mich erschüttert.

Ich kann mir nur ansatzweise vorstellen, wie sich Dominique fühlen muss. Apropos Dominique... Ich sehe einen schwarzen Escalade, als ich um die Straßenecke biege und meine Sneaker auf den Asphalt trommeln.

Ich wische mir den Schweiß von der Stirn, verringere aber erst mein Tempo, als das Auto so nahekommt, dass ich Dominique durch die Windschutzscheibe erkennen kann. Ich stoße einen kleinen Seufzer der Erleichterung aus. Ich war mir sicher, dass er es war. Aber es ist schön, es wirklich zu wissen.

Der Escalade kommt an mich heran und fährt in meinem Joggingtempo neben mir her, während eines der Fenster heruntergekurbelt wird. Roman hängt einen Arm zum Beifahrerfenster heraus. Mir stockt das Herz trotz allem, was passiert ist. Ich sehe Emilio auf dem Rücksitz. Sieht so aus, als ob die ganze Bande hier ist.

„Allie", ruft Roman meinen Namen. Seine Stimme ist hart, und ich sträube mich sofort bei seinem Tonfall. „Steig ein."

„Ich verzichte", sage ich zu ihm und laufe schneller. Ich schlucke schwer und zwinge mich, nicht auf den Klang seiner Stimme zu achten. Sehnsucht durchströmt mich, aber ich schiebe sie beiseite und ich blicke nur geradeaus.

„Allie." Seine Stimme klingt warnend. Er ist wütend. Macht er mich für das verantwortlich, was letzte Nacht passiert ist? *Wahrscheinlich.*

„Verschwinde, Roman."

Der Escalade hält mit einem Ruck an, und Roman springt aus dem Auto. Ich kreische, als er auf mich zurast und mich von einer Sekunde auf die andere über seine Schulter wirft. Er schmeißt mich kurzerhand auf den Rücksitz neben Emilio, wirft die Tür hinter mir zu und setzt sich wieder auf den Vordersitz.

„Alter, was zum Teufel?", schnauzt Emilio. „Wollten wir die Sache nicht cool angehen?"

„Schnalle dich an", blafft Roman und ignoriert ihn.

Ich rappele mich schnell auf und drücke mich gegen die Tür, so weit weg von Emilio, wie ich nur kann, während Dom das Auto wieder zurück auf die Straße lenkt. Meine Atemzüge sind laut und schwer in dem ruhigen Fahrzeug, und ich kann spüren, dass alle Augen auf mich gerichtet sind.

„Lasst mich raus!" Adrenalin durchströmt mich, und ich schließe meine Augen. *Es sind nur die Jungs.* Es ist okay. Sie werden mir nicht wehtun. Selbst wenn Roman wütend auf mich ist, würde er mir nicht wehtun. Nicht auf diese Weise.

Es macht keinen Unterschied. Ich kann die Panik, die durch meine Adern strömt, nicht aufhalten, nur weil ich mir immer wieder sage, dass ich in Sicherheit bin. Ich hyperventiliere jetzt.

„Allie, es ist okay. Wir wollen nur reden." Emilio schnallt sich ab und rutscht näher zu mir, und ich drehe vor Todesangst durch.

„Lasst mich raus. Lasst mich raus!", schreie ich und meine Finger kratzen an der Tür herum. Ich finde die Klinke und reiße daran. Dominique macht in genau dem Moment eine Vollbremsung, als ich mich aus dem Auto werfe. Ich knalle auf die Straße, der Asphalt schürft meine Haut auf und drei Türen öffnen sich und werden zugeknallt. Flüche sind zu hören, aber ich komme auf die Füße und ignoriere völlig die Kratzer und Prellungen, die ich definitiv habe. Mein Unterarm blutet und alle drei Kerle treten auf mich zu.

„Stopp! Kommt nicht näher." Ich strecke meine Handfläche in ihre Richtung aus, um sie zu drängen, von mir fernzubleiben. Mit meiner anderen Hand halte ich mir den Kopf, während ich versuche, Luft in meine Lungen zu bekommen. In meinem Kopf hämmert es, ein unablässiger Rhythmus, der mit jeder Sekunde lauter und lauter wird.

„Allie, wir kommen nicht näher. Atme. Wir tun dir nicht weh." Doms Stimme erreicht mich durch meine Panik. Ich gehe auf dem Asphalt rückwärts, bis ich Gras unter meinen Füßen spüre und mich fallen lasse. Ich drücke meinen Kopf zwischen die Knie und wiege mich vor und zurück, während ich die Luft einsauge.

„Es ist alles in Ordnung. Es ist alles in Ordnung. Es ist alles in Ordnung." Wenn ich es oft genug sage, wird es auch so sein.

„Was sollen wir tun?" Wieder Dominique.

Ich schüttele den Kopf.

„Allie?" Emilios Stimme ist höher als sonst. Ich sehe auf. Alle drei stehen etwa fünf Meter entfernt und schauen besorgt und verwirrt drein.

Ich schlucke schwer. „Hände." Meine Stimme zittert. „Ich muss eure Hände sehen."

Dreifaches Stirnrunzeln, doch Dominique streckt, ohne zu zögern, seine Hände aus und macht zwei Schritte nach vorn. „Okay. Hier sind meine Hände."

Ich nehme seine dunklere Haut wahr. Das kontrastfarbene Rosa seiner Handflächen. Ich zwinge mich dazu, zu erkennen, wie sehr sich seine Hände, von denen der Männer unterscheiden, die mir wehgetan haben. Er macht noch einen Schritt. Dann einen weiteren. Mein Atem wird langsamer, und ich schaudere.

Dominique hockt sich vor mir nieder, seine Hände immer noch ausgestreckt. Ich nehme eine seiner Hände in meine. Ich drehe seine Handfläche herum. Ungefährlich. Dom ist ungefährlich. Emilio tritt näher, seine Hände sind ebenfalls ausgestreckt.

Seine sonnengebräunte Haut sorgt dafür, dass sich meine Brust immer hastiger hebt und senkt. Ich schließe die Augen. „Es tut mir leid. Ich ..." Ich schüttele den Kopf. Dom winkt ihn mit der Hand weg und tritt weiter von mir weg, ohne dass ich ihn darum bitten muss.

„Was hat es mit den Händen auf sich?", fragt Dominique.

Ich schüttele den Kopf. Ich will nicht darüber reden. Ich weiß, ich drehe durch, und ich weiß, dass sie Antworten haben wollen, aber ich kann nicht ...

„Wir wissen, dass du überfallen wurdest." Seine Stimme ist sanft, aber seine Worte fühlen sich wie ein Schlag an.

Was? Ich werde blass.

„Baby ..."

Ich reiße den Kopf zu Roman herum. Seine Stimme ist schmerzerfüllt, als seine weit aufgerissenen, gequälten Augen in meine blicken. Seine Fäuste sind an seinen Seiten so fest geballt, dass die Fingerknöchel weiß hervortreten. Er tritt näher und ich zucke zurück.

Fluchend geht er ums Auto herum auf die andere Seite. „Verdammt."

„Du hilfst gerade nicht. Reiß dich zusammen", sagt Dominique zu ihm. Er dreht sich wieder zu mir. „Kannst du erklären, was es mit den Händen auf sich hat. Wir wollen nur helfen. Wir hatten keine Ahnung. Erst gestern Abend..."

Gestern Abend, nachdem Romans Dad aufgetaucht ist. Er muss es ihnen erzählt haben. Die Schande spült in Wellen über mich hinweg, die mich in Selbsthass und Ekel ertrinken lassen. Sie wissen Bescheid. Alle drei wissen Bescheid. Meine Tränen lassen alles vor meinen Augen verschwimmen, und ich drücke die Handballen gegen die Augen, um sie am Überfließen zu hindern.

„Allie ..."

„Deine Hände sehen anders aus", krächze ich hervor. Ich schnappe nach Luft und zwinge mich, mehr Worte über meine Lippen zu bringen. „Der Mann, der mir wehgetan hat... Ich habe nur seine Hände gesehen. Ich... Deine Hände sehen anders aus. Ich weiß, dass du mir nicht wehtun wirst. Ich sage nicht, dass Roman es würde. Ich weiß, es ergibt keinen Sinn, aber..." Ich schaue ihn bittend an, bettele ihn, mich zu verstehen.

Doms Augen werden schmal und er fährt sich mit einer Hand über sein fest geflochtenes Haar. „Dein Verstand kapiert es, aber dein Körper nicht." Er schüttelt den Kopf. „Es ist in Ordnung. Ich verstehe das."

Meine Schultern sacken erleichtert nach unten. „Deine Hände sehen anders aus. Er war kein Schwarzer. Es ist leicht, mich davon zu überzeugen, dass du keine Gefahr darstellst."

Er nickt. „Und bei Roman und Emilio?"

Ich zucke mit den Schultern. „Ich glaube, dass er vielleicht auch ein Latino war. Ich weiß es nicht, aber seine Hände waren gebräunt. Dunkler als meine. Wie..."

„Wie ihre."

Ich nicke, kann die beiden dabei nicht ansehen. Gott, was sie jetzt wohl denken müssen.

„Der Typ, der die ganze Woche bei dir war...?" Dominique spricht nicht zu Ende, aber ich weiß, wonach er fragt.

„Ist wie ein Bruder. Ich kenne ihn seit der Grundschule. Und er hat Tattoos." Ich fahre mit einem Finger meinen Handrücken entlang. „Sie bedecken seine Handrücken. Ein Totenkopf und Rosen... Rosenkranzperlen...", sage ich in der Hoffnung, dass er versteht. Ich weiß, dass das alles eigentlich keinen Sinn ergibt, aber ich kann nicht anders in Worte fassen, warum Hände von solcher Bedeutung sind.

Er nickt wieder. „Okay. Okay. Lass mich überlegen." Er steht auf und geht zurück zum Auto. Er sagt etwas zu Roman und Emilio, und Roman geht in die Luft, wirft seine Arme in die Luft, flucht und rauft sich die Haare. Doch als er mich anschaut, verfliegt seine Wut und macht purem Bedürfnis und Verzweiflung Platz.

Meine Brust wird eng. Er verbirgt seine Gefühle nicht vor mir. Nicht diesmal. Er zeigt mir alles. Jedes schmerzliche Gefühl, das in ihm steckt. Und das bringt mich aus dem Konzept. Ich weiß nicht, wie ich seinen Kummer interpretieren soll. Ist er so bestürzt wegen dem, was passiert ist? Weil ich so verkorkst bin?

Er kommt nicht näher. Starrt mich nur mit unverhüllten Gefühlen an, und plötzlich ist es zu viel. Ihn zu sehen, schmerzt zu sehr.

Ich schlucke schwer und stehe auf. Meine Augen wandern zu seinen geballten Fäusten, und mir fällt auf, dass er immer noch mein Armband trägt. Das, was ich ihm vor dem Spiel gegeben habe. Ich versuche, nicht zu viel hineinzulesen, aber bedeutet das ...

„Allie, Baby." Seine Stimme ist rau. „Ich habe nie ..." Seine

Stimme bricht, und er schaut weg. „Ich habe es verkackt. Ich habe Dinge angenommen, und sie waren nicht wahr, und ich war nicht für dich da, als du mich gebraucht hast." Er dreht sich wieder zu mir, und ich kann die Verzweiflung in seinen Augen sehen. „Ich habe Scheiße gebaut. Aber ich bin jetzt hier. Ich will für dich da sein. Du musst mir erlauben, für dich da zu sein."

Ich schüttele den Kopf. Im Moment kann ich nicht damit umgehen. Ich schlinge meine Arme um mich selbst, mache einen Schritt zurück und gehe den Weg zurück, den ich gekommen bin. „Ich... Ich kann das nicht. Es tut mir leid."

„Allie!"

Ich halte inne, hasse es, wie schwach ich mich jetzt fühle. Wie zerbrochen und kaputt ich innerlich bin.

„Ich werde dir nicht wehtun. Ich würde dir *niemals* wehtun." Er macht vorsichtig einen Schritt in meine Richtung und ich weiche zurück. Er hält an und lächelt mich traurig an. „Ich würde dir niemals wehtun. Das musst du wissen."

„Niemals?" Meine Stimme bricht, als die Worte von ganz allein über meine Lippen kommen. Ich bin mir nicht sicher, ob ich ihn frage oder herausfordere, aber er *hat* mir wehgetan. Er hat mir die ganze Zeit Schmerzen zugefügt.

Roman Miene ist bestürzt. Er reibt sich den Nacken und blickt weg. „Es tut mir so verdammt leid. Ich hatte keine Ahnung. Wenn ich gewusst hätte, hätte ich nie... Allie, ich wollte nie..."

„Aber du hast nie gefragt." Tränen strömen nun über meine Wangen. Ich mache mir nicht mal mehr die Mühe, sie wegzuwischen. Ich will, dass er sie sieht. Ich will, dass er jede hässliche, kaputte Seite an mir sieht und weiß, dass er mit Schuld daran hat. Ich möchte, dass es ihm genauso wehtut wie mir. Denn genau wie Ryder hat er mich verlassen. Genau dann, als ich ihn am meisten brauchte. „Ich habe versucht, mit dir zu reden. Am ersten Tag, als ich zurück zur Schule gekommen bin. Sobald ich dich gesehen habe, bin ich direkt zu dir gekommen, und erinnerst du dich daran, was du gesagt hast? Wie du mich genannt hast?"

Sein Blick ist voller Qual, aber ich kann mich nicht zurückhalten.

„Du hast mich Hure genannt." Ich schüttele den Kopf. Lautlos strömen Tränen mein Gesicht hinunter, so viele, dass Roman vor mir nur noch ein verschwommener Schatten ist, sodass seine Gesichtszüge nicht mehr erkennbar sind. „Ich kann das nicht. Lass mich... einfach nur in Ruhe. Ich glaube, ich habe schon genug durchgemacht."

Ich drehe mich um und jogge nach Hause. Gott sei Dank, folgt mir niemand.

ACHTUNDDREIBIG

ROMAN

Sie schaut mich nicht an. Ich versuche, in der Schule mit ihr zu reden, aber sie zeigt mir die kalte Schulter, und das habe ich weiß Gott verdient. Ich versuche, ihren Blick in der ersten Stunde aufzufangen, doch sie sieht nicht ein einziges Mal in meine Richtung. Um die Sache noch schlimmer zu machen, wartet Silvia vor dem Klassenzimmer auf mich, und als sie versucht mich zu küssen, sorgt Allies Gesichtsausdruck dafür, dass sich mein Selbsthass wie ein Dolch in meine Gedärme bohrt.

Ich schiebe Silvia weg, doch es ist schon zu spät. Bevor ich Allie auch nur nachrufen kann, auf mich zu warten, ist sie schon im Gedränge auf dem Schulflur verschwunden.

„Silvia", presse ich hervor.

„Ja, Süßer?", säuselt sie, während sie mir mit einer Hand über die Brust streicht. Ich verziehe angewidert meine Lippen und schiebe ihre Hand fort. „Ich habe genug. Ich ziehe weiter. Ich schlage vor, du tust das Gleiche."

Ihre Augen werden zuerst ganz groß, doch dann verengen sie sich zu Schlitzen. „Lass mich raten: Du gehst zurück zu Daddys kleiner Prinzessin?"

Ich mache drohend einen Schritt auf sie zu. „Sag noch einmal etwas gegen Allie Ramirez, und ich werde dafür sorgen, dass du es bereust. Du hast schon einen Vorgeschmack darauf bekommen, was es bedeutet, wenn man sich bei mir unbeliebt macht. Willst du das wieder erleben?"

Sie schluckt schwer und schüttelt den Kopf.

„Gut. Nun mach dich rar. Ich bin fertig."

Ich warte gar nicht erst auf eine Antwort und gehe los, um Emilio zu suchen. Er ist geschickter, wenn es um Mädchen geht. Vielleicht hat er eine Ahnung, wie ich Allie zurückgewinnen kann.

* * *

Ich sehe, wie Allie mit Dominique im Gang redet, als sie zum Mittagessen gehen, doch sobald ich näherkomme, haut sie ab und setzt sich an Hendersons Tisch. Ich versuche, die Enttäuschung zu ignorieren, die ich bei ihrer Zurückweisung verspüre, aber es fällt mir schwer. Dom klopft mir auf die Schulter. „Sie braucht einfach nur Zeit, Mann."

Ich nicke, weil ich weiß, dass er recht hat, aber das heißt nicht, dass ich es mögen muss. Ich habe es gründlich verkackt, als ich sie fortgestoßen habe. Diesen Fehler werde ich nicht nochmal machen. Ich werde sie und das, was wir haben, nicht aufgeben. Ich habe noch nie so für ein Mädchen gefühlt, wie ich für Allie fühle. Deshalb konnte ich sie mir nicht aus dem Kopf schlagen, selbst als ich unwahrscheinlich sauer auf sie war, als ich dachte, dass zwischen ihr und Julio etwas liefe und sie mir einen Tritt verpasst hätte. Sie wohnt in meinen Gedanken. Hat sich dort eingerichtet und weigert sich, auszuziehen.

Beim Mittagessen habe ich mein Gesicht auf meine Hände gestützt und gehe all die Möglichkeiten durch, wie ich sie zurückgewinnen könnte. Als die Mittagspause durch das Klingeln beendet wird, verfolge ich sie mit meinem Blick, beobachtet sie wie ein liebeskranker Welpe, als sie die Cafeteria verlässt, Kasey und Henderson ihr dicht auf den Fersen.

Ich schiebe mich vom Tisch hoch und stürme ihnen nach.

„Was machst du denn?", ruft Dom mir nach.

Ich schüttele den Kopf. Ich habe keinen verdammten Schimmer, aber ich muss irgendetwas tun. Allie schlüpft in das Klassenzimmer, wo sie die dritte Stunde hat, und ich laufe daran vorbei. Meine Augen sind fest auf Henderson gerichtet, und kurz bevor er die Tür zu seinem eigenen Kurs erreicht, ziehe ich ihn an seinem Hemd zurück.

„Hey, Mann ..." Überraschte grüne Augen blicken in meine, als er sieht, wer ihn sich gegriffen hat. „Was zum Teufel, Roman?" Er reißt sich los und rückt den Kragen seines Hemds zurecht.

„Du hast in letzter Zeit viel mit Allie abgehangen." Ich wollte es als Frage formulieren, aber es kommt wie eine Anklage herüber, und Aarons Kiefer spannt sich an.

„Was interessiert dich das? Du hast dich ihr gegenüber wie ein totales Arschloch verhalten, seit sie wieder zurück ist. Tu dem Mädchen einen Gefallen und lass sie in Ruhe. Sie hat genug durchgemacht und kann deinen Scheiß nicht gebrauchen."

Ich ramme meine Faust in den Spind neben ihm. „Ich habe es nicht gewusst!" Ein paar Leute im Gang drehen sich zu uns um, und ich schnauze sie an. „Geht weiter, verdammt!" Gerötete Gesichter wenden sich ab und eilen in ihre Klassenzimmer, sodass nur wir zwei im Gang zurückbleiben. „Ich wusste nicht, was ihr zugestoßen ist. Zumindest bis vor Kurzem."

„Und das soll das alles irgendwie besser machen? Fick dich, Roman."

„Henderson" Es ist eine Warnung.

Er schüttelt den Kopf. „Nein. Du hast Scheiße gebaut. Ich weiß nicht, warum du überhaupt mit mir redest. Ich werde dir nicht helfen, deine Fehler auszubügeln. Ich schulde dir gar n ...“

„Doch, das tust du.“

Seine Augen werden schmal.

„Du schuldest mir etwas, und das weißt du auch, verdammt. Du willst, dass ich aufhöre, dich zu hassen? Du willst, dass die Teufel aufhören, dich dafür zu hassen, was du uns im Sommer vor dem Junior-Jahr angetan hast?“

Sein Mund ist eine schmale Linie und er nickt mir einmal kurz zu.

„Dann hilf mir dabei, mit ihr zu reden. Sie fühlt sich in meiner Nähe unwohl.“ Er prustet, und auch wenn der Drang groß ist, ihm den selbstgefälligen Ausdruck aus dem Gesicht zu schlagen, ignoriere ich ihn. „Ich habe sie gern. Ich will für sie da sein. Hilf mir, mit ihr zu reden, und ich werde vergessen, was passiert ist. Wir machen einen Neuanfang.“

Er denkt darüber nach. Es ist kein Geheimnis, dass ich ihn hasse. Ich habe ihn seit dem Junior-Jahr gehasst. Er war früher mein Freund. Wir waren wie Brüder. Wir alle vier. Aber dann musste er alles versauen. Er hatte gerade seinen Führerschein bekommen. Er war der Einzige von uns, der alt genug zum Fahren war, und wir waren alle Mann auf dem Weg nach Shadle Creek, um im Sommer eine Woche Camping zu machen.

Aber der Wichser nahm Drogen. Keiner von uns wusste davon. Er hat seine Sucht verheimlicht, weil ihm klar war, was wir dazu sagen würden. Und auf der Fahrt nach Shadle Creek war er total high und ist frontal in einen Truck reingefahren. Wir waren in einem WRX unterwegs. Seinem Ersten, nicht dem, den er jetzt hat. Emilio ist durch den Aufprall durch die Windschutzscheibe geflogen und Dominique hat sich an zwei

Stellen den Arm gebrochen. Er musste operiert werden und den ganzen Sommer einen Gipsverband tragen. Fast wäre es das Ende seiner Football-Laufbahn gewesen. Wir hätten alle umkommen können. Überraschenderweise hatte Emilio die wenigsten Verletzungen. Kratzer und Prellungen. Eine Gehirnerschütterung, aber nichts Lebensbedrohliches. Und ich, ich hatte das Vergnügen, einen Milzriss zu erleiden. Nach der Operation hat es vier lange Wochen gedauert, bis ich mich von dem Scheiß erholt hatte.

Und während ich verzweifelt versucht habe, Dom aus dem Auto zu helfen und Emilio zu finden, weil wir keine verdammte Ahnung hatten, wo er hingeschleudert worden war, jammerte Henderson nur herum, in welchen Schwierigkeiten er nun steckte. Wie angeschissen er war. Wir hätten alle sterben können, und er machte sich nur Sorgen darum, ob er ins Gefängnis wandern würde oder nicht.

Er hätte ins Gefängnis kommen sollen. Vielleicht wäre es gut für ihn gewesen. Aber aus welchen Gründen auch immer, überzeugte ich meinen Paps, ihn nachsichtig zu behandeln. Wir hatten eine Vorgeschichte. Jahre der Freundschaft, die ich nicht ignorieren konnte, auch wenn er mich oder Dom nicht ein einziges Mal im Krankenhaus besucht hat.

Er bekam eine leichte Strafe: Sozialdienst. Und seine Eltern mussten an die Stadt eine Strafgebühr zahlen. Nach all dem habe ich ihm unsere Freundschaft gekündigt, und das Arschloch hat sich bis zum heutigen Tag nicht entschuldigt.

Ich hätte nie gedacht, dass ich ihm verzeihen würde, aber ich würde so ziemlich alles tun, um Allie zurückzubekommen.

„Das würdest du machen? Vergessen, was vorgefallen ist?" Er schluckt, und sein Adamsapfel hüpft hoch und runter. „Vergessen, was ich getan habe, und ich muss einfach nur Allie dazu kriegen, mit dir zu reden."

Ich nicke.

„Ich kann keine Versprechen machen.“

„Ich brauche keine Versprechen oder Garantien. Ich brauche einfach nur eine Chance. Eine verdammte Chance, um das wieder hinzubekommen.“

„Okay.“

Ich atme aus. „Okay.“

ALLIE

Roman ruft mich jetzt immer an. Alle Teufel tun das. Emilio schickt mir jeden Morgen einen Witz. Oder ein lustiges Meme, dass er online gefunden hat. Er will mich zum Lächeln bringen. Auch wenn ich die Geste zu schätzen weiß, muss ich erst einmal alles verarbeiten. Ihren plötzlichen Sinneswandel.

In der einen Sekunde hassen sie mich. Jetzt überschütten sie mich mit Zuneigung aus der Ferne.

Dominique ist der Einzige, mit dem ich in der Schule rede. Er läuft mit mir manchmal zum Unterricht, wenn Aaron nicht da ist. Er stellt sicher, dass mir niemand zu nahekommt. Ich habe ihn nicht gebeten, für mich Wachhund zu spielen, und als ich ihm das gesagt habe, hat er mich nur ernst angeschaut und genauso weitergemacht, als ob ich gar nichts gesagt hätte. Ich habe eingesehen, dass es sinnlos ist, ihn davon abzuhalten. Wenn er unbedingt jeden Tag zu spät zu seinem Unterricht kommen will, dann ist das sein gutes Recht.

Roman schreibt mir jeden Morgen eine Nachricht. Immer eine Variation von **guten Morgen, meine Schöne**, und ruft mich abends an. Ich reagiere nicht auf seine Mitteilungen und nehme seine Anrufe nie an. Er hinterlässt nichts auf der Mailbox, was wahrscheinlich am besten ist. Es ist schlimm genug, wenn ich seine Stimme in der Schule höre. Wenn er Nachrichten hinterlassen würde, dann würde ich, so wie ich mich kenne, sie immer und immer wieder abhören und von dem Klang seiner Stimme nicht genug kriegen. Ich würde versuchen, versteckte Botschaften zu entschlüsseln. Das mache ich auch schon mit seinen Nachrichten. Manchmal fügt er ein Emoji hinzu, und das reicht bereits, damit ich herumrätsele und hoffe. Worauf, das weiß ich eigentlich nicht.

Aber unfehlbar jeden Abend um neun Uhr leuchtet mein Handy auf, und sein Name blinkt auf dem Display. Ein Teil von mir freut sich mittlerweile auf diesen Anruf. Wenn es acht Uhr fünfzig ist, beginne ich, die Minuten zu zählen, und hoffe, dass er anruft. Und das macht mir Angst. Denn früher oder später wird er aufgeben. Er wird aufhören, anzurufen. Er wird aufhören, zu schreiben. Und er wird weiterziehen. Ich will, dass er weiterzieht.

Ich kann es mir nicht leisten, dass ich noch einmal jemanden in meinem Leben brauche. Ich habe zu viel verloren, und ich glaube nicht, dass mein Herz noch weitere Verluste verkraftet. Es ist egal, dass ich ihn vermisse und mein Herz in seiner Nähe schneller klopft.

Was passiert, wenn er nicht mehr da ist?

Ich fürchte mich schon vor dem Tag, an dem die Anrufe aufhören.

Vor einer Woche hat er herausgefunden, was mir passiert ist. Seit einer Woche tue ich so, als ob ich ihn nicht will. Eine Woche, in der ich versucht habe, mir einzureden, dass ich ohne ihn besser dran bin. Aber meine Selbstbeherrschung lässt nach.

Ich erwische mich dabei, dass ich ihn anstarre, wenn er nicht zu mir schaut. Und ich sauge jedes Wort von Dom auf, wann immer er Roman erwähnt. Wie es ihm geht. Wo er ist.

Was sie zum Mittag essen. Es geht fast in Richtung Zwangsstörung und das ist mir auch klar, aber ich will verzweifelt jede kleine Einzelheit hören.

Aaron hat ihn auch ein paar Mal erwähnt, was mich zuerst überrascht hat. Er hat immer ganz klar gesagt, was er von Roman hält. Ich weiß, zwischen den beiden ist irgendetwas vorgefallen, auch wenn es mich interessiert, weiß ich, dass es mich nichts angeht. Aber sogar er hat versucht, mich zu überreden, mit Roman zu sprechen. Ihn wenigstens anzuhören. Er glaubt, dass es therapeutisch für mich wäre. Vielleicht wäre es das ja. Aber...

„Hey, Allie?", ruft eine Stimme zögerlich nach mir. Ich drehe mich von meinem Spind weg, und sehe, dass Emilio ein Stückchen entfernt von mir steht. Er presst seine Lippen aufeinander, seine Augen sind auf den Boden in der Nähe meiner Füße gerichtet. „Geht's dir gut?"

„Hey. Ähm, ja. Und dir?" Ich schaue mich im Gang um. Der Unterricht fängt gleich an.

Er zuckt mit den Schultern und schenkt mir ein kleines Lächeln. „Mir geht's gut. Ich, äh..." Er verstummt und schaut weg. „Ich wollte etwas ausprobieren. Wenn du einverstanden bist?"

Ich nicke und wappne mich.

„Ich weiß, du hast gesagt, dass Hände für dich wichtig sind. Also, habe ich, ah..." Er hebt seine Hände so hoch, dass die Handrücken zu mir zeigen. Er hat seine Nägel tiefschwarz lackiert und am Daumen und Mittelfinger seiner linken Hand steckt jeweils ein Goldring. „Ich hatte gehofft, dass das für dich vielleicht einen Unterschied macht." Er zuckt mit den Achseln und sieht fast verlegen aus. Ich kann nicht anders, als zu lächeln, als ich mir sein Werk ansehe und mich auf seine Nägel und den Schmuck konzentriere. Ich mache vorsichtig einen Schritt nach vorn. Als mein Herzschlag normal bleibt, tue ich einen weiteren Schritt. Die Gefühle schnüren mir die Kehle zu, und ich gehe weiter.

Emilio beißt in seine Oberlippe, seine Augen voller Unsicherheit, während er darauf wartet, dass ich das letzte Stückchen zwischen uns zurücklege. Als ich es getan habe, nehme ich eine seiner Hände in meine, drehe sie um, um die Linien auf seinen Handflächen nachzufahren. Ich lächele ihn vorsichtig an. „Wirst du jetzt immer Nagellack tragen? Das könnte dir deinen Ruf als taffer Kerl sowohl auf dem Spielfeld als auch außerhalb versauen."

Er grinst. „Ich finde, ich sehe cool aus mit dem Schwarz. Ich strebe einen Emo-Rocker-Look mit Latino-Flair an."

„Ah, deshalb also die Goldringe?"

Er lächelt und streckt zögerlich die Hand nach meinem Ellbogen aus, um mich an sich zu ziehen. Als ich nicht protestiere, schlingt er seine Arme um mich, und ich atme seinen Geruch ein. Gewürze und Minze. Seine Umarmung wird für einen Sekundenbruchteil fester und ich versteife mich, aber er lässt mich schnell los und macht einen Schritt zurück. „Ich habe dich vermisst, Vanille."

„Ich habe dich auch vermisst."

Er zwinkert. „Also, äh, willst du vielleicht–" Sein Blick huscht über meine Schulter zu jemandem, und ich drehe mich um und sehe, dass Roman genau vor der Tür von unserem ersten Kurs steht.

„Er vermisst dich auch", sagt Emilio hinter mir.

Ich schüttele den Kopf. „Ich kann das nicht reparieren, E. Rom und mich." Ich streiche mir die Haare aus dem Gesicht und schenke ihm ein schmallippiges Lächeln. „Wir haben uns nur miteinander die Zeit vertrieben. Das haben wir beide von Anfang an gesagt. Ein Happy End bis in alle Ewigkeit war nie geplant. Es ist Zeit, dass wir weiterziehen."

„Glaubst du das echt?", fragt er.

Ich zucke mit den Schultern. „Ja. Ich weiß nicht. Vielleicht. Es ist jetzt nicht von Bedeutung.“

Er schüttelt den Kopf. „Ich kenne Roman schon fast mein ganzes Leben lang. Er steht mir näher als mein eigener Bruder. Er ist nicht der Beste darin, seine Gefühle zu zeigen, aber er hat dich gern, Allie. Sehr gern. Ich will dich nicht drängen. Du hast genug durchgemacht, aber... gib ihn noch nicht auf, okay?“

Ich beiße mir auf die Unterlippe und schaue weg. „Ich glaube nicht, dass ich es mir leisten kann, mir noch mehr aus ihm zu machen, als ich es schon tue. Es tut weh ...“

„Ich weiß, Süße. Ich weiß. Aber ich glaube, Rom kann dich glücklich machen. Du verdienst es, glücklich zu sein.“

VIERZIG

ROMAN

Ich beobachte Allie mit Emilio, und die Eifersucht überrollt mich wie ein Zug, der direkt auf mich zurast.

Sie nimmt seine Hände und, statt sich zurückzuziehen, tritt sie näher an ihn. Streckt die Hand aus und berührt ihn.

Dominique klatscht mit einer Hand auf meine Schulter, und ich reiße meinen Blick zu ihm herum. „Du musst das in Ordnung bringen."

„Ich versuche es."

„Dann versuche es noch mehr."

Ich reiße mich von ihm los. „Sie lässt jeden anderen an sich heran *außer* mich." Sogar ich kann hören, wie verbittert ich klinge. In dem Moment, als Emilio sie umarmt, sehe ich rot. Ich will dem Wichser ins Gesicht schlagen. Völlig egal, dass er einer meiner besten Freunde ist.

„Ich weiß, dass es schmerzt, Mann ..."

„Schmerzt?!" Ich drehe mich zu ihm um, meine Augen weit aufgerissen und ein höhnisches Grinsen auf meinen Lippen. „Du denkst, das schmerzt? Ich wünschte, es würde einfach nur schmerzen. Dieser ganze Scheiß hier", sage ich und gestikuliere in ihre Richtung, „fühlt sich an, als ob mir die Eingeweide herausgerissen werden. Mein Mädchen spricht nicht mit mir. Sie will mich nicht mal ansehen. Verdammt, sie wurde vergew …“

Dominique greift mich und schiebt mich in ein leeres Klassenzimmer. „Verdammt, nicht so laut!“, brüllt er mich im Flüsterton an.

Ich schüttele den Kopf, meine Hände ballen sich bereits zu Fäusten. Ich muss irgendetwas schlagen. Oder irgendjemandem. Ich muss, was auch immer ich fühle, auf *irgendetwas* umleiten, sonst verliere ich noch meinen verdammten Verstand.

Dom rückt mir zu sehr auf die Pelle, und ich brauche meine ganze Selbstbeherrschung, nicht auszuholen und meinen besten Freund zu schlagen.

„Es ist scheiße. Du bist angepisst, weil du weißt, dass du es vermasselt hast. Ihr beide hattet eine gute Sache am Laufen, und ihr wurde wehgetan.“ Ich öffne meinen Mund, aber er lässt mich nicht zu Wort kommen. „Aber du kapierst es immer noch nicht, Rom. *Ihr* wurde wehgetan. Ihr. Nicht dir. Du hast nicht das Recht, auf sie sauer zu sein oder auf irgendjemandem anderen, weil du ein eifersüchtiges Arschloch bist, das normalerweise immer seinen Willen bekommt. Sie hat etwas Besseres verdient.“

„Geh mir von der Pelle.“ Ich schubse ihn weg. Er macht ein paar Schritte zurück, sein Kiefer ist angespannt, seine Augen schmal.

„Es geht hier nicht um dich. Nicht darum, was du willst oder was du glaubst, zu brauchen. Wenn du sie zurückhaben möchtest, dann hör auf, ein egoistischer Mistkerl zu sein, und kapiere endlich, dass es um sie geht. Was sie will und was sie braucht. Das ist das Einzige, das im Moment zählen sollte.“

Ich knirsche mit den Zähnen. Das Arschloch hat recht und das hasse ich. Ich richte meine Augen auf den Boden und zwinge mich, tief einzuatmen. Dann lasse ich mich fallen, sodass mein Arsch aufs Linoleum klatscht und mein Rücken gegen die Wand lehnt. Ich blicke ihm nochmal in die Augen. „Was mache ich nur?"

Er reibt sich den Nacken, ein erschöpfter Ausdruck liegt auf seinem Gesicht. „Ich weiß nicht, Mann."

„Sie redet nicht mit mir", sage ich, meine Worte klingen hohl und bedeutungslos.

Dom seufzt. „Du drehst die Sache schon wieder so, dass sich alles um dich geht. Es ist nicht nur, dass sie mit dir nicht reden will. Sie kann es nicht. Du hast gesehen, was beim letzten Mal passiert ist. Sie ist durchgedreht und hatte fast eine verdammte Panikattacke."

Fuck.

Das ist die Sache mit den Händen.

Etwas klickt. In meinem Kopf nimmt eine Idee Gestalt an, und plötzlich weiß ich, was ich tun muss.

Ich stehe auf und gehe zur Tür.

„Wo gehst du hin?"

„Weg."

„Was meinst du mit ,weg'? Wir haben Unterricht."

Ich schüttele den Kopf. „Ich schwänze. Ich muss etwas erledigen. Aber", ich halte inne, „pass auf mein Mädchen auf."

Ich gehe ohne Umwege zum Parkplatz und ignoriere Mrs Jennings, als sie ihren Kopf zum Klassenzimmer herausstreckt und mich fragt, wohin ich gehe. Die Saison ist vorbei. Sie kann mich so viel nachsitzen lassen, wie sie will.

Ich entdecke Henderson, der auf dem Parkplatz gerade aus seinem Subaru WRX steigt, und innerhalb eines Moments entscheide ich mich, ihm zuzurufen: „Hey, Henderson!"

Er reißt den Kopf herum zu mir und runzelt die Stirn.

„Los, wir schwänzen."

„Was?"

Ich marschiere zu seinem Auto, öffne die Tür auf der Beifahrerseite. „Steig ein, Henderson, ich brauche jemanden, der mich fährt. Los."

Überraschenderweise tut er, was ich ihm sage. Ich beschreibe ihm den Weg zu The Missing Piece und lasse ihn in der ersten freien Parklücke parken, die wir finden können. Ohne zu zögern, gehe ich hinein. Ich muss nicht einmal darüber nachdenken, was ich haben will. Ich weiß es schon. Henderson folgt mir, Unsicherheit ist ihm ins Gesicht geschrieben.

Die Frau am Empfang schaut uns beide kurz an, und ihr Lächeln wird strahlender. Sie trägt mitten im Winter ein tief ausgeschnittenes Tanktop, sodass man ihre beiden Arme sieht, die voller Tattoos sind. „Habt ihr Zeit für Kunden ohne Termin?", frage ich, wobei ich das flirtende Lächeln ignoriere, das sie mir schenkt.

„Für dich werde ich mal nachschauen", sie dreht sich zu ihrem Computer, bevor ihr Blick wieder zu mir schwenkt. „Und was ist mit ihm, Süßer? Seid ihr beide zum Stechen hier?"

Henderson schüttelt voller Überzeugung den Kopf.

„Nur ich", sage ich zu ihr.

„Okay. Henry hat Zeit. Was möchtest du denn?"

Ich erkläre ihr kurz, was ich will.

Sie presst die Lippen aufeinander. „Bist du sicher, dass du das auf deinen Händen willst?"

Ich nicke, und sie geht los, um diesen Typen namens Henry zu holen. Er kommt nach vorn, und ich erkläre noch einmal, was ich will. Er sieht mich auf die Weise an, wie es manche Tattoo-Künstler tun, wenn sie überzeugt sind, dass man einen Fehler macht. Aber er sagt nichts, weil er froh ist, mir mein Geld abzuknöpfen.

Wir setzen uns zusammen hin, und er arbeitet an der Skizze für beide Motive. Als wir die Schablonen auf meine Hände legen, besprechen wir die genaue Platzierung, und dann sind wir fertig. Er fragt nicht einmal nach meinem Ausweis. Ich habe mitbekommen, wenn man erst einmal ein Tattoo hat, hat keiner wirklich ein Problem damit, noch Weitere hinzufügen.

„Letzte Chance, Mann. Bist du dir sicher?"

Ich nicke. Ich habe Henry erklärt, was die Tattoos bedeuten. Es passiert nicht jeden Tag, dass ein Kerl kommt, und das verlangt, was ich möchte. Doch meine Erklärung bestärkt nur seine Meinung, dass es dumm ist. Aber das ist schon in Ordnung. Dieses Mädchen ist meine Bestimmung. Sie ist nicht nur mein Anfang, sie ist auch mein Ende. Ich habe bis jetzt herumgevögelt und in dieser Stadt ein Mädchen nach dem anderen flachgelegt, bis sie aufgetaucht ist. Die letzten paar Jahre war das völlig in Ordnung für mich. Ich wollte mit keiner mehr als eine Nacht. Aber mit Allie will ich nicht nur eine Nacht. Ich brauche sie jeden Tag. Jeden einzelnen Tag, der noch vor mir liegt.

Sie ist die erste Person, an die ich denke, wenn ich aufwache, und die letzte in meinen Gedanken, bevor ich einschlafe. Sie ist nicht nur irgendein Mädchen. Das war sie nie. Sie ist die eine. Ich weiß, wir sind jung. Ich weiß, dass wir gesagt haben, dass wir nur Spaß miteinander haben wollen. Ich sollte mir keine Gedanken um mein Morgen oder den Rest meines Lebens machen, aber genau das will ich mit ihr.

Sie muss wissen, dass sie für mich die Einzige ist. Ich werde Opfer bringen. Ich werde mich anstrengen und an mir arbeiten. Weil sie es, verdammt noch mal, verdient hat. Ich hoffe, dass ihr das zeigt, wie viel sie mir bedeutet. Wenn nicht, habe ich keine Ahnung, was ich noch tun kann.

Henry braucht vier Stunden, um das Werk zu vollenden. Als er fertig ist, erklärt er mir die übliche Nachsorge von Tattoos. Welche Lotion man verwenden soll und so. Und er erinnert mich daran, dass Handtattoos berüchtigt dafür sind, schneller zu verblassen als Tattoos an anderen Körperstellen.

Ich bezahle ihn und bedanke mich, nachdem er meine Handrücken mit einem dünnen Verband abgedeckt hat.

Danach bleiben uns noch etwa eine Stunde und zwanzig Minuten, bevor sie nach Hause kommt. Ich muss an einem Ort mit ihr reden, wo sie sich sicher fühlt. Ich will das nicht in der Schule machen. Wir brauchen kein Publikum, und ich weiß, dass der Parkplatz schlechte Erinnerungen in ihr wachruft. Also beschließe ich, zu ihrem Haus zu fahren. Ich will sie hiermit nicht überfallen, und ich will nicht, dass sie sich unwohl fühlt, aber mir fällt keine Alternative ein.

„Ich kann nicht glauben, dass du das getan hast", sagt Henderson.

Ich zucke mit den Schultern, als ob es keine große Sache ist, denn das ist es wirklich nicht. Für dieses Mädchen würde ich noch verdammt viel mehr tun, als mir nur ein paar Tattoos stechen zu lassen.

Er wirft mir einen Seitenblick zu, als ich ihm sage, dass er zu Allies Haus fahren soll. „Du hast sie wirklich gern?", fragt er und klingt überrascht.

Ich knurre, weil ich ihm meine Gefühle nicht erklären muss.

Er parkt gegenüber der Villa, in der sie wohnt, und ich verstelle die Lehne des Sitzes nach hinten und mache es mir zum Warten bequem. Ein Blick auf die Uhr zeigt mir, dass uns noch ein bisschen Zeit bleibt, bis sie nach Hause kommt. Henderson schaltet den Motor aus, und das Schweigen zwischen uns wird immer länger und unangenehmer.

„Sprechen wir je über ..."

Ich unterbreche ihn. „Nein. Da gibt es nichts zu besprechen."

Er seufzt. „Ich habe Scheiße gebaut."

„Das ist die Untertreibung des Jahrhunderts."

Er dreht sich zu mir um, seine Nasenflügel beben. „Du hast

auch Scheiße gebaut, Rom. Tu nicht so, als ob du ein Heiliger wärst."

„Ich habe nie behauptet, dass ich einer bin", sage ich zu ihm. „Aber ich lerne aus meinen Fehlern. Versuche sie, wieder geradezubiegen. Kannst du das Gleiche von dir sagen?"

Sein Gesicht verspannt sich und er schaut fort, starrt durch die Windschutzscheibe. „Damals hatte ich Probleme."

Ich nicke. Das weiß ich. Damals wusste ich es wahrscheinlich nicht. Er war gut darin, seine Spuren zu verwischen und eine weiße Weste zu behalten, aber später habe ich herausgefunden, was er durchgemacht hat. „Wir haben einen Deal gemacht", erinnere ich ihn. „Du hilfst mir, wir fangen neu an. Aber Henderson", sage ich und warte, bis er mir in die Augen blickt, denn ich will, dass er weiß, wie ernst es mir ist, „ich werde diesen Deal nicht noch einmal machen. Egal, welchen Scheiß du noch aus der Welt schaffen musst, gehe sicher, dass du das auch tust."

Er nickt, verleugnet nicht, dass er noch in Zeug verwickelt ist, mit dem er nichts zu tun haben sollte.

Ich weiß, dass ich nicht fragen sollte, tue es trotzdem: „Nimmst du sie immer noch?"

Er schüttelt den Kopf.

„Und dealen?"

Eine Pause, dann ein einziges, heftiges Nicken.

„Halte diesen Mist von ihr fern. Klar? Sie mag dich. Sie hat hier nicht viele Leute, und sie hat viel durchgemacht. Wo immer du drin steckst, lass das nicht an sie ran."

„Das werde ich nicht. Ich würde nie ..."

Ich schnaube. „Weil sich das ja auch nicht auf unsere Leben ausgewirkt hatte, oder?" Das bringt ihn zum Schweigen, und er atmet tief aus.

„Ich werde meinen Mist in Ordnung bringen. Ich brauche einfach nur... Zeit."

„Es ist eineinhalb Jahre her.“

„Ich weiß.“ Sein Kiefer spannt sich an. „Aber ich habe meine Gründe, und ich arbeite daran.“

Ich nicke und lasse damit das Thema ruhen. Wir warten schweigend noch ein paar Minuten, bevor Allies Audi in Sicht kommt.

„Also, wie sieht dein Plan aus?“

Ich drehe mich zu ihm und zucke mit den Schultern. „Ich habe keinen Plan. Ich improvisiere. Wenn sie bereit ist, mit mir zu reden, verdrück dich. Ich finde dann schon jemanden, der mich später fährt. Wenn es schwierig für sie ist, bleib da und versuche, nicht zuzuhören, wenn ich mein Innerstes vor ihr auf dem verdammten Gehweg ausbreite.“

Er runzelt die Stirn und reibt sich dabei den Nacken. „Äh, okay. Ich schätze, das kriege ich hin.“

EINUNDVIERZIG

ALLIE

Ich habe über das, was Emilio gesagt hat, den ganzen Tag nachgedacht. Ich will ihm glauben. Glauben, dass Roman mich vermisst. Es ist nur so schwierig, weil es ihm so leichtfiel, mich wegzustoßen.

Ich fahre in die Einfahrt ein und steige aus, meine Gedanken sind ganz woanders, als eine Stimme hinter mir plötzlich sagt: „Allie?"

Ich kreische und wirbele herum, um zu sehen, wer hinter mir steht. Roman und Aaron stehen ein paar Meter von mir entfernt.

Ich presse mir eine Hand aufs Herz und bemühe mich, es langsamer schlagen zu lassen. „Erschrecke mich nicht so!"

Roman hebt beide Hände. „Ich wollte dich nicht erschrecken. Ich will nur reden."

Ich runzele die Stirn und werfe einen Blick zu Aaron, der ein paar Schritte hinter Roman steht. Er schaut mich verlegen an und zuckt mit den Schultern. „Ich bin nur zur moralischen Unterstützung da."

Mein Stirnrunzeln wird tiefer. „Für mich oder für ihn?" Ich dachte, die zwei hassen sich.

Roman antwortet: „Er ist für dich da. Wir haben ein paar unserer Probleme begraben. Henderson ist ganz in Ordnung, wenn er will. Aber ich habe ihn gebeten, mit mir zu kommen. Ich will, dass er hier für dich da ist."

Hat er das? „Warum?"

Roman macht vorsichtig einen Schritt nach vorn. „Weil ich mit dir reden will, und ich weiß, dass du ihm vertraust. Dass du dich wohlfühlst, wenn er da ist."

„Ich habe auch kein Problem mit Dominique, und er ist dein Freund. Warum hast du ihn nicht gefragt?"

Er schüttelt den Kopf. „Weil ich dich nicht in die Enge treiben will. Dominique ist mein Freund. Deiner auch, aber ich wollte nicht, dass du glaubst, er sei eher auf meiner Seite als auf deiner, oder dass du niemanden hast, der auf deiner Seite ist. Henderson und ich waren früher mal Freunde, aber wenn er zwischen mir und dir wählen müsste, dann würde er sich immer zuerst für dich entscheiden. Er ist in deinem Team. Er ist dein Freund. Ich will, dass du dich sicher fühlst."

Oh. Das ist... rücksichtsvoll von ihm.

Er reibt sich mit einer Hand übers Gesicht, und mir fällt auf, dass seine beiden Hände verbunden sind.

„Was ist mit deinen Händen passiert?", frage ich, während sich mir der Magen vor Besorgnis zusammenzieht. Ist er verletzt? Ist etwas passiert?

Roman blickt auf, seine dunkelbraunen Augen schauen in meine. „Eigentlich bin ich genau deshalb hier. Ich will dir etwas zeigen."

Aaron hinter ihm wirkt nervös, wie er von einem Fuß auf den anderen tritt.

„Ähm... Okay." Ich warte darauf, dass er mir das genauer erklärt, aber er tut es nicht. Seine Lippen sind fest zusammengepresst, seine Augen nach unten gerichtet. Er wickelt den Verband ab. Ich sehe, dass sich darunter neue Tattoos verbergen und keuche auf. „Du hast dir die Hände tätowieren lassen?"

Er nickt, sagt aber nichts, während er den zweiten Verband entfernt und in seine Hosentasche steckt. Ich schlucke schwer, als ich mir die neuen Tattoos anschaue und gegen den Wunsch kämpfe, sie mir von nahem anzusehen. Sie sind wunderschön. Auf seiner linken Hand hat er einen Anker, der von wogenden Wellen umgeben ist. Sie nehmen seinen gesamten Handrücken ein. Die Details sehen unglaublich aus, und bevor ich mich zurückhalten kann, trete ich näher, weil ich neugierig auf das Motiv bin.

„Möchtest du sie sehen?", fragt er und hält absolut still, fast so, als ob er kaum zu atmen wagt. Mir wird klar, wie nahe ich ihm gekommen bin, und mein Herz beginnt zu rasen, aber ich kämpfe gegen die Welle der Angst an und nicke.

Er streckt seine Hände aus, und mit zittrigen Fingern fahre ich das Motiv auf seiner linken Hand nach, bevor ich zurückschrecke und einen halben Meter Entfernung zwischen uns bringe. Schmerz flackert in seinen Augen auf, bevor er ihn verbirgt.

Ich atme tief ein. *Es ist nur Roman*, rufe ich mir in Erinnerung. Ich zwinge mich, wieder seine Hände anzusehen, gebe mir Zeit, die dunkle Farbe und die großen Unterschiede zwischen seinen Händen und denen meines Angreifers zu sehen. Sekunden vergehen, und als sich mein Herzschlag beruhigt hat, gehe ich wieder näher zu ihm.

„Warum ein Anker?", flüstere ich.

„Weil, wenn du keinen Halt hast, wenn du den Weg zurück nicht mehr finden kannst, ich derjenige sein will, der dir Sicherheit gibt."

Mein Herz krampft sich zusammen. „Du hast das für mich gemacht?", frage ich verblüfft.

Sein Lächeln ist voller Hoffnung.

„Ich verstehe nicht", sage ich. „Das ist bleibend, Roman. Du musstest nicht ..."

Er unterbricht mich. „Ich musste, Allie. Ich will, dass du verstehst, wie wichtig du mir bist. Wie viel du mir bedeutest und wie unglaublich leid es mir tut. Ich will einfach... Ich will eine zweite Chance. Damit ich alles richtig machen kann. Damit ich dich so behandeln kann, wie du es verdienst."

Eine Träne rollt meine Wange hinab, und ich wische sie hastig weg. Ich schlucke den Kloß hinunter, den ich plötzlich im Hals habe, und frage: „Und was ist das hier? Ist das eine Orchidee... oder vielleicht eine Narzisse?" Ich begutachte seine rechte Hand. Das Motiv ist kleiner, bedeckt aber immer noch den Großteil seiner Hand.

Roman schüttelt den Kopf. „Nein. Keine Orchidee und keine Narzisse."

„Was dann?"

„Es ist Vanilla planifolia." Auf meinen verwirrten Gesichtsausdruck hin fügt er hinzu: „Mexikanische Vanille."

Ich ringe nach Luft und lasse seine Hand los. Ich schaue weg, da die Gefühle in mir fast überfließen. Es ist, als ob er seine Hand in meinen Brustkorb geschoben und mein Herz gedrückt hat, sodass es nur noch für ihn schlägt. Die Mauern, die ich um mich herum zum Schutz errichtet habe, fangen an zu bröckeln.

Ich schaue zu Aaron. Er hat sich zu seinem Auto zurückgezogen und sitzt auf der Kühlerhaube, um uns das Gefühl zu geben, dass wir unter uns sind. Er fängt meinen Blick auf und nickt kaum wahrnehmbar, als ob er sagen will: *Ja, das ist gerade passiert.* Ich drehe mich zurück, um Romans Blick zu treffen.

„Warum?", zwinge ich mich, zu fragen. Nichts von all dem ergibt Sinn. „Warum versuchst du so sehr, etwas in Ordnung zu bringen, das nie wirklich begonnen hat?"

„Weil du es wert bist. Du bist all das wert. All das Kämpfen, den Schmerz, die Gefühle. Du bringst mich dazu, dass ich fühle, verdammt, Allie." Er schlägt sich mit einer Hand direkt auf sein Herz. „Genau hier. Du hast mein eiskaltes Herz zum Schlagen gebracht, und es will nur für eine Person schlagen. Für dich. Nur für dich. Ich will dich nicht nur. Ich brauche dich so verdammt sehr." Er tritt vor und drückt seine Stirn gegen meine und nimmt mein Gesicht in seine starken, tätowierten Hände. Ich schließe meine Augen und atme ihn ein, kämpfe mich durch die Angst, einem Jungen nahe zu sein, bei dem ich mir nicht sicher bin, ob ich ihm vertrauen kann. „Alejandra Ramirez, ich brauche dich in meinem Leben."

Mein Instinkt sagt mir, dass Roman mir niemals wehtun würde. Zumindest nicht körperlich. Aber die Angst, diesem Jungen mein Herz zu schenken, lässt mir die Luft in meinen Lungen gefrieren.

„Roman, noch jemanden zu verlieren ..."

„Das wirst du nicht", sagt er voller Inbrunst. „Du wirst verdammt niemanden verlieren. Das kann ich dir versprechen. Ich weiß nicht, wie die ganze Beziehungssache funktioniert. Ich lerne hier durch praktische Erfahrungen. Aber ich werde dich nie wieder so im Stich lassen. Niemals, Allie. Gib mir einfach noch diese Chance. Nur eine Chance. Ich werde es nicht vermasseln."

„Ich bin zerbrochen", sage ich zu ihm, denn das ist die Wahrheit. Ich bin zerbrochen, meine Scherben sind spitz und scharf. Ich weiß nicht, ob ich fähig oder überhaupt bereit bin, mit ihm, nach allem, was ich durchgemacht habe, intim zu sein, und so jemanden braucht er nicht. Er braucht nicht meinen Ballast. Wofür? Für ein paar Monate Glück? Wir machen in ein paar wenigen Monaten unseren Abschluss. Und was dann?

„Lass mich all die Scherben aufsammeln und dich wieder ganz machen. Lass mich dein Anker sein, wenn du dich verloren fühlst und die Welt um dich herumwirbelt."

Ich ziehe mich zurück, und mein Herz schmerzt, als ich die

pure Verletzlichkeit in seinem Gesicht sehe. Seine Hände lassen meine Wangen los und legen sich um mich, und ich bin fast überrascht, als ich mich nicht versteife. „Und was passiert, wenn wir unseren Abschluss gemacht haben?“

Er drückt sein Gesicht in meine Haare. „Wir lassen uns etwas einfallen. Ich lasse dich nicht gehen, Vanille. Ich brauche dich viel zu sehr.“

Mein Herz wagt den Sprung, und ich bete, dass er es dieses Mal nicht vor seinen Füßen auf dem Boden zerspringen lässt. Mein Vertrauen ist ein geschundenes, abgeschlagenes kleines Ding. Aber ich glaube, ich liebe diesen Jungen, der vor mir steht. Und ich glaube, dass er mich auch liebt. Keiner von uns beiden weiß, wie er es sagen kann. Worte scheinen dafür nicht auszureichen.

Aber Roman hat gesagt, dass er mich braucht, also gebe ich ihm einen Vertrauensvorschuss und lasse die Wahrheit flüsternd über meine Lippen kommen: „Vielleicht brauchen wir uns beide.“

ALLIE

„*Happy birthday to you. Happy birthday to you. Happy birthday to Allie. Happy birthday to you.*"

Mit einem strahlenden Lächeln lehne ich mich nach vorn und puste die Kerzen auf der Torte aus, die Mrs Valdez für mich gebacken hat. Es ist mein achtzehnter Geburtstag, und auch wenn ich mich nicht anders als gestern fühle, so weiß ich doch, dass sich ab dem heutigen Tag alles ändern wird.

Es ist vier Monate her, seit Roman und ich beschlossen haben, einer richtigen Beziehung zwischen uns eine Chance zu geben. Wir haben unsere Höhen und Tiefen gehabt, und ich lerne immer noch, mit den Traumata umzugehen, die ich erlebt habe, aber ich habe große Fortschritte gemacht.

Ich drehe nicht mehr durch, wenn er, so wie jetzt, von hinten kommt, seine Arme um meine Taille schlingt und sich vorbeugt, um meinen Hals zu küssen. „Hast du dir etwas gewünscht?", fragt er, sein Atem ist heiß auf meiner Haut, seine Stimme tief und verführerisch.

Ein Lächeln breitet sich langsam auf meinem Gesicht aus, und ich drehe mich um, um ihn anzublicken. „Nope."

Seine Augenbrauen ziehen sich verwirrt zusammen, und

ich beiße mir auf die Unterlippe, um nicht aufzulachen. „Ich habe schon alles, was ich mir nur wünschen kann." Und das ist die Wahrheit. Alle meine Freunde sind hier. Ich habe den wunderbarsten Freund, der mich und meine Bedürfnisse über alles andere stellt. Und ich habe die Hilfe bekommen, die ich sofort hätte bekommen sollen, als ich überfallen wurde. Romans Mom, Maria, hat dafür gesorgt.

Ich bin glücklich und meine Wunden heilen. Mehr könnte ich mir nicht wünschen.

Auf seinem Gesicht macht sich ein großes Lächeln breit und er neigt sich nach unten, um seine Lippen auf meine zu drücken und mich zärtlich zu küssen. Seine Küsse beginnen immer so. Zögernd und sanft. Aber ein Knabbern an seiner Unterlippe bringt ihn dazu, seinen Kuss tiefer werden zu lassen, und ich keuche auf, öffne meinen Mund, um ihn einzulassen und still um mehr zu bitten.

Hinter uns stöhnen Leute auf und entfernen sich.

„Sucht euch ein Zimmer", ruft Emilio, und ich ziehe mich zurück und kämpfe darum, nicht rot zu werden.

„Verpiss dich", sagt Roman, aber seine Stimme klingt gleichgültig.

Emilio verdreht die Augen und reißt mich dann aus Romans Umarmung. „Du wirst Allie schon bald ganz für dich allein haben. Aber heute musst du teilen."

Ich quietsche, als er mich hochhebt und mich über seine Schulter wirft, um mit mir in den Garten zu rennen, Roman dicht auf seinen Fersen. Es ist seltsam, wenn ich darüber nachdenke, dass ich vor einigen wenigen Monaten hilflos dahingetrieben bin. Verloren in meinen Schmerzen und vom Kummer zerfressen. Ich dachte nicht, dass ich jemals wieder glücklich sein könnte. Nicht auf diese Weise. Aber ich bin nicht mehr abgestumpft. Ich spüre meine Gefühle wie ein Kaleidoskop von Empfindungen und ich genieße jedes Einzelne davon an jedem einzelnen Tag.

Der ganze Trupp geht nach draußen. Romans Eltern, Maria und Melchor, Dominique, Aaron, Kasey, sogar Julio, Gabe und Felix sind aus Richland hergekommen, um mit mir zu feiern.

Emilio setzt mich ab, bevor er meine Hand greift und mich in die Mitte des Gartens zieht. Aus dem Lautsprechersystem kommt Musik und er tanzt mit mir zu Rombais *Me Voy*. Kasey gesellt sich schnell zu uns, und wir alle drei singen schief mit, auch wenn Kaseys Worte hauptsächlich ausgedacht und nicht der wirkliche Text sind. Wir lachen und tanzen sorglos, denn ich habe beschlossen, auf genau diese Weise weiterzumachen.

Es ist so viel passiert, worüber ich keine Kontrolle hatte, und die Sorge darum, was morgen passieren wird, ist immer da. Aber meine Therapeutin erinnert mich in unseren wöchentlichen Sitzungen daran, dass ich mich auf das Heute konzentrieren und mein Leben ohne Angst leben muss. Ich habe so viel verloren, mehr als die meisten anderen Menschen in ihren ersten achtzehn Lebensjahren. Aber ich will kein Leben führen, das voller Angst und Was-wenn's ist. Was uns zum heutigen Tag bringt. Ich bin achtzehn, und heute Nachmittag nehme ich den Schlüssel für meine erste Wohnung in Empfang. Roman zieht mit mir zusammen, wovon Maria und Melchor nicht begeistert sind, weil wir beide noch auf der Highschool sind, aber zumindest Maria scheint es zu verstehen.

Bei Gerald zu wohnen ist einfach keine Option für mich, wenn ich meiner Vergangenheit entkommen will. Er ist ein schädliches Puzzleteil in meinem Leben, durch das eine allgegenwärtige Bedrohung über meinem Kopf schwebt, mit der wir noch fertig werden müssen. Um nach vorn zu blicken, muss ich mein Leben von seinem trennen.

Janessa hatte heute Morgen ein Treffen mit ihm eingerichtet, und ich habe erklärt, dass ich ausziehen würde. Ich habe ihm dafür gedankt, dass er mich nach dem Tod meiner Mutter aufgenommen hat, und habe ihm gesagt, dass ich nun, da ich volljährig sei, andere Vorkehrungen getroffen hätte. Er schien darüber nicht froh zu sein, aber Janessa hat es geschafft, die Wogen zu glätten und den unangenehmen Moment etwas weniger unangenehm zu machen.

Er lässt mich das Auto behalten, sozusagen als Geburtstagsgeschenk. Er hat mir auch Zugriff auf einen Treuhandfonds gewährt, aber ich habe nicht vor, ihn für irgendetwas anderes, außer für meine Ausbildung zu nutzen. Doch ich bin froh, dass ich ihn habe. Es hilft mir bei dem Stress, den der Auszug mit sich bringt.

Roman lächelt mir über den Rasen hinweg zu, als er mit einem Bier in der Hand dasteht, Aaron rechts von ihm und Dom links von ihm. Kasey steht zwischen meinen Jungs aus der alten Heimat und sonnt sich in ihrer Aufmerksamkeit. Ich verdrücke mir ein Grinsen, als ich den mörderischen Blick sehe, den Dominique ihnen zuwirft.

Irgendwie habe ich das Gefühl, dass zwischen den beiden etwas läuft, aber keiner hat etwas erwähnt, und ich habe nicht gefragt. Ich bin einfach nur glücklich. Endlich zufrieden, und ich freue mich darauf, was uns als Nächstes erwartet.

Ich muss Roman nur ein paar Mal lange anblicken, damit er sein Getränk abstellt und sich zu mir auf den Rasen gesellt. Seine Hüften schwingen mit meinen im Takt, als er seine Arme um mich legt. „Du bist so wunderschön", sagt er zu mir.

Ein Lächeln breitet sich unwillkürlich auf meinem Gesicht aus. „Du siehst selbst auch ziemlich gut aus", bemerke ich und mustere ihn ganz offensichtlich mit immer mehr Glut in meinem Blick.

In seinen Augen funkt es spitzbübisch auf. „Ich bin so ein verdammter Glückspilz." Er drückt seine Lippen wieder auf meine, bevor er gegen meinen Mund flüstert: „Und ich liebe dich so verdammt sehr.“

Gott, dieser Junge. „Ich liebe dich auch“, sage ich und werfe die Arme um seinen Hals, um ihn fest zu umarmen. Ganz egal, was unsere Zukunft bringt, ich weiß, dass er an meiner Seite sein wird, und ich kann es kaum erwarten, herauszufinden, was das nächste Kapitel für uns bereithält.

lies das nächste buch

blättere die Seite für eine Vorschau um

BIBIANA

„Mach schon, Bibi!", quengelt Monique, bevor sie eine Schicht klaren Lipgloss auf ihre vollen Lippen aufträgt. „Wir werden zu spät zu der Party kommen. Die, auf die du unbedingt heute Abend gehen wolltest.", erinnert sie mich jetzt und spielt mit ihrem Haar. Die dunkelbraunen, geflochtenen Zöpfe hängen ihr bis knapp über die Schultern. Sie schaut mich durch ihr Spiegelbild an.

„Ich habe nichts zum Anziehen!" Ja, ich weiß, ich jammere, aber meinen Kleiderschrank nach etwas Aufreizendem zu durchforsten, oder zumindest nach Klamotten, die nicht sofort schreien „Ich gehe auf eine spießige Privatschule", ist so gut wie unmöglich. Und ein Suncrest Saint zu sein, ist nichts, womit man angibt, wenn man sich unter die Sun Valley Devils mischt. Auch wenn diese Zeit vorbei ist. Mit etwas Glück treffen wir heute Abend auf keinen der echten Devils. Das würde nur Probleme verursachen, besonders da Moniques Bruder zufällig einer von ihnen ist.

Er hatte letzte Woche einen Autounfall und erholt sich zu Hause, also sollten wir sicher sein. Zumindest hoffe ich das.

„Offensichtlich." Monique kramt in ihrer Tasche. „Deshalb habe ich dir das hier mitgebracht."

Sie fischt ein schlichtes, schwarzes figurbetontes Kleid heraus und wirft es mir zu.

Ich fange es auf und halte das Stückchen Stoff hoch, wobei sich sofort ein finsterer Blick auf mein Gesicht legt. „Auf keinen Fall. Das kann ich nicht anziehen", sage ich mit einem energischen Kopfschütteln.

Mit der Hand in die Hüfte gestützt, dreht sie sich zu mir um. „Und warum zum Teufel nicht?"

„Weil die Hälfte des Kleides fehlt, deshalb", zische ich und achte darauf, die Stimme zu senken, während ich das Teil nochmal betrachte. Meine Mutter und ihr Freund Miguel sind bereits im Bett und ich will keinen von beiden wecken. Heute Abend auszugehen ist nicht erlaubt. Aber wie heißt es so schön: „Es ist besser, um Vergebung zu bitten, als um Erlaubnis." Erfreulicher wäre, wenn Mama es nicht herausfindet, dann gibt es erst gar nichts zu verzeihen.

In meinen Händen sieht das Kleid nicht größer aus als ein T-Shirt. Ein T-Shirt in Kindergröße. Das ziehe ich auf keinen Fall an.

Monique atmet tief durch. „Probiere es wenigstens an. Was ist daraus geworden, dass du heute aus deiner Komfortzone ausbrechen willst, hm? Warst du nicht diejenige, die gesagt hat, du wolltest etwas Gewagtes tun? Am Limit leben?" Ihre Brauen heben sich erwartungsvoll. „Es ist dein letzter Abend in Sun Valley, Bibi."

Urgh, bitte erinnere mich nicht daran. „Das bedeutet aber nicht, dass ich wie eine billige Nutte aussehen will", erwidere ich und eine Welle der Traurigkeit überrollt mich. Heute ist mein letzter Abend in Sun Valley. Morgen werde ich umziehen. In eine neue Stadt. Neue Schule. Ein neues Leben. Ausgerechnet nach Richland. Es ist zum Kotzen.

Sie rollt mit den Augen, bevor sie sich abwendet, um ihr Make-up in dem Ganzkörperspiegel zu vollenden, der an der Rückseite meiner Schlafzimmertür hängt. „Sehe ich für dich wie eine billige Nutte aus?", fragt sie über ihre Schulter hinweg.

„Natürlich nicht", schnaube ich. Monique ist eine Göttin. Ein Meter siebzig groß, mit weicher brauner Haut, kastanienfarbenen Augen und langen Zöpfen, die sie zu einem halben Pferdeschwanz zurückgebunden hat. Sie sieht aus wie Brandy Norwood aus ihrer Moesha-Zeit und ich würde dafür töten, um nur annähernd so gut auszusehen wie sie. Ihr Teint ist makellos, und im Gegensatz zu mir hat sie es geschafft, an genau den richtigen Stellen Kurven zu bekommen. Ich dagegen bin dünn wie ein Schilfrohr und gerade wie eine Bohnenstange. Mama schwört, dass ich irgendwann fülliger werde, doch ich bezweifle es. Nicht bei meinem Glück. Wenigstens habe ich Brüste. Nicht viel, aber sie sind da.

„Schön, dass wir uns einig sind. Ich trage genau das gleiche Kleid, nur in Grün. probiere es an. Es wird dir gefallen."

Ich rolle mit den Augen, tue aber, was sie sagt. Es ist nicht so, dass ich hier viele Möglichkeiten hätte. Die meisten Sachen sind bereits gepackt. Und selbst wenn nicht hätte ich trotzdem nichts zum Anziehen. „Sexy" trifft nicht gerade auf den Inhalt in meinem Kleiderschrank zu.

„Woher hast du das eigentlich?", frage ich, „Und wie zum Teufel hast du es geschafft, es vor deiner Mutter zu verstecken?"

„Online. Und ich habe es bestellt, als sie eine blöde Blumensendung für eine ihrer Wohltätigkeitsveranstaltungen bekommen hat. Es waren so viele Lieferanten an dem Tag im Haus, dass sie meine einsame kleine Fashion-Nova-Box gar nicht bemerkt hat."

„Raffiniert", erwidere ich mit einem Augenzwinkern.

Monique und ich sind seit der Mittelstufe beste Freundinnen, daher weiß ich, dass ihre Eltern es nie gutheißen würden, wenn sie so ein Kleid trägt. Bei der Familie Price geht es nur ums Äußere. Sie waren sogar mit unseren Schuluniform-Röcken nicht einverstanden und haben ihre drei Zentimeter länger maßanfertigen lassen. Obwohl der Saum nicht das Einzige ist, was sie an dem Kleid bemängeln würden. Sie würden sich auch dagegen sträuben, dass sie etwas trägt, dass nicht von einem Designer ist und nicht ein Vermögen kostet. Sie kann nicht die gleichen Klamotten tragen wie das gemeine Volk.

Ich lasse das Kleid über meinen Kopf gleiten, streiche den Stoff glatt und betrachte mich im Spiegel.

„Verdammt, Kleines.“ Monique pfeift. „Du siehst umwerfend aus!“

Ich ziehe eine Grimasse. „Das ist … Wahnsinn.“ Ich kann die Augen nicht von meinem Spiegelbild abwenden.

Monique ist sieben Zentimeter größer als ich, und während ihr Kleid gerade lang genug ist, um ihren Hintern zu bedecken, reicht meines bis zur Mitte des Oberschenkels. Es ist trägerlos und schmiegt sich an mich wie eine zweite Haut, wodurch die Illusion von Kurven entsteht, von denen ich weiß, dass ich sie nicht habe. Aber … wow.

Monique tritt hinter mich und zieht mir die Spange raus, die mein Haar am Hinterkopf hält, sodass mir die langen, lockigen schwarzen Haare um mein Gesicht fallen.

„Das ist perfekt“, sagt sie. „Es ist sexy und schreit um Himmels willen, bitte nimm mir meine Jungfräulichkeit.“

Ich verpasse ihr einen Klaps auf den Arm, mache mir aber nicht die Mühe, mein Lachen zu unterdrücken. „Ich versuche, nicht zu verkünden, dass ich mir meine Jungfräulichkeit nehmen lassen möchte.“

Sie wirft die Haarspange aufs Bett und reicht mir einen knallroten Lippenstift. „Das ändert nichts an der Tatsache, dass du genau das willst. Komm schon, Bibi. Das war deine Idee.

Lass uns ausnahmsweise mal rebellisch sein. Wir brauchen das. Ein letztes Hurra, bevor du mich im Stich lässt."

Ich beiße mir auf die Unterlippe, nehme den Lippenstift und gehe näher an den Spiegel, um ihn aufzutragen. Ich straffe die Schultern und erinnere mich daran, dass ich Sun Valley ohne Reue verlassen werde. Die letzten sechzehn Jahre meines Lebens habe ich damit verbracht, das gute Mädchen zu sein. Das Mädchen, das nie aus der Reihe tanzte. Nie Aufsehen erregte. Niemals die Regeln gebrochen hat.

Ich muss durchatmen. Auch, wenn es nur für eine Nacht ist.

Am Anfang habe ich mich immer gut benommen, weil Mama schwanger war. Sie war schon älter, die Schwangerschaft ungeplant, und sie verlief nicht ohne Komplikationen. Sie brauchte Hilfe und Unterstützung und ich wollte für sie da sein.

Dann, weil mein Bruder krank war. Meine Eltern hatten alle Hände voll zu tun mit Alfonsos Zustand. Ich musste sie nicht noch zusätzlich belasten, indem ich unvernünftig war, und ich wollte die Aufmerksamkeit nicht von Alfonso ablenken. Er war mein kleiner Bruder. Er war das Wichtigste.

Dann, kurz vor seinem dritten Geburtstag, starb er. Das hat unsere Familie erschüttert. Mama musste trauern. Sie hätte es nicht verkraftet, wenn ich mich zu allem Überfluss auch noch danebenbenommen hätte. Also war ich weiterhin das brave Mädchen. Befolgte die Regeln. Ich kann an einer Hand abzählen, wie oft meine Eltern mich jemals ausgeschimpft haben.

Weniger als ein Jahr nach Alfonsos Tod verließ uns Papa.

Meine Familie wurde vom Leben immer wieder ins Gesicht geschlagen. Es gibt nie einen guten Zeitpunkt, um ... ich weiß nicht ... ein Kind zu sein. Um Fehler zu machen. Um impulsiv zu sein. Schuldgefühle bahnen sich ihren Weg durch meine Brust und erinnern mich daran, dass jetzt ebenfalls kein guter

Zeitpunkt ist. Wird es den jemals geben? Ich bin sechzehn Jahre alt. Ich möchte jung und dumm sein. Nicht für immer, aber für eine Nacht. Nur dieses eine Mal. Ich muss Fehler machen, auf die ich zurückblicken kann. Ich will wissen, dass ich wild und frei war, dass ich meine Flügel ausgebreitet und gelebt habe.

Alfonso ist jetzt schon seit drei Jahren nicht mehr da. Papa seit zwei Jahren. Es war ein ziemliches Chaos für Mama und mich, doch es ist besser geworden. Sie hat einen Freund. Er ist seltsam, aber sie lächelt oft. Das tat sie seit Jahren nicht. Ich glaube, sie liebt ihn wirklich. Er macht sie glücklich. Und ich will, dass sie glücklich ist.

Sie hat so viel mitgemacht.

Darum beschwere ich mich auch nicht über den Umzug. Nun, zumindest nicht laut. Und deshalb habe ich meine Tränen zurückgehalten und bis über beide Ohren gelächelt, als sie mir die guten Nachrichten erzählte. Sie verdient es, glücklich zu sein. Nur... ich will das auch für mich.

„Okay. Lass uns gehen, bevor ich die Lust verliere."

Moniques Grinsen wird breiter. „Eeeee! Das wird so lustig!"

Ich weiß nicht, ob ich ihre Begeisterung teile, aber ich werde es durchziehen. Für eine Nacht werde ich nicht Bibiana Sousa sein, das gute Mädchen. Ich werde die Rebellin sein. Das wilde Kind. Ein Mädchen, das mit dem Strom schwimmt, ihr Haar herunterlässt und einmal in ihrem Leben ein paar verdammte Fehler macht.

* * *

Niemand wundert sich, als Monique und ich zum heutigen Partyhaus schlendern. Ich weiß nicht, wem es gehört, aber das ist mir auch egal. Die Schüler der Suncrest Academy veran-

390

stalten keine derartigen Partys, und wenn wir eine Party der Sun Valley High crashen, ist es unwahrscheinlich, dass wir jemandem begegnen, den wir kennen oder dass unsere Eltern informiert werden.

„Komm, holen wir uns einen Drink." Monique zieht mich mit sich und führt mich in die naheliegende Küche, wo ein Fass aufgestellt ist. Sie schnappt sich einen roten Becher, reicht diesen einem der Jungs, die das Fass bedienen und er füllt ihn für sie, wobei er ihr einen interessierten Blick zuwirft.

„Bist du mit jemandem hier?", fragt er, reicht ihr das Bier und wendet sich mir in stummer Frage zu. Ich schüttle den Kopf, lehne den angebotenen Alkohol ab und schnappe mir stattdessen eine Wasserflasche aus den offenen Kühlboxen. Ich kenne viele Studenten, die kein Problem damit haben Alkohol an Minderjährige zu verteilen, aber ... ich weiß nicht ... auf die Party zu gehen, um einen Typen abzuschleppen, scheint mir für eine Nacht gewagt genug zu sein. Zu trinken, obwohl ich gerade erst sechszehn geworden bin, fühlt sich an, als ob ich es über-treiben würde.

„Nö. Nur meine Freundin", sagt Monique und wirft ihm einen erwartungsvollen Blick zu, während sie einen Schluck von ihrem Bier nimmt. Die Jungs an der Suncrest Academy schenken ihr keinen zweiten Blick. Ich bin mir ziemlich sicher, dass es daran liegt, dass sie von ihr eingeschüchtert sind. Sie ist groß, ein absolutes Biest auf dem Basketballplatz und sie hat eine temperamentvolle Persönlichkeit. Oder weil sie Idioten sind. Eigentlich, wenn ich darauf wetten müsste, liegt es ganz sicher daran, dass sie alle Idioten sind.

Er zieht sie an sich und sie quiekt, obwohl ich insgeheim weiß, dass sie sich über die Aufmerksamkeit freut. Wie ich wird Monique ebenfalls in einer kleinen, geschützten Box gehalten und nur selten zum Spielen herausgelassen. Wir könnten sagen, dass heute meine Nacht ist. Aber das ist es auch für sie. Wir brauchen beide diesen Ausbruch aus dem beengenden Leben, das wir führen. Und Monique verdient es, sich wie die Göttin zu fühlen, die sie ist.

„Ich werde mich unter die Leute mischen", sage ich und gebe ihr damit die Möglichkeit, sich zu amüsieren und sich nicht um mich zu sorgen. Sie verzieht das Gesicht, um zu argumentieren, doch ich schüttle den Kopf. „Hab Spaß. Du kannst sowieso nicht die ganze Nacht an meiner Seite bleiben. Schon vergessen?"

Sie rollt mit den Augen, lächelt jedoch „Gut. Aber komm zu mir, wenn du mich brauchst, okay? Und geh nicht mit irgendwem nach Hause."

„Ja, Mama!", kichere ich, drehe mich um und folge dem Klang der Musik, die aus dem hinteren Teil des Hauses kommt.

Ich durchquere die Küche und das Esszimmer, bis ich vor einer Doppeltür stehe, die zur hinteren Terrasse führt. Ein DJ-Pult ist aufgebaut. Die Leute trinken und tanzen und haben eine tolle Zeit. Ich öffne die Wasserflasche und nehme einen Schluck, während ich die kühle Abendluft einatme und meinen Blick über die Menge schweifen lasse. Alle stehen in kleinen Gruppen zusammen, als hätten sich einfach so Cliquen gebildet. Und ich hasse das irgendwie. Das ist so typisch für die Highschool.

Ich scanne weiter die Gruppen, bis ein Typ ganz rechts von mir meine Aufmerksamkeit erregt. Er ist süß. In meinem Alter, mit hellblondem Haar und breiten Schultern. Er lacht gerade über etwas, das sein Freund sagt, da treffen sich unsere Blicke. Er starrt eine Sekunde lang zu mir, bevor er seinen Becher hebt, als wolle er „Hallo" sagen. Ich lächle. Er lächelt zurück. Und dann unterhält er sich weiter. Aber alle paar Augenblicke schaut er zu mir.

Ich bleibe einen Moment lang stehen und überlege, ob ich in seine Richtung gehen soll oder nicht. Es ist offensichtlich, dass er seinen Freunden nicht mehr zuhört. Und er ist auch nicht schüchtern beim Anstarren. Sein Blick auf meinen Körper lässt mich wissen, dass er interessiert ist, aber ...

Nein.

Komm schon, Bibi. Du kriegst das hin.

Ich nehme einen tiefen Atemzug. Sei ein Rebell, rede ich mir ein. Ich werde nicht einfach wie ein Idiot hier stehen und hoffen, dass er mich anspricht. Ich werde mutig sein. Ich kann das schaffen.

Gerade als ich einen Schritt nach vorne mache, hält mich eine Stimme hinter mir auf. „Meine Zeit würde ich nicht mit Carson Bailey verschwenden, wenn ich du wäre."

Ich wirbele herum, einen finsteren Ausdruck auf dem Gesicht, bis mein Blick auf einem Jungen landet, der dicht hinter mir steht.

„Er hat einen kleinen Schwanz", behauptet er mit einem breiten Grinsen.

„Wer sagt, dass ich an seinem Schwanz interessiert bin?", frage ich und ziehe eine Augenbraue hoch. Und okay, ja, vielleicht bin ich es, aber ich muss es diesem Kerl gegenüber nicht zugeben. Wer auch immer zur Hölle er ist.

Er zieht eine Schnute. „Mit einem Körper wie deinem in so einem Kleid suchst du nach etwas, und das sind keine Kekse auf einem Kuchenbasar. Ich setze auf Schwanz."

Ich rolle mit den Augen. Idiot. „Vielleicht wollte ich mich nur hübsch fühlen."

Er leckt sich die Lippen, seine Augen schweifen anerkennend über meinen Körper. „Nee. Du weißt schon, dass du hübsch bist. Du willst etwas anderes." Sein dunkler Blick ist herausfordernd, als er dreist einen Schritt nach vorne macht, sodass sich unsere Körper fast berühren. Eine Hitzewelle durchflutet mich und ich nehme mir eine Sekunde Zeit, ihn auf mich wirken zu lassen. Er ist nicht nur süß wie der andere Typ. Er ist heiß. Dunkelbraunes Haar und ebenso dunkle Augen, die sich an den Augenwinkeln ein klein wenig heben. Er ist Latino. Aber kein Mexikaner. Sein Kiefer ist markant. Seine Augenbrauen sind kantig. Auch kein Brasilianer wie ich.

Honduranisch, vielleicht guatemaltekisch, wenn ich raten müsste. Auf jeden Fall lateinamerikanisch. Seine Gesichtszüge sind ein wenig zu indigen, um Spanier zu sein, aber ich mache mir nicht die Mühe, nachzufragen, um es zu bestätigen.

Er trägt eine tiefsitzende Jeans und ein figurbetontes schwarzes Hemd, das seinen muskulösen Body nicht verbergen kann. Er ist höchstwahrscheinlich ein Athlet. Das ist keine Überraschung. Er hat definitiv die selbstbewusste Ausstrahlung eines solchen.

Ich versuche, mit den Füßen auf dem Boden zu bleiben, weil er meinen kleinen Körper überragt. Er ist viel größer als ich, vielleicht 1,80 Meter. Ich muss den Kopf nach hinten neigen, um seinem Blick zu begegnen. Etwas in mir reizt es, mich auf die Zehenspitzen zu stellen und den Abstand zwischen unseren Lippen zu schließen, der blonde Junge ist wegen seiner Anwesenheit so gut wie vergessen.

Mein Brustkorb hebt und senkt sich mit jedem Atemzug. Mein Herz will plötzlich aus meiner Brust springen. Ich habe noch nie so auf einen Jungen reagiert. Es ist ... berauschend.

Seine Mundwinkel kräuseln sich, als wüsste er genau, was ich denke, und was noch überraschender ist: Er handelt, schließt den Abstand zwischen unseren Lippen und presst seinen Mund fest auf meinen. Ich keuche auf und er nutzt das voll aus, seine Zunge erkundet meinen Mund, während der Geschmack von süßen Orangen und Chili auf meinen Geschmacksnerven explodiert. Ich stöhne in seinen Mund, unfähig, meine Reaktion auf ihn zu stoppen. Mann, kann der küssen.

Eine seiner Hände ergreift meine Hüfte, die andere krallt

sich in mein lockiges Haar, während er mich näher an sich zieht. Unsere Körper sind eng aneinandergepresst und alles um mich herum verschwindet.

Johlen und Rufe, dass wir uns ein Zimmer nehmen sollen, durchdringen den Nebel des Verlangens und ich ziehe mich zurück und unterbreche den Kuss. Er lässt mich mit widerwillig los, seine Hand immer noch fest auf meiner Hüfte und mit einem verblüfften Ausdruck auf seinem Gesicht.

Ich atme schwer, mein Herz rast. Das war, ich weiß nicht, was zur Hölle das war. Ich bin noch nie so geküsst worden. Ich hatte nie das Bedürfnis, die Schenkel zusammenzupressen und die Zehen zu krümmen. War es bei ihm auch so? Ich schlucke hart und beiße auf meiner Unterlippe herum. Sein Blick bleibt auf meinem Mund haften und er leckt sich über die Lippen, meine Augen verfolgen die Bewegung. Meine Hand strebt nach oben, als hätte sie einen eigenen Willen, und meine Finger krallen sich in den Stoff seines Hemdes, um mich zu beruhigen.

„Möchtest du immer noch den hübschen Jungen da drüben?", fragt er und neigt den Kopf in Richtung - wie war sein Name?

Ich schüttle den Kopf. Zum Teufel, nein. Ich will ihn. Genau diesen Kerl hier. Wenn ich meine Jungfräulichkeit verliere, sollte er es sein. Jemand, bei dem ich mich nach nur einem Kuss schwindelig fühle.

"Gut."

Ohne ein weiteres Wort greift er nach meiner Hand und fordert mich so auf, ihm zu folgen. Er bahnt sich einen Weg durch die Menge und steuert auf etwas zu, das ich für ein Poolhaus halte. „Wohin gehen wir?", frage ich, meine Stimme klingt ein wenig atemlos, meine Lippen kribbeln noch von unserem Kuss.

„Irgendwohin, wo es ruhig ist", sagt er über die Schulter und ich bemerke, dass er sich die Seite hält und sein Gang etwas steif ist.

Geht es ihm gut?

Ich bin plötzlich nervös. Wir gehen an einen ruhigen Ort, was gut ist. Oder? Das ist es, was ich will. Nur kenne ich den Kerl nicht einmal. Andererseits ist das doch der Sinn des heutigen Abends. Nur ... Gott. Komm schon, Bibiana. Hör auf, dir solche Sorgen zu machen.

Als wir das Poolhaus erreichen, öffnet er die Tür und wir schlüpfen beide hinein. Der Raum ist dunkel, etwas Straßenlicht dringt durch die durchsichtigen Vorhänge herein. Er zieht mich zu einem Sofa und setzt sich. Ein leises Zischen entweicht seinen Lippen, bevor er mich neben sich herunterzieht.

"Geht es dir gut?"

Der Raum ist still, man hört nur unser Atmen. Ich sitze steif neben ihm, meine Finger immer noch mit seinen verschlungen, während sich meine Augen an die Dunkelheit gewöhnen. Sein Daumen reibt langsam Kreise über meinen Handrücken, dann wendet er sich mir zu.

„Nur eine Sportverletzung. Keine große Sache.“

Ich spitze die Lippen. Es ist Sommer. Der Sport ist für dieses Jahr beendet. Ich schätze, es ist möglich, dass einige in den Sommermonaten trainieren. Football vielleicht schon, aber ...

„Hey.“ Er rutscht näher zu mir. „Komm her.“

Er zieht mich auf seinen Schoß, meine Schenkel umschließen seine Taille. Seine Länge drückt gegen meinen Mittelpunkt und ich kann mich kaum zurückhalten, mich an ihm zu reiben.

Er fährt mit einem Finger seitlich an meinem Gesicht entlang, meinen Hals hinunter und lässt ihn an meiner Kehle ruhen. Diese Liebkosung fühlt sich sehr intim an. „Wie heißt du?“

Ich zögere.

„Verheimlichst du mir etwas, Mariposa?" Ich hatte recht. Eindeutig Latino. Sein Lächeln ist so verwegen wie sündhaft. Er hat diese Energie, die mich anzieht, aber auch erschreckt. Das sollte eine Sache für eine Nacht sein. Gute Erinnerungen und eine lustige Zeit, aber mehr nicht. Keine Bindungen. Irgendetwas an ihm sagt mir, dass er jemand ist, an den ich mich leicht binden könnte. Es ist gut, dass ich nur für eine weitere Nacht in Sun Valley bin. Ich möchte nicht eine seiner vielen Eroberungen werden, da bin ich mir sicher.

„Nein, nur, warum soll das nicht interessant bleiben?", schlage ich so beiläufig wie möglich vor.

Er hebt eine Augenbraue, das Mondlicht, das durch den Raum fällt, wirft Schatten auf sein Gesicht. „Du willst keine Namen austauschen?" Sein Grinsen wird noch breiter.

Ich schüttle mit dem Kopf.

„Was ist mit Telefonnummern?", fragt er und neigt den Kopf zur Seite.

Ein weiteres Schütteln.

Er schmunzelt. „Verdammt, Mariposa. Und ich dachte, ich wäre der Aufreißer."

Wenn er nur wüsste, wie unerfahren ich bin. Ich schlüpfe in die Rolle, die ich mir selbst zugedacht habe, wiege die Hüften gegen ihn und er zischt, seine Augen glänzen vor Lust. „Du spielst ein gefährliches Spiel, Mariposa."

„Warum nennst du mich ständig Motte?", frage ich mit heiserer Stimme.

Er beugt sich vor und knabbert an meiner Kehle. „Keine Motte. Ein Schmetterling", raunt er. Seine Hände finden meine Hüften und er drückt mich an sich, seine Hüften schieben sich nach oben und reiben sich an meinem Zentrum. Es knistert zwischen uns. Er neigt mein Kinn, zieht meine Lippen auf seine und lässt sie miteinander verschmelzen. Sterne explodieren hinter meinen geschlossenen Lidern und jeder rationale Gedanke in meinem Kopf entschwindet.

Je mehr er mich küsst, desto berauschter bin ich von seinem Geschmack, und umso mehr möchte ich alle Vorsicht in den Wind schlagen. Das fühlt sich gut an. Richtig. Ich kenne ihn nicht einmal, aber irgendwie kennt mein Körper ihn. Er sehnt sich nach ihm, fleht leise zu mir.

Seine Erektion ist heiß zwischen meinen Beinen. Ich fahre mit den Fingern durch die kurzen Strähnen seines Haares, drücke meine Brust gegen seine, aber es ist nicht genug. Sein Kuss ist betäubend, zieht mich tief in einen Abgrund, dem ich nicht entkommen will. Seine Hände gleiten unter den Saum des Kleides und ziehen es über meinen Hintern und dann über den Kopf. Ich begegne seinem dunklen, hungrigen Blick und leiste keinen Widerstand.

Seine Augen verschleiern sich, als er auf meine Brust starrt, eine Hand kommt hoch und streicht mit dem Daumen über eine Brustwarze. Ich zittere und er grinst. Das zufriedene Lächeln eines Jungen, der weiß, welche Wirkung er auf ein Mädchen hat. Er beugt sich vor, nimmt meine Brust in seinen heißen Mund, seine Zähne streifen den Nippel, während ich mich gegen ihn stemme. Mein Körper sehnt sich verzweifelt nach mehr Berührung.

Zwischen den Küssen ziehe ich ihm das Hemd aus und knöpfe seine Jeans auf. Es dauert nicht lange, bis wir beide nackt sind und uns an der Haut des anderen festkrallen. Er verschwendet keine Zeit, holt ein Kondom aus der Tasche seiner Jeans und rollt es auf, bevor er mich auf sich herunterzieht und sich an meinem Kern ausrichtet.

Ein Teil von mir fragt sich, ob ich etwas sagen sollte. Ihn wissen lassen, dass ich eine Jungfrau bin. Ich habe die Geschichten gehört. Ich weiß, dass es beim ersten Mal normalerweise schmerzhaft ist. Aber ich kann mich nicht dazu durchringen, diesen Moment zu ruinieren. Ich will es. Eindeutig und unwiderruflich. Ich will das.

Sein Schwanz stößt an meinen Eingang und ich versteife mich, um mich auf das Kommende vorzubereiten. Meine Finger graben sich in seine Schultern. Und als ich den Widerstand fühle, diese letzte Spur von Unschuld, die ich unbedingt auslöschen will, darf ich nicht daran denken. Seine harte, dicke Länge schiebt sich mit langsamen und wohldosierten Stößen in mich hinein. Ich keuche bei dem Gefühl, das er mich bis an meine Grenzen dehnt, bis zu dem Punkt, an dem die Lust mit dem scharfen Schmerz verschmilzt.

„Fuck, bist du eng", stöhnt er mit zusammengebissenen Zähnen.

Ich atme tief ein, stähle mich und drücke die Hüften nach unten, bis er ganz in mir ist, versuche, den Schmerz zu verdrängen und mich nur auf das Vergnügen zu konzentrieren. Er stöhnt und presst seinen Mund auf meinen, verschlingt meine Schreie und füllt mich aus, bis ich nicht mehr weiß, wo ich ende und wo er beginnt. „Dein Name, mi pequena mariposa?", fragt er, als ich mich etwas zurückziehe, um zu atmen. Mein kleiner Schmetterling.

Ich ignoriere die Frage, jage lieber seinem Mund nach und verlagere mein Gewicht auf seinen Schaft. Ein Atemzug haucht zwischen seinen Zähnen, aber er hält mich fest. „Du bist eine Jungfrau."

Es ist keine Frage, also mache ich mir nicht die Mühe, darauf zu antworten. Stattdessen tue ich das Einzige, was ich kann, nein, das Einzige, was ich tun muss, und bewege mich.

Ich erhebe mich über ihm, bis nur noch die Spitze seines Schafts in mir ist, bevor ich mit bewusster Behutsamkeit wieder nach unten sinke. Er lässt seinen Kopf zurück auf das Sofa fallen, sein Adamsapfel wippt in seinem Hals. „Scheiße, was machst du mit mir?" Seine Stimme ist rau, überzogen von

Verlangen und durchzogen von Gier. Ich wiederhole die Bewegung noch zweimal, bevor er mich in seine Arme nimmt, sich zu seiner vollen Größe aufrichtet. Ich schlinge meine Beine um seine Taille. Er trägt mich zu einem Tisch und legt mich auf den Rücken, unsere Körper verlieren nie ihre Verbindung.

„Du spielst mit dem Feuer", mahnt er, als er sich aus mir zurückzieht, bevor er seine Hüften anspannt, und erneut in mich eindringt. Fester. Tiefer. Ich winde mich unter ihm, unsicher, ob ich näherkommen will oder versuche, mich zurückzuziehen. Mein Körper brennt, meine Mitte ist feucht vor Verlangen. Er stößt wieder und wieder in mich. Der Druck baut sich in mir auf und macht mich begierig und verzweifelt nach mehr. Nach allem, was er geben wird.

„Vielleicht will ich mich verbrennen."

Er hebt eines meiner Beine an und legt es über seine Schulter, während ich das andere fest um seine Hüfte lege. Sein Schwanz sinkt tiefer in mich, als er sich nach unten beugt und seine Lippen feuchte Küsse über meine Brüste, meinen Hals und meine Lippen verteilen. In dieser Position kommt er noch viel tiefer in mich hinein. Jeder Stoß und jede Bewegung seiner Hüften entlockt mir neue Gefühle.

Der Druck in mir baut sich weiter auf, bis sich alles anfängt zu drehen und ich nicht mehr in der Lage bin, oben von unten zu unterscheiden. Meine Sicht verschwimmt, Sterne explodieren hinter meinen Lidern und mein Körper zuckt, Freudentaumel durchdringt mich ohne Vorwarnung. Er schluckt meine Schreie, bis sie kaum mehr als ein Wimmern sind und mich atemlos und mit einem schwerelosen Gefühl zurücklassen.

Meine Brust hebt sich. Mein Körper ist schweißnass und er ist immer noch steinhart in mir. Es liegt etwas Animalisches in der Art, wie er mich gerade ansieht. Seine hungrigen Augen verschlingen meine vom Schweiß glänzende Haut und meinen durch und durch geilen Blick.

„Du hättest mir deine Unschuld nicht schenken sollen", sagt er mit einem feurigen Funkeln in den Augen. „Ich werde dich für jeden Mann ruinieren, der nach mir kommt."

Ich beiße mir auf die Unterlippe. Gott sei Dank reise ich morgen ab. Dieser Junge könnte leicht zu einer Sucht werden. Dieser Moment, diese Gefühle, es ist mehr, als ich mir vorgestellt habe. Mehr als ich je erwartet habe. Und ich bin nicht bereit dafür. Aber zur Hölle damit.

„Tu dein Bestes." , sage ich ihm.

Seine Augen blitzen. „Brenne für mich, Mariposa. Brenne."

Weiterlesen

Über Sun Valley High - Savage

Es ist schwer, einen Teufel zu ignorieren ...
Besonders, wenn er eine unvergessliche Nacht verspricht.

Eine Nacht.
Keine Namen.
Keine Nummern.

Das war unser Deal.
Ich wollte wegziehen. Ich würde ihn nie wieder sehen und ich
würde Sun Valley ohne Reue verlassen.
Aber ich bekam mehr, als ich erwartet hatte. Und neun Monate
später brachte ich einen kleinen Schatz zur Welt, mit zehn
winzigen Fingern und zehn perfekten Zehen.

Eineinhalb Jahre später kehrte ich zurück.
Und dieser Teufel ist nicht länger der Teufel aus meinen
Träumen. Nun verfolgt er mich in meinen Albträumen.
Er ist grausam.
Er ist sündhaft.
Und ich bin nicht mal ein Punkt auf seinem Radar.

Ich kam mit guten Absichten. Fest entschlossen, ihm die
Wahrheit zu sagen. Aber jetzt, wo so viel auf dem Spiel steht,
fange ich an, es mir anders zu überlegen.
Denn ein weiterer Pakt mit dem Teufel könnte ein großer
Fehler sein.

www.ingramcontent.com/pod-product-compliance
Lightning Source LLC
Chambersburg PA
CBHW071547030726
47593CB00001BA/56